AF397246

Samara Braga Lundberg

Viskningar i stubbar

Silver Cloud 4

Illustration: Samara B Lundberg
Korrekturläsning: Jan Lundberg

Förlag: BoD – Books on Demand, Stockholm, Sverige
Tryck: BoD – Books on Demand, Norderstedt, Tyskland

ISBN: 9789179697679

Tillägnad hunden Silver Cloud

Allan skulle mer än gärna vilja träffa Elin men hade bestämt sig för att inte ta kontakt, inte förrän han läst hennes sista manus. Istället begav han sig till sitt lilla favoritfik vid vattnet. Första anblicken visade att det var tomt på besökare och följaktligen även på sparvar. Vanan ledde honom till hans utvalda stambord dit man lika rutinmässigt bar ut en kopp svart kaffe med bulle utan att han behövt beställa. Av någon anledning kände han sig inte riktigt avspänd. Men han hade sina enkla knep som han lånat från Tai Chi: i utandningen följer alla ens bekymmer med. Så var det sagt. Han log. Tänk om det verkligen vore så enkelt. Han reste sig för att göra några övningar och rikta sina tankar åt annat håll, men att stå där som ett fån? Blotta tanken att utöva Tai Chi på fiket kittlade. I Kina hade han kunnat gå igenom hela programmet mitt i en folksamling utan att väcka uppseende. Nå? Det fanns inte en själ i närheten. Han blundade, lyfte armarna över huvudet, föreställde sig en kall droppe vatten som fallit på hans panna, kanske från trädgrenen ovanför. Medan han sänkte båda händerna tänkte han sig fösa ner droppen från pannan, och med den drogs all oro med, fortsatte sakta ner den till näsan, kinderna, läpparna, hakan, vidare försiktigt ner över halsen, nu kittlar den bröstet, magen, låren, ner till fötterna. Det kändes som när han var liten och kissade på sig, Fast han hade skorna på, tänkte han sig dra ut droppen genom stortån och kasta den långt bort, med alla sina bekymmer. Var det hokus pokus eller en psykologiskt avledande, effektiv metod? Faktum var ändå att själva tanken fick honom att le. Vackert så!

Allan var inte säker på varifrån övningen kommit, om den ingick i ursprunglig tai chi eller var ett västerländskt påhitt. Oavsett vilket så var den tankeavledande. Även om man bara gick igenom övningen utan att ta till sig filosofin bakom var det lika effektivt som att räkna får för att somna – och man behövde inte somna heller, bara ta sig ett par minuter och återkomma piggare. Tänk vad en virtuell kall vattendroppe kan bära med sig. Underligt var att han började lägga märke till saker som han inte gjort tidigare.

Från att vara fången i en enda tanke kunde Allan nu iaktta hur några små smulor från kaffebrödet hade fallit på marken. En ny värld öppnade sig, smulornas värld, minikosmos. Allans dagliga uppdatering av världsbilden, tänkte han med självironi. Även små smulor betyder något. Nej, det kom inga sparvar idag. Men några måsar skrattade intill. Kanske åt hans löjliga föreställning? I Kina skulle ingen skrattat åt honom. Han styrkte sig med tanken att miljarder österlänningar inte kunde ha fel.

Nu tog tankarna fart, han blev betagen av hur måsarna behärskade det till synes tomma rummet, luften. Med nonchalans och totalt förakt för luftens element gled de med vitt utsträckta vingar, kanade, svävade, höger, vänster, upp och ner, svängde efter behag utan att röra en vingpenna. Ser måsar det för människor osynliga? Farleder, vägar och torg i luften? Rälsspår? Ser de luftströmmar i olika färg? De följer och rider på dem, som surfare på vågor. Vad betyder det? För att våra ögon är konstruerade som de är, ger det oss patent på begreppet seende? Fladdermössen ser, fast inte med ögonen. Ormar ser värmestrålning i sin omgivning. Vad spelar det för roll vad hjärnan skapar för bild av omgivningen, inte bara känner av utan bokstavligen visualiserar en bild, om det sker med hjälp av ögon eller öron eller fötter eller på annat vis? Jo, måsarna ser vägarna i luften, kan jag säga då. Men – varför hade de börjat cirkla nu? De drar till sig fler och fler. Någon måste ha erbjudit smulor i massor i närheten.

Men luften förmådde inte bara bära måsar, den bar även med sig en kär doft, knappt förnimbar. Doften som han kände väl och längtade efter. Elin? Kanske längre bort, kanske bars doften av en annan, en passerande? Nej! Det måste vara schampo i hennes nytvättade vackra blonda hår, eller kräm? Nej, han hade inte märkt att hon hade något sådant i sitt näpna ansikte med de stora blå ögonen. Han såg sig om, inget av intresse. Han lämnade serveringen, gick dit näsan förde, ville inte gå hem och ha missat något, och där borta stod hon, nu hörde han hennes skratt. Bara hon kunde skratta så. Vem skrattar hon med? En kille där, en snygg kille, han skrattar också. Vad har de för sig? Hennes pojkvän – fast hon sa att hon inte hade någon? Allan frös där han blivit stående. Nej, hon skulle inte lura honom, inte göra narr av honom. Eller? Är han svartsjuk? Mycket! Han skämdes, men att se henne med en annan man var som att få en spik i foten, den sved och naglade honom vid platsen.

Allan såg på de leende tu. Något annat registrerades inte i hans synfält. Här kunde han inte bara stå och glo. Skulle han gå fram och återlämna manuset och låtsas om ingenting eller påtala hennes lögner rätt i ansiktet? Han hade lovat sig själv att släppa henne som en fjäril som satt sig på hans öppna hand och låta henne flyga om hon ville ge sig vidare. Han ville bara inte bli förd bakom ljuset. Lögner ger besk eftersmak. Han bestämde sig för att komma fram och ge sig till känna. Kanske mannen bara varen vän? Då har han en rival. En utmanare. Han skulle inte ge upp utan vidare men hade ingen rätt att ställa krav. Hon var ingen handelsvara att slåss eller köpslå om. Han måste respektera hennes val. Fast allt han sagt sig själv var uppenbart rätt var han ändå rädd att förlora henne. Mer svartsjuk än storsint, kanske... Nej, han fick rannsaka sig en annan gång. Han ville veta nu. Han gick fram och hoppades det skulle se ut som om han bara råkat komma förbi.

Elin hörde steg, såg sig över axeln och där kom han. "Elin! Hej! Är du här? Ja uppenbarligen." Han räckte handen till mannen: "Allan!" sa han med visst tryck. Mannen såg lite osäker ut när han tog handen: "Ed." "Jag vill inte störa", sa Allan, "bara passerar, hej då." "Allan, det är en turist som frågar efter vägen men löjligt nog kände jag inte till platsen och lyckades inte tyda hans karta. Kanske du kan hjälpa till."

Oh, en turist? Allan kände sig bortkommen, han var överlycklig för att hans misstankar varit grundlösa men samtidigt förargad över att han låtit dem märkas. Han ville krama Elin och säga att han var kär i henne, men det lät sig förstås inte göra nu. Han tog sig an kartan och lyckades snart hitta adressen. Ed tackade dem båda och förklarade på drottningens engelska att han var på väg till en vän och hade tagit fel buss. Innan han försvann till hållplatsen för att ta rätt buss hojtade Allan efter honom: "You should ask the driver to make certain. Good luck!" Elin sa att han faktiskt hade frågat föraren på bussen som han hamnat fel med men tydligen var denne inte hjälpsam. Hade kanske svårt med engelskan eller bara vaknat på fel sida.

Så, vart var hon på väg, undrade Allan. Jo, hon hade tänkt ta en kopp kaffe på det lilla kaféet där de möttes första gången. "Jag följer gärna med om du inte har något annat." Elin fattade att Allan var svartsjuk, det hade inte undgått henne på sättet han presenterade sig för turisten. Hon hade ett fundersamt drag över ansiktet. Händelsen bekräftade att Allan gillade henne och brydde sig om vad hon gjorde – och någonstans var hon glad över det – men hon gillade inte svartsjuka män. Även om hon var störtförälskad ville hon inte ha en svartsjuk man omkring sig att ifrågasätta allt hon gjorde. Rakt på sak frågade hon om han var svartsjuk. Lade till att de ingenting hade ihop och han gjorde bäst i att hålla tillbaka sådana tendenser framöver, om de åtminstone ska vara vänner.

"Förlåt Elin, jag kommer aldrig att besvära dig, Jag tycker om dig men har inget psykopatiskt kontrollbehov. Nej, sån är jag inte. Men jag vill ha raka besked och ärliga svar. Du sa att du inte hade pojkvän och nu ser jag dig tillsammans med en man. Jag måste komma fram bara för att inte döma dig som lögnare. Förlåt igen, och som du sa: vi känner knappt varandra för att låta fantasin skena iväg."

De satte sig vid Allans stambord där smulorna låg kvar. Han frågade om hon hellre ville sitta någon annanstans men här gick bra. "Hör hur måsarna skriker åt vinden som de behärskar suveränt och demonstrativt, hånar de den?" sa Allan. Elin fnissade åt hans uttryck, kunde det anses litterärt godtagbart? Hon började säga något men det gjorde han också. De tystnade på samma gång. Han slog ut med handen och bjöd henne att tala först. "Jo, har du hunnit läsa något av mina manus?"

"Jodå, men jag har nummer fyra kvar. Jag ville ta paus för att inte slarva mig igenom." Hon log. Frågade inte om han funnit manuset bra eller bara sådär eller om det behövde utvecklas. Leendet påminde honom om vad hon sagt när han fick hennes texter: hon ville bara låta honom se hennes dåtid, hennes minnen och känslor genom att avläsa familjerna kring henne. Han kände sig inte pressad att ta upp ämnet utan återgick till uttrycket "håna vinden" och dess möjliga innebörd, om måsarnas flygmanövrar, om det funnes virtuella världar i färg där måsarna kunde se luftströmmar och termik för att behärska sitt element som de briljerade i utan att ha studerat aerodynamik. Elin blev förvånad över vändningen från manuset till virtuella måsar och virtuella världar. Visst, hon kände ju till att sådana världar hade skapats i forskningssyfte på KTH men de var inte så många och resultaten skulle dröja. Allan tog hennes hand. "Förlåt att jag var påflugen när jag såg dig med killen. Jag måste ha blivit..." han sökte ord och upprepade "blivit" ett par gånger. Elin log. "Det är lugnt, jag förstår."

De promenerade längs den smala stigen vid vattnet. Elin undrade inom sig om de redan hade börjat samla på sig gemensamma minnen. Nu såg hon ingenting omkring sig, inget annat än Allan. Hur han rörde sig, hans händer, ögonens färg, det korta håret som vinden lekte med över hans breda panna. Hon stannade. "Jag har tänkt på dig." Hon tystnade. Hon kom sig inte för att säga att hon var kär. Det hade hon inte vågat uttala för sig själv än. "Samma här", sa han. De stod tysta, ansikte mot ansikte. Elin smekte hans kind så lätt att hennes hand passerade som en vind, den hade värme och färg och Allan försvann i en känsla som inte lät sig beskrivas i ord. Han måste bestämt utveckla sina tankar om hur måsarna kunde avläsa det osynliga i vinden. Kanske var sådana förmågor inte bara till för måsar. Nu var han förstås kär, utan minsta tvivel. Nu sa hon något och han log innan han fattat vad hon sa, att hon hade en tid att passa och måste gå.”…vi ses!” slutade hon och gav sig av, men vände sig och vinkade innan hon försvann. Han blev stående och kände sig som en vilsen turist.

Åter hemma tog Allan upp det fjärde manuset. Han måste gå vidare, men först summera allt i sitt minne. Han ville inte tappa något av det som hänt: tre sjuåriga kompisar hittar en hund i en skrämmande ödetomt som befolkas av ondsinnade varelser, men även eggar dem till fantasier om skatter, om stora äventyr. Mellan dem och den farliga världen finns ett skyddande staket. Hunden kommer att förändra livet för alla kring dem i deras verkliga värld, påverka deras yrkesval och kärleksrelationer, andras problem och bekymmer uppenbaras och följs av konsekvenser. Senast har två av de tre kompisarna varit i Umeå hos den enes mormor. Mormor förstärker deras mystiska föreställningar och leder dem över tröskeln till andra världar. De väntar henne på besök till våren då hon ska ta itu med deras hemsökta ödetomt. Och familjen? Och Elin? De fick kämpa med all sin makt för att överleva.

Allan tänkte att det var svårt att rättvist summera alla världar, meningsbyten och tankar, utan att bara få en uppräkning av händelser utan inbördes sammanhang. Han kom ihåg varje detalj och ville inte beskriva det på ett urvattnat sätt med några ord. Han sträckte ut sig i sin hutlöst dyra fåtölj, lutade sig en aning bakåt, placerade sin obligatoriska kaffekopp inom räckhåll och började läsa. ”Portalen”. Intressant, var hade han hört den titeln? Fanns andra böcker med samma titel? Filmer? Han kunde inte motstå att googla och hittade flera. Elin får helt enkelt hitta på en annan titel. Jag får föreslå det, tänkte han.

När Allan gick till nästa sida visade sig att hon redan hade ändrat och glömt ta bort sidan. Den hade nu blivit till ”Viskningar i stubbar”. Han log, vad menas med det? Är det på riktigt? Eller symboliskt för något annat? Som skvaller på arbetsplats, eller svarta hemligheter som ruttnar som gamla stubbar, eller låter röster från andra dimensioner höras i stubbar som är portaler? Eller står titeln för flera bottnar samtidigt... Allan förmodade att det inte lät sig listas ut om man inte läst det hela. Han vände blad.

Det nya året var på ingående. Daniels mamma Agneta hade fullt upp med att ordna till nyårsfest med familj och vänner. Pappa Kjell räknade placeringarna runt bordet: här ska Charlotte sitta, här hennes dotter Nina och här hennes särbo Janne, och där sätter vi Bella med sin man Igor och sonen Nathan, och här ska vi sitta med våra ungar Daniel och Elin och Tove, kanske Karin också eller skulle flickorna fira med sina kompisar? Oklart. Och kanske kommer Ninas mormor Katarina och så min bror Johan med sin flickvän Carla, då är vi hur många? Mellan tio och tolv kanske? Agneta skakade på huvudet åt hans placeringar: "Ingen som är ihop med någon eller släkt ska sitta bredvid varandra. Elementärt. Sprid ut allihop. Fast andraklassarna går inte att sära på."

Det var de tre kompisarna Daniel, Nathan och Nina som bestämt att nyåret skulle firas hos Daniels familj. Barnen som just fyllt åtta tyckte att de var stora nog att få bestämma över föräldrarna och hade tänkt ut goda skäl, dels att Daniel hade större lägenhet än Nina och Nathan, dels att man inte fick glömma att hundvalpen Silver och hans adoptivmamma katten Daisy bodde där och hade all rätt att delta i nyårsfirandet. De vuxna ville vara generösa mot barnen som gått genom mycket sedan maj, allt från lärarvikarien Christinas och klasskamraten Magnus mobbande av Nina till den grad att hon ville ta livet av sig, till pedofilhistorien, och så senast Ingrid som de fått upp ur isvaken med oerhörda gemensamma ansträngningar. Det var alldeles för mycket för små barn att bära på och nu ville man inte neka dem att ta det här beslutet.

Angående Silver hade Agneta haft sina bekymmer. Hon visste att helvetet skulle braka löst därnere på gräsmattan. Fyrverkeripjäser skulle börja smälla redan före kvällsmörkret och intensifieras under timmarna kring tolvslaget. Hon var rädd att Silver skulle bli vettskrämd eftersom det var hans första nyårsafton. Daisy var van och hade aldrig brytt sig så mycket om oväsendet. Agneta hade funderat på om hon skulle skicka hunden någonstans där det var lugnare, men vart? Nyår, då firar alla samtidigt... Kanske till Zorro, Silvers bror i Gnesta? Nej, barnen fick se till att ha honom i närheten och skulle nog hålla honom lugn. De brukade ju alltid försäkra att han förstod allt de sa så de fick väl förklara tjusningen med blixt och dunder för honom.

Sysslorna delades upp inom familjen. Agneta åtog sig att handla. Hon hävdade att hon bättre än Kjell kunde klara ut vad som saknades och vad som behövdes, och hon hade bättre koll på kampanjpriserna medan Kjell bara höll sig till ekologiskt och hans notor blev onödigt höga. Kjell fann sig, man säger inte emot Agneta, och han skötte hellre underhållningen i alla fall. Tillsammans med Igor och Janne hade han köpt en imponerande arsenal av fyrverkeripjäser som de skulle fyra av med barnen från gräsplanen nedanför huset liksom alla grannarna på Sångvägen gjorde varje år. Det brukade bli en oförglömlig föreställning med glädje och feststämning i området som ju kryllade av barn i alla åldrar. Alla familjer hade sina egna fyrverkeritraditioner. Det här nyåret kändes speciellt för de tre familjerna, dels hade de tillsammans klarat av en rad hemskheter och fått en ny och kär familjemedlem i Silver, dels skulle Igor och Janne vara med. Kjell tänkte att det kanske skulle bli både första och sista nyårsfirandet tillsammans för de tre familjerna.

Medan Agneta handlade passade Kjell på att städa lägenheten med Daniels hjälp. Silver och Daisy hade gömt sig i god tid för de hade aldrig gillat dammsugaren. När Silver var mindre hade han skällt ut och bitit i dammsugaren som han tyckte utgjorde ett hot mot hans familj men när han nu inte tilläts attackera den försvann han hellre till dammsugarfri zon. Silver hade insett att dammsugaren hörde till hemmamiljön och hade rätt att föra oljud. Det var vad Kjell valt att tro på: att Silver förstår. Han som brukade mästra barnen och påpeka att hundar inte tänker som människor utan bara så långt nosen räcker. Nu måste han ha blivit hjärntvättad av barnen.

Kjell fortsatte dammsuga reflexmässigt medan han frågade sig själv om han verkligen valt att tro på Silvers förmågor. Han svarade: "Jag väljer att tro på det." Lät det klokt och genomtänkt eller bara som en kliché som man upprepar för att man inte har bättre svar? Och hur är det med analfabeter som inte vet bättre – väljer de att tro att så ska det vara och allt förbli? Eller väljer de att tro att gud bestämt att de skulle förbli analfabeter? Eller riktigt fattiga? De fanatiskt övertygade? Nej, han var varken analfabet eller dum och valde själv vad han ville tro på, log han och tänkte att det hade varit bra om han läst filosofi för då hade han inte behövt reflekterat över meningen "välja att tro" om han inte hört Charlotte, Janne och Bella under julfirandet diskutera Erich Fromms "Flykten från friheten".

De hade pratat, ibland på gränsen till gräl, om den självvalda ofriheten, den när man underkastar sig en överhet. Väljer man att tro på okunskap? Kan man då prata om att "de trodde eller de valde"? Och dra slutsatsen att det är individens fel eller ansvar, vad som än händer? Är det vad kastsystemet i Indien vilar på: skyll dig själv? Och om man blir hjärntvättad eller ärver en religion – väljer man själv sin tro om man blir överkörd av auktoriteter eller indoktrinerad med bröstmjölken? Visst har varje individansvar inför sig själv, menade Charlotte medan Bella var kritisk, det skulle ju belasta varje hungrande individ i tredje världen med skuld för uteblivet regn och dålig skörd. Hade de möjlighet att tro på någonting alls utom döden?

Kjell valde att lämna filosofin och fortsätta med det praktiska. "Daniel, plocka undan alla saker från golvet i ditt rum. Efter Elins rum ska vi dammsuga ditt." Han knackade på dörren till Elins rum. Det var förbjudet område för Daniel så han infann sig genast, för det ville han inte gå miste om. Hon ville inte släppa in "städpatrullen" och försäkrade genom dörrspringan att det var bara i går som hon hade städat sitt rum ordentligt. Men Kjell lät sig inte nöja med hennes svar. Han kikade in och sa att det såg ut som hos en baglady och bara kläderna som låg på golvet samlade damm. Det var nyårsafton och då måste man städa. En gång om året var ändå inte för mycket begärt... Daniel passade på att ge igen för att Elin aldrig släppte in honom och kallade henne för bacill som sprider baciller. Elin replikerade lika fyndigt att Daniel själv var full av baciller och snäste "titta på dig i spegeln får du se hur smutsig du är." Bråk var under uppsegling och Kjell nickade åt Daniel att gå därifrån. Daniel lipade åt Elin och försvann.

Kjell sa att visst trodde han på att hon hade städat sitt rum men tänk om någon gäst skulle gå vilse och öppna hennes dörr och se kläder utspridda överallt? Snart skulle hon fylla femton och mamma skulle börja arbeta och pappa studera så hon skulle behöva ta mer ansvar att hjälpa till i fortsättningen och inte låta sig provoceras av Daniel, för han var ju bara sju år gammal. Åtta, rättade Elin, och kände sig lite mer vuxen. Hon skulle samla ihop allt, försäkrade hon lugnt och förklarade att kläderna var utspridda för hon höll just på att prova ut hur hon skulle klä sig till festen som hon skulle till hos Karin där uppe och alla kompisarna skulle vara med och alla skulle vara finklädda. "Vad? Ska du inte vara med oss och fira nyår? När tänkte du låta oss veta det?" "Det gjorde jag just nu." Elin ville inte bråka och lovade ta hand om all nyårsstädning i sitt rum men vägrade fortfarande att släppa in någon. Hon tog in dammsugaren, stängde dörren om sig och började röja. Hon var ingen baglady.

Kjell godkände Elins städning utan att lusgranska och undrade om hon hade hittat något fint att ha på festen. Elin sänkte huvudet. "Det ordnar sig." Kjell förstod nog att hans dotter hade vuxit ur mycket av sina kläder och nu letade förgäves efter något passande. Elin hade på kort tid blivit nästan lika lång som sin mamma och växte upp till en vacker ung dam. Hon skulle inte behöva gå in i det nya året med något gammalt. Kjell tog fram plånboken och bläddrade fram åtta hundralappar åt Elin: "Ifall du ville gå och handla något att ha på dig. Affärerna är fortfarande öppna." Elin blev utom sig av lycka, hon hade minsann en önskelista efter noggrann inventering i alla butiker i hennes revir men sparpengarna hade inte räckt. Men nu! Hon ringde genast Karin för att få henne med till H&M och handla en klänning som de hade sett ut och hon till och med provat. Sen rusade hon ut för att möta Karin i trappan men vände om och gav sin pappa en puss och rusade ut om igen. Kjell var rörd av hennes glädje och det värmde att han kunde göra dottern glad för en gångs skull. Annars var det ju alltid Agneta som höll i pengarna och planerade alla större inköp. Det gjorde inget om han måste låna lite till av sin bror.

Lilla Tove hade vaknat och anslöt sig till städpatrullen. Hon hängde med i varje steg och ville köra dammsugaren själv, för hon hade blivit stor flicka, ett och ett halvt år nästan. Men munstycket fastnade ideligen i mattan. Hon blev arg och började skrika. Kjell stängde av dammsugaren och hivade upp henne i luften: "Nu flyger vi i stället." Han visste vad som alltid kunde avleda hennes uppmärksamhet. Tove glömde genast städbekymren och storskrattade och ville flyga mer, högre och om igen. I alla fall var städningen nästan klar så när som på köket, och bara skratt och lek fortsatte tills det ringde på dörren. Det var Nathan och Nina som ville gå ut med Silver.

Det passade bra, för Kjell hade planerat att baka bröd tillsammans med Tove och göra pyttipanna till lunch av resterna i kylskåpet. Sen skulle nyårsmiddagen bli något extra. Tove gillade att knåda deg men det gällde att passa henne för hon kunde inte låta bli att smaka på degen. En gång i obevakat ögonblick hade en ordentlig degklatt slunkit in som Kjell inte lyckades få ur hennes mun, för hon försvarade den som en dyrgrip och svalde den och fick ont i magen. Men den här gången skulle han ha koll, försäkrade han sig själv, och att kladda med lite mjöl på bakbordet gav glädje som kunde tillåtas. Tove ser ut som ett spöke, sa Daniel efter varje bakande där Tove deltagit. Så när hon var färdig med att hälla upp mjöl såg köket ut som om det aldrig städats förr. Men det störde inte Kjell. Städning är ett evighetsprojekt i barnfamiljer och han hade inte brytt sig om att ställa dammsugaren på sin plats.

Daniel hade fått på sig ytterkläderna i en fart, påskyndad av Silver, och när hundexpeditionen stod utrustad och klar i dörröppningen upprepade Kjell med stark betoning att om de skulle råka stöta på Magnus pappa med terriern fick de vara försiktiga och inte låta Silver komma i närheten. Han visste att polisen hade gripit Henrik, men han kunde släppas ut om hans fru tog tillbaka sin anmälan mot honom eller om häktningsförhandlingarna var gjorda. "Förresten, ta inte den där vägen alls, gå till stallet istället", sa han till slut.

Nina protesterade för Silver var ju jättesnäll. Kjell höll med, visst var han det, men det handlade nu inte om Silver utan om Magnus pappa. Och barnen skulle inte kunna handskas med honom, så ifall de stötte på honom måste de bara gå därifrån så fort de kunde. "Lova att inte gå där Magnus bor, annars får ni inte gå ut med Silver i fortsättningen." Han mumlade så de inte kunde avgöra om han pratade för sig själv eller med dem, men alla hade förstått vad Kjell sa om Magnus pappa: "Den karln kan hitta på vad som helst när ni inte har någon vuxen med er." Kjell vände sig mot dem och sa högt: "Var inte ute så länge idag. Agneta kommer snart hem och då är det lunch."

Silver var lycksalig när han äntligen fick komma ut efter att ha delat lägenhet med den väsnande dammsugaren. Det bästa var att det hade snöat i flera dagar i rad, och även under den senaste natten hade ny lätt snö fallit över det gamla djupa snötäcket. Silver älskade nyfallen snö. Barnen tänkte bara gå till stallet och sedan tillbaka hem, och vägen hade plogats men höll åter på att fyllas av snö. De var varmt klädda och för Silver fanns inget dåligt väder. Hans päls hade blivit tät som på en vuxen schäfer, kanske fortfarande lite ullig.

Silver var sprallig i den lätta snön och nosade vid varje träd i lindallén som ledde till Säbygårds stall invid skogen. Han var noga med att lämna sina egna spår också, höjde benet och kissade här och där vid trädstammar och snödrivor. Ibland lade han sig på ryggen och krängde sig i den vita mjuka snön. Det var roligt att se den stora hunden ligga på rygg med tassarna i vädret som om han simmade i luften, eller när han borrade sin nos djupt i snön så att ansiktet blev vitt som på ett spöke. De flesta hundar blev så där valpiga i nysnö hade barnen konstaterat och Silver var ännu bara en knappa nio månaders unghund som gillade att leka.

Allén ledde till korsningen med sina fyra vägar vid stallet och fortsatte sedan till stora herrgårdsbyggnaden och stallet. Vid korsvägen till vänster ledde vägen till skogen och Säbysjön. Till höger ledde vägen till Ikea förbi kullen där Nina skadats förra terminen efter bråket med läraren. Den sistnämnda vägen påminde barnen om händelsen varje gång de gick till stallet, men de pratade aldrig om den. Alldeles i början av vägen vid korsningen stod den faluröda scoutstugan som de aldrig hade sett öppen. Men mitt emot den stod kaféet som en gång varit en stor lada, även det av falurött gammalt trävirke. Där hade de varit med Agneta för att köpa honung från trakten.

När väl kommit till korsningen måste Nina alltid antingen mata hästarna på hagen eller besöka dem i stallet. Men en sådan här kall dag med flera grader under noll hölls hästarna inne och barnen fick gå in i stallet för att klappa dem. Flickorna som skötte stallet kände igen de tre med Silver, om inte genom deras täta besök i stallet så genom tidningen i våras, den som berättade om hittevalpen som adopterades av en katt, och om de tre som hittade honom! Flickorna var glada att träffa barnen och klappade om Silver. Han var också vän med deras gamla gårdvar som alltid sett som sin uppgift att få alla att känna sig välkomna i stället för att hålla folk borta. Det hela tog sin tid och nu kände de tre att det var dags att vända om hemåt. Dels var det lunchdags och de började bli hungriga, dels ville de smygtitta på fyrverkeripjäserna som föräldrarna hade köpt till nyårsfirandet.

Vid scoutstugan mötte de oväntat Magnus och hans terrier. Daniel kommenderade omedelbart Silver att sitta tills Magnus passerat. De ville inte bråka med honom eller ens prata. Men de märkte direkt att han bar på sin dyra skolryggväska, fullpackad. "Konstigt, vart är han på väg med sin väska?" viskade Nathan. Även Nina tyckte det var konstigt.

Magnus stannade framför dem. De stod öga mot öga en stund. "Hej" sa han och sänkte huvudet. Han såg alldeles gråtfärdig ut och det var inte likt honom, tänkte Nathan. Han svarade hej tillbaka medan Daniel och Nina inte sa någonting och ville skynda sig därifrån. Kjell hade ju varit bestämd angående den saken. Men Magnus försäkrade självmant att hans hund inte skulle bita någon, och Daniel svarade direkt att det skulle han bara våga. Magnus började gråta. Barnen blev häpna. De hade aldrig sett Magnus gråta förut. Nina frågade om de hade skrämt honom men han skakade på huvudet. "Men varför gråter du då?" frågade Nina fast hon gott kunde förstå att Magnus måste ha saknat sin mamma som låg på sjukhus. Magnus berättade hackande att mamman blivit utskriven från sjukhuset och ringt upp honom. Hon ville veta om pappan var hemma. När hon fick veta att han var gripen av polisen för att han slagit henne kom hon hem för att hämta kläder och skulle också ta med Magnus till mormor, men just då kom pappa hem. Polisen hade släppt honom.

Magnus grät och snorade. Nina drog en skrynklig pappersnäsduk ur fickan och räckte honom den. Han snöt sig och samlade sig till att fortsätta berätta: pappa fick se mamma där och blev argare än Magnus någonsin sett honom, han sparkade mamma och slog med knytnävarna och sa att hon skulle skjutas, och när Magnus försökte gå emellan slog pappan honom på ryggen med sin livrem. Spännet satt kvar och det gjorde jätteont. Så tog han fram sitt gevär och tryckte in pipan i mammas mun så det började blöda. Och sa att han skulle skjuta hunden och mamma om Magnus skulle berätta för någon. Magnus hade sprungit till sitt rum. Han hörde hur pappa fortsatte slå mamma och stod inte ut där, han ville hjälpa mamma men han var inte stark nog att rå på pappa. Så han packade sin väska och klättrade ner med hunden från fönstret och sprang därifrån. Han snörvlade och fick fram att han inte ville gå hem till pappa mer, någonsin!

Barnen kunde förstås inte stå oberörda inför hans berättelse och tårarna som strömmade igen. De kände sig rådlösa och deras gamla groll med Magnus var glömt. Hundarna hade sökt sig till varandra med viftande svansar under Magnus sorgliga historia. Magnus snöt sig igen. ”Men vart ska du ta vägen?” undrade Nina. ”Jag ska gå hem till mig, inte till pappa”, sa Magnus. Nina fick för sig att Magnus mamma kanske hade hyrt en stuga där studiefrämjandet höll till. Det fanns några byggnader där och i en brukade skidåkarna ta rast. Själva brukade de komma dit med Kjell och Silver och få varm choklad och bullar. Det verkade rimligt att det var dit han var på väg med de frågade inte.

Barnen visste att Magnus mamma inte var i sitt nya hem för nu hade hon blivit slagen i deras villa. Nina lade märke till att han inte hade någon halsduk och kanske inte tröja heller. Det ska bli kallare, tänkte hon och Magnus hade sin mormor boende i närheten. Dit kunde han gå istället för att gå i kylan till sitt nya hem i skogen föreslog de. ”Går inte”, svarade Magnus. Hans pappa hade hämtat honom därifrån flera gånger och då hade han fått stryk för att han gått dit, och mormor kunde inte göra något för hon var själv rädd för pappa. Nathan frågade om mormor inte kunde gå till polisen, men det visste inte Magnus. Och han ville inte att Nina, Daniel och Nathan skulle berätta det han sagt för någon, för då skulle pappa skjuta mamma som var kvar i villan. Pappa måste ha låst in henne i badrummet för det brukade han göra.

Men Nina kunde inte begripa hur Magnus kunde gå till deras nya hem när hans mamma var inlåst i badrummet i villan, men frågade inte. Barnen hade hört talas om föräldrar som slår sina barn men det var bara de senaste dagarna som de hade haft det på nära håll och nu får de höra om en mamma som får stryk av pappan. De visste inte vad de skulle ta sig till. Tänk om Magnus skulle gömma sig hos Daniel istället? Så han inte stannar ensam i det nya hemmet? Det var nyårsfirande på gång och de hade redan köpt en massa fyrverkeripjäser, frestade Nathan. "Och min pappa skulle försvara dig, Magnus." "Och Janne med", försäkrade Nina "och pappa med", sa Nathan bestämt. Daniel sa att Magnus i alla fall kunde följa med och äta lunch. Han lovade att mammas köttbullar var mycket godare än skolans, och mamma skulle vara glad om Magnus ville bo hos dem när hans mamma var inlåst i badrummet. Nina och Nathan försäkrade att Agneta var snäll och pappa Kjell slår henne inte. Daniel erbjöd Magnus att få tända på en del av hans fyrverkeripjäser. "Du kan få en del av mina också", sa Nina, och Nathan instämde.

Magnus lyssnade men sa nej, hans pappa skulle bergis hitta honom hos Daniel också och sen skulle han skjuta mamma. Han började gråta igen, och gav sig av mot skogen, till sitt nya hem, med terriern i famnen. Det var nog en tuff hund men den hade korta ben och kunde inte gå långt i snön. "Den måste vara tung att bära så långt", tänkte Nina högt. Äntligen började det gå upp för barnen vad Magnus egentligen sagt: hans pappa skulle skjuta hans mamma! Stackars Magnus. Vad skulle de göra? Magnus hörde deras högljudda ojande och vände tillbaka till dem. Nu sa han att han hellre skulle frysa ihjäl än komma tillbaka till pappa. Han kunde göra upp eld och hade chokladkakor med sig. "Och du Nina, du får min mobiltelefon. Jag ska inte kalla dig för glasögonorm mera. Du är okej!" Nina ville inte ta emot Magnus mobil, för hennes mamma skulle bli arg om hon tog emot saker utan att fråga henne. Och kanske Magnus pappa skulle säga att hon hade stulit den. Magnus ville slänga den då, hellre det än svara om pappa ringde. Han kastade mobilen i en snödriva och traskade iväg med sin hund mot skogsvägen till vänster om allén.

Silver trodde att Magnus kastat apport åt honom och hoppade efter, grävde fram telefonen och kom triumferande med den. "Loss!" sa Daniel och Silver lade mobilen framför hans fötter. Daniel vill lämna tillbaka telefonen men Magnus hade redan passerat bommen som gränsar till skogen. Mobilen var redan blöt av snön och Silvers varma saliv. Daniel torkade av den. Mobiler tålde inte vatten, det visste han ju. Nina ropade åt Magnus att vända och Nathan och Daniel stämde in, men förgäves. Han hade redan kommit en god bit på väg. Utan att vända sig om mer gick han vidare med ryggen böjd tills barnen såg honom försvinna bakom krönet.

Nina undrade om han inte skulle gå vilse i snön. De ville följa efter för att förmå honom att vända om och inte gå ensam, men de hade ju lovat föräldrarna att inte gå någonstans utan att säga till först, och gränsen till hur långt de fick gå var just bommen vid stallet. De tänkte ringa Kjell från Magnus mobil, men ingen kunde numret. Det bästa de kunde komma på var att skynda sig hem och berätta för föräldrarna, och att de hade Magnus mobil men de hade inte snott den för Magnus hade kastat den ifrån sig. Silver förstod att det var allvar och följde med hem utan att ideligen stanna som han brukade göra.

Agneta hade just kommit tillbakahem och höll på att tömma sina fulla kassar. Daniel ringde på dörren och bankade men väsnades ännu mer än han brukade och skrek på öppnande. Han hade understöd av Nina och Nathan. Något hade hänt och Kjell rusade till dörren, tänk om de stött på Magnus pappa. Agneta lämnade allt hon hade för händer, sprang till hallen och hade sånär halkat i brådskan. Kjell fick upp dörren och barn och hund kom instormande, skrikande i munnen på varandra att Magnus pappa ska skjuta mamman och de måste rädda henne. Kjell och Agneta blev förskräckta men fick så småningom ihop all information. Agneta sa sitt vanliga "kära nån" men nu med särskilt allvar. Hade Åsa lämnat sjukhuset? Hade hon tagit tillbaka sin anmälan mot sin man? Sist de besökte Åsa på sjukhuset lämnade de henne i full färd med att anmäla Henrik!

Kjell visste att Åsa inte kunde ha hyrt hem någonstans i skogen, för det fanns inte något att hyra där. Pojken hade helt enkelt flytt till skogs, möjligen till en koja som han kallar för hem eller rentav till inget alls. Det var minus åtta grader nu. På kvällen skulle temperaturen sjunka ännu mer. "Ungen kan frysa ihjäl på någon timme om han inte är väldigt rejält klädd", sa Agneta. Hon var upprörd över att Åsa kommit tillbaka trots sitt löfte att inte gå hem till Henrik. Nina kunde upplysa: "Magnus sa att hon ville hämta sina och hans kläder. Han hade packat lite i sin ryggsäck. "Det kunde väl någon annan ha gjort åt henne, och varför lämnade hon sjukhuset när hon var så illa däran? "Hon var rädd om Magnus,", upplyste Nina igen, "och nu fick hon dessutom mera stryk för att hon polisanmält honom." "Men Henrik då, hur kunde polisen släppa honom?" Det var många frågor, och även om Agneta inte riktigt förstått sig på Åsa måste pojken tas om hand omedelbart, för hans liv stod på spel i skogen.

Kjell lät närmast cynisk när han sa att Åsa fick skylla sig själv. Agneta rynkade ögonbrynen och gapade. När Kjell såg Agnetas min förtydligade han, han hade inte menat annat än att han var arg för att hon utsatte sitt och barnets liv för fara. Klart att skulden låg på Henrik och faktiskt även på polisen som släppt honom lös.

Barnen stod fortfarande med ytterkläderna på. Kjell tog sin varma jacka och skyndade sig med dem och Silver till polisstationen. Agneta måste ordna det praktiska med Tove och skulle komma efter dem med vagnen. Barnen ville berätta allt för polisen och alla hade glömt att de var hungriga. Silver ledde gruppen och var först att tas emot av en glatt välkomnande polis: "Här kommer hjältehunden!"

Polisen hade redan börjat klappa om Silver när barnen tog till att skrika i munnen på varandra: "Magnus, skogen, pappan skjuter mamman, han fryser ihjäl!" Polisen rynkade pannan och överröstade dem: "En i taget, en i taget." Alla blev tysta och Agneta som redan hunnit ifatt röt att det inte var bra att polisen släppt ut Henrik: "Ni visste vad Henrik hade gjort Åsa och ni släpper ut honom?" Agneta var så upprörd att polisen var tvungen att dämpa inte bara barnen utan även henne för att få sammanhang i berättelserna.

Typiskt Agneta, tänkte Kjell, när hon är uppjagad pratar hon alltid så fort, som när hon pratar i mobilen och säger allt i en mening så att ingen förstår något och måste ta om allt igen, hon skyller på att hon vill spara samtalskostnader men i slutändan visar det sig bara ta längre tid och räkningen blir högre än den behövt vara. Han ville inte avbryta men Nina sa ifrån och tog ordet. Hon berättade lugnt och begripligt vad de hade varit med om, alldeles från första början sedan de kommit ut med Silver. Polismannen blev riktigt bekymrad när han förstod att Henrik hade vapen att hota Åsa med och att Magnus var på rymmen. Kjell fick med att om pojken skulle råka illa ut så var det polisen som var ytterst ansvarig som inte gripit Henrik omedelbart efter Åsas anmälan.

De fick höra att polisen hade nöjt sig med att höra honom och släppt honom i avvaktan på åklagarens klartecken, förvissad om att Åsa skulle bli kvar på sjukhuset en längre tid. Vakthavande ringde nu upp sjukhuset för att få bekräftat att Åsa inte var kvar där. Det visade sig att hon hade envisats med att bli utskriven, mot läkarens rekommendation. Hon hade varit utsatt för så komplicerad psykologisk terror, hjärntvätt på flera nivåer och under lång tid, så hon hade vant sig vid att tillvaron var just sådan. Hon betedde sig som beroende av våldet, som när man har en ingrodd vana som man inte kan bli kvitt. Agneta sa: "Kan det inte vara så enkelt som att hon var orolig för sonen och var säker på Henrik satt i häktet? Men ni hade släppt ut kräket?"

Åtal mot Henrik hade väckts flera gånger tidigare efter upprepade signaler om misshandel, men Henrik hade alltid gått fri därför att Åsa vägrat anmäla sin man och förnekade att han misshandlat henne. "Vi följde de föreskrifter som vi har, och hans advokat krävde att han släpptes i väntan på åklagarens beslut, men nu ska vi först och främst se till att Åsa är i trygghet, vi tar in Henrik och samtidigt letar vi reda på Magnus", sa polismannen. Barnen visste inte var Magnus "hem i skogen" låg men Silver kan hitta honom, försäkrade Nina och fick medhåll av Nathan och Daniel.

"Här har vi en som vet vad spårhundar kan göra. Det var dig som Nalle hittade, eller hur?" sa polismannen. Nina nickade. Och nu kom polisen Marie för att gå på sitt skift och sken upp: "Men är det inte Nina, Daniel och Nathan – och Silver!" Hon kände knappt igen barnen i deras nya vinterkläder, "julklappskläder", sa Daniel. Hon berömde dem för räddningen av kvinnan ur vaken, det var så fantastiskt, började hon i tron att det var för kvinnans skull de kom. Men när barnen berättat var och en sin version av dagens ärende om Magnus och hans mamma, skakade hon sorgset på huvudet. Hon såg på sin kollega som just kontaktat centralen om att få ut en hund med förare och helikopter med personal för sökuppdrag. Resurserna var lågbemannade för att det var nyårshelg, men de lyckades få just Nalles förare Björne att rycka in.

Han var hemma för att fira nyår med sin familj men polisen bönade och bad. Det var ett ärende som gällde ett saknat barn. "Nina! Gissa vem som kommer med sin hund" sa Marie. "Är det Björne? Och Nalle?" skrek Nina. "Jo, det tycks bli samma ena som hittade dig den gången, Nina!"

Nina var full av förväntan inför att träffa Nalle igen och ville att Silver och Nalle skulle bli kompisar och leta efter Magnus tillsammans. Det var inte bara Nina som hade den tanken, även Kjell ville gå ut med Silver och leta. "Och Silver? Får han följa med?" frågade Kjell som bara stått där utan ett ord hittills. Polismannen sa att det inte var han som avgjorde det, utan Björne.

Agneta tyckte att allt var avklarat, och hon hade inget att göra där mer. Hon måste förbereda nyårsfirandet med alla gästerna – "ja, om det nu ska bli någon fest efter det här", suckade hon. Alla förstod vad hon menade. Ingen ville kommentera det. Agneta ville helst ta med sig barnen hem men Nina ville stanna tills Björne och Nalle infann sig. Nathan och Daniel ville vara kvar med henne. Avgjort, och Kjell stannade också för att få besked om Silver kunde delta i sökandet eller inte. De var båda redo att ge sig av.

Agneta sköt Toves vagn framför sig hem. Vid hissen väntade Charlotte för att komma till henne och hjälpa till med middagen. "Vilken tur att jag kom i tid för att öppna dörren, alla är kvar hos polisen." Charlotte blev blek och spärrade upp ögonen. "Polisen? Gäller det våra barn?" Agneta kunde lugna henne, det gällde inte deras barn utan Magnus som hade rymt till skogs från sin pappa när hans mamma fått stryk igen. Charlotte lugnade sig en smula men var upprörd och kunde inte förstå eller förlåta att Åsa utsätter sig själv och sitt barn för sådant ofattbart lidande. Hur skulle de kunna fira med tankarna hos Åsa som sitter med gevärspipa i munnen? Hade han dödat henne redan? Och Magnus försvunnen i skogen? Kanske den lille stackarn redan ligger ihjälfrusen i en snödriva!

Medan polisen väntade på hundföraren for två patruller ut, en mot skogen och en för att häkta Magnus pappa. Åklagaren hade fått veta om de nya omständigheterna och barnens vittnesmål och fattade beslut att frihetsberöva Henrik omedelbart. Polisen ville även bekräfta barnens uppgift att Magnus inte var hemma, även om barnen varit nog så trovärdiga när de berättade att de sett Magnus på väg mot skogen.

Polisen visste att Henrik hade skjutvapen hemma och omringade huset utrustade med skyddsmundering och vapen. Polisbefälet hade manat gruppen att ta sig i akt: "Mannen är oberäknelig och farlig." Han tycktes inte inse det allvarliga i sitt beteende, hade släppts för knappt två timmar sedan och omedelbart återfallit. Han hånar rättsväsendet som tandlöst, övertygad om att han är immun och kommer att gå fri nu som alla andra gånger. Men en gång med tillräcklig bevisföring räcker för att han ska falla tungt även om Åsa inte vittnar mot honom.

Polisen ville försöka lösa problemet på fredligt sätt. En av dem knackade på dörren. Henrik öppnade med säkerhetskedjan på. Han talade med polisen genom dörrspringan och uppträdde helt oförstående angående polisens ärende. Polisen bad att få tala med Magnus. Henrik ville inte släppa in dem och Magnus var förkyld och vilade i sitt rum. Då han fick ultimatum att antingen omhäktas eller låta polisen tala med Magnus valde han det senare, han skulle kalla på Magnus. Henrik stängde dörren, försvann en stund och kom tillbaka, öppnade igen på samma sätt och förklarade att Magnus inte var på sitt rum, han hade gått ut för att rasta hunden och tagit vägen gud vet vart. Plötsligt föll det honom in att mormodern kunde ha kidnappat honom och hunden för att anklaga honom för diverse och försöka vända sonen mot honom. "Det har hon gjort förr", påstod han. Hon hade varit emot att han och Åsa skulle gifta sig och hade alltid lagt sig i deras äktenskapliga relation.

Vad gällde begäran att få tala med Åsa hade han heller ingen aning om varför de bad om det: Åsa ligger ju på sjukhuset fortfarande, upplyste han upprört. Om hon inte var där, måste hennes mamma ha lurat henne till sig därifrån. "Åsas mamma hatar mig, förstår ni, efter alla falska anklagelser."

Det var ingen idé att fortsätta samtalet och polismannen uppmanade honom att öppna dörren. Han vägrade bestämt. Polismannen hörde ljud följt av en tydlig duns, som om en person fallit. Polisen sa åt Henrik att stiga undan och släppa fram dem, nu var det inte en förfrågan utan en order och en av poliserna höll fram häktningsbeslutet och sa att det var bäst att Henrik följde med godvilligt, annars skulle de storma huset.

Henrik hotade högljutt med allt från skadeståndskrav för hemfridsbrott till anmälan om polismisshandel och övergrepp och så vidare. En av poliserna som var väl insatt i ärendet tänkte att det var just det ynkliga beteende man kunde vänta sig. De hade inte ens rört honom än och anklagades för misshandel. Han var upprörd – Henriks barn var försvunnet och han bekymrar sig mer om att polisen stör? Och han har mage att ta ordet övergrepp i sin mun, han som terroriserat och förgripit sig på fru och barn?
Polisbefälet uppmanade åter Henrik att öppna, annars skulle de forcera dörren. Då osäkrade han ljudligt sitt gevär och deklarerade att han hade rätt att försvara sitt hem. "Nej, det har du inte mot polis med order att gripa dig", svarade polisen tålmodigt. Efter en stund öppnade han ändå dörren med trotsig uppsyn. Inför handfängslet studsade han plötsligt undan och intog utgångsläge för karateförsvar, men poliserna drog på munnen inför skådespelet och två man tog lätt ner honom. Henrik fördes bort.

Polisen tog sig in i villan. Man hörde inga ljud men i parets sovrum mötte en syn som var hemsk men inte helt oväntad. Där låg Åsa orörlig i en blodpöl. Hennes kläder eller resterna av det hon bar på hade slitits i trasor. Poliserna samlades kring henne. Den första frågan som uppkom med tanke på blodflödet var om hon hade blivit skjuten. Hon andades svagt, kippade efter luft och var nära att drunkna i sitt eget blod. Ambulansen var förvarnad och kom inom några minuter. Personalen konstaterade en punkterad lunga men inga skottskador. Ilfart till sjukhuset. En polis beklagade att från det här huset hade ambulanser kommit och gått under åren. Kanske skulle det ha fortsatt i oändlighet om inte Åsa ändrat sig och gjort polisanmälan till sist.

Efter att kriminologer säkrat spår och samlat material till teknisk bevisning kunde de summera att det sannolikt skulle vara mer än nog för att fälla Henrik. Beträffande frågan om våldtäkt måste läkare på sjukhuset undersöka Åsa och ta ställning till det. Även hennes berättelse skulle väga tungt, bara hon nu inte skulle ändra sig och dra tillbaka sin anmälan.

Vid genomgången på stationen hade man kollat om Magnus var hos mormodern. Naturligtvis hade hon inte sett till honom, inte ens på julafton hade han fått hälsa på henne. Hon hade inte ens fått veta att dottern låg på sjukhus igen och brast i gråt. Hon talade upprört om Henriks aggressivitet och kontrollbehov, som om hennes dotter var ett föremål som bara var till för att tillfredsställa hans sjuka nycker. Hon var förtvivlad över att hon inte kunnat påverka sin dotter, ledsen över dotterns undergivenhet och att hon inte längre var den vackra självsäkra Åsa hon varit. Hon bekräftade vad polisen redan kände till om misstankarna mot Henrik. Mormodern hade ju själv anmält honom tidigare men hennes dotter hade friat honom.

Polisen lugnade henne. Det var inte hennes fel, upprepad misshandel och psykisk tortyr bryter ner den starkaste. I dagsläget såg ärendet lovande ut. Han kunde fällas även om Åsa drog tillbaka sin anmälan, för nu hade man fullt tillräckliga bevis: Kjells inspelning med Henriks erkännande, sjukhusets rapport om skadorna och kvinnornas vittnesmål. Och nu även barnens vittnesmål om vad Magnus berättat om misshandeln av honom och mamman samt att han hotat polisen med vapen och gjort motstånd vid gripandet. Så även om Åsa inte lyfte ett finger mot Henrik så var han fast för lång tid, försäkrade polisen för mormodern om och om igen. Åsas tveksamhet var ett annat problem som hon skulle få hjälp att ta sig ur. Nu var det viktigaste av allt att hitta Magnus innan han fryser ihjäl.

I väntan på helikopter och hundpatrull begav sig en grupp poliser, förstärkta av kolleger från andra distrikt, ut att söka efter Magnus i skogen runt stallet. De låste upp bommen och körde in längs skogsvägen. Fast den var plogad fanns gropar här och där efter traktorhjul. Polisbilen gungade och slirade ibland.

Efter ett par hundra meter hade de kommit dit där barnen sett Magnus försvinna. Det blåste och snöade, inte de bästa förutsättningarna för att hitta ett barn i skogen. Och det var kuperat på olika vis, kullar omväxlande med planare områden. Mellan formationerna ormade sig skogsvägen vit i all snön som effektivt utplånat alla fotspår.

Man steg av och upptog sökandet till fots, två och två. De hade att passera en kulle i taget. Svårigheten låg att terrängen omkring täcktes av brutna grenar och gropar och där fanns isiga diken och djup snö. Det hade snöat ymnigt de sista dagarna. Fast ingen av poliserna var rätt utrustad för att gå i sådant område, strävade de fram ändå. Ingen ville ge upp.

Poliserna ropade på Magnus. Deras röster ekade inte. Efterklangen fångades upp bland kullarna och dämpades av fallande snö och överröstades av blåsten. De hittade inga som helst spår som tydde på att Magnus varit i området. Nyfallen snö hade lagt täcke över allt. De kom ingen vart. Bara en hund skulle möjligen kunna åstadkomma något. Eller en helikopter utrustad med infrarödkamera. Men klockan tickade och snart skulle det vara kolsvart. Sista natten i december, den mörkaste tiden i Sverige. Men man fortsatte ändå till nästa kulle.

På polisstationen hade äntligen den efterlängtade hundföraren visat sig. Det var Björne med sin Nalle och han kände inte igen Nina. När han spårat henne i skogen i våras hade hennes ansikte varit blodigt och alldeles uppsvullet. Men han gissade förstås vem flickan var som sprang fram till Nalle och kramade honom och tackade igen. Nalle viftade på svansen, han kände igen Nina med sitt väderkorn. Han slickade henne på kinden och tycktes glad över att se en som han räddat. "Att han kommer ihåg Nina!" sa Kjell. "Jo, hundar har ett fantastiskt minne av händelser och lukter", kommenterade Björne och kramade om Nina och påpekade att hon hade vuxit mycket. Nina klamrade sig fast vid Nalle igen. Det var en rörande syn. Hon berättade för Nalle att hon hade en kompis som skulle bli som han: "Silver, där är han." Silver gnydde, oförstående om vem hunden var som konkurrerade om hans Nina. Och inte bara Nina utan även Kjell och Nathan och Daniel klappade om Nalle och beundrade hans väldiga format, betydligt större än Silver. Men Silver var fortfarande valp, förklarade Nina för Nalle. Och Silver satt där missbelåten för att han inte fick hälsa på den nya hunden utan order. Nalle var likaså avvaktande att hälsa på honom.

Silver for fram så fort han fått klartecken från Kjell och Björne. Till början var han en smula spänd men fann sig snabbt medan Nalle varsamt bekantade sig. Nalle var den äldre och starkare hunden och hade självklart högre rang. Silver accepterade det och hundarna viftade glatt med svansarna. Björne klappade försiktigt på Silver och sa att om han inte arbetade med hundar skulle han inte kunnat tro att det var samma valp som barnen hade pratat om. Han mindes att bråket gällde en nyfödd hittevalp när Nina försvunnit. Så mycket känslor ett djur kan väcka i en. Och nu såg han en stor väldresserad unghund och berömde hans finfina temperament. Björne sa att Silver skulle kunna växa till sig och rent av kunde bli stor som Nalle. "Han kunde nog bli en bra polishund", sa Björne ovetande om Kjells planer för sig själv och valpen.

Kjell föreslog Björne att låta Silver delta i sökandet efter Magnus. Det kunde inte skada, sa Kjell, för han och Silver kände ju pojken och var väl förtrogna med terrängen i hela området. Och Silver var duktig att spåra för att vara så ung. Men, sa Kjell, om Björne trodde att Silver kunde distrahera Nalle var han beredd att ge sig ut på egen hand med Silver för att leta. Björne var lite tveksam till att Silver skulle följa med, inte för att han skulle störa Nalle som var van att arbeta med flera hundar, det var snarare av omtanke om Silver, för det var oerhört påfrestande att spåra i en skog täckt med bråte och djup lös snö. Men Kjell lugnade Björne, han skulle ju själv vara med och se till att Silver inte överansträngde sig. När Björne tänkt efter, gav han med sig och såg fördelen med att Silver och Kjell kände terrängen bättre än han och Nalle.

Polisen var färdig med att höra barnen och skriva ner deras vittnesmål. Barnen kramade Silver och ville förstås följa med också. Men nej, det här var ett ärende för vuxna. Daniel och Nathan sa att de var hungriga. Jo visst, ingen hade fått lunch än, inte heller Kjell men han skulle ut och leta ändå. Ingen dör av att hoppa över en lunch, tänkte han. Nina sprang till utgången och kramade Nalle en sista gång innan hon och kompisarna gav sig av hemåt. Nu måste man hitta Magnus och det var bråttom. Mörkret skulle falla inom mindre än en timme och temperaturen likaså, och både pojken och hans lilla terrier kunde frysa ihjäl. Polisen räknade in alla tillgängliga resurser, fast befälet hade önskat sig flera män. Ytterligare en hundpatrull skulle komma men hade blivit fast på ett annat uppdrag. Varje sekund var dyrbar, varje hjälp var välkommen och polisen hade tagit Kjells erbjudande om att delta i sökandet på egen risk med tacksamhet. Björne stod vid ett bord med en karta utbredd framför sig för att lägga upp en sökplan.

När Björne och Kjell lämnade polishuset hade blåsten tagit till och prognosen tydde på än värre väder, upp mot storm. Det var bråttom och de kördes till mötesplatsen i skogen där polisbussen redan stod. Polisen som körde bilen kände Kjell sedan tidigare då han hört av sig om polisutbildning. Det var han som hade uppmuntrat Kjell att söka och nu blev han glad att höra att ansökan gått igenom och studierna skulle börja snart, bara några dagar in på det nya året. Det skulle Kjell fira med extra fyrverkerier – om de hittade Magnus förstås, annars blev allt firande inställt. "Nej, inga svarta tankar inför nya året", sa polismannen. "Vi hittar killen."

Vägen bortom stallet användes av skogsvårdare, Säbygård, Järfälla kommun och allmänheten för promenader men var inte öppen för allmän biltrafik. Björne bestämde sig för att gå ut där vägen var spärrad med bom och börja sökandet genast. Kjell hade inget att invända. Silver och Nalle fick nosa på var sin av Magnus tröjor som polisen hade tagit från hans hem när de fick veta att hundpatrullen skulle delta i sökandet. "Sök Magnus!" kommenderade Kjell. Av den tonen visste Silver att det gällde arbete och inte lek. Björne gav ingen order. Nalle bara nosade på plagget. Han visste vad det handlade om. Hundarna satte igång sökandet och valde samma riktning att dra iväg åt. Det ingav gott hopp. Kjell och Björne följde efter sina respektive hundar och polisbilen följde med.

Silver och Nalle stannade här och där på den nedsnöade skogsvägen, sicksackade ibland men höll sig kvar på vägen och tycktes fortfarande ense om åt vilket håll Magnus gått. Hundarna fortsatte nosa, stannade emellanåt för att sedan plöja målmedvetet fram. Området var kuperat, en kulle och sedan en avsats, sedan en kulle till och en avsats och så vidare. Skogsvägen följde mönstret upp och ner och slingrade från en kulle till en annan. Området var ett populärt strövområde så man kunde ana en nedtrampad stig under nysnön. Idag var förstås skogen öde – vem ville promenera i sådant väder? Hundarna fortsatte längs skogsvägen. Just när de närmade sig polisbussen uppe på en höjd, parkerad vid sidan av vägen, ville hundarna avvika upp mot en högre kulle. Hundarna var ense även denna gång om att Magnus gått upp just dit. På kullen fanns höga tallar men terrängen var svår med nedfallna grenar. Kjell kände ju till platsen och ansåg att Magnus måste ha tagit denna väg, som genväg till sitt mål intill Säbysjön. Men för dem vore det bättre att gå runt för att skona hundarna och börja sökning om igen efter kullen. Men Björne trodde på sin hund och ville följa den upp i kullen.

Hundpatrullerna måste sära på sig. Kjell ville gå runt kullen. De två männen gjorde upp om att träffas nedanför kullen på baksidan. Björne tog sig upp på kullen med Nalle medan Kjell började sin färd runt om, på den bekvämare men längre vägen för att nå den andra sidan, möta Björne där och fortsätta vidare tillsammans genom ängen. Kjell var säker på att Magnus inte skulle gömma sig upp på kullen, det fanns inga lämpliga gömställen där, inget skydd. Men vem kunde veta? Kanske Björne skulle hitta Magnus där upp på kullen? Polisbilarna måste ändå stanna kvar där Magnus avvikit, just där Björne gått upp. Det skulle vara omöjligt för en bil att följa efter dit.

Föraren gick med Kjell och en annan polis från bussen följde Björne. Nalle ledde Björne och polismannen i sicksack. Det var svårt att följa hunden som lätt hoppade över klumpar här och där, men männen måste akta sig för grenar och nedfallna stammar täckta av snö. Till råga på allt tilltog vinden allt mer. I skogen var de än så länge förskonade, men vinden hördes vina över granarna och tallarnas toppar. Grenar bröts och risken att män och hundar skulle träffas var påtaglig. Snön från träden dråsade i tunga klumpar över dem. Då och då virvlade snö runt om dem och piskade deras ansikten. Några mindre grenar slets av träden. En flög rakt mot Björne som nätt och jämnt hann dra undan huvudet.

Fattas bara att vi får nedblåsta grenar i skallen eller bryter benen i den här eländiga terrängen, tänkte polismannen. Som om han förutsett sitt eget öde snubblade han på en stubbe och föll framstupa. Hans ansikte tog mark knappt någon centimeter från en spetsig gren som stack upp i snön. Han kunde vara tacksam för att det inte kostat honom ett öga, men foten var vrickad. Han provade några meter och kunde halta sig fram, så inget var brutet fast han hade ont. Björne hade hejdat sig för att se hur det gått men kollegan lugnade honom. Han skulle söka vård sen, efter att de hittat Magnus. Björne försökte övertyga honom att återvända, men förgäves. Han ville inte lämna Björne och Nalle ensamma i en främmande skog.

Nalle stannade plötsligt upp och började gå tillbaka. Av någon anledning hade Magnus ändrat riktning, kanske låg hans koja i närheten? Men det verkade inte så. Nalle gick bara en runda och satte fart igen framåt tills han kom till en avsats, vände för att gå runt och kom ner för backen mot Kjells position. Plötsligt gav hunden upp ett ylande. Den hade fastnat i något under snön och kunde inte dra sig loss.

Björne försökte hjälpa honom upp men hunden satt fast. Han hade ont och morrade. Björne och polisen försökte tillsammans gräva upp snön runt Nalles ben. De stannade upp när de kände ett vasst föremål. Sedan grävde de vidare med större aktsamhet. I samma takt som de grävde fylldes gropen av nysnö från virvlarna. Hundens ylande hördes blandat med vindens tjut. Silver måste ha hört Nalle så han började yla också, kanske i sympati med sin kollega eller för att han ville komma till undsättning.

När Björne äntligen fick tag i Nalles framben såg han att det fastnat i en taggtråd, rester av utslängt skräp i skogen. Björne lirkade med tråden för att lossa den, men varje rörelse var smärtsam. Han klappade lugnande sin hund fast han själv höll på att gråta innan han lyckades få loss tassen. Blod rann ymnigt från Nalles ben, rött mot den vita snön. Nalle höll upp benet och gnydde medan blodflödet fortsatte. Han slickade såret. Nej, han kunde inte fortsätta. Björne tog av sin halsduk och lindade om tassen. Den här skadan måste sys genast. Han kallade på djurambulansen att möta upp vid stallet.

Men de kunde inte gå tillbaka i det snöiga skogspartiet för att nå polispickupen. Terrängen var hopplös med alla fallna grenar och en snöstorm som omintetgjorde deras upptrampade spår. Björne beslöt att fortsätta mot Kjell som redan befann sig på skogsvägen nedanför. Det var inte långt dit men Nalle var en tung hund. Björne skulle göra allt för att rädda honom och bar den gnyende Nalle i sin famn som sitt eget barn. Polismannen som linkade efter kunde inte avgöra om Björne grät, men det var verkligen inget triumftåg. Sökandet måste avbrytas, utan resultat.

Björne anklagade sig själv för att han inte lyssnat på Kjell. Han hade tagit med Kjell just för att denne kände terrängen. Men hans envishet och vilja att inte missa något gjorde att han hamnat i den olyckliga situationen. Han bad Nalle om förlåtelse, gång på gång och hunden såg undrade på sin förtvivlade husse. Det var nog mer synd om husse så han slutade gny. Polismannen bakom försökte trösta Björne, jäkla väder var det och såna idioter som slänger farliga saker i naturen, fast även han innerst inne klandrade Björne för hans olyckliga beslut.

Äntligen hade de tre nått Kjell och Silver. Silver försökte komma fram till Björne och Nalle med sympatiserande svansföring, men fick inte. Båda hundarna gnydde ikapp. Männen var tysta. Ingen ville säga något för att inte strö salt i såren. Kjell visade polisen och Björne den enklare vägen tillbaka till polisbilen.

"Nu står allt hopp till Silver för att hitta pojken", sa Björne nedslaget när han lyft in Nalle genom polisbilens bakdörr till och fäst honom i hundselen. Polisen som följt honom satt redan bredvid, hans onda fot hindrade honom från att delta i vidare sökande. Föraren slog på blåljuset och körde så fort han kunde till veterinär, hunden behövde kvalificerad vård. Kvar stod Kjell med Silver och polismannen som följt med dem från början. Kjell var nervös, osäker på om han och Silver skulle klara av uppgiften, som även ansetts svår för den rutinerade Nalle. Men utmaningen hade han redan tagit och tänkte inte dra sig ur. Ett barns liv var i fara.

Kjell, polisen och Silver stod stilla i blåsten och begrundade nästa steg. Bakom dem låg den svårtillgängliga kullen där Nalle skadats. Under deras fötter djup snö. Över deras huvuden välvde sig en grå himmel. Framför dem en äng täckt av virvlande tät snö, likt dun men isande kall, som tjutande for mot dem, piskade kinderna, sved i ögonen. Det måste de ta sig igenom. Och solen var på väg att försvinna. För inte länge sen var detta en grön äng, svårt att föreställa sig denna dag. Men ängen var viktig för att kunna orientera sig.

Kjell hade haft rätt i att Magnus inte var kvar på kullen. Han måste ha valt att ta sig över den som kortaste vägen mot sitt mål. Men åt vilket håll befann det sig? Rakt framåt, höger eller vänster? Polismannen räckte Silver Magnus tröja att nosa på igen. Men Silver behövde den inte för att komma ihåg vem han sökte. Han visste att han måste fortsätta tills han hittat Magnus. Under träning brukade han aldrig återvända hem med oförrättat ärende. Kjell kunde inte bara lita till Silvers nos, han måste även resonera. Magnus skulle aldrig gömma sig på en så öppen plats om han hade bara ett uns vett. Och pojken var inte dum. Silver valde raka vägen framåt i det som han säkert mindes som ängen där Säbygårdens kreatur hölls under våren, sommaren och långt fram på hösten. Korna kunde gå därifrån till skogspartiet vid sjön för att dricka, eller om de behövde skugga.

Det var inte långt till sjön med vanliga mått. Men i dag snärjdes vandrarna efter bara några meter av allt vildare snövirvlar och djupare snötäcke. De kunde knappt urskilja något, sikten var nästan lika med noll. Kjell fick gissa sig till stigen genom ängen. Männen fortsatte kämpa sig fram, ledda av en amatörtränad unghund. Kunde det inte blåsa medvind åtminstone? tänkte Kjell. Det var svårt att göra sig hörd och kändes knappt lönt att ropa efter Magnus. Snöyran dränkte deras röster och de måste skrika till varandra för att överrösta vindtjutet. Det skulle ha tagit dem fem minuter från kullen till Säbybryggan på sommaren, men i det här vädret? Varje steg var en plåga, inte minst för Silver som fortfarande kämpade sig tappert framåt och drog Kjell med sig. Han hoppade som ett rådjur. Plumsade på magen för att ta ett nytt hopp.

Skuggorna från kullarna blev längre. Snart skulle mörkret falla. De hade haft besvärligt även under den ljusa sommarnatten då de sökte efter Nina bland skuggorna, men nu skulle de kanske bli tvungna att ge upp om de inte snart lyckades hitta den lille killen. Vem sa det? Ingen. Det var bara en tanke som passerade männen. Den skrämde. Ingen hade hjärta att avbryta sökandet, lämna ett hjälplöst barn ensam i kyla, storm och mörker. Han måste vara rädd, säkert frusen, kanske skadad eller… det värsta alternativet ville de inte föreställa sig, inte än.

Männen hörde helikoptern hovra där uppe. Det fanns andra som letade. Det ingav hopp. Men snart försvann helikopterljudet. Polisen fick bekräftat över radion att piloten tvingats avbryta sökandet i den allt svårare vinden som nu närmade sig stormstyrka i de värsta byarna. Det besvärliga för männen på marken var att snön for som projektiler parallellt med marken. Det föreföll omöjligt att lokalisera Magnus med mindre än att de snubblade över honom.

Kjell kunde urskilja något som påminde om en hund, kanske var det terriern? Nej, det var en stackars räv som Silver uppmanade att hålla sig undan med ett skarpt skall. Kjell tystade honom och noterade att Silver var totalt fokuserad på sin uppgift medan räven försvann som en skugga. Återstod att skrika sig hes efter Magnus. Men trots mycket hojtande hördes inget svar. Kanske Magnus inte ville svara eller befann sig långt därifrån. Kanske rädd att ge sig tillkänna och tvingas tillbaka till pappa – eller kanske han redan låg skadad utan att kunna göra sig hörd, som i Ninas fall. De båda männen uteslöt inget scenario och fortsatte ihärdigt.

Äntligen nådde de skogspartiet intill sjön. Ängen låg bakom dem. Vilken lättnad. Genast blev det lättare att andas, träden tog emot den hårda pressen från vinden. De skakade av sig kilovis med snö från jackor och huvor. Även här var snön djup och det blåste från sjön, men de kunde pusta ut. Silver flämtade och kunde också behöva ta igen sig men de kunde inte unna sig mer än några sekunders vila.

Platsen var någon meter högre än ängen och sjön, en ojämn platå med små diken och gropar. Där fanns en gammal stenmur och ett äppelträd som inte burit frukt på många år. Kanske någon en gång haft sin boning här vid sjöns strand. Inte långt därifrån fanns ett par päronträd, som sällan bar ätbar frukt. Långt innan de hunnit mogna var de angripna av insekter. Nu var alla former spöklikt beslöjade i vitt. Kjell svepte eftertänksamt med blicken över omgivningen. Magnus hade nämnt för barnen att hans "hem" låg i skogen, inte på en äng, inte vid sjön. Polismannen höll med om att han borde sökt sig till en plats som bjuder bättre skydd, som en tätare skog. Men som vädret såg ut i dag kunde han inte räkna med fullgott skydd någonstans.

Silver började nosa sig runt, kom av sig en stund och stod rådvill. Kjell ville påminna honom om uppdraget och lät honom åter nosa på Magnus tröja. Tänk om Silver skulle råka ut för något liknande som Nalle gjort? Då förlorade de chansen att rädda Magnus. Kjell var övertygad om att Silver aldrig skulle lämna någon i nöd. Han skulle göra allt för att rädda Magnus, på bekostnad av sitt liv som när han räddade kvinnan. Men ändå, om Silver skulle råka illa ut? Skulle Kjell lägga ansvaret på hunden – säga att Silver valde själv att offra sig? Vad vore han för husse? Hunden var hans ansvar och dessutom en familjemedlem och en vän, hur man nu vill definiera bandet mellan hund och husse. Men problemet låg nu inte där, utan hur de skulle klara av att bära Silver över den eländiga skogsterrängen i snöstorm. Nå, det skulle gå bra, och hursomhelst skulle han aldrig lämna Silver åt sitt öde, han skulle bära honom som Björne bar Nalle, hela vägen hem om det skulle behövas, dö med honom om det krävdes, men lämna honom ensam? Aldrig!

Silver stannade plötsligt. Han skärpte hörseln, knappt märkbart på en hund, men Kjell förstod att han uppfattat något. Männen stannade, vände ryggen mot den isande stormen och ansträngde sig. De kunde inte höra något. Vad hade Silver märkt? Nu satte han fart i riktning mot bryggan. "Duktig Silver!" utbrast Kjell och vände sig till polismannen och sig själv: "Silver måste ha kommit på något. Tänk om Magnus har korsat sjön till andra sidan? Ingen bra idé, Magnus!"

Vinden ven och snön virvlade i minitromber över den frusna sjöns yta. Flingorna blev större. De svepte allt ymnigare, horisontellt som om de inte kom fallande uppifrån utan hade kommit rusande från nordpolen bara för att piska dem i ansiktet. Sikten försämrades ytterligare. Över dem vilade rädslan för mörkret som snart skulle falla över dem. Man kunde fortfarande urskilja den svaga konturen av den nedlagda grillen i närheten av bryggan, den såg nu mest ut som en stor snöhög. Silver ägnade den ingen uppmärksamhet — trots att det säkert luktade grillkorv sedan sommaren, tänkte Kjell. Silver vände om och satte fart mot en annan skogklädd kulle parallellt med sjön. Männen hann knappt med. Är han inte trött än? Tydligen inte.

Silver nosade sig sakta fram på den nya kullen som var täckt av granar. Tillbaka, runt och fram igen, över dike, kullen igen. Magnus måste ha irrat fram och tillbaka. Kjell kände att han borde ta av kopplet för att underlätta både för Silver och för sig själv. Hunden skakade av sig snön och verkade lättad över att få eget ansvar. Han såg sig inte längre om efter männen men hade koll på dem. Han litade till Kjells uppmuntrande röst och visste att männen inte var långt efter. Han ömsom plöjde, ömsom hoppade vidare åt samma håll. Fort gick det inte men männen kände sig övertygade om att Silver hade vittring och var på rätt spår.

Blåsten kändes mindre pinande på den här kullen tack vare skyddet av alla granar som växte tätt där. Expeditionen pulsade mödosamt fram. Där låg mer snö än på sträckan de hade tagit sig genom, vinden hade inte kommit åt att föra bort den. Steg för steg tog de sig fram ändå. Det var förstås uppmuntrande för männen att Silver verkade säker och Kjell började mer oroa sig för tillbakafärden med en pojke som kanske var skadad eller medvetslös och snabbt behövde vård. Polismannen tog kontakt med pickupen som väntade nära stallet. På frågan om de kunde vänta några sökhundar till blev svaret nej, Silver var fortfarande det enda alternativet. Men ändå: ett skidlag från militära räddningsenheten var på väg mot dem och hade utrustning även för mörkerseende. Kjell och polismannen var inte utlämnade åt sig själva. Det var uppmuntrande.

Silver tycktes fortfarande vara vid gott mod och god vigör. Han ledde dem ner från grankullen till nästa, en kulle med ek, björk, asp och gran. Terrängen var sargad av diken och ett tjockt lager snö maskerade alla fördjupningar liksom även mängder av grenbråte och gamla fallna stammar, buskar och stenar. Alla spår hade täckts av djup snö, gömda för ögon men inte för hundnosar.

Mörkret föll sakta och snart skulle det vara totalt. Polismannen tog fram sin ficklampa. Han hade mer i sin ryggsäck, bland annat ett par filtar som Magnus skulle vara i behov av. Han försökte lysa väg men det var inte till stor hjälp för den djupa snön orsakade lika stora problem som mörkret. Silver stannade plötsligt upp för att gräva energiskt. Kjell och polismannen stelnade till, men Silver grävde inte fram en död kropp som de fasat för utan bara ett omslag till en chokladkaka. Man fick anta att den tillhört Magnus och det gav hopp om att denne inte var långt borta. Polismannen försökte åter intressera Silver för Magnus tröja men

Silver brydde sig inte, som om han hade Magnus vittring inprogrammerad i sitt doftregister. Kjell och polisen kallade på honom, förgäves.

Silver fortsatte framåt, ner och upp, från en kulle till en annan. Kjell fastnade i en snöhöljd gren och ramlade framstupa. Det var en omöjlig terräng men han var snart uppe. Även polismannen trampade ner i en grop och kände det som om han hade vrickat foten, eller kanske bara en stukning? Han haltade och hade ont. Han behövde ta igen sig någon minut och kyla ner vristen med snö. Men det var inte tal om att avbryta sökandet. Kjell var rädd att Silver också skulle råka ut för någon skada och fortfarande fanns inget påtagligt spår av Magnus eller hans hund. I det här läget kunde han bara kalla högt på Magnus så mycket hans röst räckte till. Och den imponerade! "Som en megafon", konstaterade polismannen. Silver såg sig häpet om. Han hade aldrig hört Kjell ta i så dant förr. Men han fnös till och ville fortsätta med nosen före. Kjell hade ropat förgäves, inte minsta gensvar från Magnus.

Polisradion meddelade att en skidpatrull från militären närmade sig ängen. De var välutrustade och orienterade sig efter Kjells marschrutt. Men de hade fortfarande långt kvar. De var tränade att klara den svåraste terräng och extrema väderförhållanden och hade lyckats få med två lavinhundar, men hundarna hade inte lyckats få upp spår av Magnus. Allt hopp stod till Silver, fortfarande.

Varje minut var dyrbar, för temperaturen föll med mörkret och en stillasittande person skulle snart frysa ihjäl. Man kunde inte räkna med att Magnus höll värmen, trött och hungrig och säkert genomfrusen. Det var inte tal om att vänta tills förstärkningen kom fram. Polismannen bet ihop tänderna och pulsade efter Kjell och Silver trots att han nu haltade rejält. Silver päls var olyckligtvis nästan lika vit som snön och blev allt svårare att se. Det enda de hade till hjälp var ficklampan. Tänk om batteriet lägger av? Den fick i alla fall polismannen att upptäcka en urinfläck vid ett träd. Silver hade redan nosat där och fortsatte framåt i snabbare takt. Förhoppningsvis var det ett visitkort från terriern, men det kunde vara annat också, för terriern skulle omöjligt kunna ta sig fram själv i så djupsnö. Kanske Magnus släppt honom för att vila och hunden passade på att kissa. Det var svårt att fatta hur de kunde ha kommit ända hit i all den här snöyran. Han hade haft försprång förstås och kommit iväg innan ovädret tilltagit, men han måste också ha drivits hårt av skräck för sin pappa. Kjell slogs av en tanke – tänk om han byggt sin koja uppe i ett träd? Och de som letat på marken hela tiden... De fick kolla både fågel, fisk och mittemellan. Kanske Silvers närvaro kunde få pojkens hund att skälla så att de hörde honom, om nu Magnus inte kunde eller ville ge sig till känna. Men kunde hans lilla hund vara vid liv än efter nedkylning och ansträngningar?

"Vad tror du – kan vi lita på Silver? frågade polismannen. "Jo då. Som han drar så vet han vad han gör. Han känner till terrängen. Vi var ofta här i somras och höstas." Men just idag var ju terrängen till oigenkännlighet täckt av djupsnö som bara fortsatte att växa. Männen undvek att tala om sin fasa för att hitta Magnus ihjälfrusen. Han hade varit ute ända sedan lunchtiden. Kylan började kännas i benmärgen även hos dem, och hur var Magnus klädd? En åttaårig pojke kunde knappast ha förberett sig för ett sådant temperaturfall, särskilt som han tydligen gett sig av i hast. "Vi hittar honom! Lita på Silver. Det gör jag", sa Kjell.

"Silver arbetar fantastiskt bra. Målmedvetet och envist. Och bara valpen!" konstaterade den allt mer haltande polisen. Och Silver sökte verkligen ihärdigt och visade varken trötthet eller missmod. Männen försökte peppa upp varandra med uppmuntrande småprat och kommentarer. Att prata om Silver låg nära till hands. "Vi har tränat honom att spåra på lek. Han kunde nog vara ett ämne till spårhund, fast han måste vara äldre, ett och ett halvt år innan man kan ta honom till test. För övrigt var det just hunden och allt som han fört med sig som fick mig att tro att jag själv kunde vara ämne till polis", sa Kjell. Det hade också varit ett samtalsämne som intresserade dem båda fast just nu hade ingen av dem så mycket luft till övers. Polisen hette Ramon, fick han i alla fall sagt, och hade kallats in från Järvaområdet liksom flera av hans kolleger.

De två männen arbetade sig tungt fram efter Silver, snubblade, halkade och föll och kom upp igen. Silver såg till att inte släppa husse för mycket på efterkälken. Det hade Kjell varit noga med när de övade spår. Silver tycktes säker på riktningen, men snön tvingade Kjell att gira undan då och då för att kunna följa med. När Kjell märkte att Ramon hade svårt att hänga med föreslog han honom att stanna och vänta in förstärkningen medan han och Silver fortsatte så länge de förmådde. Ramon svarade bestämt att det inte var någon fara för hans del, bara en lite öm fot och det viktiga var att hitta pojkstackaren.

Och plötsligt stannade Silver och bytte riktning mot en ny kulle. Han såg sig om för att se om männen hängde med och så tog han ny fart. "Vilket energiknippe", pustade Ramon. Men efter bara några sekunder saktade Silver in för att nosa omsorgsfullt vid en trädstam. I snön virvlade ännu ett chokladomslag upp. I närheten fanns några gropar med korta regelbundna avstånd emellan. Det kunde vara fotavtryck! Men de var på väg att försvinna, blåsten höll på att fylla dem med snö. Ramon tvivlade inte längre på Silver. Han öppnade sin kommunikationsradio och meddelade positionen. Silver skällde flera gånger utan något svar. Männen hojtade också av alla krafter. De spejade över området med polisens ficklampa men kunde inte upptäcka minsta spår efter vare sig Magnus eller hans hund.

Visst sopade den nyfallna snön undan alla spår, men säkerligen hade Magnus passerat här och hade rimligtvis sitt gömsle i skogen, på den sidan som spåren lett till. Silver nosade sig runt i en halvcirkel för att sedan göra helt om och sätta full fart mot några granar som växte höga, fina och gamla. På sommaren fanns en stig här, och Magnus tycktes ha följt den – det borde han ha kunnat göra innan snön täckte den helt. Kjell berättade att när han var liten brukade han komma hit med sin pappa för att fiska och grilla men nu var grillen tydligen nedmonterad vilket förvirrat honom, det hade varit ett säkert landmärke.

Silver flämtade, han var uppenbart medtagen men var alltför ivrig att sakta tempot. Även männen hade svårt att ta sig längre fram och det stod klart att grabben måste vara desperat för att rymma så långt. Kanske ville han ta livet av sig, det var ju så Nina hade känt sig. Barn kan bli väldigt sårbara och kan hitta på allt möjligt som gör dem svårförutsägbara. Kjell föreslog återigen Ramon att vila under en av de stora granarna för att ta igen sig men han vägrade, han hade själv två barn och tänkte inte ge upp.

Silver började irra planlöst. Han kunde inte ta sig fram dit nosen ledde honom och det gjorde honom förvirrad. Det var helt enkelt en oländig terräng, svår även för en vuxen hund, och Silver var inte ens ett år. Kjell började tvivla på att de hamnat rätt, kanske han haft för stor tilltro till Silvers förmåga. Men det tycktes inte Ramon göra, han var säker på att Silver var på rätt spår. Kjell kände sig skamsen, ska han tveka när en främmande person litar på hans hund? Han började bli desperat och inbilla sig alla möjliga hemska scenarier. Männen beslöt att fortsätta så länge Silver inte gav upp.

Temperaturen föll ytterligare. Männen kände kylan in i märgen och hur skulle då en liten pojke känna det? Utan minsta tecken från Magnus så här långt tycktes chansen vara liten att hitta honom levande. Nu stannade Silver. Han såg sig om, som om han försökte ta ut nästa riktning med hjälp av hörseln. Kjell försäkrade att Silver var upphetsad och det betydde att han hade fått en stark vittring. Han rörde sig alltmer målmedvetet. Kjell blev mer optimistisk när han kände igen Silvers beteende. De hade ju övat sök med barnen men aldrig på allvar som nu. Men nu var de nära, det var då säkert. Ramon upprepade, som bara för att döda tiden, att det kändes så svårt när ett barn var inblandat. Kjell nickade. Visst, det var en mardröm!

Silver stannade vid en avsats, såg sig om, vädrade i luften och började skälla högt. Det var första gången sedan han ylat som respons på Nalles tjut. Strax svarade ett gällare skall inte långt därifrån. Det kunde bara vara Magnus terrier! Polismannen och Kjell ropade Magnus namn tillsammans i kör och Silver skällde igen men svar kom bara från terriern, inte från Magnus. Silver såg sig bakåt och väntade otåligt in Kjell och polismannen. "Duktig Silver! Duktig hund! Silver är superhunden. Vi hittar Magnus, nu är jag säker!" sa Kjell.

Polismannen rapporterade i radion sin position och att de hört terriern, bara ett kort hest skall. Silver försökte hoppa ner från en klippkant men Kjell hejdade honom för att först försöka få en överblick. Silver skällde på nytt och nu hördes ett upprepat hest svagt skällande alldeles intill. Ditåt ville Silver. Men vart? De kunde inte längre urskilja något i mörkret. Men bara ett par meter från dem hade Silver stannat och nosade på något. Det var en liten hund. En terrier.

Den hade fastnat i snön och kunde inte ta sig vare sig framåt eller bakåt. Den var för liten för den djupa snön, magen vilade mot skaren som benen trängt igenom och den hängde hjälplöst i mjuk snö utan att få fäste, snarare sjönk han ännu djupare för varje rörelse, och snön höll på att begrava honom. Den hade kämpat förgäves för att ta sig upp och var utmattad, så trött att den knappt hade orkat skälla förrän den fick nya krafter av att Silver kommit i närheten. Den skakade av köld. Silver slickade terriern som om han ville värma den. Terriern lade ner sin sista energi på att vifta på svansen, påtagligt glad att ha blivit funnen. Kanske hade den försökt återvända för att hämta hjälp åt Magnus men fastnat där för gott.

Men var fanns pojken? Nu skulle terriern inte orka visa vägen till honom för snön hade blivit alldeles för djup och han drunknade i den. Kjell lyfte upp och svepte in den i en filt för värmens skull. Hunden slickade honom tacksamt på handen.

Magnus svarade fortfarande inte på de förtvivlade ropen från Kjell och Ramon och Silver hjälpte till med att skälla. Han borde finnas i närheten – terrierns korta ben kunde inte ha burit den så långt från Magnus, resonerade de. Ingen ville tänka den värsta tanken ut, att Magnus inte svarar för att han hade fallit och låg skadad under snön – eller rentav frusit ihjäl. Männen skymtade bara Silvers viftande svans och hörde honom skälla i en annan, mjukare ton, gnyende. De lyfte tillsammans upp en gren och riktade ficklampan rakt in i ett litet utrymme avgränsat av tunna bräder och grenar hopsatta med snören. Där såg de ett bylte, det var någon hopkrupen i en sovsäck.

"Magnus!" ropade Ramon och rösten sprack. Han upprepade i vanlig samtalston. När han inte fick svar svepte han över byltet med ficklampans ljusstråle. Jo, det var en sovsäck. En huva som inte var tom. Den vände sig. Nu såg han ett ansikte skymta. "Det är grabben, han lever!" skrek Ramon. Magnus huttrade i den mer än tiogradiga kylan. Han såg genast lättad ut när han kände igen Silver som redan var framme och slickade honom i ansiktet. Kjell och polismannen var överlyckliga och när de förstod att han var vid fullt medvetande frågade de varför han inte svarat på anropen. Pojken snyftade att han hellre ville dö än att gå tillbaka hem. "Pappa slår oss hela tiden. Han skulle skjuta mamma." Kjell kunde knappt hålla tårarna tillbaka: "Ingen ska slå dig eller din mamma mer. Det lovar jag, jag är pappa till Daniel i din klass. Här är Ramon, han är polis, se på emblemet, han lovar också." Ramon bekräftade: "Vi har tagit hand om din pappa, han ska inte röra någon mer och din mormor väntar på dig, din pappa har inte dödat mamma, du kan lugnt komma ut nu." Magnus var tyst och visade inga tecken på att ha förstått.

Kjell kröp ända fram och hjälpte ut den stelfrusne Magnus. Han måste lägga armen om pojken och försäkra än en gång att han aldrig mer skulle få stryk av pappan. Ramon svepte in Magnus och hans sovsäck i den andra filten han hade och nu kunde han meddela i sin komradio att de hade hittat Magnus, men han var starkt nerkyld och det behövdes en sjuktransport. Det var förstås uteslutet att skicka en helikopter, den förra hade gjort klart att vädret inte gjorde det möjligt, men en vanlig ambulans var på väg i stället men endast till stallet. Och den militära gruppen? Stormen hade tvingat dem ur kurs och de hade samlats vid Säbysjöns brygga. Det var tur att man inte väntat på dem.

Att en liten åttaåring skulle gå i den djupa snön var förstås inte att tänka på, så Kjell föreslog att han skulle bära honom. Magnus sa ingenting. Han tycktes helt förlora medvetandet stundvis. Kjell lyfte upp honom på sin rygg i sovsäck och filt. Han försökte hålla Magnus vaken med småprat och tröstade med att han minsann också fick bära Daniel ibland när de varit ute i snön, och han var mycket tyngre. Ramon bar på terriern och Silver skuttade framför dem i triumf. Ingen kunde märka att han var trött, bara upprymd över att ha hittat den han sökte och fått så mycket beröm.

Militärteamet mötte de nödställda vid Säbybryggan. De hade med sig en person från Säbygård som ryckt in med sin traktor för att visa vägen när de gått vilse. De var utmattade trots att de var vältränade, men glädjen över att pojken och terriern hittats gav dem nytt mod. Silver var förstås dagens hjälte och fick mycket beröm av militärteamet men var själv upptagen av mötet med deras hundar, som gav honom ny energi. Han fick lite hundgodis av en av förarna. Kjell hade inte med sig något, han hade ju för vana att bara belöna Silver med beröm. Men nu fick han allt se till att ha något med sig åt hunden att äta för att förnya hans krafter, som vid en sån här strapats.

Trots att Magnus var alldeles förbi av trötthet och kyla kom han till medvetande och skrek ut att han inte ville hem, inte till pappa. Polisen försökte lugna honom, men hans tårar bara rann. Han ville hellre dö. De flesta i gruppen hade egna barn och var förfärade över att ett barn hellre ville dö än att träffa sin pappa. Vilken terror hade han inte varit utsatt för! Magnus med sin hund och den skadade Ramon fick åka traktor på väg till den väntande ambulansen. Ramon hade inte låtit smärtan hindra honom – eller hade han inte känt av den? Det var svårt för dem båda att begripa, men kyla kan minska smärta och viljan kan ge oförklarlig styrka. Och deras vilja att hitta pojken övergick allt annat.

Det blåste fortfarande starkt men snöfallet hade minskat. Kjell, militärpatrullen, Silver och de båda lavinhundarna återvände mödosamt i snön och kylan. Äntligen skymtades polisbilen väntande vid skogsvägen. De hade kallat in en snöröjare för att hålla vägen öppen. Kjell vräkte sig in i baksätet efter Silver, slöt ögonen och log matt medan gratulationer och beröm flödade. Han fick veta att ambulansen hade tagit hand om Magnus.

Med bilen tog det sen inte många minuter till polisstationen. Kjell hade redan återhämtat sig och möttes av applåder när han steg in tillsammans med Silver genom dörren till polisstationen. Magnus mormor var där, och när hon förstått att det var Kjell och Silver som hittat hennes barnbarn kom den gamla kvinnan och tog hans händer i sina och böjde sig och kysste dem. Kjell blev minst sagt överrumplad och så generad att han tog hennes händer och kysste tillbaka medan han mumlade något om att det inte var så märkvärdigt. Hon var glad till tårar över att ha Magnus i säkerhet och Kjell fick veta att Magnus och hans mamma tagits till samma sjukhus, Karolinska. Björne hade lämnat meddelande att Nalle fått behandling och skulle snart vara på alla fyra. Nu kände alla på stationen att de kunde fira ett nytt år, med ett gott slut på det gamla. Att de hittat Magnus gjorde det väntande nyårsfirandet dubbelt glädjande. Och Kjell hade mer att fira, sin antagning till polishögskolan.

Klockan var över sex när Kjell lämnade polisstationen med Silver. De var trötta men såg fram att mot fira det nya året hemma med barnen och vännerna. De möttes av kramar redan i dörren. Agneta höll hårt och länge om sin man med jackan på. Skorna lämnade en pöl av smältvatten. Hon märkte hur utmattade de var, både han och Silver. "Du får sova någon timme. Jag behöver ingen hjälp än på ett tag." Daniel klamrade sig fast vid pappa och ville inte släppa: "Pappa. Pappa." Han behövde inte säga mer, för kramen bar ett lass av känslor, rädslor, förtvivlan, lättnad. Kjell kramade tillbaka. Han ville säga att han älskade sonen men orden kom inte, de fastnade i gråten. Hur kan man slå sin familj sönder och samman som Magnus pappa gjorde? Tanken gjorde honom förbannad, starkare än gråten och var kanske avledande för nu kunde han säga högt: "Jag älskar dig lille gubben." Det förlöste Daniel också. Han lugnade sig, vände sig till Silver och gav honom sin beskärda del av välkomnande.

Medan Kjell fick av sig ytterkläderna berättade han att Magnus och hans hund var ordentlig nerkylda men skulle repa sig. Agneta hade redan fått höra det av Marie. Elin kom från sitt rum när hon hörde Silver yla som om han ville kalla till sig hela familjen, samla den till storkram. Hon hade gråtit av oro för pappa och Silver och brydde sig inte om att det märktes. Hennes pappa och Silver hade ju varit borta så länge medan stormen tjutit kring husknutarna men nu var de hemma igen oskadda och låg inte på något sjukhus. Ingen kunde tänka sig något nyårsfirande utan pappa och Silver. Kjell kramade sin dotter och hennes spända ansikte löstes i ett stort leende.

Kjell frågade om hon lyckats hitta någon passande klänning och Elin sprang glatt och hämtade en glittrande svart/rosa urringad kort klänning och höll upp den framför sig och la huvudet på sned – hur såg den ut? Jo, Kjell applåderade. Agneta beundrade den också. Daniel sneglade på klänningen och mumlade lite motvilligt att den var fin. Elin log. Daniel var ovanligt snäll idag. Under uppvisningen ringde det på dörren. Det var Karin, och de båda flickorna rusade genast till Elins rum för att göra sig fina, det brukade ta timmar och deras nyårsfest skulle börja klockan nio.

Det doftade nybakat och nylagad mat. Kjell kände sig lycklig och varm fast iskylan satt kvar i fötterna och kände inget behov av tupplur. Han skyndade sig till Toves rum. Hon såg ut som en liten ängel där hon sov. Det var bra att hon fick en eftermiddagslur för hon skulle säkert vakna till festyran, inne och ute på gården. Det doftade gott i hela lägenheten. Både Kjell och Silver var hungriga efter sin krävande dag. Kjell hade inte ens fått lunch, men han ville ändå duscha först medan Silver ägnade sig åt en dubbel portion hundmat. När Agneta kom med friskt vatten såg hon att han fått i sig allt, på nästan ingen tid alls. Han drack så mycket han orkade i samma fart och försvann sen bakom soffan. När Silver drog sig dit betydde det inget annat än: "Stör mig inte! Jag vill vara i fred!" Alla kände till Silvers beteende och unnade honom en lugn stund. Han var ändå dagens hjälte.

Kjell kom duschad, rakad och uppiggad och slog sig ner vid köksbordet. Han ville också ha något att äta trots att
nyårsmiddagen väntade inom knappt ett par timmar. Agneta var beredd med en portion av sina berömda köttbullar och tänkte att Kjell nog kunde göra plats för middagsmaten utöver det. Men hummern skulle sparas till kvällens fest.

Agneta satt med honom och berättade att Charlotte och Bella hade varit hos henne alldeles nyligen med sina barn. Det var nödvändigt att prata med barnen om det som hänt Magnus familj. Barnen hade många frågor och rädslor, speciellt om vad Magnus pappa kunde ta sig till med Magnus och hans mamma om polisen skulle släppa ut honom igen, och vad som skulle hända med Magnus nu, och... och... och... Agneta betonade att barnens förställning om ondska inte var entydig eller enhetlig. Deras framställning var som en katalog över olika slags ondska: lärarondska, pedofilondska, djurplågeriondska. Och nu kommer detta med Magnus, en ny slags ondska, en ond pappa. De kunde inte förstå att ondska är ondska fast i olika former, skepnader och färger. De kunde gestalta och sätta färg på ondskor de kände till, måla det på sina kroppar. En ondska i form av den skrämmande läraren Christina, trollen, pedofilen – men hur ritar man en ond pappa? Daniel och Nathan fick inte ihop det. För Nina var det lättare. Hon hade ingen pappa. Ingen paradox. Hon kunde prata om Magnus pappa som en ondska likvärdig med läraren och pedofilen. Kjell lyssnade och funderade över samma sak som barnen, hur kan en pappa hata sin familj?

Daniel kom och frågade om inte Magnus kunde bo hos dem för hans pappa var så elak. Kjell kunde inte tro sina öron. Daniel som avskydde Magnus och var rädd för hans terrier ville öppna sitt hem för ärkefienden? Han log, det var fint att hans pojke visade medkänsla. Visst får han bo hos dem ett tag, förklarade Kjell med reservationen att han hade en mamma som skulle tillfriskna snart och bestämt hade han en rar mormor. Nu skulle han bo de här närmaste dagarna hos sin mormor tills mamma blivit frisk. Kjell frågade Daniel om han själv inte skulle föredra att bo hos mormor än hos bekanta, ifall föräldrarna skulle resa bort. Jo, så klart att han skulle valt att bo hos mormor, utbrast Daniel. Han sa inte varför, att hon samarbetade med feerna och kunde jaga bort trollet från tomten och hitta skatten där. "Där ser du", sa Kjell, och vad gäller Magnus pappa: han kommer inte ut på länge, kanske inte förrän Magnus är vuxen.

Daniel blev lättad över pappas försäkran om Henrik och sprang ner till Nathan för att meddela att pappa hade kommit hem. Det betydde att han fanns på plats för att sköta fyrverkeriet som planerat. När Bella och Igor öppnade efter hans välkända ringsignaler mötte de en finklädd Daniel. "Precis lika fin som Nathan", utbrast Bella och Igor nickade uppskattande. Daniel behövde egentligen inte berätta så mycket om sin pappa för Agneta hade redan ringt och meddelat både Bella och Charlotte och att tiden för middagen fortfarande gällde som överenskommits.

Nathan hade smygtittat i Igors medhavda fyrverkerilåda och viskade till Daniel att det var jätteraketer som inte ens fanns i Jakobsbergs centrum. "Wow!" sa Daniel när han fick se dem. Nina då, hade hon också köpt pjäser? "Nej, hon hade sparat sina pengar till något hemligt", sa Nathan. Daniel tröstade Nathan med att han i alla fall hade sina sparade slantar kvar och han tänkte köpa något spel som alla kunde spela med på.

Pojkarna frågade Bella om det inte var dags att börja med sina smällare för de hörde det smälla där ute. Bella log. "Ni behöver inte vänta ända till klockan tolv, ni kan fuska lite och smälla av era pjäser före alla andra." Pojkarna sneglade på varandra. Det var precis vad hade de tänkt sig. Inte röra pappornas pjäser men tjuvstarta med Nathans. Bella tog ett paket smällare ur skafferiet och gav till Nathan. "Här får ni av mig. Men var försiktiga." Det var verkligen inte väntat av Bella och pojkarna trodde inte att det var sant. Efter att överraskningseffekten och Nathans kram till mamma var över hämtade Nathan sitt fyrverkeripaket och de smet upp till Daniels. Deras balkong låg lite högre och det var lämpligare för ändamålet men de måste vänta på Nina.

Efter Kjells försenade lunch hade han somnat i soffan som Silver lagt sig bakom. Efter någon halvtimme vaknade han med ett ryck när Daniel frenetiskt ringde på dörren. När ska han sluta med det där, tänkte Agneta. Silver brydde sig inte den här gången, han var för trött. Men Kjell steg upp, han kände sig redan utvilad och det gjorde honom inget att ha blivit väckt. I dag kunde han inte bli arg på någonting för han var så lättad och upprymd över att allt hade slutat väl. Nu berömde han pojkarnas festklädsel. Bella hade varit noga med att Nathan skulle vara finklädd. Fjolårskläderna hade de växt ur så pojkarna hade fått nya.

Nathan visade glatt sin nya fluga, hans första. Daniel ville ha en likadan men det var sent att köpa, så Kjell lånade Daniel en av sina. Han hade aldrig använt den och hade inte brytt sig om att lära sig knyta en riktig så det var en färdigknuten fuskfluga på gummiband, och det var snart gjort att få Daniel lika fin som Nathan. Daniel hummade. Alla skulle jämföra honom med Nathan sista tiden. Det skulle räcka för honom att de tyckte att han var fin bara av sig själv också, tänkte han.

Kjell var orolig att Silver skulle bli skrämd av allt oväsen från nyårsfyrverkerier, men samtidigt måste valpen vänja sig vid sådant om han skulle bli räddningshund. Kanske börja med små oljud och öka det? Han mumlade att han borde ha tänkt på det när han köpte fyrverkerierna. Han visste inte att barnen redan försett sig med en hel del små pjäser. Nathan hörde Kjell och att de tänkte tjuvstarta med pjäserna som Bella gett Nathan. "Perfekt!" sa Kjell och hoppades att Silvers reaktion inte skulle bli dramatisk. "Vi måste vänta på Nina. Hon kommer snart", sa pojkarna en efter en.

Det hördes små puffar från gården. Det hade redan startat – här och där i området hade barn kommit ut på gräsmattan och på sina balkonger och börjat smälla små pjäser. Än så länge var det ingen fara. Silver brydde sig inte och fortsatte sova. Då kunde Nathan, Daniel och pappa gå ut på balkongen för att smälla ett par pjäser. De skulle spara det mesta tills Nina kom. Det var svårt att få upp dörren till balkongen, så mycket snö som redan hade fallit, men den hade inte hunnit bli alltför kompakt. Kjell föste undan snön och dörren lämnade ett spår efter sig som en snöängel. Kjell bad Daniel hämta en bricka, "den där som mamma serverar kaffe till gäster med."

Det var ett effektivt redskap att skyffla snö med. Kjell kastade snö från balkongen och hoppades att inte träffa någon i huvudet. Han bemödade sig att sprida varje skovel snö långt som forna tiders såningsmän sådde sin åker. Bara två smällar skulle det bli i testet. Nathan och Daniel skulle tända på var sin. Första smällen kom och nästan i samma ögonblick stod Silver på balkongen och skällde nyfiket. Han såg pigg ut. Märkvärdigt hur snabbt man hämtar sig om det sker något intressant, tänkte Kjell. Och Silver tycktes inte bry sig inte värst mycket om ljudet. Men det här var bara små pjäser.

Agneta hade på sig en urringad vinröd sammetsklänning. Det var första gången som hon var festklädd sedan Tove föddes. Kjell såg beundrande på sin vackra fru, men själv klagade hon högljutt. Elin hade haft rätt i att hon lagt på hullet och många av sina fina kläder kom hon inte i längre. Kjell försäkrade att hon var vacker som hon var och kramade henne så eftertryckligt att Daniel och Nathan fnissade. Då släppte han henne med ett besvärat uttryck och hummade någonting om att ungdomar tycker att föräldrars kroppskontakt är opassande. Kanske de rentav generas över att se föräldrarna kyssas. Varför?

Nu var Silver klarvaken och satt demonstrativt på dörrmattan och gnällde ogillande för att ingen gjorde min av att ta med honom ut. Det där med att han varit ute halva dagen i skogen räknades inte, då var han ju på jobb! Kjell ville inte att Daniel och Nathan skulle följa med att ta ut Silver i så här blåsigt väder. TV-burken lovade att vinden skulle avta snart men han ville inte vänta. Han skulle inte vara borta länge. Några minuters promenad fick räcka med alla raketer och smällare. Och han själv skulle inte orka mycket mer efter den psykiskt och fysiskt utmattande uppgiften att spåra Magnus.

Kjell och Agneta hade flyttat köksbordet till vardagsrummet och lagt i extraskivorna som på julafton. Platserna runt om bordet skulle räcka gott till alla. Skillnaden var att de lämnade en plats att dansa den här gången. De var överens om att arrangera en riktig feststämning för även om alla inbjudna var nära vänner måste de känna att det var en särskild dag, markera att de skulle möta något fint, ett nytt år med många förväntningar, önskningar och hopp, lämna allt tråkigt bakom sig, gå in i ett nytt lovande år med öppen famn. Agneta hade dukat och gick en sista inspektionsrunda. Hon hade köpt ett par rosor och spritt kronbladen över duken bland glas och tallrikar. Ett nytt år kommer minsann inte varje dag!

Agneta kontrollerade barnens klädsel igen, Daniel i ny skjorta och byxor och lånad fluga, Tove som sprang fram och tillbaka var finklädd i rosa klänning med vitspets och små fladdrande fjärilar påsydda. Hon drog i fjärilarnas vingar och var mäkta stolt över stassen – hon sprang stadigt men studsade ofta på tårna som anstod en arton månaders dam. Elin kom just utrusande från sitt rum med Karin. De var finklädda och sminkade och tog tacksamt emot föräldrarnas beröm men hade bråttom till sin egen fest. Daniel och Nathan blev förvånade över att Elin såg så vuxen ut och inte så lite imponerade men vågade sig inte på några komplimanger.

Precis klockan sex ringde det på dörren. Kjell hade just återvänt med Silver och lämnat honom att rinna av på dörrmattan så han var först på plats att ta emot gästerna, tätt följd av den muntert skuttande Tove med flera. I dörren stod först Charlotte med sällskap. Hon var iförd svart sidenklänning som föll mjukt om hennes former och pryddes av en liten bukett små rosa blommor vid midjan. Hon bar ett fint pärlhalsband. "Dom luktar gott", tyckte Nathan. Men Nina rättade honom, det var inte pärlorna som luktade utan mammas parfym. Medföljande Janne var som alltid strikt klädd i kostym och den enda skillnaden var att han hade fluga i dag, precis som pojkarna och Kjell. Bella och Igor stod bakom Charlotte och Janne och när de kom fram hördes Ninas teaterviskning till Nathan: "Oh! Vad fint hår din mamma har, uppsatt med blommor." Även de vuxna märkte Bellas vackra håruppsättning och berömde hennes långa vårgröna sidenklänning. Varken Charlotte eller Agneta hade lång klänning. Igor väckte inget större uppseende i grå byxor och skjorta utan vare sig fluga eller slips. Daniel och Nathan hade synpunkter på de vuxnas festkläder och röstade om vem som var allra finast, och den tävlingen vann Charlotte. Kanske Charlotte inte hade den allra vackraste klänningen, men pojkarna hade alltid sett henne i gamla nötta kläder förut så det var en stor förändring.

Medan alla berömde bordsarrangemanget ringde det på dörren. De sista gästerna droppade in, det var Johan med sin flickvän Carla. De hade tänkt fira nyåret någon annanstans men ångrat sig och fann sig högst välkomna.

Överst på menyn stod hummer som gjorde värdig entré tills Nina fick se sitt fat och skrek: hon kunde absolut inte äta en stackars hummer. Alla tystnade och ingen vågade röra sin tallrik medan de lyssnade till hennes föreläsning om hur den stackarn hade lidit av att kastas i kokande vatten medan han levde och att alla varelser känner av smärta och hummern lider längst för den hade så tjockt skal. Det hade hon läst i National Geographic. Hon fick förstås kraftfullt understöd av Daniel och Nathan fast de inte visste vad hon pratade om. De litade på Ninas kunskaper och ville inte äta en så plågad mat. Dessutom tyckte de att det såg oaptitligt ut, väldiga röda skorpioner, så de blev väldigt engagerade i protestaktionen. Ingen av de vuxna vågade röra sin hummer längre, inte ens Kjell eller Agneta. Det blev dödstyst vid bordet. De som tänkt lyxa till för en gångs skull.

Charlotte avbröt dödläget med att Agneta inte hade kokat hummern med berått mod utan köpt den färdiglagad. Hon fortsatte med påpekandet att hummerns liv alldeles skulle gå till spillo om de bara kastade bort den nu. Vi ska hedra hummern med att han skulle göra nytta och be honom om förlåtelse. Hon sa till Nina att hon inte skulle äta hummer mer. Vad säger du Nina? Nina såg på hummern tveksamt, jo, de vuxna kunde äta stackarna och tacka de för att de offrat sitt liv för deras skull. Men hon ville inte äta i alla fall. De vuxna tog upp alla möjliga ursäkter till att de skulle göra sin egen hummerportion rättvisa och Nina lyssnade och gav till sist nådigt tillstånd för den här gången men det fick inte bli någon vana.

Agneta frågade barnen om de ville ha köttbullar, för det fanns med bland flera andra rätter på bordet. Nina ville inte äta köttbullar heller för djur hade lidit för att bli köttbullar, men Agneta försäkrade att de här korna inte hade farit illa för de hade levt gott på ängen tills de var gamla och sen hade de bedövats före slakten. Och när djur blir gamla avlivas de ju för att bespara dem lidande. Kjell påminde om att de hade avlivat gamla Totte när han blev så sjuk och gammal. "Nehej, vi ska inte avliva mormor" skrek Nina "och vi skulle aldrig avliva Silver!" tog Daniel i. De tre rådgjorde viskande en stund och Nina gav med sig, det fick gå för den här gången med köttbullarna men hon ville inte äta kött nästa år. Det fick vara hennes nyårslöfte. Pojkarna höll tyst för de ville inte gå miste om Agnetas smarriga köttbullar nästa år och ville inte uttala ett sådant löfte ens i solidaritet med Nina.

I sinom tid reste sig Igor för att utfärda en skål för Agnetas familj. "Tiden går fort när man har roligt", började han. Han var tacksam för att familjen upplät sitt hem som knutpunkt för vännerna, människor och djur. Han lyfte sitt glas och prisade värdinnans gästfrihet, matlagningskonst och skönhet – med all respekt till sin egen fru som log instämmande. Alla måste stå upp och dricka, men inte nödvändigtvis på ryskt vis, alltså ända till botten, och inte heller slå sönder glaset efteråt som också i Sverige påstods vara enligt rysk etikett. Kjell som hade hållit sig till öl under maten tömde till Igors ära sitt vinglas men utbrast besviket att det ju var saft! Alla skrattade för de hade varit överens om alkoholfritt vin till maten. Agneta tröstade Kjell med att det skulle vankas äkta champagne vid nyårsslaget och det med vederbörlig alkoholhalt. Kjell log och menade att han inte var besviken, det var en fin fest, men alla skrattade för hans min hade redan sagt allt. Kjell log och ställde sig upp och välkomnade alla med alkoholfri skål och fick lov att erkänna att han kanske blivit en liten aning besviken men det viktigaste var att alla var samlade och han ville önska alla ett fint gott nytt år och god hälsa. "Skål! Na`zdarovja!" slutade han och alla upprepade "skål! Na`zdarovja", och även Daniel och Nina som kunde flera ryska ord än Kjell skålade med var och en. Alla skålade, även Nina, Daniel och Nathan. Stämningen hade åter infunnit sig och måltiden intogs under trevligt småprat.

Barnen ville inte ha dessert på en gång utan ville istället gå ut på balkongen för att prova Nathans fyrverkeripjäser, nu när det var ordentligt mörkt. Stormen hade lagt sig, himlen var klar och månen näst intill full. Silver hängde alltid med vart de än tog vägen och balkongen var inget undantag.

Det var en lång och rymlig balkong som de använt väl i alla år. Kjell tände det första blosset åt Nina. Hon var ivrig att visa Silver hur fint det glittrade och sprakade, men Silver flydde in och gömde sig bakom soffan. "Förlåt! Det var inte meningen att skrämmas." Nina lämnade blosset åt Nathan och gick efter Silver för att trösta honom. Silver kom tillbaka med henne och nu såg alla till att hålla blossen på avstånd från honom, och så högt de kunde. Silver såg mest förbluffad ut, betraktade det nya fenomenet med avsmak utan att vilja undersöka det närmare och undrade var det var för lek. Det luktade illa i alla fall och han rynkade på nosen.

Barnen började prova olika småpjäser. Ju mer effektfulla, desto mer morrade Silver. "Det var väl inte så farligt!" sa Nathan glatt och hoppade vid varje smäll och fräsande. Jo, glädjeropen kunde Silver uppfatta och lugnade sig, tydligen insåg han att allt var ofarligt och till och med ansågs roligt. Så hur än det osade krutrök, flammade och smällde brydde han sig inte och reagerade inte ens för de små dansande och humlesurrande effekterna i olika färg. Många hundar blir chockade och rädslan består, men Silver tycktes ha vant sig snabbt. "Tuff jycke!" sa Kjell. Silver försökte som alltid ta del av barnens intresse. Han hoppade liksom de efter de knattrande och fräsande blossen, men aktade sig noga för att komma för nära.

Liknande ljud och ljusfenomen hördes från många andra balkonger och kom allt tätare från alla håll. På Sångvägen brukade många barn fira före tolvslaget. De hade ofta sparat hela året för att köpa fyrverkerier just för denna stund och orkade inte vänta längre. Erfarenheten hade lärt dem att de riskerade att somna om de försökte hålla sig vakna till tolvslaget och även om de då väcktes av det intensiva knallandet var det inte samma upplevelse i yrvaket tillstånd!

Agneta satte på TV en kvart i tolv för att hänga med nedräkningen från Skansen och höra Jan Malmsjö läsa in det nya året, men då protesterade alla. De ville hellre gå utomhus och fyra av raketer. De tog på sig ytterkläderna och samlade ihop champagneflaskor och fyrverkeripjäser. Agneta var tvungen att lämna sina kristallglas på bordet och plocka fram plastglasen som de brukade använda till födelsedagsfirandena vid Översjön. Elin var förstås ute på sitt håll och Agneta saknade henne. Snart skulle hon fylla hela femton år, vad tiden går, tänkte Agneta medan hon packade plastglasen i korgen. Hon var den sista att komma ut.

Det var bitande kallt ute men hade inte fallit mer snö under hela kvällen. Ute på den redan snötäckta gräsmattan rådde festyra. Luften var blandad med rök från smällarna. Stjärnorna lyste från en klar himmel efter flera dagar molnighet och hårda vindar och nu kändes det riktigt behagligt trots det kalla vädret, eftersom det helt slutat blåsa.

Mycket folk hade redan samlats, vuxna och barn. Många hade mutat in platser vid mitten av planen på någorlunda behörigt avstånd från fastigheterna för att avfyra riktigt stora fyrverkeripjäser. Janne undrade om det var lagligt att fyra av från gräsmattan men det var vad man hade gjort i alla år utan att någon kom till skada, inte än i alla fall, fick han höra. Man kunde annars gå till kvarnen på andra sidan järnvägen, men det skulle inte bli lika roligt som här på Sångvägen. Här förvandlades den översnöade gräsmattan till en fantasieggande spelplats, ljuden stängdes inne av de omgivande byggnaderna och smällande, fräsande och tjuten från pjäserna kändes ända in i magen och huvudet. Inget nyårsfirande tog sig likadant ut från år till år, snarare blev det mer spektakulärt.

Kjell valde ut en plats vid kanten av gräsmattan. Tillsammans med Igor, Janne och Johan bestämde de i vilken ordning pjäserna skulle avfyras. Igor hade med sig tre "fyrverkeritårtor" med pjäser som avfyrades från sina boxar en efter en efter att man bara tänt på en stubin. "Som katjoscha-kanoner från andra världskriget", sa Igor, fast inte vända mot fienden utan rakt upp. De övriga raketerna var spännande varierade i storlek. Barnen gjorde allt för att hålla sig vakna. De fick inte gå miste om föreställningen. Pjäserna hade anskaffats för deras skull.

Det stora ögonblicket närmade sig och det pirrade av förväntan i allas magar. Det blev faktiskt lite tystare, som om alla sänkte rösten för att kunna höra bättre när klockslaget var inne. Man kunde höra från många tv-apparater bakom delvis öppna balkongdörrar hur Skansen började räkna ner. Vem skulle öppna champagnen? Ingen hade tänkt på det och nu var det bråttom. Jo, det var Janne som medfört en magnumbutelj Gula Änkan, så det var han som hade att öppna den. Det skulle räcka till en skvätt åt alla. Hela gruppen samlades kring honom medan han varsamt befriade korken och lyckades få den att fara till väders precis när räkningen slutade och klockorna ringde ut det gamla året och välkomnade det nya. Det bubblade festligt och alla fick sina glas fyllda, barnens med Pommac, och skålade gemensamt. Det var alldeles bestämt alkohol som fick den att smaka bättre, konstaterade Kjell medan han andäktigt smuttade i sig de dyrbara dropparna. Det var inte varje dag man fick äkta champagne. Föräldrarna kramade om varandra och sina barn och Silver glömdes inte heller i önskningarna om ett Gott Nytt År.

Barnen skålade men återgick strax till fyrverkerierna. Nina tog hand om Silver som fattade att något speciellt höll på att hända och var alldeles extra vaksam, rentav upphetsad. Igor tände på sina artilleripjäser och passade noga på dem. Barnen skrek av förtjusning. Silver förvånade alla med sin behärskade hållning. Är det en hund eller reinkarnerad människa, undrade Johan när det smällde från alla håll. Johan hade haft några pjäser med sig och väntade på sin tur efter Igor och även Jannes och Kjells pjäser fick vänta. Det skulle förlänga fyrverkeritiden och upplevelsen. Krevaderna syntes högt och överallt och det kändes som att befinna sig mitt i ett vulkanutbrott. Alla var överens om att det mest imponerande var Igors automatiskt avfyrade raketer som flög högre än allt annat och syntes inte bara på Sångvägen men säkert över hela Jakobsberg.

Agneta, Bella, Charlotte och Carla passade på att ta bilder till familjealbumet. Det blev mest mörker och ljusglimtar som fastnade, men varje dag var inte en sådan fest som i dag och de skrattade, inte av champagnen utan av lycka över att de hade klarat sig genom ett påfrestande år, över att Silver kommit till dem, över att Charlotte inte var ensam längre, över Igors flytt till familjen. Och över att alla var friska. Vad kunde man mera önska sig?

Charlotte berättade att Janne föreslagit henne att fira det nya året i London med hans bror och de var just på vippen att slå till när Agneta bjöd dem att fira hos henne, och det hade blivit det bästa nyårsfirande hon upplevt sedan Ninas pappa gick bort. Hon önskade sig att det nya året inte skulle föra med sig flera grava problem. Hon ville inte återuppleva ångesten och skräcken efter allt som hänt Nina.

Alla kände detsamma och önskade gott slut för de som fortfarande led, som Magnus och hans mamma. Och ett Gott Nytt År åt sig själva. Det fortsatte smälla högt och intensivt långt efter tolvslaget och Sångvägen lyste som om alla himmelens stjärnor blivit supernovor på samma gång.

Magnus hade skrivits ut från sjukhuset efter några dagar in på det nya året. Hans mormor hade varit på sjukhuset hela tiden och vakat över honom och hans mamma. Nu hade han flyttat hem till henne. Hon var orolig för honom efter hans rymning och var rädd att han hade hopplöst hemska erfarenheter och minnen att dras med. Han kunde väl ha bett henne om hjälp, visat henne märkena efter piskrappen så de kunde ha gått till polisen tillsammans? Då påminde Magnus henne om att han sökt hennes hjälp flera gånger tidigare, fast då hade hans pappa hämtat honom därifrån och varje gång straffades han för det. Pappa hotade ju döda mamma om Magnus skulle avslöja vad som pågår hemma, men sist råkade han ändå göra det till den där grannen och barnen och då tog polisen pappa. Men släppte honom igen.

Jo, allt var så sant. Mormor var bekymrad. Det var verkligen inte rätt av henne att anklaga Magnus för att han inte sökt hjälp. Hur skulle man förklara för ett barn att hans pappa bär sig åt så, hotar att ta honom från sin mamma och förbjuda dem båda att träffa mormor? Hur skulle man förklara för ett barn att mamman stod ut med allt eländet därför att hon redan var bruten och vettskrämd, att hon förlorat sitt eget jag, inte visste sig någon råd, inte vågade ta beslut, inte ens om vad hon skulle äta eller hur hon skulle klä sig utan Henriks godkännande? Allt bara för att hon var rädd att förlora Magnus? Mormor kunde inte begripa det hela själv och ännu mindre hur hon skulle få barnet att förstå.

Mormor visste att även barn kan ha mörka tankar, önska sin eller andras död eller bli så aggressiva att de tar till våld mot andra. En pojke hon hört talas om hade tagit till kniv mot sin pappa som upprepade gånger slagit mamman. Men hon kände sig ändå lugnare nu. Det positiva var att Åsa stod för sin anmälan mot Henrik, den här gången. Hon hade insett nödvändigheten efter Charlottes anklagelser mot henne som förövare, inte som offer, och efter att Magnus rymt till skogen. Hon kunde ha förlorat sitt barn även om hon fortsatt vara undergiven. Henrik skulle troligen bli kvar i fängelset tills Magnus blivit vuxen. Han hade samlat på sig så många övergrepp och förbrytelser att mindre än tio år i fängelset skulle vara osannolikt.

Magnus var lättad över att han fick bo hos mormor och han ville förstås ha sin mamma. Han berättade hur han fick följa med en polis och en sjuksköterska till ett rum på sjukhuset och visa upp ryggen som bar tydliga ärr och spår av nya piskslag. Medan hans rygg fick behandling berättade Magnus hur pappan hade tvingat honom att hota andra barn med sin hund, och om han inte gjorde det skulle han få stryk. Han skulle "injaga respekt i de andra" skrek pappan och varje dag fick Magnus redovisa vem han hade skrämt eller slagit eller retat och fick klapp på axeln om pappa var nöjd. Magnus ville inte göra det, han ville hellre ha vänner. Alla i klassen hade bästisar utom han. Pappa kunde smyga efter honom för att kontrollera att han höll "slumungarna" ifrån sig, särskilt skulle han se upp med Nina för hon var simpelt klädd och säkert skulle hon bli tjuv när hon blev stor, glasögonormen. Jo, Magnus skulle kalla henne så. Han berättade för mormor att han hade öknamn på flera av klasskamraterna. Och hade skrämt Daniel och Nathan och flera andra med sin terrier. Han hade redovisat för pappa vad han gjort för att få honom på gott humör. Angående de tre kompisarna hade de ändå varit snälla mot honom när han ville gömma sig i skogen. Han hade gärna velat vara vän med dem om han fått för pappa.

Magnus mormor blev alltmer sorgsen när hon hörde Magnus berätta om det helvete han haft. Henrik kunde släpa hennes dotter i håret från ett rum till ett annat, slå igen dörren på henne i dörröppningen, ta in henne i ett rum och stänga dörren och låta Magnus höra honom slå och sparka mamman blodig medan hon kved, grät och bad för sitt liv. Om Magnus blev rädd och bankade på dörren fick han också stryk. Vad hennes barnbarn fått uthärda var svårt att höra och Magnus kunde se den gamlas tårar rinna tyst utför hennes kinder. Några tårar som dröjde sig kvar mellan rynkorna glänste även efter att hon torkat ögonen. "Gråt inte, mormor", sa Magnus och började gråta själv. "Jag är inte rädd längre."

Mormor ville skydda honom med all kraft hon kunde uppbåda men kände vanmakt. Hon kunde bara krama sitt barnbarn varmt och försöka förklara att pappan inte var frisk, en frisk person skulle inte någonsin göra så, men sedan ryckte hon till när hon märkte att det inte bara var Åsa som ursäktade Henrik. Det gjorde ju även hon själv, för sanningen var för mycket att ta in. Nej, Henrik fick inte ursäktas med att han inte var frisk. Han visste vad han gjorde. Han var ond. Det är inte en som man får ursäkta och tycka synd om, sa hon till Magnus. Han kände till följderna när han misshandlade dem men valde ändå att göra som han gjorde. Han var en psykopat och även om det inte är "friskt" så är det ingen ursäkt för att begå övergrepp. Mormor förklarade så gott hon kunde vad psykopati var för något.

Hon lovade se till att få Henrik bakom lås och bom. Hon skulle ta kontakt med en advokat och bekämpa monstret till sitt sista andetag och sista slant, även om hon skulle tvingas sälja sin villa. Henrik skulle aldrig komma åt hennes dotter igen. Och Magnus skulle få vara i fred till han blivit stor nog att försvara sig själv. Henrik förtjänade inte att ha ett barn. Det är en gåva och privilegium att ha barn. Det måste man förtjäna. Ingen äger sitt barn som ett föremål att hantera och slänga som man vill. Därför finns det lagar mot aga och vanvård och misshandel. Därför tar socialen hand om misshandlade barn. Men de måste få möjlighet att agera i de fall när kvinnorna inte anmäler sina män, ursäktar dem, ger alibi och är undergivna till döds.

Magnus lyssnade fast han bara förstod en bråkdel av vad hon sagt och undrade om socialen skulle ta hand om honom. Sätta honom att bo hos främmande? Magnus ville inte bo hos den där socialen. Han var rädd att tas från mormor. Hon höll Magnus i hans små händer, han var bara åtta år. Hon såg honom i ögonen och försäkrade att han skulle bo hos henne tills mamma blivit frisk. Hon förklarade att socialen var en plats med många anställda, som skolan och polisen, och inte en enda person, och angående pappa: "varken du eller din mamma kan hjälpa honom."

Magnus undrade om de skulle slå pappan varje dag i fängelset. Ja, hur skulle barnen förstå hur det går till i ett fängelse? Var det ett låst rum med väggar av sten som i "Greven av Monte Christo"? Hon förklarade att det inte var frågan om att slå honom utan att prata med honom så att han förstod vad han gjort och varför. Fast psykopater förstår sällan varför de skulle berövas sina självtagna rättigheter att bestämma över familjemedlemmarna, med våld om de så ville. Hon tyckte det vore begripligt om Magnus var kluven, för Henrik var i alla fall hans pappa. Men faktum var att Magnus avskydde pappa mer än allt annat. Han kände sig bara lättad över att pappan var inlåst. Nu ville han bara veta när mamma skulle komma tillbaka.

I förhör påstod Henrik att det hela var en beklaglig olyckshändelse och bad förhörsledaren fråga Åsa. Han räknade med att hon skulle ta tillbaka sin anmälan mot honom och liksom alla andra gånger förr skulle vittna till hans fördel. Hon var ju programmerad att skydda honom, inte sig själv. Polisen gjorde Henrik besviken med att visa upp hennes vittnesmål. Då anklagade han dem för att ha förfalskat det och begärde att själv höra henne säga det. Om Åsa ville träffa honom så gick det förstås bra, sa en poliskvinna, men hon hade själv hört att Åsa önskade att se honom hängd. Henrik skrek att i så fall måste de ha hjärntvättat henne. Att förlora makten över Åsa var värre för honom än att sitta i fängelse. Det var omöjligt för honom att acceptera att hon skulle vända honom ryggen när han riskerade straff. Åsa räknade han som sin ägodel, som ett objekt, och hon var inte i stånd att tänka själv, "dum som hon var". Men han skulle få tid på sig att tänka om, lovade polisen.

Åsa kände att hon kunde andas fritt för första gången, som om hon vaknat ur en lång mardröm. Hon hade noga tänkt över vad hon skulle göra efter kvinnornas besök hos henne. Hon hade ju många gånger önskat sig långt ifrån sin man men hade inte haft kraft att gå i land med det. Hennes mamma hade varit emot deras giftermål, och hon ångrade att hon brutit med sin mamma då. Hon var ju kär! Men nu visste hon bättre. Det var hennes älskade mamma, som hon tvingades ta avstånd från för att det var Henriks vilja för att isolera henne.

Åsa stod på sig för första gången sedan hon träffat Henrik. Hon vidhöll sin polisanmälan, vågade lämna honom och ta tillbaka alla sina lögner om misshandeln. Hur skulle hennes barn leva med att pappa hade dödat mamma? Och hur hade hon kunnat sälja sitt barn för den där blomman som Henrik skulle komma med efter varje misshandel? Hur hade hon blivit oförmögen att se vad som hände med henne och hennes barn? Vad var det för en giftig dimma som höll henne borta från allt logiskt tänkande? Henrik var beroende av stimulansen han fick av att slå henne, misshandla henne, hata henne. Det nöjet skulle han inte få mer. Hon kände hat och ville se honom död för vad han gjort henne under alla dessa år. Hon frågade sig själv gång på gång hur hon stått ut med alla övergrepp? Nu var det fullständigt obegripligt för henne. Hon var arg på sig själv lika mycket som på honom. Kvinnorna hade haft rätt, hon var delaktig i sonens lidande. Det verkliga offret i sammanhanget var egentligen deras försvarslösa barn, tänkte hon. Hon skulle göra allt för att ta hand om honom och se till att han inte skulle bli som sin pappa, någonsin. Var det för sent?

Hon lät sin mamma veta att hon kände sig lättad, lycklig, befriad över att äntligen stå på sig, för Magnus skull, för mormors och alla fina människor som försökt hjälpa henne. Hon var tacksam över Charlottes ord som först gjort henne arg för att hon inte ville se sanningen om vem hon var under Henriks välde.

Nu kände hon sig plötsligt stå inför en öppen dörr till en stor och vacker värld som väntade på henne. Hon hade varit panikslagen, men var inte längre rädd att stiga genom den dörren. Nu skulle hon börja studera igen. En kurator på sjukhuset hade ordnat skilsmässopapper och vårdnadshandlingar. Hon hade redan undertecknat och skickat in dem. Det var över. Hon hade lättat sitt hjärta för kuratorn, berättat vilket hat hon kände mot Henrik, det var som om hon varit död men slutligen vaknat till liv och sett hur han skändat henne och hennes kropp för att äta henne levande bit för bit, och hur han gjorde detsamma med Magnus. Hon var förtvivlad över att hon hade låtit Magnus utsättas för misshandeln så länge, men lika lycklig över att hon vågat ta steget att lämna Henrik. Magnus var lika glad som hon. När han blev stor skulle han aldrig slå sin familj, det hade han sagt till sin mamma. Hon ville flytta från Jakobsberg för Magnus hade inga vänner i sin skola där han hade mobbat alla i klassen.

Istället för att flytta tyckte mormor att det vore bra för Magnus om han kunde få vänner som de här tre barnen. Hon hade läst om dem i tidningen och nu hade de räddat hennes barnbarn. Om de inte hade slagit larm så Kjell och Silver hade gett sig ut att leta skulle kanske Magnus inte ha varit i livet idag.

Mormor frågade Magnus om de inte skulle ta och hälsa på familjerna och tacka för hjälpen. Visst ville han gärna vara vän med Nina, Nathan och Daniel. De var justa, sa han, men han skämdes för att han hade mobbat dem under hela deras skoltid tillsammans. Mormor lugnade honom. Nu var det ett nytt år och då skulle man börja om med nya tag och de kunde säkert bli vänner alla fyra. Det var bra att ha vänner, tänkte Magnus, sådana som man gjorde roliga saker med, för han hade inga vänner alls. Utom några som han fått att vara med honom för att mobba andra barn. Och det var inga vänner och det var inte roligt.

Redan tre dagar efter nyårsdagen ringde Magnus mormor till Agneta och frågade om de kunde komma besök under helgen för att tacka för stöd och hjälp. Och visst var de hjärtligt välkomna, och det redan samma dag. Magnus kunde ta med sin terrier också. Det var ingen risk för bråk. Silver kunde sätta terriern på plats hur lätt som helst, även om terriern var högre i rang som den äldre av dem. Det här var ju hans revir och han var trygg där, och de hade träffats och kommit bra överens.

Sagt och gjort. Magnus mormor presenterade sig som Dagmar och hade presenter med sig som tack, inte bara åt Kjell utan också åt Daniel och Silver. Polisen Ramon hade berättat hur tappert Kjell kämpade i snöstormen och hur Silver vägrat att ge upp. Hon hade också tänkt besöka Bella och Charlotte för att tacka för att deras barn slagit larm. Agneta ringde upp Charlotte och Bella och bad dem komma över.

Nina och Nathan var ändå efter vanligheten hos Daniel och fick också var sin present. De tre barnen var glada inte bara åt presenterna men även att se Magnus, levande. De drog honom och båda hundarna till Daniels rum. Nina hade förstått Magnus när han sagt att han hellre ville dö än att återvända hem till sin elaka pappa. Det var precis som hon känt, hellre dö än att återvända till skolan och den elaka läraren Christina. Magnus skämdes för att han hade mobbat Nina. Även om både hans pappa och lärare hade uppmuntrat honom så visste han ju vad han gjorde och att det var elakt. Men Nina hade hört varför han mobbade sina klasskamrater, och det var ju förra året och Magnus verkade helt annorlunda nu. Allt groll var väl inte glömt, men man behövde väl inte gräva ner sig i det. Nina sa att hans hund var gullig. "Vi var rädda för honom förut men inte nu längre."

Nina vågade klappa terriern medan Silver svansade runt dem, inte precis svartsjukt men han ville ändå ha koll. Nathan sa att de bara hade hört Magnus kalla sin hund för hunden, men vad hette han egentligen? "Rocky. Han tycker om Silver och jag tycker också om Silver." Magnus började gråta. De tre kompisarna blev handfallna. Daniel smög iväg till sin mamma och viskade att Magnus grät. Hon följde med och frågade hur det var fatt men han slutade gråta lika plötsligt som han börjat och hade inget svar. Kanske saknade han sin mamma, tänkte Agneta och gav honom en stor kram.

Daniel föreslog att de skulle rasta både hundarna tillsammans. Kjell tyckte att det var en bra idé. Det var inte farligt längre med Henrik ur vägen. Magnus frågade generat om han fick klappa Silver. "Han är fin! Han är inte smutsig! Det var pappa som sa så och att jag måste skrämma alla med Rocky." Alla var tysta, tills Daniel sa att Silver skulle gilla att bli klappad av Magnus. Och Nathan sa att Silver tyckte om Magnus också. "Han letade ju rätt på dig, eller hur?" Jo, det var förstås sant och Magnus nickade lättat.

Just när barnen och hundarna gått ut kom Charlotte och strax därefter Bella. Dagmar kramade kvinnorna och tackade oändligen för att de hjälpt hennes dotter och "fått Åsa att vakna". Nu bekymrade hon sig för om Magnus fått obotliga psykiska skador efter sina barnaår med ett monstrum till pappa. Men Agneta lugnade henne. Magnus var lycklig nog att ha en kärleksfull mormor till hands, och hans mamma skulle få allt stöd för att repa sig. Dagmar var förtvivlad: "Åsa var en så fin tjej men hennes man hade kuvat henne fullständigt." Agneta sa att de pratat med Åsa senast igår, och hon var fullt besluten att aldrig komma tillbaka till den där mannen. Hon hade känt smaken av friheten och ville inte förlora den mer. Hon skulle ta tillbaka sitt självförtroende, det var ett som var säkert. Dagmar föll i gråt och Agneta lade armarna om henne.

Charlotte berättade att Magnus hade mobbat Nina men de tycktes ha hittat varandra så snart Nina förstått varför Magnus burit sig åt som han gjort. Alla barnen hade tagit hans parti på ögonblicket när de mött honom på rymmarstråt och allt gammalt var glömt. Själv trodde hon inte att Magnus skulle bete sig elakt någonsin mer, när han var bortom faderns kontroll. Hon undrade vad som skulle ske med honom nu. Dagmar sa att när hans mamma blivit bättre så får hon ta hand om honom. Hon hade erbjudit dem att bo hos henne och Åsa tackade ja, till att börja med. Hon ville återuppta sina studier och så snart det var möjligt skulle hon ordna eget boende med Magnus. Socialen var inkopplad nu och alla var överens.

Kjell hoppades att Dagmar skulle ha råd, och visst hade hon det. Hennes man hade varit en av de bäst beställda i Jakobsberg och lämnade efter sig en ansenlig förmögenhet. Det skulle inte gå någon nöd på vare sig Åsa eller Magnus av det skälet. Men problemet låg inte där utan i familjetragedin. Hon suckade. Alla i skolan skulle veta vad som hade hänt och skvallret skulle påverka Magnus just när han som mest behövde stöd. Kanske borde Magnus ändå flyttas till en annan skola! Det kom som en överraskning och alla kände att det vore fullständigt fel åtgärd, men ingen ville säga det. Det blev tyst, en sådan tystnad där det var uppenbart att alla hade något att säga men svårt att få fram det. Man ville inte "lägga sig i". Bella bröt tystnaden. Vore det klokt att kasta in honom i en ny miljö under sådana omständigheter?

Plötsligt vågade alla komma ut med sina funderingar och ifrågasätta mormors beslut. Charlotte höll med Bella. Hon försäkrade att Magnus hade deras barn att umgås med i klassen, nu när de tycktes ha försonats. Kjell var mer tveksam, vore det inte att lägga för mycket ansvar på barnen? "Nej", sa Charlotte, "ungarna är kloka utan att vara beskäftiga och lillgamla. De säger vad de tycker utan att försöka räkna ut vad vi vill höra." Agneta tyckte inte att det var rätt tid att tjafsa om barnens förmågor: "Man ska inte ge dem några förhållningsorder, då blir det bara spänt och onaturligt. De tycks ju redan komma bra överens med Magnus. De tog ju emot honom med detsamma utan att vi försökte påverka dem. De har förstått och förlåtit. Då är det bäst att de får hållas." Bella var övertygad om att det skulle ta lång tid för Magnus att gå vidare, men han behövde ett normalt liv omkring sig under tiden. Att byta skola skulle bli en omställning med nya människor. Agneta var likaså emot att flytta Magnus mitt i skolåret. Kanske bättre att vänta till efter sommaren – om det fungerar den här terminen så är det bra, om inte så byt sen! Summan var att alla avrådde Dagmar att flytta Magnus till en annan skola.

Kjell menade att Dagmar inte fick oroa sig för vad andra skulle säga. Andra människor har andra problem, och säkert skulle de flesta känna medlidande med Magnus och Åsa. Charlotte sa att skolan ju skulle börja om bara några dagar och Janne, rektorn, korrigerade hon sig, skulle alldeles säkert ställa upp på Magnus och även Gunilla, deras klasslärare och alla andra lärare. Hon påminde om det som hänt Nina med Christina som lärarvikarie och hur hon hade fått all hjälp man kunde önska. Alltid finns det elakingar och dumhuvuden men även deras motvikter. "Det finns en balans mellan ont och gott", log hon och betonade att alla barnens sagor och serietidningar säger det. Även om man försöker dra ut på spänningen med många avsnitt för att sälja flera tidningar, så segrar de goda i längden. Det viktiga är att alla måste vara vaksamma och läsa av barnen hur de mår och agera därefter. "Just nu är både Magnus och Åsa såriga och omtumlade men de ser ljuspunkter framför sig. Ta ett steg i taget, Dagmar!"

Det ringde frenetiskt på dörren, Daniel förstås. Barnen kom in och var täckta av snö. De hade haft snöbollskrig och hade snö ända in i fickorna så Agneta hejdade dem redan i hallen och fick av dem pjäxor och overaller. De var glada och rosiga. Att se Magnus så glad med barnen gav Dagmar en tankeställare. Hon tog till sig vännernas råd och ville på prov låta Magnus fortsätta i sin skola. Magnus tycktes känna sig trygg med barnen och hon var glad att se att han kunde skratta.

Efter att Dagmar och Magnus hade gått med Rocky gick Silver och lade sig mitt på golvet i vardagsrummet. Det var för varmt för honom i hans vanliga hörn nära elementet. Daisy lade sig snart tillrätta ovanpå honom. Kjell tänkte att det kändes ovant att det inte var deras familjer som hade problem den här gången, men han var ju lika engagerad i Magnus öde nu efter alla timmar av ångest och möda då han sökt efter pojken i skogen. Han var ändå glad att se sina barn växa trygga och starka i sig själva till den grad att de kunde räcka ut en hand till klassens skräck... Och snart skulle han ha en ung dam att fira, Elins födelsedag om ett par månader. "Kors vad tiden gått fort sedan hon föddes. Tänk! Hela femton år."

Agneta hade gjort frukosten klar på köksbordet fast ingen hade vaknat än. Kanske Silver gjort det men var för lat att gå upp och snoozade hellre en stund. Eller kanske han gärna gått upp men ville inte störa sin mamma Daisy som kurat ihop sig på hans mage. Är han så medvetet hänsynsfull? tänkte Agneta och log. Den hunden upphörde aldrig att förvåna – inte barnen förstås som höll honom för kapabel att uträtta vad som helst. Hon stod vid köksfönstret och blickade ut över Sångvägens låga hus, vitrosa av snö under januaris svaga morgonsol. Hennes tankar rörde sig kring vad som kunde komma. Varje gång man tror att man fått sin beskärda del av prövningar och knappt hunnit hämta andan och slappna av så kommer nästa skov. Som tarmsjukdomar, ulcerös kolit eller Crohn. Mellan lugna perioder kommer skov med nytt elände. Agneta suckade. Man får inte låta sig luras att ta det vardagliga lugnet som en given norm. Så borde det vara. Men det finns inget normaltillstånd.

Medan hon funderade över det som varit började det snöa. Stora lätta snöflingor bara dansade i luften, höll sig uppe som fjärilar, stretade mot tyngdlagen, kanske ville de fara mot stjärnorna. Glöm det! Ikaros vaxvingar var starkare än du men smälte ner när de kom för nära solen, sa hon till en snöflinga som klamrade sig fast vid fönsterbrädet. När Agneta fann sig prata med en snöflinga beslöt hon att återvända till sin vardag. Ett par veckor kvar tills barnen skulle börja vårterminen, och då skulle hon arbeta heltid, eller kanske tvåtredjedels. Det betydde tre dagar i veckan. Det skulle vara bra för Tove att inte vara på dagiset mer än de tre dagarna, även om hon trivdes där. När hon fyller två till sommaren så kunde mamma börja heltid. Nå, det bästa var att prova och se, anpassa sig efter Toves behov. Och den femtonde januari skulle Kjell börja på polisskolan på dagarna och en kurs på Teknis, tre kvällar i veckan. Agneta var glad över att hennes man ville gå vidare men ska han orka? Ja, det måste han, och hon skulle göra allt för att stödja honom. Och världens bästa Elin skulle fylla hela femton år den 19 mars. Det ska vi fira ordentligt. Och mormor Ylva skulle hälsa på till våren eller var det sommaren? Agneta log. Hon hade pratat med sin mamma senast igår. Ylva berättade att pojkarna hade pratat en hel del om deras levande ödetomt i Jakobsberg. Agneta undrade vad det var för en tomt? Ödetomten där de brukat hänga och där de hittat Silver hade de ju pratat om förut men några aktuella planer visste hon då ingenting om.

Kjell kom in till frukosten med Tove sittande på sin favoritplats. På hans axlar. Hon befann sig nästan en halv meter över Agnetas huvud och kom bra åt att nappatag i hennes hår. Mamma! Mamma! Nu ville hon flytta över till mammas famn. Kjell frågade om Charlotte och Bella hade hörts av, de ville diskutera en resa till Gran Canaria. "Jodå, de kommer till lunch", svarade hon medan Kjell tog sig an sin frukost. Silver hörde aktiviteterna vid matbordet och uppenbarade sig som ur intet. "Sjusovare", sa Kjell. "Jo, som barnen påpekar har Silver många mänskliga egenskaper och han är morgontrött som den värsta tonåring. "Agneta genmälde att Silver oftast vaknar klockan fem och sitter vid sängen och bara stumt stirrar på en. Troligen vill han väcka en med tankens kraft så man går upp och tar ut honom eller lagar frukost åt honom.

Kjell sörplade i sig sitt skållheta kaffe till havregröten för att komma iväg snabbt, han hade mycket att stå i. Agneta visade att det fanns mer gröt i kastrullen men han tackade nej. Barnen brukade driva med honom att en stor karl som Kjell fortfarande åt gröt. De hade slutat med det för länge sedan, det var barnmat. Men Kjell brydde sig inte, gröt var bäst på morgonen. Silver satt på sin bak. Han och Kjell visste vad som gällde. Kjell tog kopplet och gick ut med lathunden, som han sa. Silver var van vid att kallas allt möjligt och tog aldrig illa upp, men för inkallning dög bara hans rätta namn.

Till lunch samlades vännerna Charlotte och Bella hos Agnetas. Barnen var redan där som vanligt. Kjell hade kommit tillbaka med Silver och anslöt sig till alla vid köksbordet. De hade tagit fram biljetterna som de fått av Martin, vars fru Ingrid de räddat från att drunkna strax före jul. Charlotte hade fått två biljetter för vuxna och en för barn, så Janne kunde följa med. Agneta och Kjell hade fått hela sex biljetter, tre för barnen, två för vuxna och till och med en åt Silver. Men han skulle vara hos Kjells bror, det vore bäst för honom, menade Kjell. Bella hade två vuxenbiljetter och en för Nathan. Det var generöst, även om Martin sa att han hade råd så det var en ansenlig summa pengar för familjerna, något de bara kunde drömma om. Det var inte charterresor utan öppna biljetter med reguljärt flyg.

Charlotte påpekade att ingen av dem hade hört från Martin sedan jul. Bella påminde att julen var för bara några dagar sedan. "Det kunde man inte tro med tanke på allt som hänt sedan dess!" Kjell lät förvånad. "Jo, visst känns det som mycket längre sedan, men Ingrid var ju riktigt illa däran så hon kanske inte har hämtat sig riktigt än", sa Agneta. Och det var bäst att fråga Martin, för om Ingrid mådde bra skulle hon kanske vilja fly till värmen i Gran Canaria med sin familj. Men kunde de resa tillsammans med Ingrids familj? Fanns då sovplats åt alla där? Det vore ju kul om alla kunde resa tillsammans.

"Det är den tredje idag. Vi kan resa imorgon i så fall och vara där samma dag. Då har vi tio dagar tills vi börjar skolan och arbetet. Tänk överraskningar!" sa Kjell, " sol och värme istället för svenskt januarimörker." Det blev tyst när Kjell lagt fram förslaget men det tändes i allas ögon. Jo, att göra något sådant impulsivt! Agneta var inte van att rusa iväg men för den här gången... Tove skulle klara av resan. Inget av barnen hade flugit förr, inte heller Nathan, för familjen hade åkt tåg och båt till Sverige. Och Igor hade inte börjat arbeta i den nya filialen än. De höll på att installera sig där.

Det första Kjell gjorde när alla tycktes nappa på idén var att fråga barnen om de ville följa med, och det blev självklart ja! Elin då? Var håller hon hus? Kjell ringde Karin, Elins mest sannolika tillhåll. "Det behövde du väl inte fråga", sa Elin. Visst ville hon med. Då var det bestämt, men det hängde på Martin om huset var ledigt. Kjell slog en signal och frågade hur Ingrid mådde och om de orkade följa med till Grand Canaria, och om huset var ledigt. Martin var jätteglad att höra från Kjell, men Ingrid skulle inte orka resa än. Kjell satte på telefonens högtalare och alla fick höra Martin uppmana dem att inte packa ner något, inte sängkläder eller mat för där fanns en hushållerska och en kock som tar hand om allting. Han skulle bjuda på maten och det var bara att fara dit och njuta. Ingrid kom till telefonen och var så glad att höra från familjen, hon arbetade med en kalenderutgåva. Hon hoppades få Silver med till nästa år, men då behövde hon några vinterbilder på honom. Agneta svarade för hans räkning. Han gillade att posera framför kameran och skulle gärna ställa upp. Martin erbjöd sig att kontakta sitt flygbolag för att boka deras biljetter, det kunde hans sekreterare lätt göra och det löste sig per omgående. Det fanns platser på en flight klockan åtta imorgon. Kort sagt: de måste vara på flygplatsen redan klockan sju på morgonen, en timme före avgången, om de bestämmer sig för att resa.

Alla blev förstummade inför sådan effektivitet. Kanske var det så att vara rik. Men alla unnade honom all framgång i arbetslivet för han var en bra person och en god familjefar. Var och en sprang nu åt sitt håll för att inventera sina förråd och börja packa. Charlotte stannade kvar, hon hade varit utomlands med Janne och Nina och behövde inte fundera på mer än att komplettera med baddräkt och solskydd.

Agneta saknade en väska men Bella kunde låna henne en. Hon hade ju flera, för när man flyttar för gott behövs hela lasset. Elin hade ingen baddräkt för hon hade vuxit ur den gamla. Kjell lovade att hon skulle få köpa en utomlands. Kanske hon då rentav skulle hitta något ännu exklusivare än gallerian här hemma hade. Det sades att allt var billigt där, och förresten skulle det inte behövas mycket i värmen. "Jag ska till fotoaffären och köpa extra minneskort till kameran."

Ett äventyr väntade. Imorgon skulle det bära av till Gran Canaria och alla var fyllda av förväntan. Ingen av dem visste om de skulle få en blund i ögonen till i morgon. Vad skulle behövas, vad skulle saknas? Nå, de var ju på väg till ett civiliserat samhälle, inte öknen eller djungeln. Barnen hade för länge sedan försvunnit från köket för att planera.

Alla skulle få semester till slut. Det hade de förtjänat. Då ringde Agnetas telefon. Det var Bella. Nu bröt hon inte bara på det svenska uttalet, själva rösten lät bruten när hon sa att hennes familj inte kunde vara med. "Varför?" utbrast Agneta, det var en oväntad vändning. Det visade sig att hennes och Nathans pass inte var riktigt i ordning.

Hon trodde att hon skulle ha ett svenskt pass att hämta men medborgarskapsansökan var inte färdigbehandlad än, i maj kanske, hade hon just fått veta. Bella var nästan gråtfärdig men önskade alla en fin resa. "Nej. Nej" var allt Agneta fick ur sig. "Vi har också glömt att kolla våra pass. Vi reser inte utan er även om våra pass är i ordning. Då får vi vänta till sommaren." Bella ursäktade sig flera gånger om men Agneta bad Bella att vänta i luren medan hon sökte fram sitt eget pass – och Toves? Det hade man alldeles glömt. Och jäklar, Agnetas pass hade gått ut förra månaden och då måste hela familjen ha samma problem. Hon tog telefonen igen: "Bella? Om det är till tröst så upptäckte jag att vi inte heller hade giltiga pass. Det var förhastat allt det här men en bra tankeställare för framtiden."

Agneta ringde även sin man som just stod i kön att betala på fotoaffären: resan blir inte av. De enda som hade giltiga pass var Charlotte, Nina och Janne. Kjell höll med om att det inte skulle kännas rätt att resa utan Bella och hennes familj. Det var ju Bella som räddade kvinnan med konstgjord andning och hjärtmassage, det är hon som främst förtjänar belöning. När Agneta pratade med Charlotte visade det sig att hon hade samma åsikt. Små saker som lägger hinder i vägen, tänkte Agneta. Men för Bella var det en ingen liten sak att få svenskt medborgarskap.

De tre barnen blev förstås besvikna men inte värre än att det snart gick över. De drog sig tillbaka till Daniels rum för att hitta på något annat spännande. Nina såg sig om och undrade vart Silver tagit vägen.

Daniel kallade på Silver men fick inget svar. Han letade men såg inte hunden vare sig i vardagsrummet eller i köket där han brukade vara. Han hade fått sin rastrunda för inte länge sen. Elins dörr stod på glänt. Daniel stack in huvudet i dörrspringan och såg Silver ligga oberörd på den lilla mattan vid Elins säng. Hon var inte hemma själv men hennes nya dator som hon fått av farbror Johan stod fortfarande på. Hon måste ha glömt stänga av den efter att hon och Karin fått bråttom iväg för att diskutera resan.

Daniel vågade sig inte in. Lappen på dörren påminde om att Elins rum var förbjudet område. Han sprang tillbaka till sitt rum och lade fram sin djärva idé för de församlade kompisarna: "Elin har just gått till Karin och det brukar ta tid, tänk om vi skulle vi låtsas hämta Silver och passa på att kolla vad hon har på datorn?" sa Daniel. Hon har tydligen intressanta saker på gång som hon delar med Karin, berättade han, hon verkade väldigt uppslukad av vad hon har på datorn och speciellt när Karin var där sist hörde han konstiga ljud "och de låste dörren om sig, med nyckel", viskade han. Nina och Nathan spärrade upp ögonen och kom närmare för att höra. Då var det något hemligt på gång. "Kanske nått nytt spel som är förbjudet för barn?" viskade Nina allvarligt. Nathan instämde och sänkte rösten också: "Kanske vi kan kika lite... fast det är ju förbjudet att komma in dit."

Det här kunde bli lika spännande som ödetomten. De måste komma in och se, kanske barnförbjudna spel. "Men jag gillar inte skräckfilmer", sa Nathan. "Det är inte film, dummer", invände Nina. De tre smög försiktigt till Elins dörr men allt viskande väckte den slumrande Silver som kom fram och hoppades på något roligt eller något gott. Nej, han borde ju ha stannat därinne, det skulle ju ge dem anledning att komma in för att hämta honom därifrån. De försökte putta honom tillbaka, men det hade han ingen lust med längre. Daniel försökte dra honom i halsbandet men Silver ville inte röra sig ur fläcken. Kanske om Daisy ville sova på honom då? Daniel sprang till Daisy som sov på sin favoritplats på soffan, lyfte upp henne utan förhandlingar och sprang tillbaka. Han placerade henne ovanpå Silver men det passade henne inte alls så hon väste, hoppade ner och försvann. Silver insåg att något ovanligt pågick och såg undrande ut. Nina såg honom vänta på kommando och beordrade honom in i rummet. "Nu, duktig Silver", sa hon och Daniel tog över och pekade på mattan där Silver hade värmt upp den. "Ligg här Silver och sov, jag kommer tillbaka." Silver insåg att inget av intresse var omedelbart förestående och lade sig att sova igen på sin plats, den som Elin tilldelat honom när han var på besök hos henne.

"Duktig Silver", berömde Daniel innan han smög ut ur Elins rum och fort vidare till köket där han med uppgiven min beklagade att han måste hämta Silver ur Elins rum men kunde inte göra det eftersom det var förbjudet för honom att komma in. Agneta var upptagen med ett samtal med Charlotte kom inte på att han kunde kalla på Silver. Hon svarade hon utan att ana oråd att visst fick han komma in för att hämta Silver. Daniels listiga plan gick i lås. Om nu Elin kommer och ertappar dem där så har de fått tillstånd av Agneta. Daniel vinkade in Nina och Nathan i Elins rum. De måste se till att Silver fortsatte sova medan han snokar i datorn.

Datorn var på. Kanske räknade Elin med att vara tillbaka snart. Då gällde det att inventera allt så snabbt som möjligt. De tre barnen flockades upphetsade kring dator. Daniel tryckte retur och vips dök en bild upp på skärmen. De tre barnen stirrade som i chock. Nina och Nathan vände bort blickarna och flydde förskräckta till Daniels rum. Det väckte Daniel ur chocken och han rusade till köket uppskakad, darrande, skrikande, viftande med händerna över huvudet, andtrutet hackande. Inte ett vettigt ord hade Agneta uppfattat när hon reflexmässigt grep tag i Daniels axlar, skakade om honom och sjönk ner på knä och drog honom till sig. Han borrade sitt ansikte mot hennes bröst och den förstummade Charlotte kunde inte se mer av honom än hans kortsnaggade hår.

Agneta kramade den skräckslagne pojken stadigt tills hon kände hans andetag slå lugnare. "Vad har hänt älskling?" Med en röst dämpad av hennes blus svarade Daniel knappt hörbart att han inte ville säga det. Agneta trodde att det berodde på Charlottes närvaro så hon tog honom till hans rum och bad Nathan och Nina gå till köket och ge Silver mat och höjde rösten: "Charlotte kan du ge barnen lite saft?" Barnen var tysta och vågade inte säg ett ord om vad som skakat dem så. Agneta stängde Daniels rumsdörr och satte sig på golvet mittemot Daniel som på en klassamling och frågade honom på nytt om vad som skrämt honom. "Mamma, mamma", sa Daniel fortfarande skärrad och nu med tårar rinnande över kinderna. Agneta tog sin blus för att torkade honom i ansiktet. Något allvarligt hade hänt och det gav henne kalla kårar. Nyss var alla glada och förväntansfulla inför resa till Gran Canaria – men nu? Vad kan plötsligt ha hänt? Agneta var blek av oro men hon måste ge Daniel den tid han behövde för att berätta. Hon tröstade honom och försäkrade att hon och pappa skulle skydda honom mot vad som helst. Daniel hulkade: "Nej mamma, inte jag, inte jag. Det är Elin!" Elin? Hon var ju här alldeles nyss, tänkte Agneta. Det var ingen fara med Elin, aha, de hade bråkat igen? Hon viftade bort oron från sina axlar och den föll som en sten, hon andades ut befriat – nu bråkar de igen om att vara eller inte vara i Elins rum. "Men lille vän, det var mitt fel att du gick till Elins rum, jag hörde inte att hon kom tillbaka, det ska jag säga till henne", sa Agneta. Daniel sänkte huvudet. "Det är inte det mamma." "Vad är det då?" frågade Agneta.

Daniel hade nu lugnat sig en aning och viskade: "Nej, hon har inte kommit tillbaka. Det är Elin, mamma! Det är Elin, mamma!" "Vad då med Elin, älskling?" Agnetas röst var orolig igen. Daniel tog mammas hand och drog henne med sig. "Du får se själv!" sa han kort. Charlottes oroliga blickar följde dem från köket. Hon hade sett Nina och Daniel gråtfärdiga och ville inte säga något. "Bara syskonbråk", sa Agneta och fortsatte med Daniel för att se vad han ville visa i Elins rum. Charlotte log och vände sig till Nina och upprepade "syskonbråk" men Nina var blek och även Nathan var skakad. Ingen sa något.

Daniel släppte mammas hand innan han stängde dörren bakom sig. Han pekade på Elins dator. Skärmen hade slocknat så han tryckte på retur och den flammade upp. "Det bara kom upp, jag gjorde ingenting mamma. "Han vände bort blicken. Agneta såg med fasa vad som upprört barnen. Hon höll händerna för Daniels ögon. Mer än ett ögonkast tog det henne inte att se för att inse allvaret. Hon tog med sig pojken därifrån.

Agnetas ben höll henne inte uppe så långt som till köket, tyngden av oro fick dem att ge efter för gravitationen vid närmaste sittplats som var soffan i vardagsrummet. Daisy hann nätt och jämnt undan när Agneta sjönk ner på hennes plats och lät höra en förnärmad väsning från behörigt avstånd. Agneta höll huvudet i händerna för att samla sig. Charlotte kom nu ut från köket med barnen och Silver i hälarna. Alla samlades runt Agneta men hon skakade på huvudet åt Charlotte för att antyda "inte nu, inte framför barnen." "Daniel, jag får ta itu med det snart och jag ska prata med Elin, det är säkert någon lek." "Snälla mamma, säg inte till Elin att jag var i hennes rum." "För den här gången då", sa Agneta med någon tvekan i rösten. Om han inte varit i Elins rum skulle hon ju inte upptäckt vad hon hade för sig. Charlotte förstod att Agneta hade ett allvarligt problem och sa inget. Hon fick vänta ut Agneta.

Daniel och Nathan och Nina bestämde sig för att gå ut med Silver. Elin var fortfarande hos Karin och Kjell hade inte hunnit tillbaka än. Tove sprang fram för att följa med ut: "Gubbe, gubbe" skrek hon för hon trodde att barnen tänkte göra snögubbar. "Det finns ingen sådan snö, Tove! Bara nysnö", sa Daniel kort innan han försvann med kompisar och hund. Tove började gråta efter att dörren stängts i ansiktet på henne.

Agneta reagerade inte ens på Toves gråt, satt bara i soffan och stirrade på inget.

Charlotte kunde inte få någon kontakt med Agneta trots att hon såg rakt i hennes ögon. Hon tog upp Tove och tröstade henne medan hon grubblade över vad som kunde ha hänt. "Tove lilla, vill du ha lite saft?" Tove ville inte ha saft, hon ville gå ut och bygga snögubbe: "Gubbe, gubbe!" "Så här, vi kan göra det med lera istället", föreslog Charlotte och plockade fram material. Agneta var yr av chocken och lade sig på soffan och blundade. Charlotte var oroad, efter Jannes infarkter misstänkte hon alla ovanliga beteenden för att bero på infarkt. Nej, det var det nog inte men Agneta var inte kontaktbar. De fick kanske vänta tills Kjell kommit hem. Ett par minuter passerade. Agneta reste sig mekaniskt och stirrade mot Elins dörr utan att säga ett ord. Charlotte hämtade ett glasvatten åt Agneta som lydigt satte sig och tog en klunk vatten. Det tycktes hjälpa lite och hon samlade sig. Nu ska hon väl tala om vad som hänt, tänkte Charlotte, men ville inte pressa henne.

Agneta gick till Elins rum med tunga steg och stängde dörren bakom sig utan att ta notis varken om den undrande Charlotte eller om Tove som inte ville nöja sig med lergubbar. Charlotte hörde Agnetas förtvivlan tränga genom den stängda dörren men vågade inte knacka på. Det blev allt ljudligare suckar, rop och slag, kanske på bordet. Charlotte var rädd. Nu kunde hon inte sitta kvar och bara lyssna till Agnetas ångest och gissa. Hon gav Tove några leksaker och satte henne framför teven med barnprogram. Det tog Toves uppmärksamhet. Från Agneta hördes en lång harang av djuriska läten som om de kom ur en mörk djup brunn. Hon störtade in i Elins rum.

Det var inte Agneta Charlotte såg. Det var en främmande varelse – en person hopsjunken som om benstommen inte fanns, håret på ända som en skrämd katt, kastande med huvudet åt höger och vänster, skakande i hela kroppen, slår sig för bröstet för att sedan slå upprepade gånger på datorskärmen och bordet, stönar, skriker inombords utan ljud. Ändå var det Agneta som satt där, eller vad som återstod av vad som nyss varit en vacker och självsäker kvinna. "Agneta!" skrek Charlotte och rusade fram till sin väninna för att krama hennes huvud med båda armarna. "Titta inte mer!" skrek hon när hon fått en glimt av skärmen. Agneta tog sig ur Charlottes famn. Reste sig, vände ansiktet mot Charlotte blek som ett lik och, sjönk tyst och medvetslös ihop på golvet.

Charlotte ringde efter Bella: "Kom upp bums, Agneta behöver hjälp." Hon lämnade dörren öppen och Bella kom störtande rakt in i Elins rum, böjde sig över Agneta och gav henne hjärtmassage. "Hon andas! Det var bara en chock", sa Bella. Agneta kvicknade till och slog upp ögonen men var för yr att stå upprätt. Bella hjälpte henne att sitta upp och luta ryggen mot sängkanten medan Charlotte hämtade ett glas vatten igen. "Drick lite!" Agneta såg på Charlotte som försökte hjälpa henne dricka.

Hon fick i sig ett par klunkar och tårar strömmade utan ljud över hennes ansikte. Charlotte satte sig bredvid henne på Elins säng. "Det är mitt fel, jag har inte pratat med Elin på länge, ända sedan Tove föddes har det bara varit då och då, här och där. Jag har inte varit någon bra mamma åt henne. Förlåt mig Elin! Förlåt, förlåt!" Hennes röst övergick i kvidande. Charlotte hörde Toves röst och rusade tillbaka till vardagsrummet för att försäkra sig om att Tove inte skadat sig. Nej, Tove pratade med sina leksaker och gestikulerade glatt som ingenting hade hänt omkring henne. Charlotte tog upp sin mobil och ringde Kjell. Han var inte van att höra av Charlotte per telefon och sa glatt "hola hola!" som var ungefär all spanska han hunnit lära sig inför den tilltänkta resan. "Kjell, du måste komma hem på en gång, nu, nu, lämna allt, jag kan inte prata, barnen mår bra men jag kan inte lämna Agneta ensam." "Vad har hänt? Vad har hänt?" Kjell var orolig men fick inget svar, Charlotte hade lagt på.

Kjell var hos sin bror och rusade iväg medan han hojtade: "Johan! Jag ringer dig." Brodern gick till dörren och såg oroligt efter honom när han kastade sig in i sin van och rivstartade. Efter mindre än fem minuter stod Kjell hemma i hallen. Charlotte sprang emot honom och ledde vägen till Elins rum. Agneta hade kvicknat till men var inte lätt att känna igen som Agneta, hans fru och mamman till hans barn.

Kjell var förskräckt men försökte visa sig trygg och lade tröstande sina starka armar kring henne: "Vad som än har hänt så klarar vi det. Det löser sig, det löser sig." Agneta pekade mot Elins datorskärm: "Nej! Det kommer aldrig att lösa sig" sa hon med tryck som ett trumslag på varje ord. Kjell vände sig mot datorn. Vad han såg fick honom att reagera lika starkt som hon men han höll sig upprätt med hjälp av skrivbordsstolen. "Nej, nej! det är inte sant! Var är Elin?" "Uppe hos Karin", svarade Charlotte, "och ni stannar här! Charlotte röt till medan hon blockerade dörren för Kjell som tagit ett steg ditåt. "Nu måste ni ta er i kragen, sansa er och fundera innan ni pratar med Elin. Det är hon som är offer. Plåga henne inte nu. Vi måste tänka innan vi pratar med henne." Kjell och Agneta insåg båda att det var vad de behövde höra, av någon som behåller fattningen och råder, för de var vilsna, arga, förtvivlade.

"Ni behöver inte se det här eller läsa mer", sa Charlotte. "Nej, jag måste ta det, jag måste veta vad det rör sig om", sa Kjell och kom tillbaka till datorn. Han läste, gnisslade med tänderna och mumlade: "...en gubbe skriver till Elin att hon måste filma hur hon stoppar gurkan i slidan annars ska han sprida allt vad hon gjort över hela nätet... oooh... här skriver han att hon måste göra det ordentlig så att han kan komma, annars är det kört. Kört! Kööööört! hotar han Elin!" Kjell såg upptagningar som hans dotter gjort, gråtande, bönande på sina bara knän att hon fortfarande var oskuld, bara fjorton år. Hon lovar att öva först på det, för det gör ont, "jag lovar, imorgon ska jag göra det, lägg inte ut mej på nätet, jag tar livet av mig, skicka inget till mina föräldrar, jag gör vad du vill." "Då kan Karin suga av mig, gör det idag, jag har mina behov också, fattar ni era slynor?"

"I morgon?" skrek Kjell och tittade på datumet igen. "Elin filmade det här idag! Jag dödar gubben, jag dödar gubben. Jag ska slita dig i stycken och mata hundarna med dig, jag hittar dig! Jag hittar dig!" Kjell andades djupt. Den här gången ska han hämnas, han ska hitta äcklet, han skrattade hysteriskt i sina ljuva hämndtankar. Bella stod förstenad. Hon kunde inte hitta ord på svenska, som om hon hade glömt allt hon lärt sig.

Charlotte kom fram: "Läs inte mer, Kjell! Nu vet ni vilka gräsligheter Elin har utsatts för. Ni måste tala med henne, inte förhöra. Men du måste, måste lugna ner dig innan dess. Annars skrämmer du henne bara ännu mer. Hon var rädd att ni skulle få reda på eländet, det kränkande, det skrämmande, det som tycks omöjligt att ta sig ur för henne. Hon har redan tänkt på att ta sitt liv. Så håll er lugna för era barns skull, snälla ni. Vi hittar honom, vi hittar honom. Vi stoppar honom." Kjell lyssnade nog men hade drunknat i sin mörka hämndlystnad. Det var inte lätt att komma upp till ytan. Hans ögon var rödsprängda.

Agneta ville ha hämnd hon också på det där äcklet. Men Charlotte hade rätt, de fick inte svika Elin. Charlotte pratar i klichéer, tänkte Agneta, vettigt förstås men hur ska man klara av att vara en förstående, lugn mamma i det här fallet? Som mamma kan man ju inte vara annat än ursinnig. Kanske man inte ska spela förstående utan visa att ursinnet är riktat till dotterns försvar? Hon räckte sitt glas med vatten till Kjell, nästan allt var kvar. Kjell kände först då att han var torr i halsen, drack med blicken mot de tre kvinnorna som förstenade väntade på hans reaktion, men han förmådde inte säga något, han kunde inte finna ord, liksom Bella. Han såg ut att vara på väg att explodera.

Det var tyst i rummet tills Agneta sa att det var Daniel som upptäckte det hela men kallat på henne genast och naturligtvis inte hunnit läsa något. Han hade bara sett några bilder på sin nakna syster. Kjell sa ingenting, bara stängde av datorn och gick ut i köket. Han passerade Tove som skrek pappa, pappa, men han kunde inte höra henne, såg inte ens åt hennes håll. Hon började gråta. Men Toves gråt hörde han och vände om, lyfte upp lillan och kramade henne hårt men lämnade över henne till Charlotte och Bella. Han försökte gå ut på balkongen men dörren blockerades av snö. "Dörrjävel" röt han och ryckte ilsket i den. Han drog igen den lilla dörrspringan som han fått upp, vände och gick in i badrummet och stängde om sig.

Agneta stod villrådig i vardagsrummet och försökte vara stark som Charlotte begärt av henne. Tove ville gå till mamma eftersom pappa inte ville bära henne. Hon grät och skrek så Agneta tog över henne från Bella, kysste henne och grät tillsammans. Charlotte och Bella kunde inte heller hålla tårarna tillbaka. "Jag är nog inte så bra på att stödja andra", mumlade Charlotte men Bella hörde henne. "Agneta och Kjell behöver oss nu." "Agneta, det här kan hända min dotter också. Jag är skräckslagen", sa Charlotte.

Bella var den enda som behöll fattningen. Hon försökte resonera högt kring situationen och lyckades lugna de andra. Egentligen kanske ingen förstod precis vad hon sa, hon fann inte alltid rätt ord, men hennes sakliga ton gav dem en smula distans från dem själva och problemet och det var nog för att ge en stunds lugn. Men bara för en stund, för någon lösning eller handlingsplan låg inte inom räckhåll. Sen började alla tala i munnen på varandra och plötsligt kom Kjell ut från badrummet. "Kjell! Ring upp Johan. Han kan datorer." Ingen tänkte på vem som sa det men alla tystnade. Kjell ringde upp sin bror och berättade allt utan att låta sig avbrytas. Johan ville även han vrida nacken av gubben. Kjell sa att han skulle ringa upp snart igen, han hade ett problem att lösa först.

Tystnaden slets isär av Daniels uppfordrande dörrsignal. Det var alla barnen som kom tillbaka med Silver. "Mamma? Jag trodde att du hade gått hem", sa Nina förvånat när Charlotte kramade henne istället för att svara. Daniel såg generad ut när han frågade: "Mamma, varför var Elin naken?" Nu kände Agneta att hon måste ljuga: "Du vet, när man ska byta sina kläder, då kan man inte göra det om man inte klär av sig först och tydligen måste hon ha glömt att datorns kamera var på när hon bytte kläder. Man måste stänga av kameran ju, eller hur?" "Men varför grät hon då?" envisades Daniel. "Jo hon hade ont i magen men det var inte så farligt. "Daniel nöjde sig med svaret men bönade att mamma inte skulle tala om för Elin att han var i hennes rum. Hon skulle bli jättearg. Agneta lovade att inte säga något men då fick han själv lova att inte gå dit mer.

Daniel var lättad över att hans påhitt inte skulle avslöjas och skuttade glatt till köket efter Silver. Hans blöta tassavtryck på golvet gick att följa ända till matskålen. Nathan hade märkt det och ojade att de hade glömt att torka av honom i hallen där hans handduk låg i en korg med Silvers namn på. Nu skulle Agneta bli arg och de skyndade sig att avlägsna spåren för att sedan försvinna till Daniels rum. De visste inte att Agneta hade allvarligare saker att tänka på.

Från vardagsrummet hördes ingenting. Där satt de vuxna i tystnad, i ett skenbart lugn som ändå väckte oro. En ångest uppvällande underifrån anades, en rädsla som trängde på så ingen riktigt kunde andas. I tystnaden hördes ett gnisslande. Det kom från Kjell. Med ett ansikte låst i kramp, oförmögen att röra läpparna, pressade han fram orden mellan tänderna. Han skulle prata med Elin, han skulle gillra en fälla för gubben. En idé tog gradvis form, krampen löstes och släppte ut orden: "Brorsan, han kan sånt och han måste hjälpa till, det var ju han som gav

Elin datorn, men då anade väl ingen att störda personer skulle utnyttja sociala medier på det här sjuka sättet. Man tar emot och skickar meddelanden och konversationer och delar med sig och det är väl bra, men det här, digital våldtäkt, att tvinga oskyldiga att göra saker de inte ville göra, genom psykiskt våld, utpressning och hot, sådant har man hört talas om men kunde väl aldrig tro att ens familj kunde råka illa ut..." Han tystnade när ingen svarade. Hade ingen hört på? Han väste "...som om det inte räckte med pedofilen?" Allt som hördes var tunga andetag och Toves försök att få uppmärksamhet. Kanske de hörde vad han sa, kanske de lyssnade men var förlamade av känslor kring förövaren. Vännernas ansiktsuttryck visade ändå att Kjells ord nått fram. De tre kvinnorna började hinna ifatt sig själva, skjuta sin förtvivlan åt sidan och fundera på lösningar.

Kjell hade bestämt sig för att prata med Elin och gillra en fälla, men... "Nej!" sa han högt, "inte engagera polisen den här gången!" Han ville inte att bilderna på hans lilla flicka skulle ses av främmande, inte ens poliser och nu kom tanken till uttryck: att Elin och Karin kunde locka gubben till ett möte, och då skulle han minsann ta honom. Agneta invände: "men det kan ju bli farligt för flickorna. Han kan ju hämnas på dem sedan." "Nej då, vi överrumplar honom, vi tar tillbaka flickornas bilder och sedan kan vi överlämna honom till polisen, det är säkert inte första gången han gör sånt här."

Charlotte var vän till familjen men inte förälder till Elin. Hon kunde hålla en smula distans till problemet och se vad de inte såg. "Mannen skriver på ett sätt som om han vet vad han gör, som om han har stora erfarenheter på området. Men att gillra en fälla med Elin som bete – är det verkligen klokt? Vi måste prata med Elin först, i lugn och ro efter att Tove somnat." Agneta nickade ja flera gånger: "Daniel kanske kan sova hos Nathan eller Nina i natt." Bella sa att Daniel visst kunde sova hos henne, alla tre förresten, nej, alla fyra, rättade hon sig själv, Silver fick man inte glömma.

Kjell hoppade plötsligt till som av en elektrisk stöt. Han hade kommit på att det var bråttom, innan Karin och Elin hittade på något galet med Karins dator. Fort! Han sprang ut i trappan, frågade inte efter hissen utan tog trappan tre steg i taget upp till Karins lägenhet. Vid dörren märkte han att han var lite andfådd så han stannade en stund för att varva ner innan han ringde på. Innan dörren öppnades stod redan Charlotte bakom honom. Hon bad honom att låta henne tala med flickorna först innan han tog vid. Kjell nickade tyst, men dörren förblev stängd så han ringde på igen, eftertryckligt. Efter en stund öppnades dörren av Karin, alldeles röd i ansiktet, som panikslagen, och bakom henne stod Elin, ännu rödare i ansiktet och med ögon som just gråtit. De blev överraskade över att se Kjell och Charlotte där. De hade aldrig varit där förut. De stod ansikte mot ansikte och ingen visste vad som borde sägas. Kjell tog ett steg fram och kramade sin dotter av hela sitt hjärta: "Var inte rädd, jag vet, jag vet om gubben, vi ska ta honom och gubben ska få betala för vad han gjort er."

Charlotte slank in bredvid och kramade om Karin som darrade i hennes famn. "Är han där nu? Jag menar uppkopplad?" frågade Kjell. "Vi sa att vi återkommer snart", sa Elin med osäker men lättad röst. "Vi har inte gjort som han ville. Vi förhalar hela tiden." Det märktes att hon verkligen var lättad att saken kom upp till ljuset och att hon inte uppfattat minsta tecken på anklagelse mot dem. Hon frågade inte ens hur pappa kunde veta om gubben. "Bra, vi ska lura honom till ett riktigt möte och haffa honom när han kommer, ta hans dator och radera allt, vill ni hjälpa till med det?" "Ja", skrek Karin. Elin nickade men hennes ansikte visade bara rädsla. "Var inte rädda, det är över nu för er del", sa Charlotte.

Kjell var lugnare nu, gubben hade inte fått hans flicka dit han ville: "Han ska inte kunna vidarebefordra era bilder, det ska vi se till att han inte gör men vi måste handla snabbt." Charlotte sa: "Vad jag förstår Karin, så är dina föräldrar inte hemma och vet ingenting om det här. När kommer de tillbaka?" "I morgon. De är hos morfar", svarade Karin.

"Bra", sa Kjell. "Nu går vi till datorn, men först får ni berätta vad han ville få er att göra, mer än gurkan."

Flickorna bleknade och Elin viskade att det var hemskt att berätta men det var något som de inte kunde göra. "Nej, det kunde vi inte, vi gjorde inte det, men vi sa att vi måste öva på det först för vi har inte haft samlag med någon. Han accepterade det och därför skulle han vänta, bara en stund skulle han vänta sa han." Charlotte frågade: "Vad ville han, hjärtat?" Elin berättade med sänkt blick att han ville att de ska stoppa in... där nere olika saker och smeka som om det vore hans snopp och han ska ta på sin och göra saker..."

Kjell kokade av ilska men behöll sin behärskning medan han såg fram mot den kommande hämnden när han skulle vrida nacken av gubben. Charlotte märkte att han inte var helt närvarande och sa: " Kjell! Vad ska vi göra nu? Gubben väntar på tjejerna. Och du, som man, vad kan man vänta sig att han gör?" Kjell blev snarast arg över frågan och snäste att han inte var sån och kunde inte försätta sig i mannens tankevärld och förklara vad "man kan vänta sig." "Men jag ska göra färs av honom, det kan han vänta sig." "Förlåt Kjell, jag menade inte så", sa Charlotte generad. "Jag vet, förlåt! Men nu tycker jag att flickorna ska säga att det skulle bli enklare om de och gubben skulle träffas personligen istället för att ta till gurka, för det var svårt och skulle vara bättre live, med hans instruktioner och så kunde han ta bilder på dem hemma hos sig men han fick lova att inte sprida någon bild på dem, alls. Självklart skulle ni inte gå till honom för vi kommer istället och haffar honom. Vad säger ni?"

Elin blev tveksam, hon var rädd, hon berättade hur gubben hotat att han hade vapen och medhjälpare och kan döda föräldrarna om de inte gjorde som han bad om. Och inte bara det, han kan göra andra saker också. "Oavsett vad han hotar med", lugnade Kjell henne, "gubben skulle inte våga lyfta ett finger mot mig. Och jag går inte ensam! Jag har med min bror och kanske några andra vänner, alla stora och starka, så var inte rädda." Kjell kramade sin dotter och förklarade att vad än som kan hända, även om han publicerar bilder så är hon hans älskade dotter och mannen får straff i alla fall.

Elin lyste när hon övertygats om att hennes pappa inte var arg på henne. Han var inte rädd för mannen och han stöder henne. Hon ville också hämnas, vrida nacken av honom låter bra, åtminstone spotta honom i ansiktet, och hon visste att farbror Johan var lika stark som pappa. Nu ska vi ta äcklet, tänkte hon. Hon och Karin sprang mot datorn men hejdades av Charlotte: "Ni ska verka kuvade, inte lättade, kom ihåg det." Karin tog sig an tangentbordet och skrev: "Det var jättesvårt med gurkan, kan vi inte träffas istället, så kan vi ta på dig istället? Hos dig, kanske?" "Få se bild när ni provar, slyna!"

Kjell tog över tangenterna: "Snälla! Elin har trasslat sig i sladden och rivit ner min kamera. Den pajade. Jag ska köpa en ny idag. Elin har ju ingen kamera än, bara datorns. Annars kunde jag ha lånat hennes. Hon råkade göra något fel med datorn så uppkopplingen är sabbad. Den blev bara svart. Hon försöker lösa det." "Var är den horan nu?" kom mannens reaktion. Kjells händer skakade när han tyckte sig ha ogärningsmannen inom räckhåll men ändå måste hålla sig under kontroll, fingrarna fumlade över tangenterna.

Charlotte klappade honom på axeln för att lugna honom och inte bry sig om mannens språk nu. Kjell kramade fingrarna mot varandra och fick styr på dem: "Elin slog näsan i bordet när hon snubblade på sladden och fick näsblod. Hon är i badrummet och tvättar sig. Hon gråter för det gjorde så ont med gurkan." "Jävla fitta, lika bra att hon dör, och jag som vill komma nu? Ska jag behöva göra allt själv?" Karin viskade att hon kom ihåg att gubben ville träffa dem en gång men det gick de inte med på. Kjell skrev: "Du ville ju träffa oss förut och vi tänkte att det skulle vara bättre än gurkan. Vi lovar att vara snälla och du kan göra vad du vill med oss men du får lova att inte visa våra bilder för våra föräldrar och kompisar och ingen gurka." "Fittor! Jag ska visa era bilder för alla i hela världen. Jag ska tänka på saken."

Kjell reagerade snabbt: "Snälla! Gör inte det. Vi kommer och vi gör vad du vill, hur du vill, nu direkt om du vill." "Även om jag är mycket äldre? Även om jag ser ut som en lodis? Även om jag suttit på kåken?" "Det gör inget men visa inte bilderna, jag är bara fjorton år och blir kallad för hora över hela skolan." "Du är liten men redan en stor hora. Och du och Elin låter som om era pappor har pillat på er ordentligt. Du tycker om gamla gubbar, va?"

Kjell slog på bordet i ilska men han tyckte sig ha äckelgubben inom räckhåll och fick lov att lägga band på sig till dess: "Nej det har dom inte." "Då ska jag lära dig gumman, jag ska låtsas vara din pappa då. Jag ska lära dig hur du ska pilla på honom också. Men OK, vi kan ses imorgon och jag bokar ett sjabbigt hotell där horor som du träffar sina kunder. Vi ses klockan elva på plattan utanför kulturhuset. Jag vet hur ni ser ut. Jag hittar er. Kanske ändrar jag mig imorgon och lägger ut bilderna i stället." "Nej, nej, snälla, vi gör allt du vill och kommer i morgon till och med före elva." "Deal! Jag skickar sms när jag kommer fram."

Mannen stängde av konversationen. Kjell var grön i ansiktet men tog sig samman och ringde sin bror att komma över på en gång. Flickorna följde tyst med Charlotte till Agneta. Agneta var förtvivlad av oro och ville veta vad som skulle hända. "Vi tar honom. Jag tror han nappade på att träffa flickorna", svarade Charlotte. "Flickorna går till mötesplatsen, och när han dyker upp haffar Kjell och Johan honom. "Vadå? Personligen? Skulle Elin och Karin vara bete? Och civilpersoner kan för sjutton inte haffa någon mot hans vilja! Människorov! Är ni inte kloka?" Agneta var i upplösning.

Charlotte märkte att Daniel, Nina och Nathan kom ut från Daniels rum nyfikna på vad som pågick så ljudligt och hon sa till Nina att gå till mormor och sova där. Och du Daniel, du får sova hos Nathan inatt, eller hur Bella?" "Visst, vi kan gå nu", svarade Bella. "Och ni kan ta Silver med er." Nathan var glad att ha Daniel och Silver hos sig för en gångs skull, men barnen var inte dumma. De fattade att något allvarligt var på gång. Bella lugnade dem, Agneta var bara magsjuk.

Charlotte var lättad över att de små skulle hållas utanför allt kaos. Agneta behövde lugn och ro för att ta hand om Tove och hantera Elins problem. Allt måste lösas utan de övriga barnens närvaro, slippa svara på Daniels nyfikna frågor som kunde utsätta honom för ångest. Tur var det att Tove ännu var för liten att förstå, men hon kände av familjens oro ändå – ingen tar upp henne när hon gråter, ingen har tid att leka med henne som hon är van vid.

Johan hade gjort upp om att komma till Kjell men ringde och ville istället att Kjell kom till honom. Han hade bättre förutsättningar hemma hos sig att hacka mannens dator. Men han behövde flickornas datorer också för det, så Kjell måste ta dem med sig. Kjell ville förstås inte att brodern skulle se hans lilla flicka naken, men var det nödvändigt så var det. Medan han gjorde klart för avfärd försökte han skaka av sig mångfalden av känslor som slet åt olika håll, ilska, skam, oro, hämndlust… jo, önskan att få fast äcklet var den bestående känslan som tog över allt annat.

Väl bakom ratten förde tankarna honom långt bortom körbanan tills han hörde någon tuta när han passerade en korsning. Han insåg att han kört mot rött. Rena turen att han inte krockat. Han vaknade till och styrde in mot trottoarkanten. Han tog några djupa andetag medan tårarna rann tyst över hans kinder, lätta och mjuka, knappt märkbara — som maskrosens vita frön i sommarvinden kom det för honom tills han kände att de föll tungt som hammarslag på hans hand som klamrade sig vid ratten. Han torkade bort dem med sin jackärm och drog med samma ärm över ögon och kinder. Han vaknade till igen, inte brukade han torka sig som små barn gör, han hade ju ett näsdukspaket framför sig i facket. Kjell var vilsen. Han bestämde sig för att inte vara det längre. Gubben i lådan ska inte styra honom, inte besegra honom. Han ska tänka klart.

Det måste vara tusende gången han övervägde, underkände och omarbetade sin strategi för i morgon, hur han ska gå till väga, han måste ha en plan men allt var ju osäkert. Tänk om karln inte kommer till den avtalade platsen? Då kan de bara hitta honom genom webbadressen. Säkert skriver han under påhittat namn, men brorsan kan hacka sig vidare och hitta honom, det får bli plan B. Och när vi hittar honom så ska jag krossa hans skalle med mina bara händer, göra mos av honom. Plan A till Ö.

Kjells händer skakade och han grep om ratten så knogarna vitnade. Han märkte att han höll på att tappa kontrollen igen och det fick inte ske. Han måste skärpa sig för sin dotter och hennes kompis och säkert flera andra barn i hennes ålder. Han andades djupt. Hans telefon ringde. Det var Johan som undrade vart brorsan tagit vägen. "Jag kommer nu, jag är i närheten." Kjell undrade hur länge han suttit i sina grubblerier. Men det var mest Johan som tyckte att det dröjt för han var också orolig och hade försökt få tiden att gå genom att stirra på sin urtavla. Kjell trängde undan alla tankar och hade klarat huvudet när han kom till sin brors villa.

Genast när Johan slog upp dörren såg han att Kjell hade gråtit. Han hade aldrig sett sin bror så sårbar och tagen. Han kramade sin bror utan att säga ett ord. Han skulle ge Kjell allt stöd han förmådde. Värmen i mottagandet bekräftade för Kjell att han inte var ensam. Det stärkte honom och han fick stridslusten åter.

Kjell berättade om sin plan för morgondagen. Johan var inte emot trots att han väl förstod risken med det. Han ställde upp och hade också vidtalat Arvid som var specialist på datasäkerhet och skulle hitta allt man försökt gömma i systemet. Han var uppkopplad och lyssnade. Om gubben inte kom skulle de hitta honom om han så gömde sig bakom världens mest avancerade krypteringsalgoritmer. Arvid visade sig efter några minuter. Han hade varit hemma och bodde i grannskapet.

Arvid menade att de inte fick skada mannen fysiskt, hur mycket de än tyckte han förtjänade ett kok stryk, bara kapa datorerna med Karins och Elins korrespondens för att sedan lämna honom till polisen. Egentligen kunde de oskadliggöra mannens dator med virus, det vore hur lätt som helst men då kanske de missar andra brott, övergrepp mot andra barn. Mannen kunde gå fri och hade säkert backup och förbindelser på annat håll. Nej, gå till polisen. Det är bara de som har resurser för att göra husrannsakan och beslagta material. Kjell hade ju velat undvika att dra in polisen, ville inte att ens polisen skulle se hans dotter på nakenbilder. Men Arvid förklarade att mannen tydligen ligger bakom högar av sådana fall. "Det brukar vara så. Vi kan rädda flera barn ur hans grepp, men om inte polisen får honom skulle han bara fortsätta att skada fler, även om vi ger honom stryk och raderar hans dator. Om polisen inte beslagtar hans bilder riskerar du ju att han lyckas sprida dem mycket mer."

Kjell ville främst bara rädda sina närmaste, men visst ville han försöka rädda andra utsatta. Men det skulle kännas bra att få ge karln en omgång, kanske inte precis vrida nacken av honom, bara en eller annan arm... Johan märkte Kjells svarta blick och fruktade att Arvids ord inte riktigt fått fäste i Kjells sinne, och om tillfälle gavs kunde han skada mannen allvarligt. Han och Arvid måste absolut finnas med för att förhindra något som vore katastrofalt för Kjell och hans familj. "Kjell, vi ska inte slå ihjäl gubben, då kan vi inte rädda någon annan. Vi vet inte än om han har backup någonstans." "Lugn! Jag ska inte döda honom, det lovar jag", svarade Kjell. Han visste att det var lättare sagt än gjort. Står han öga mot öga med mannen kunde det vara svårt att lägga band på sig.

De tre männen ville inte kalla på vännen Jon som förstärkning under mötet med mannen. Jon hade familj och det sista han behövde var att hamna i en farlig situation eller få otalt med polisen. De kände inte mannen, kanske bar han på vapen, vem kunde veta? Men Jon var suverän på att hacka datorer, säkert skulle han ta sig in i Pentagon om han gick in för det. Männen diskuterade om de skulle gå till polisen eller bryta mot lagen – även om de inte rörde mannen fick de inte lägga vantarna på hans dator. De kom fram till att göra det som behövdes och det måste ske omedelbart, för att engagera polisen i det här skedet skulle ta tid och tillfället gå förlorat. Kanske hinner mannen utplåna alla spår efter sig, säkra sina data och försvinna under annat namn för att plåga nya offer.

Planen måste tänkas igenom, grundligt. Vad kunde hända? Var det lämpligt att Elin och Karin följde med till hotellet? Nej, de fick inte utsättas för mera risker. Det skulle räcka med att gubben infinner sig vid Sergels torg för att haffa honom för planerade fysiska övergrepp på minderåriga. Och utöver det räkna till alla övergrepp som redan skett – bokstavliga cybervåldtäkter.

Angående webben var de säkra på att kunna identifiera mannens IP-adress och säkra komprometterade uppgifter redan före mötet imorgon. Kjell blev lugnare. Han försökte förbereda sig mentalt inför morgondagens manöver. Upprepade allt inom sig för att inte förstöra något. Planen gick ut på att de skulle vara på plats före flickorna. Klockan kvart över tio skulle de inta sina positioner på Sergels torg. Eftersom mannen kunde ha spanat på flickornas familjer och då visste hur Kjell såg ut skulle bara Johan finnas ute på plattan, för honom torde mannen knappast känna till. Arvid skulle passa T-banans spärrar och Kjell skulle sitta i Johans bil som rimligen inte borde väcka misstänksamhet. Den skulle vänta uppe vid rondellen ovanför ifall mannen skulle ge sig av i bil. Kjell fick dra upp jackhuvan och ha solglasögon på. Arvid och Johan kunde hålla sig i närheten av flickorna när mannen gav sig till känna.

Johan och Arvid skulle just till att ta itu med hackandet för att klara av allt innan morgondagen och kanske bespara flickorna ett obehagligt möte. "Så var har du datorerna?" frågade Johan. "Oj då", sa Kjell. Dem hade han minsann glömt att ta med sig. "Fem minuter så är jag tillbaka", sa Kjell generat. "Ta det lugnt", sa Johan till sin bror. Han misstänkte att Kjell glömt datorerna med avsikt, kanske omedvetet för att han inte ville visa bilderna på dottern för någon.

Johan ville trösta sin bror och hjälpa till att bära något av det nya elände som drabbat familjen. Han visste inte hur men det måste börja med att spåra upp mannen och få stopp på honom. Det är inte lätt att vara förälder och mycket oro och bekymmer skulle han slippa om han inte skaffade barn. Men hans flickvän ville... Jovisst, det vore fint att ha barn om sådana här äckel inte funnits... Kjell hade mycket glädje av sina fina barn. Nej, man får inte låta enstaka rubbade galningar avskräcka en. Den här ska han i alla fall få stopp på.

Kjell kom hem för att hämta datorerna och flickorna skulle också följa med, sa han till Agneta. Karin ville inte att hennes föräldrar skulle få veta, inte än. Men Kjell måste prata med dem i alla fall, svarade han. "De kommer att förstå och de behöver inte se allt vad ni tvingats till." Karin ringde sin mamma, hon berättade att Kjell skulle laga hennes dator och hon skulle lämna den åt honom.

Kjell blev förvånad över att Karin ljög för sin mamma – på ett så självklart sätt dessutom – och tog snabbt över telefonen och berättade så skonsamt han kunde för Karins mamma om det flickorna varit med om, att nätutpressare kommit åt flickorna och man måste rensa Karin och Elins datorer och hitta adressen till den skyldiga. Karins mamma blev chockad men tyckte sig förstås kunna lita på Elins pappa. Hon var inte helt ovetande om vad slags faror som kunde lura i sociala medier men insåg inte riktigt vad som kunde ha hänt hennes dotter. Kjell berättade inte om de grova inslagen över telefonen. Det överlät han gärna åt Agneta att ta upp, kvinnor emellan.

Karins föräldrar skulle ha kommit hem nästa dag men beslöt att återvända omedelbart. Kjell och Agneta kände förstås Karins föräldrar. De var hyggliga arbetande människor men det hade bara inte blivit tillfälle att odla nära relation med dem. Deras flickor var bästisar men inte så helt beroende av varandra som Daniel, Nina och Nathan. Flickorna var mer ute än inne och höll sig för det mesta för sig själva. "Ser du, Karin? Det var avklarat, du behöver inte ljuga för dina föräldrar, och Elin, det jag säger till Karin gäller även för dig. Som ni ser, det är ingen katastrof att tala med sina föräldrar! Det här är chockerande men inte något som en förälder inte kan ta itu med." Karin kände sig en smula skamsen av uppläxandet men lättad över att hennes mamma nu visste om hennes dilemma. Elin kände sig trygg. Nu kan inte mannen hunsas med henne och Karin längre. Det får bli de vuxnas krig. De följde med Kjell till Johan.

Johan och Arvid tog sig an var sin dator för att få en klarbild av situationen och ta fram mannens IP-adress, hitta hans riktiga namn och hemadress och överföra all hans data, allt som fanns i hans hårddisk till deras. Helt enkelt kapa hans dator osynligt och smidigt. "Jag tar ledigt från jobbet ett par dagar", sa Johan. Arvid visade att han var inställd på att göra sitt bästa och hade hittills aldrig misslyckats med att spåra någon och sa solidariskt det samma, att också han skulle ledigt från jobbet så mycket som behövdes "för att sätta dit äcklet." Kjell frågade om mannen inte själv kunde minera sin dator så en som försökte hacka sig in kunde drabbas av virus, men Johan och Arvid log menande: "Ingen fara, vi är garderade. Allt som han sänder på nätet dirigeras till oss först och vi beslutar om det ska släppas vidare eller inte. Vi blir en sluss mellan hans dator och omvärlden utan att han märker något."

När Johan och Arvid gått genom flickornas datorer gick Arvid till badrummet för att slå en drill som han sa, men i själva verket behövde han en paus. Insynen i mannens verksamhet gjorde honom bokstavligen illamående. Han hade aldrig behövt befatta sig med liknande upprensningsarbete tidigare. Sedan slog han sig ner med Johan, Kjell och flickorna inför Karins dator. De ville öppna en konversation med mannen och skulle låtsas att Elin hade fått problem för att hon inte kunde hantera sin nya dator. De hade försett flickorna med olika svar om mannen skulle fråga eller ändra sig.

Men Johan tänkte om. Han ville inte att flickorna skulle ha direkt kontakt med mannen. Nu skulle han låtsas vara flickorna och spela med i mannens intriger. I alla fall kunde inget slingra från deras nät till webben längre. En fördel var att mannen inte kunde se flickorna. Det hade varit smart att skylla på att Karins kamera gått sönder liksom att datorns kamera var ur funktion. Det visste mannen tidigare och då hade han beordrat flickorna att byta ut kameran.

För att fördröja processen utgav sig Johan att vara Elin och att Karin gått för att köpa en ny kamera. Han hade överseende med att den gamla datorn gått sönder "och än sen då? Jag har er ju redan båda två på hårddisken", skrev han. Under tiden kapade Johan mannens hårddisk, utan att mannen hade en aning om vad som pågick. Arvid hade avskurit honom från omvärlden och nu skulle, som han sagt, all ut- och in-information från denna stund gå igenom Arvids och Johans server. De skulle samla in allt som var möjligt för att sedan lämna till polisen.

Det var en enorm datorkapacitet som mannen hade så Johan blev tvungen att hämta ytterligare en hårddisk. Mannen hade använt sig av tre datorer samtidigt för att inte lämna spår efter sig så Johan räknade med att materialet skulle finnas i flera kopior, det skulle förklara mängden av data. Hans klumpiga försök skulle hjälpa föga, allt var under Johans och Arvids kontroll. De kunde kanske missa något material som kopierats till en hårddisk som samlar damm någonstans. Den kunde polisen beslagta sedan. Så identifierade Johan mannens adress men kunde konstigt nog inte hitta hans ansikte. Han existerade inte! "Men lugn", sa Arvid. "Han lever utanför systemet men vi hittar honom förr eller senare."

Mannen konverserade övermodigt med Arvid som tagit Elins plats. Han vräkte ur sig spydigheter och fruktansvärda hot: "Ni får passa er för det kan hända er det som hände er kompis." De tre männen vände sig till flickorna för att få förklaring till vad han syftat på. Vad hände med kompisen? "Hon blev påkörd av tåget", sa Elin. Kjell och Johan mindes en tidningsartikel i lokaltidningen om en tågolycka i Jakobsberg. Det måste ligga något bakom, annars skulle inte mannen försöka skrämmas med det. Men mer sa inte flickorna. De var fortfarande rädda, men Arvid och Johan pressade dem inte. Det fick vänta till dess konfrontationen var avklarad.

Dagen led mot sitt slut och det var fortfarande mycket kvar att göra med att klona mannens datorer. Han hade flera IP-adresser och alla var kopplat med förgreningar, även till darknet och andra servrar. Men han var en ensamvarg utan det väldiga nätverk som pedofilen Henrik hade. Elin och Karin behövde inte sitta där och vänta längre. De fick åka hem med Kjell i vetskap om att de var trygga i fortsättningen. Men hur blir det med mötet? Det måste bli av, för annars kunde han påstå att någon annan agerat efter att ha kapat hans identitet. De måste vara helt säkra på vem han var.

Karins föräldrar skyndade sig hem till Agneta för att bistå sin dotter. Mamman var förtvivlad, medan pappan försökte behålla lugnet. Så fort Kjell dök upp med flickorna strömmade massor av frågor ur Karins mamma och hon ville ha svar på alla. Hon grät och Agneta hade gråtit med henne, och båda klagade över samhället och lagar som inte skyddar de oskyldiga. Karin kramade sin mamma och ursäktade sig, hon hade inte vågat göra något efter att mannen hotat med att döda hennes föräldrar. Mamman ville omedelbart gå till polisen. Kjell invände övertygande att det inte vore bra under omständigheterna, de måste säkra förövarens identitet innan han anade oråd. Hon fick lov att vänta tills i morgon eftermiddag.

Kjell försökte lugna henne: Karin och Elin var i säkerhet. Det var lögn förstås men han kände att han inte hade något val. Han kunde inte bestämt säga vad som skulle hända, kanske mannen redan hade delat hennes bilder på nätet. Det skulle Johan kunna svara på, men inte förrän i morgon. Materialet som de redan förvissat sig om från mannens datorer var omfattande och skulle leda till flera års fängelse. Kjell nämnde inte att det kunde bli livstid ifall det visar sig att mannen bidragit till flickans död, den klasskompis som blev påkörd av tåget eller kanske hade tagit livet av sig i förtvivlan. Karins föräldrar var tacksamma för vad som gjordes och tog med sig sin dotter hem.

Klockan halv elva intog de tre männen sina platser. Johan och Arvid hade var sin liten videokamera gömd i bröstfickan. Flickorna stod redan vid entrén till kulturhuset. Även de var utrustade med kameror i fall han alls skulle komma: "Sådana typer är nojiga och extra försiktiga." Johan och Arvid hade tillgång till analysverktyg på sina arbetsplatser för ansiktsigenkänning, så om de bara fick honom på bild hade de goda möjligheter att identifiera honom. "Vi ska övervaka hela plattan redan från halv elva till halv tolv, så långt batterierna räcker", sa Arvid.

Johans huvudsakliga bekymmer var att Kjell kunde äventyra allt om känslorna tog över och han skulle komma fram och angripa mannen. Därför upprepade han sin varning: "Min första impuls var att ge mig på honom direkt men jag lugnade mig. Det viktigaste är inte att hämnas, det får man överlåta till rättvisan, det viktigaste är att oskadliggöra mannen just nu." Johan hoppades att Kjell skulle förstå. Planen var att Kjell skulle bevaka plattan ovanifrån från bilen och främsta skälet var förstås att det var mindre troligt att han skulle känna igen mannen och hinna konfrontera honom.

Det kalla vädret var en fördel. Det gjorde att Arvid och Johan kunde ha mössor och huvor som gömde halva ansiktet utan att väcka uppseende. På plattan fanns redan hela skaran narkomaner och langare med huvjackor så de kunde smälta in. Johan stod inne på SL-expeditionen. Den hade stor inglasad fasad som vette mot plattan. Därifrån kunde han vara obemärkt för folk därute medan han själv hade god uppsikt. Han kollade än en gång sin mössa och den uppdragna kragen. Arvid stod inne i kulturhuset bakom glasfasaden, alldeles bakom flickorna. Han såg ut som om han chattade i sin telefon, inget anmärkningsvärt beteende. Och det stämde för övrigt, för han hade kontinuerlig kommunikation med Kjell och Johan.

Kjell satt i Johans bil mot stoppförbud och parkeringsregler, inställd på att ifall en lapplisa kom skulle han flytta sig utan invändningar, och höll uppsikt även efter annalkande parkeringsvaktbilar. Kom en sådan så skulle han cirkulera ett varv. Det ökade hans oro. Hur skulle han kunna identifiera kräken? Johan sa att han skulle skicka en bild på mannen om han dyker upp och sedan flyr. Det var ingen riktigt hållbar plan men nu var det för sent att ändra. Klart, tänkte Kjell. Johan placerade honom där för att få undan honom så han inte skulle ge sig på och skada äcklet...

Kjell grubblade. Han fick tanken att ifall någon parkeringsvakt skulle dyka upp vore det lika bara att säga att bilen fått motorfel och väntar på bärgning, kanske få böter på några hundralappar men garantera att han kunde stå på platsen någon timme. Men att diskutera med en lapplisa skulle också sabotera bevakningen av mannen, och under tiden kunde mannen göra sig osynlig.

Några personer passerade flickorna. En kvinna kom fram till dem och frågade om biblioteket var öppet. Elin svarade att hon inte visste, att de väntade på en bekant. Kvinnan fortsatte in i huset. Johan blev orolig, kanske är det en kvinna och inte en man som är boven? Kunde en kvinna vara så hjärtlös? Bete sig så mot två små tjejer? Arvid tyckte att de inte fick utesluta något. Men vad göra nu om de misstänker henne? Men om boven är en kvinna, skulle hon dyka upp? Tveksamt. Med all sannolikhet var det inte hon, men om mannen redan kommit och sett henne prata med flickorna kunde det skrämma honom om han trodde att flickorna haft henne med sig... "Har hon sabbat allt nu? Har vi missat något?" undrade Arvid utan att få svar. Men det slog honom att de inte räknat med att han kunde skicka någon annan i förväg bara för att sondera terrängen innan han själv visar sig. Nå, de hade bara att vänta och improvisera därefter. Klockan var inte ens tio i elva.

Sekunderna gick och med varje sekund passerade människor förbi flickorna. Snart samlades små klungor här och där, knarklangare, några nedgångna kunder, några ungdomar som gick in på hamburgerbaren mitt emot kulturhuset. Plötsligt uppstod tumult i en liten klunga. De knuffades och gapade, en flydde och en sprang efter, de övriga fortsatte högljutt skrika åt varandra. Förvånansvärt snabbt dök en polispatrull upp som dämpade den högljudda stämningen, och omedelbart skingrades klungan åt alla håll. Poliserna gick runt en stund innan de satte sig i sin bil och stannade där. "Varifrån kom de?" undrade Johan för han såg ingen bilväg till och från plattan, bara trappor runt om.

Flickorna stod kvar på platsen och kände sig trygga med polisens närvaro medan Johan och Arvid svor över att polisen kunde ha sabbat allt. Vilken plats att avtala ett möte på! Klockan elva passerade några män i olika åldrar förbi flickorna utan att någon gjorde min av att kontakta dem. Arvid, som höll sig inne i kulturhuset, fick plötsligt idén att gå över till hamburgerstället mittemot och låta kameran gå. Kanske mannen sitter där och iakttar flickorna. Det var en oplanerad manöver men man måste improvisera också. Han kom in på serveringen och fann några få som åt där. Några väntade i kö. Nu vällde en hel klunga unga män in för att äta. De tycktes arbeta i närheten och kanske även hans man var en av dem. Lika bra att filma alla och vänta.

Klockan blev fem över elva men ingen kom fram till flickorna. Tålamod, ge honom en kvart till. Flickorna började bli märkbart oroliga. Samtidigt började det bli trångt på plattan, lunchtid, mer folk i rörelse ut och in till T-banan. Arvid köpte en hamburgare och satte sig vid fönstret för att inte verka misstänkt och filmade i smyg medan han tuggade. Det var en bra täckmantel. Han höll på att bli självlärd spanare. Johans tålamod var redan slut och han började bli förbannad på mannen som inte hade vett att passa tiden.

Klockan passerade fem över elva, det hade Kjell nogsamt observerat i sin bil. Ingen lapplisa i sikte. Inga nyheter från grabbarna. Ingen bil som bar sig underligt åt, men alla bilar var förstås misstänkta och han riktade sin kamera i höjd med registreringsskyltarna. Bilar gled förbi men ingen stannade. Han hittade en flaska sportdryck som Johan lämnat efter sig, tog en klunk, det smakade vedervärdigt men han var alldeles torr i munnen av oro och måste dricka. Han hade att stanna där till klockan kvart över elva. Tio minuter över passerade en polisbil med blåljus och sirener påslagna, han stod inte i vägen men sirenen blev till en väckarklocka. Han borde ha förstås ha engagerat polisen, men det tjänade inget till att ångra sig nu. De får löpa linan ända ut.

Tjugo över elva. Ingen hade tagit kontakt med flickorna. Halv tolv. Fortfarande inget napp. Alla var otåliga på gränsen till sammanbrott och Arvid insåg att det krävdes mer än han trott att vara spanare. Nu måste de ta beslut – dra sig tillbaka eller vänta några minuter till? Ok, fem minuter till. Batterierna håller än. Fem över halv tolv. Flickorna huttrade i kylan. Nu var det dags för återtåg. Som man kommit överens om skulle flickorna inte ta kontakt med vaktstyrkan utan fortsätta ensamma till Johans hem. Men Arvid och Johan följde efter dem på avstånd med sina kameror påslagna, beredda att komma snabbt till undsättning ifall mannen dök upp. De tog samma pendeltåg som flickorna men Arvid tog en annan vagn så ingen skulle se dem tillsammans. Man kunde ju inte utesluta att fulgubben höll egna eller andras ögon på flickorna och hade bevakat dem hela tiden.

Kjell körde ensam till Jakobsberg, arg, muttrande och småsvärande över det resultatlösa försöket och beklagade sig själv för att han inte fått haffa sin våldsverkare, inte fått tillfälle att slå huvudet av honom, hugga honom i småbitar, göra hundmat av honom. Kjell hetsade upp sig tills tårarna rann och han inte kunde se vägen ordentligt. Han strök ursinnets tårar ur ansiktet och koncentrerade sig på att komma hem i ett stycke.

Kompisarna Arvid och Johan mobilkonfererade och frågade sig om mannen någonsin kommit till platsen. Kanske han haft uppsikt genom ombud. Nästan hela vägen till Jakobsberg satt de tysta och bevakade flickorna och passagerare. De behövde inte säga så mycket mer. De visste vad de hade framför sig att göra: granska dagens filmmaterial från plattan, än en gång gå igenom vad han skrivit på Karins dator, vänta in hans nästa konversation, allt för att spåra hans tryne, sa Johan. De förberedde sig och delade uppgifterna mellan sig. Kanske Jon kunde ha några idéer. Man fick engagera honom i alla fall.

Arvid och Johan klev av tåget vid Barkarby, stationen före Jakobsberg, och flickorna fortsatte ensamma. Arvids bil stod parkerad där. Det skadar inte med extra försiktighet hade Arvid resonerat. De hade inte märkt något ovanligt på tåget, och vagnen var nästan tom så dags eftersom rusningstrafiken inte hade börjat än. Trots att de garderat sig för olika scenarier förstod de att detektivarbete inte är för amatörer. Nu visste de bättre. Men vad gör man när Kjell vägrar anmäla problemet till polisen? "Han är ju min bror och jag måste backa upp honom", sa Johan.

Kjell var redan framme vid sin brors villa. Han måste ha hållit över hundra kilometer i timmen hela vägen trots sina ambitioner att komma hem säkert. I väntan på att hans bror och Arvid skulle komma satt han kvar i bilen och ringde upp Agneta för att berätta att sökandet inte gett resultat. Han hörde av hennes spruckna röst hur smärtfylld hennes oroliga väntan varit. Arvids bil anlände och parkerade på uppfarten till Johans villa. Kjell måste avsluta samtalet men fick lova att höra av sig igen, snart, försäkrade han, och de skulle klara av eländet tillsammans liksom de klarade av pedofilen som försökte kidnappa Daniel, och glöm inte att de hade vänner, de var inte ensamma. Och flickorna var i säkerhet och kommer strax till Johan. "Och jo, vi ska alla äta hos Johan. Och nej, de kommer inte hem till dig än. Puss min älskling."

Kjell avslutade samtalet och kom ut för att möta sin bror och Arvid. Johan sa att han beställt pizza till alla "och tala om trollen, eller änglarna", fortsatte han när han såg pizzabilen rulla fram. Johan bar in de varma pizzorna: "Ät innan de kallnar." Ingen behövde trugas. Även Arvid som hade ätit en hamburgare hade plats för mer. De satte på ugnen för att ha den redo att värma upp pizzor åt flickorna som skulle dyka upp när som helst efter den korta promenaden från stationen.

Nu hade männen mycket att gå igenom, från bilderna som tagits i omgivningen till att söka genom flickornas datorer. Johan ville själv ta sig an Arvids material för att se det med friska ögon. Han fick inte ta något för givet när han sållade, det måste ju inte ens vara en man de sökte. Personen kunde vara vem som helst, till och med en kompis till flickorna. Kjell ville öppna Karins dator genast men Johan lade handen på Kjells axel: "Nej, inte nu. Vi ska ta det i tur och ordning. Mannen väntar säkert på att flickorna kommer hem från stationen. Det har han räknat med. Det är han som har nästa drag." Kjell backade snällt och satte på kaffe. Han satt som på nålar med blicken mot dörren. Johan påminde sin bror att det skulle ta flickorna runt femton minuter att komma hit och tyckte de kunde börja med videon istället för att oroa sig i onödan.

Kjell tog fram sin kamera och de började där. Ingenting av omedelbart intresse, det visste han redan, ingen hade stannat, ingen lapplisa. Men att jämföra passerande med övriga övervakningsfilmer genom ansiktsigenkänning kunde kanske ge något. Johan tog sin kamerainspelning och överförde till sin dator. Ingen misstänkt i sikte, några anländer, bråk, en polispatrull stannar några minuter och åker vidare, några duvor, en kvinna matar duvorna och ger sig snart iväg, två lågstadielärare radar upp sina barn två och två och räknar dem, två gånger om. Plötsligt lämnar en elev sin plats och en annan följer efter honom. En av lärarna tar dem i hampan och återför dem till ordningen.

Johan fortsätter. Två nedgångna killar bråkar, knuffas och skriker, så högt att ljudupptagningen trots avståndet gör klart att de bråkar om en dos narkotika. Två langarkunder. En tjej ansluter, sjabbigt klädd, rör sig ostadigt som en påverkad och skäller ut dem. De slutar bråka, delar något mellan sig och går därifrån, synbarligen som goda vänner. Lugnet vilar åter som om inget hänt. Händelsen har tilldragit sig uppmärksamhet från alla på plattan men fortfarande har inte någon rört sig mot flickorna.

Arvids bildupptagning från restaurangen var som väntat ostadig eftersom han rört sig med kameran men det gick bra att urskilja ansikten. Man ville inte avföra någon från misstankar genast. Förutom den där gruppen ungdomar fanns inte många besökare. "Men kanske folk hellre äter inne i Gallerian, där finns ju flera restauranger", var Arvids kommentar. Vid det breda fönstret mot kulturhuset satt en ensam medelålders man vid en kopp kaffe och flackade med blicken både runt i lokalen och ut över plattan. Där ute syntes flickorna. Han verkade nervös men av vilken orsak kunde man förstås inte veta. För säkerhets skull körde Johan sekvensen i slowmotion och fryste några bilder på honom. Han var det enda udda på hela materialet, verkade faktiskt spana efter något. "Han kan vara civilklädd polisspanare. Det rör sig en hel del narkomaner på plattan", sa Arvid. "Jo, men en polisspanare skulle inte sticka ut så pass", invände Johan. Kjell undrade om kanske spanaren var ny på jobbet och i så fall borde han ha backup, men på filmen syntes inte någon som kunde ha den uppgiften.

Nej, det verkade faktiskt suspekt. Det vore bra att jämföra det med annat, se om han åkt med pendeltåget eller var synlig i annat av deras material. Mannen reste sig utan att tömma sin kaffemugg och drog sig snabbt därifrån. "Då är det inte han", sa Kjell, men Arvid hojtade plötsligt: "Titta! Den där, efter att kvinnan pratat med tjejerna lämnar han restaurangen. Det är han, för han blev antingen rädd att kvinnan var från polisen eller någon bekant till flickorna som spanar efter honom, och det skrämmer honom." Johan inföll: "Eller så är han i maskopi med henne. Du har bild på kvinnan också eller hur? Det blev tyst medan Johan letade fram en bra bild på henne från sitt eget material. Arvid kopierade sitt material och Johans till hårddisken och anslöt det till ansiktsigenkänningsprogrammet för att se om de fick någon träff från deras material eller från passfotoarkivet. Nej, det gav ingenting, men kanske flickornas bildmaterial kunde göra det.

"Ja, var blev flickorna av?" utbrast Kjell. Han som inte hade annat att göra än att titta på hade räknat sekunderna tills flickorna skulle ringa på dörren, men hans väntan hade dragit ut på tiden. "De borde ha varit här för länge sedan." Johan och Arvid kollade tiden på sina mobiler. "Du får lugna dig lite, det tar nästan tjugo minuter hit och det har inte gått mer än tio", ljög Johan för att ingjuta lugn, inte minst i sig själv. Det hade gått mer än så, faktiskt över tjugo minuter och han var blek som om hans hjärta hade stannat: "Men du kan ju ringa upp Elin i alla fall om du är orolig!"

Kjell ringde på Elins mobil och hörde med stigande oro hur signal efter signal gick fram tills automatrösten beklagade att numret inte kunde nås just nu. Han ringde om igen, samma besked, försökte med Karins nummer, inget svar, han ringde en gång till och ännu en gång och för varje försök blev han mera darrhänt. Hade mannen följt efter flickorna till Jakobsberg och tvingat dem med sig? Varför svarade de inte? Kjell ringde upp Agneta och frågade om flickorna hade kommit dit istället. Det gjorde bara Agneta svimfärdig när hon förstod att han inte visste var de fanns. "Nej, de är inte här", skrek hon. Hennes förtvivlan förstärkte Kjells redan starka ångest. Han hörde inte längre hennes ord, slöt sig inom sig själv och kunde bara ångra att han lekt detektiv, amatördetektiv, förbannat! Han skulle ha lämnat ärendet åt polisen, han borde ha vetat bättre, han som minsann skulle bli polis hade äventyrat sin dotters säkerhet, använt henne till bete åt en notorisk sexförbrytare, och om något händer henne ville han dö, och så vaknade han till av att höra Agnetas röst upprepa hans egen tanke: hon hade ju varnat honom för att ta saken i egna händer bara för att han skämdes att blotta sin dotter – men andras döttrar då? Kjell lade på luren utan att säga mer, utan att försöka försvara sig själv för han visste att hon hade rätt. Telefonen ringde genast igen, det var förstås Agneta, rasande för att han slängt luren i örat på henne.

"Förlåt! Jag ringer sedan." Kjell nappade åt sig jackan och rusade ut hojtande att han skulle söka efter flickorna. Han hörde Johans och Arvids röster bakom sig utan att uppfatta ett ord och försvann blixtsnabbt i riktning mot stationen. Han tog inte bilen för att kunna kolla gångvägarna och sprang nästan hela vägen medan han kollade varje vrå och buske nära vägkanten. Ingen i sikte. Han ville ju inte oroa Agneta mer men måste absolut fråga henne om inte flickorna kommit hem nu. Han ringde och när hon hörde förtvivlan i hans röst ville hon inte spä på den ytterligare utan sa bara "nej" och han fick inte fram mer än "vi hörs".

Så flickorna var inte där och Karin svarade inte heller i sin mobil. Han fortsatte till stationen, kom upp till vänthallen med likblekt ansikte och svepte med blicken fram och tillbaka. Inte där heller. Kanske tog de vägen om Gallerian? Kjell sprang dit och märkte att han knappt orkade lyfta benen, han hade bra kondition men stressen hade knäckt honom. Han stannade upp en sekund. Här var inte läge att få infarkt, vem ska då leta efter flickorna? Tanken gjorde honom inte lugnare, tvärtom, och han sprang i full panik dit ungdomarna brukade samlas, men väl där framme kunde han bara konstatera att ingen alls fanns där i dag.

Kjell lutade sig mot närmaste vägg, det svartnade för hans ögon men mobilen pep och vibrerade i hans jackficka. Flickorna! Nej, det var Agneta som krävde löpande information och varför fick hon inte det? "Flickorna har inte kommit till Johan, jag ringer upp dig inom några sekunder", svarade han kort och lade på. Han ringde upp sin bror igen men inga flickor hade visat sig eller hört av sig. Vad göra? Gå till polisen och säga att han schabblat allt? Nej, bättre att gå tillbaka till brorsan och Arvid och rådslå. Det var enda alternativet just nu, intalade han sig själv medan han släpade sig fram, förkrossad. Det hade gått över en halv timme. Plötsligt ringde mobilen igen och på displayen stod "okänt nummer." Det måste vara mannen! Men varför skulle den knölen ta kontakt med honom? Hade han kidnappat flickorna? Ville utpressa? Kjell höjde mobil till örat, långsamt som för att förhala det fasansfulla. "Kjell", svarade han tonlöst. "Pappa! Jag är hos Karin, jag ringer från hennes hemtelefon."

Världen stannade för Kjell. Han ville fråga om de var oskadda men det kom bara korta andfådda pustar. Elin ville veta om hon och Karin skulle till Johan igen eller stanna hos Karin. Kjell hann ikapp sig själv och frågade oavbrutet och lyssnade samtidigt, var de oskadda, hade mannen följt efter, varför och om och hur, och Elin och Karin turades om att svara i munnen på varandra och på Kjell. När de var på pendeltåget hade Karin spillt saft på jackan och byxorna och därför gick de upp till Karin istället för att gå hem till sig. Och nej, de hade inte förstått att de skulle komma tillbaka till Johan och nej, mannen följde inte efter och nej, de kunde inte använda sina mobiler för batteriet var slut, jo, på både mobilerna.

Kontentan blev ändå att flickorna var oskadda. All oro hade lämnat honom och han ringde genast sin bror för att meddela att flickorna var oskadda. Han hade inte ringt Agneta först, för han visste att det samtalet inte skulle bli lika kort och lätt. Trött lunkande till Johan tog han emot en skur av ovett från sin fru utan att försöka invända. Han orkade inte ens irritera sig längre. Efter att Agneta lagt på fortsatte han till sin bror, kraftlös och tanketom. När hans mobil ringde hade han inte minsta lust att svara men insåg att det inte var läge att hålla sig undan. När han hörde vem det var vaknade han till liv som om någon hällt en hink vatten över honom. Det var Janne, men nu lät han som den rektor han faktiskt var, i färd med läxa upp en odåga. Han hade fått höra av

Charlotte om vad som pågick och var upprörd. Kjell borde ha vetat bättre än att utsätta flickorna och sina sammansvurna för fara istället för att vända sig till polis, de måste prata, måste träffas. De väntade på honom hemma hos Agneta, flickorna hade också kommit dit. Kjell försökte inte försvara sig, han ringde upp sin bror och frågade om han skulle komma dit. Nej, han behövdes inte än. Han bara vände hemåt. I alla fall var han inte till nytta för Arvid och Johan. Han skulle bara vara i vägen.

Hemma möttes Kjell av tystnad. Ingen Tove som skrek pappa, pappa, ingen Silver som skällde, ingen fru med välkomstpuss, bara många blickar stint riktade mot honom. Som på begravning satt där tyst uppsträckta Agneta, flickorna och Janne med rektorsuppsyn. Anklagad. Befunnen skyldig. Han kände evigheten tungt sänka sig över honom. I själva verket tog det bara någon sekund till dess Elin smög in i hans famn. Hon insåg hans belägenhet, han var förkrossad av att ha tagit ett illa överlagt beslut men det var ju för att skona henne från fulgubben. "Pappa", sa hon och i ordet låg all hennes tillit och kärlek. Kjell kramade sin lilla ängel tillbaka och all glädje och stolthet han känt varje dag sedan hon föddes koncentrerades under en sekund men avbröts av telefonen. Elin gled ur kramen för att låta honom svara. Det var Johan, och Kjell fick veta att mannen hört av sig med mail till Karin. Johan behövde flickorna hos sig för att kunna svara mannen övertygande. Janne gav med sig men tyckte att det vore det bäst att gå till polisen sen och ville följa med dem. Agneta hade kaffe färdigt och Kjell hällde i sig en kopp innan han och flickorna gav sig av i Jannes bil till Johan.

Nu hade även Jon anslutit sig i sökandet efter mannens identitet hemma hos Johan. Flickorna hade inte ätit än så de värmde sina kalla pizzor i mikron först, men efter maten var alla samlade kring Karins dator. Den blinkade för mottaget mail. Kontakt! Jon pekade på skärmen. Hans ton aviserade att det skulle vara en fördel att fortsätta konversationen i chatt i realtid istället för mail. Alla hade förstått att mannen aldrig kommit till mötet. "Slynor! Nu ska det bli en annan ton. Jag ska visa alla vad ni går för. Ni hade planerat att sätta dit mig? Mig? Tror ni att jag är en idiot att komma till ett möte på allmän plats? Äh! Nu ska ni göra som jag säger, klä av er och stoppa gurkor i fittan. Nu!" "Ja! Ja! Vi ska göra det. Jag går till kylskåpet", skrev Johan för att vinna tid. "Du har huvudet i snaran. Lite till så ska vi dra åt", sa Jon högt efter att ha förvissat sig om att mikrofonen inte var inkopplad.

Johan vände sig till Kjell och sa att han inte borde läsa mannens skriverier. Men Kjell viftade avvärjande, han ville förstå vad flickorna utsatts för. Jon gav med sig. Han följde samtalet på sin egen dator som han hade förberett med vad han kallade speciella program och knappade in kommandon snabbt. Han andades häftigt och var helt koncentrerad. Det rådde absolut tystnad, ingen ville störa honom. Han hade inte spårat mannen än och behövde mer tid. "Men vi har inga gurkor hemma, och har ingen kamera än. Enda affären hade stängt för renovering." "Ta en flaska då, slynor." "OK, bli inte arg nu, snälla du, vi ska hitta en flaska. Men utan kamera kan du inte se något." "Nej men ni kan beskriva allt, ta det som träning tills ni hittar en kamera."

"Nu har vi dig, gubbtjyv", log Jon. "Jag har hittat servern och hans riktiga namn och hemadress. Olagligt att hacka servern men det var det värt. Vi har honom", upprepade Jon högt: " här kommer adress, namn, personnummer." Han lutade sig bakåt och knackade sig belåtet på bröstet. "Jag har använt mig av ett program som engelska underrättelsetjänsten skapat för att hacka mobiler. Effektivt. Nu har vi kopierat hela hans hårddisk på distans, även krypterade filer som jag får knäcka om det behövs. Jag har stängt av hans möjlighet att skicka ut bilder på nätet, han märker inget utan han tror att han skickar ut allt han vill som vanligt men de hamnar ingen annanstans än på min hårddisk." Johan blev förvånad att man kunde dirigera sändning, det var förstås olagligt tjuvfiske men han borde ha känt till det, för att hindra intrång var ju hans område också. Arvid var lika förvånad som imponerad. Rektorn rynkade pannan, det var oroande att det gick att kapa hårddiskar och stjäla all information och dirigera verksamheter på det viset utan att användaren fattar något.

Alla de övriga var enbart upprymda över att Jon löst uppgiften. "Bra jobbat", sa Johan och rufsade till Jons hår. Jon drog undan huvudet: "akta nya frillan." Han log förnöjt, han hade lyckats galant med sin uppgift, snabbt och omärkligt hade han både identifierat och oskadliggjort mannen, räddat flickorna och dessutom imponerat på sina kunniga kompisar. Det kom en ny rad: "Fan vad ni sölar, slynor!" som nu mottogs med ett befriat skratt. Mannen fick inget svar.

Kjell frågade vad det var för en de ringat in. "Han är fyrtiosju år, han har flera tonårsflickor i sitt grepp som han utpressar till tvångsposering och, ja, cybervåldtäkter kallas det. Han bor i Sundbyberg, ensam i en lägenhet och ständigt uppkopplad. En värdig representant för sin grupp."

Vad ska vi göra nu? Karin gjorde en gest åt datorn och sa att hennes pappa… Kjell höll tyst när Janne röt att ingen ska ta det här i egna händer. Hela ärendet, alla uppgifter som kommit fram måste lämnas till polisen. Och det innan mannen hinner blinka. "Hur ska vi förklara för polisen alla dessa olagliga intrång som vi gjorde för att hitta honom?" sa Johan bekymrat. "Överlåt det åt mig" sa Jon. Kjell var djupt rörd. "Tusen tack grabbar, jag är er evigt tacksam för vad ni har gjort för flickorna." Elin kom och kramade sin morbror och Karin grät. "Så ja, så ja", sa Kjell tröstande och kramade dem båda. "Nu är det över", sa alla i munnen på varandra.

Det dröjde inte länge innan flickorna kunde le åt det hela. "Jag vill aldrig höra talas om gurkor mer", sa Elin. Johan gav henne en kram. Hon var glad och tacksam och lade sitt huvud på hans bröst och ville inte släppa honom. Johan började inse hur vackert det är att ha barn. Det som är besvär och bekymmer bleknar fullständigt jämfört med all värme, kärlek och glädje. Hans sambo Carla ville gärna prata barn och nu kände sig Johan färdig att lyssna på henne.

Kjell som var hemmastadd i brorsans kök hade snart fått till en stor kanna kaffe. Och mannen hemma vid sin dator väntade på Karin med den beställda flaskan. Hur länge han skulle vänta var oklart men det kvittade för han var fast och hans händer bundna. Kunde varken kan sända eller ta emot mer än virtuellt genom Arvid, Jon och Johan. De kunde koppla av med en kopp kaffe.

I vardagsrummet slog sig alla ner kring soffbordet för att diskutera hur de skulle gå vidare. Jannes ställningstagande var orubbat: gå till polisen och anmäla det hela. Datorn pep borta i arbetsrummet. Johan hade aktiverat en ljudsignal för inkommande mail, inte för att svara men för att följa upp och samla in till utredningen. Mail fortsatte i snabbare takt samtidigt som texten blev allt grövre, ilsknare och vulgärare. För att slynorna sölade så med sina tjänster hade han nödgats runka själv och det skulle de få sota för. Han utfäste hot om sadistiskt våld och förnedring i grövsta drängstuguspråk.

Johan ville inte visa mannens utbrott men Kjell som stod bakom Johans stol hann läsa de sista raderna. Han sa ingenting men kokade inombords och skakade i hela kroppen. Johan kände av sin brors tillstånd genom hans krampaktiga grepp om stolsryggen. Han vände sig och såg i Kjells ögon något som inte gick att uttala. "Kjelle!" var allt han kunde säga medan all luft gick ur honom. Men den förtvivlan som låg i ordet väckte med ens upp Kjell ur hat och hämndtankar. Han insåg motvilligt att det bästa att göra var som Janne sagt, inte för sin egen skull men för att inte försätta vänner och anhöriga i klämma. Hans kropp lyddes och krampen släppte. Ansiktet blev åter igenkännligt. Faran över. Johan skrev till mannen i Karins namn att hennes föräldrar kom hem och kallade på henne. De kunde fortsätta på kvällen. "Nu måste jag stänga av datorn. Hej då." Johan stängde av Karins dator utan att ge mannen tillfälle att reagera. Han hade lovat återkomma för att inte varna honom så han fick tillfälle att förstöra sitt material hemma innan polisen ingrep.

Johan och Arvid tog Jons bil och följde efter Jannes där Kjell och flickorna åkte. Kjell ringde Agneta och beskrev triumferande hur de hade lokaliserat mannen och alla var på väg till polisstationen i Jakobsberg. Agneta blev lättad över att Kjell tagit reson och tagit ett klokt beslut. Hennes man skulle inte råka illa ut genom att ta lagen i egna händer, fast hon gott kunde förstå att han ville slita mannen i stycken. Hon pratade på och Kjell förstod att hon kände sig styrkt. Fast hon var splittrad, skakad, ledsen, arg, hatisk – trots allt elände var hon Agneta igen. Inte riktigt som den gamla Agneta, kanske med kortare stubin och högre blodtryck av stressen, men han kände att hon var Agneta i alla fall. Gubben kunde inte knäcka henne, hon kommer att knäcka honom och se till att han hamnar bakom lås och bom, länge.

Det var ingen lång resa till polisen men sällskapet överraskades av att se Agneta redan på plats. Hon satt med polisen Marie i ett avskilt hörn på stationen. Agneta och Kjell kramades och drog till sig Elin och Karin i en allomfattande storkram. Karins föräldrar var på väg till stationen.

Polisen fick höra att anmälarna hade fått förövarens identitet. Jon lämnade sin hårddisk och öppnade Elins och Karins datorer där poliserna kunde läsa i realtid hur mannens tålamod helt hade lämnat honom och hans hotelser gick över alla gränser för att flickorna inte svarade honom. Han gav nytt ultimatum om att hänga ut dem på nätet om han inte inom tre minuter fått se gurkorna där de hörde hemma, ovetande om att hans datorverksamhet fångades upp av trion Johan, Arvid och Jon och följdes av en hel polisstation. Det pågick ett brott i realtid inför polisens ögon och det var bara att ingripa. Det behövdes ingenting mer för att motivera ingripande, sa Marie.

Jakobsbergs poliser var omskakade men glada över att brottet skulle klaras upp på en gång. De förklarade att mannen grips som misstänkt till en början och det är upp till åklagaren att formulera: minst grovt sexuellt övergrepp mot barn, sexuellt ofredande, grovt barnpornografibrott och grovt utnyttjande av barn för sexuell posering. "Detta bara bland annat, upprepade Marie. "Brotten måste ha begåtts över hela landet. Det brukar vara på det viset." Men Jon nämnde även våldtäkter mot barn och kunde peka på några fall i mannens hårddisk.

Marie hade redan tagit Agnetas anmälan mot mannen. Agneta var orolig för att Johan, Arvid och Jon skulle få efterföljder för att de hackat fram mannens identitet. Men Marie försäkrade att de inte ligger i riskzonen, och Agneta förstod att man skulle blunda för deras oegentligheter, för det behövde inte tas med i rapporteringen. Det räckte med att de kommit med flickornas datorer medan mannen var i verksamhet så polisen fått bevittna den. Hur man fått fram mannens identitet måste man kanske inte skriva någon på näsan. Åklagaren hade kontaktats och en styrka skulle storma mannens lägenhet och beslagta hans material hemma hos honom, och om det var upp till henne skulle de tre männen få medalj. Men hur som helst lovade polisen ordna saken utan konsekvenser för Johan, Arvid och Jon – och apropå det skulle polisen vara tacksam om männen ville hjälpa till att lösa ett liknande fall som de brottats med utan resultat. De kunde varken komma åt mannens identitet eller adress. Den förövaren hade använt sig av algoritmer och program, sofistikerade sådana, och om han inte själv stått för programmeringen så hade han en mycket kunnig medhjälpare som polisen gärna ville tala med. Jon utbrast att han nog kunde knäcka problemet, och efter vad han sett idag av vidrigheterna som drabbat vännens dotter skulle han omedelbart ställa upp. "Fullt klart", sa Johan, även han och Arvid skulle ställa upp åtminstone i det fallet som gäckade polisen, men de hade annars sina jobb som inte lämnade mycken tid över. Marie log tacksamt och kom överens med dem att ses ett par dagar på kvällstid och arbeta med det aktuella ärendet.

Deras samtal avbröts när Nils, Karins pappa, stegade in på polisstationen. Han var uppriven och arg. Med hög röst riktad mot alla på stationen krävde han att få veta var snuskhummern höll hus, för han ville rädda världen från det äcklet om han så skulle åka i fängelse. Karin krökte på ryggen och gjorde sig liten och hoppades att ingen skulle se henne, helst ville hon vara död och försvinna ur världen. Agneta och Kjell var de första att komma fram till Nils. Johan, Arvid och Jon stod handfallna. Kjell var den som agerade, han ledde Nils åt sidan och viskade något i hans öra som fick honom tyst fast han fortfarande skalv av sinnesrörelse. Vad Kjell sagt kom han sen aldrig att tala om. Nils krängde av sin dunjacka medan han sökte med blicken efter sin dotter. Där satt hon med Elin och försökte gömma sig. Hennes pappa skyndade sig dit och kramade henne av alla krafter så hon knappt kunde andas.

När hennes tårar blötte igenom hans skjorta drog han fram ena skjortärmen för att torka hennes tårar och ville snyta henne som en baby. Agneta räckte snabbt fram en pappersnäsduk: "För resten ta hela paketet, jag har fler i väskan." Karin log under tårarna.

Marie ledde Nils och Kjell till ett förhörsrum för att prata allvar. "Kjell! Jag kan gissa vad du har sagt till Nils. Ni får inte hota någon till livet, inte ens en som ni kan tycka har fått hela tillvaron att rasa ihop, inte under några omständigheter. Det är förbjudet i lag och medför fängelsestraff och det vet ni mycket väl." Hon försäkrade att mannen efter häktning och ytterligare utredning skulle ställas inför rätta och bergsäkert få flera års fängelse. Materialet som polisen nu förfogade över genom trion Jon, Johan och Arvid var mer än tillräckligt för det. Nu måste hon först prata med flickorna och se hur allt började och ta deras formella anmälan mot mannen.

In i hallen kom en kvinna följd av en kall vind blandad med snö. Blickarna drogs dit och genom det smala fönstret bredvid porten blev det tydligt hur vädret förvärrats sedan de kommit hit. Snön virvlade och for mer uppåt än neråt. Det var barnpsykologen som kom för att närvara vid hörandet av flickorna. Marie bad två föräldrar att vara närvarande men flickorna tog henne i armen och viskade att de inte ville ha föräldrarna med eller för den delen psykologen. Marie såg på föräldrarna som stod beredda att komma in till förhöret, hon meddelade dem flickornas önskan men vände sig sen till flickorna och undrade om åtminstone Agneta kunde vara med. För Elins del gick det bra. "Men Karin då?" Nils förklarade att Karins mamma ingenting orkade längre. "Men ska verkligen inte din pappa vara med?" Karin vände sig till Nils och vädjade med sin blick och knappt hörbar röst: "Pappa! Du ska inte vara med." Nils sänkte huvudet. Han skulle inte göra det svårare för sin dotter. Han nickade medgivande och sa att han litade på Agneta och det fick räcka med hennes närvaro.

Men det gick förstås inte att utestänga psykologen. Flickorna följde henne till ett förhörsrum och såg sig om. Det var sparsamt inrett med naturbilder, leksaker syntes på ett lågt bord med barnstol intill i ett hörn. Ett skåp med dörrar i ett annat hörn bredvid vask och vattenkran. Ett bord som liknade köksbordet hemma hos Agneta med flera stolar runt om fyllde resten av rummet. Marie bryggde kaffe medan psykologen hämtade en plastbehållare från skåpet och blandade till saft och tog också fram ett paket servetter, som om hon väntade sig att alla skulle komma att gråta. Kanske hörde det till, kanske alla brukade gråta där, tänkte Agneta och lovade sig själv att inte ge efter för känslor, för flickornas skull.

Psykologen rörde sig hemvant i rummet och hämtade en assiett med kakor ur en av skåpets fyra lådor och placerade inom räckhåll för alla som satt sig kring bordet. Agneta satt bredvid Elin och Karin, polisen och psykologen mitt emot. Flickorna var trötta och höll sig tätt intill varandra, skamset hopkrupna. Trots allt kände de sig trygga nog att småle när psykologen sköt kakfatet i deras riktning. Agneta anade att det skulle bli frågor följda av enstaviga svar, om ens det. Men det skulle lossna.

Det var psykologen som mjukstartade med att välkomna alla och riktade sig till flickorna för att göra klart att mannen inte skulle komma åt dem längre, polisen var på väg just nu och om några minuter tar de honom när han sitter framför sin dator och tror sig vara trygg i sin kula. "Det är han som är skyldig och ni är inte anklagade för någonting. Jag vill veta hur detta började. Bara det", sa hon. Marie ingrep: "Märkvärdigare är det inte, inget förhör utan bara ett samtal, ni får berätta båda två. Vi spelar in samtalet, det är våra rutiner. Så vem ska börja? Du Karin? Eller Elin?" Elin tyckte att Karin kunde börja, för det hela började ju hos henne.

Karin sa att allt började med att en fjortonårig flicka hade tagit kontakt med henne på chattforumet. De pratade lite allmänt först, hon verkade rar och lite blyg men snart fick hon fram att hon ville fråga om något känsligt, och hon visade en bild på sig själv halvnaken. Hon var orolig att hennes bröst inte hade utvecklats normalt och ville inte fråga sin mamma, för hon skulle bara vifta bort sådana frågor eller rentav bli arg, de hade inte någon vidare kontakt. Och hon bönade: "Snälla du kan du inte visa mig hur normala bröst ser ut?" Jag svarade att hon kunde väl se på sina kompisars bröst när de duschar efter jympan och då svarade hon att hon var mobbad i skolan, hon hade inga kompisar och vågade inte gå till gympan och hade planer på att ta livet av sig. Karin ville lugna flickan, skrev till henne att hon hade likadana bröst. Inget ont anade lyfte hon upp sin tröja och skickade en bild för att lugna henne. Karin bad Elin att göra detsamma för tjejen var fortfarande orolig. Men sen kom en chock: anklagelser från samma konto men nu är det hennes mycket arga pappa som skriver att vi fördärvar hans dotter och han skulle minsann visa hela världen vad de går för och visa deras bilder för alla i deras skola, för han misstänker att de tänkt visa dotterns bild i hennes skola.

Karin svarade förstås att hon inte menat något illa, det var hans dotter som tog kontakten först men det hjälpte inte. Han svarade mycket ilsket att hon ljuger, dom tänker mobba hans dotter med att sprida bilder av hennes bröst överallt och nu krävde han garantier för att de inte skulle göra det. Deras hedersord räckte inte, utan de skulle skicka nakenbilder på sig själva. De bilderna ska han behålla som säkerhet, och ifall Karin och Elin lägger ut hans dotters bilder så kunde de vara förvissade om att han skulle visa deras för skolan och deras föräldrar och för polisen och runt hela världen. Det var bara att göra som han sa för annars skulle han slå sin dotter gul och blå för vad hon gjort.

För att få slut på hela affären tog Karin och Elin nakenbilder på sig själva och skickade till honom. "Det skulle vi aldrig ha gjort", grät Karin. Elin var blek och sa att mannen skrev tillbaka att han inte hade någon dotter och att de var dumma slynor och han skulle visa bilderna i deras skola och för föräldrarna och hela världen om de inte gjorde vad han ville.

Deras nakenbilder hade fått honom upphetsad och nu måste de tillfredsställa honom. Och skvallrar de för någon ska han säga att de prostituerat sig, de får betalt för att suga av honom och inte bara det, han skulle döda deras föräldrar! Men de var säkra så länge allt stannar mellan dem och honom.

Agneta lyssnade till flickornas redogörelse och var bestört över att höra hur förslaget bedragaren gått till väga. Hon kunde föreställa sig att de hade framför sig en lång terapiprocess. Hon anklagade sig själv för att hon inte upptäckt det medan det pågick, och konstaterade för vilken gång i ordningen att hon inte pratat med Elin så mycket som hon borde sedan Tove föddes. Nej, hon kunde faktiskt inte komma ihåg en enda längre och givande pratstund med sin dotter. Medan berättelsen nystades upp var hon nära gråten men hade lovade sig själv att vara stark, åtminstone inför flickorna, och inte störa. Stressen angrep hennes kropp, ögonen sved och hon märkte inte att hennes naglar rev sår i armarna som hon gömde under bordet.

Under tiden fick Marie ett samtal. Hon beklagade men lovade att vara tillbaka om någon minut och gick snabbt ut. Det var Johan som höll på att gå genom Karins dator tillsammans med polisen och de hade uppmärksammat ett mail från en flicka till Karin: "Förlåt Karin. Jag ljög att jag ska prata med mina föräldrar för att jag inte ville göra dig ledsen. Jag ska dö idag. Gubben vill det. Jag älskar dig. Sofia." Marie tappade hakan –
var det inte samma Sofia som blev påkörd av tåget för inte länge sedan och polisen avskrev det som en olyckshändelse? Hon kallade på psykologen och förklarade kort att situationen blivit allvarligare, det har väckts misstanke om mord på en kompis till flickorna av samma man som förföljt dem.

Psykologen tog en paus med flickorna, sa att de kunde få glass eller smörgåsar i personalrummet för att polisen Marie skulle dröja en stund till för något som dök upp akut. Flickorna ville gärna ha glass och följde med psykologen medan Agneta gick till Kjell. Hon möttes av ett dystert ansikte. Hon ville lugna sin man men visste inte att ärendet just blivit mer komplicerat.

Medan psykologen grävde i en stor frys i pentryt började flickorna viska sinsemellan och plötsligt sa Karin högt till psykologen: "Och det var inte bara oss som han jäklades med. Andra tjejer lurades av gubben, och Sofia, hon dog och det var kanske han som dödade henne, eller tvingade henne." Orden forsade ur henne och Elin hjälpte till, om varenda detalj de kände till om Sofias relation till samme man som trakasserat dem. De hade inte sett några bilder av Sofia men det tycktes klart att han gått till väga på samma sätt mot henne i början. Psykologen blev stum för en stund, skakade på huvudet och uppmanade dem att ta det lugnt så att de inte tröttnar för de måste upprepa allt för polisen.

Flickorna petade i sina glassportioner och började känna sig lättade. Medan de hade återberättat vad de utsatts för var det som om de själva för första gången insett vad mannen gjort mot dem, ett oerhört övergrepp. De var inte skyldiga, och den insikten hade gett dem hämndlust. Mannen skulle sättas fast, alla skulle veta vad han var för en, vad det än kostade dem själva att berätta. De skämdes för att de låtit sig luras men det skulle inte hindra dem att få sin hämnd. De insåg att de själva kunde ha slutat som Sofia och ville sätta dit honom för hennes död. Kanske känslan att hämnas var en ventil, hunger efter upprättelse för de utsatta. Psykologen varnade omedelbart Marie för vad hon fått höra men fick veta att Johan, Jon och Arvid just kommit med samma alarmerande information.

Marie kom tillbaka till förhörsrummet. Hon var äcklad men samlad och ville fortsätta höra flickorna också vad gällde Sofia. Hon frågade om de var trötta och kanske ville vänta till i morgon för att fortsätta tala med henne. Hon måste få möjlighet att skilja mellan vad som var fakta som talade mot mannen och vad som kanske uppstått av deras önskan att få honom fast. Men Sofias dator skulle kunna avslöja mycket. Polisen måste ha tillgång till den för att komma åt material som kunde avgöra fallet på ren faktagrund. Hon hoppades att föräldrarna inte gjort sig av med hennes dator. En ny förundersökning skulle komma att riva upp deras sår. När hon frågade Jon om datorn verkligen var nödvändig sa

Jon att han kunde ta fram allt material från mannens hårddisk, men troligen skulle Sofias hårddisk utgöra bättre bevis. Om den kunde hittas.

Agneta visste inte annat om Sofia än att hon förolyckats i en tragisk olyckshändelse. När hon kom tillbaka till förhörsrummet och fick höra att Sofia varit förtvivlad till den grad att hon talat om självmord för att gubben hade säkrat graverande poseringsbilder och hotade att visa dem över hela världen, då borrade Agneta sina naglar i armarna tills hon kände smärtan ända in i hjärtat. Hon mådde illa och måste lämna rummet. Även Marie som var förvarnad blev illa berörd och satt tyst.

Karin som för första gången fick prata av sig till en vuxen var lättad över att mötas med förståelse och deltagande, hon ville berätta allt och mer och det spelade ingen roll i vilken ordning det kom. Hon fortsatte berätta utan avbrott och med känsloglöd om varför Sofia tog sitt liv och att det var han som dödat henne. Sofia var vän med Karin i första hand, inte med Elin. Karin gjorde bara nödvändiga uppehåll för att dra andan medan hennes röst blev högre och högre "och kanske han knuffade henne framför tåget, för, för…" och stegrades till skrik "…för han skrev att han kunde hjälpa henne dö och ville filma det."

Psykologen lade spontant sin hand över hennes. Hon tystnade genast och torkade ansiktet med psykologens servett. Självmordet var en ny vändning som kanske rentav var ett bestialiskt mord. Marie ville få fram uppgifterna från flickorna varsamt. Hon lät Karin berätta i sin egen takt tills hon kom av sig. Marie trodde först att Karin tröttnat men förstod snart att tystnaden inte kom sig av trötthet utan av skuldkänslor, för hon frågade plötsligt med sänkt blick, som var den riktad mot henne själv, om hon inte kunnat rädda Sofia. "Jag sa till Sofia att hon måste berätta för sina föräldrar istället för att dö, och jag upprepade det många gånger, och jag trodde att Sofia hade pratat med sin mamma, för hon sa det, men så nästa dag dog hon." Karin grät. Elin sa bara sa att hon inte kände Sofia så väl men hon hade fått läsa vad hon skrev till Karin och Karin suddade bort allt sen. Marie svarade "Nej då, Elin, inte allt. Vi kan återskapa det som raderats, och mannens dator är kapad så vi kommer att kunna rekonstruera hela processen och klämma åt honom."

Psykologen tog över när Marie lämnade rummet för att kalla på en kollega som satt med Johan och Arvid och Jon. "Kan du ta upp akten om den där flickan Sofia som vi trodde dog av en olyckshändelse för ett tag sedan? Det verkar vara ett planerat mord eller anstiftan till mord. Vi måste agera på en gång. Han måste gripas omedelbart, inte bara för grovt utnyttjande av Elin och Karin men även allvarligare saker än så, mord, innan han hinner med nästa. Ring upp åklagaren igen och att det är akut!" Polisen i Jakobsberg hade bestämt att åter öppna fallet med Sofia. De ville undersöka hennes dator. De måste fråga föräldrarna om saker de hade missat att ta upp vid hennes död.

Åklagaren var snart med på noterna och gav uppdrag att gripa mannen för misstanke om mord. Även tillstånd för husrannsakan på plats för undersökning av aktuella datoruppkopplingar samt beslag av utrustning. Han bodde i Sundbyberg, inte långt från Jakobsberg.

En samordnad polisstyrka från Jakobsberg och Sundbyberg gav sig av mot mannens bostad så snart de fått klartecken. De ville nalkas försiktigt utan att han misstänkte något. Säkert hade han förberett paniklösningar för att snabbt tömma sin dator på bevis. Kanske bränna hela lägenheten. Bäst vore att ta honom medan han fortfarande satt vid sin dator och begick brott. Risken var förstås stor att han hade backup utanför bostaden. Det var dock ett annat dilemma – han skulle inte kunna komma åt något efter gripandet men man uteslöt inte att en eller flera likasinnade förfogade över materialet. Dock, i så fall borde även de kunna spåras senare.

Under färden till mannens adress fick de veta att han kunde vara skyldig till mord på en flicka, kanske fler, maskerat som självmord eller olyckshändelse. Det var bara hans icke uppkopplade hårddiskar som kunde bekräfta detta.

En plan utformades hur ett odramatiskt ingripande skulle ske. Det man förstått av hans hot mot flickorna var att han kunde ha vapen hemma. Därför begärde polisen förstärkning även av insatsstyrka. Man bestämde att civilklädda poliser först skulle ta sig in i hans bostad, inga sirener skulle varna mannen på håll.

Polisen väntade inte utan ringde upp Sofias föräldrar omgående. Man ville gå ut försiktigt och hinna få avgörande grund för misstankarna. Sofias mamma var den som svarade. Polisen bad hövligt om ursäkt att de måste störa men de behövde Sofias dator. Man sa att det gällde en annan flicka som haft konversation med deras dotter och den flickan hade trakasserats på nätet. Polisen ville veta om hon hade berättat något för Sofia. Det skulle ge deras utredning en viktig pusselbit.

Mamman snyftade men förklarade så gott hon kunde och polisen förstod av henne att Sofia sagt att datorn var trasig och hon hade kasserat den. Hon hade nog kastat den i grovsoprummet. Polisen tackade. De visste redan genom Karin att så var inte fallet men vände sig till henne igen: hade hon någon aning om var datorn kunde finnas? Karin visste att det inte varit något fel på datorn. Sofia hade sagt att hon tänkte slänga den i Säbysjön så att ingen skulle hitta den men sa sen i tårar att Karin kanske kunde hitta den någon gång. Någon gång när allt det här var över.

Plötsligt hade Sofias fall gått från olyckshändelse till misstänkt mord. Polisen kallade på dykare fast det redan var sent, klockan var fem och det var mörkt och minusgrader. Det föranledde samtal med högre befäl eftersom det inte gällde att rädda drunknande, men det var av vikt att bärga datorn fort. Mordroteln hade inga invändningar när man hade vittring på en nätpedofil – svårfångade herrar – som kunde beslås även med mord. Karin kunde inte exakt peka ut platsen där Sofia kunde ha kastat sin dator men hon hade nämnt bryggan där de båda brukade sitta och mata småfiskar och se dem sprattla vid ytan. Polisen tyckte det var osannolikt att Sofia hade burit den tunga datorn längre än till bryggan, så sökområdet kunde begränsas. Flickorna var trötta och

Marie rådde dem att gå hem med sina föräldrar så länge men finnas tillgängliga om det uppstod andra frågor.

Två dykare anlände på kort tid och bytte till dykutrustning på polisstationen. Bara för att ta sig till platsen behövdes terrängfordon. Det var ganska djup snö och den föll fortfarande. Johan och Jon följde med för att skydda datorn när den skulle tas upp. Sjön var grund, i sökområdet nära bryggan knappast två meter djup och datorn måste ha hamnat i sjöns kalla dybotten. Men isen var bärkraftig, cirka femton centimeter, och måste slås upp med redskap.

Polisen ansåg att det vore meningslöst att leta långt från bryggan. Om det varit barmark då flickan kom skulle en dator synas lång väg, och hade hon tagit sig till sjön var det bara för att sänka den i vattnet. Man satte upp ljuskällor på bryggan och slog upp en stor vak där dykarna kunde gå ner en i taget. Efter det syntes bara ljuset från deras ljuskällor under isen. Sikten var noll utan lampor, det gäller att inte riva upp bottenslam som skulle göra sökandet omöjligt. Dykarna måste arbeta snabbt. Iskallt vatten, mörker och dy var inte bästa förutsättningar.

På bryggan stod man på helspänn och följde dykarnas väg genom deras pannlampor som knappt märktes genom den snötäckta isen. Hade Sofia alls kastat datorn där? Och om den påträffades, skulle man kunna få något ur den efter några månader i vattnet? All tur i världen behövdes för att hitta datorn och lika mycket till om det skulle finnas något som helst bevis mot mannen i den. I annat fall fick man bara hoppas på att de hittar komprometterande material hemma hos honom.

Blåsten avtog plötsligt. Det blev tystare och mörkare. Poliserna kunde höra sina egna stövlar knastra på bryggan. Allas blickar följde ljuset som rörde sig under istäcket. Dykarnas rörelser sköljde då och då vatten upp till ytan mot den öppna vaken. Ytterligare några minuter passerade och Marie bröt tystnaden: ”Det känns som en evighet.” Ingen kommenterade och det förblev tyst ytterligare några minuter.

Så kom ett ljussken mot det öppna vattnet och med det kom en dykare halande på en svart sopsäck, förseglad med tejp. Den andra dykaren följde. Bryggan låg lite högre än istäcket på sjön, så flera armar sträcktes mot påsen. En polisman tog hand om den, varsamt som om han höll i en baby. Det var något tungt därinne.

När vattnet runnit från påsen i några sekunder, skar en man försiktigt ett litet hål i plasten. Jo, det var en dator! Torr, som det såg ut. Flickan hade lindat in den noga och tejpat om den, det var väl mindre iögonfallande att gå med ett prydligt paket än en dator. En av dykarna sa att påsen inte var noga gömd men det var svårt att se den för plasten var svart och den var delvis täckt av dy, men en del av den glänste i ljuset från lamporna, "som om den ville bli upptäckt".

På polisstationen lades datorn på ett bord. Alla tänkte att som Sofia gjort sig mödan att skydda den måste hon ha hoppats att den skulle berätta hennes historia en dag och mannen skulle fällas. Den måste undersökas av kriminaltekniker och ingen fick röra påsen innan man säkrat fingeravtryck och andra spår.

Datorn var torr, inte en droppe hade trängt in. Småfisken hade inte rått på plasten. Nu var det bråttom att undersöka påsen och datorns yta, varje tangent, innan man skulle överlämna den åt Johan, Jon och Arvid. Den skulle inte skickas till labbet, utan de tre vännerna hade anlitats för att undersöka hårddisken, de skulle få ersättning och hade skrivit under tystnadsförsäkran. Polisen ville komma åt informationen så snabbt så möjligt och gjorde drastiskt avsteg från protokollet. Inget material fick lämna polishuset "och ni har erkänt tystnadsplikt", påminde Marie.

Efter en snabbt genomförd kriminalteknisk undersökning var datorn i händerna på Jon, Arvid och Johan. "Duktig flicka!" utbrast Jon genast när han fann datorn i gott skick. Hon ville sätta dit mannen som tvingat henne i döden. Hon måste ha vetat att Karin någon dag skulle avslöja honom. Nu var det deras ansvar att gå igenom Sofias chatt med mannen och samla bevis mot honom. Johan undersökte om datorn fungerade och det gjorde den, utan problem. Sofia hade ljugit om det för sina föräldrar. Sedan kopierade Jon all information från hennes hårddisk till en extern hårddisk för säkerhets skull. Hennes dator hade utstått fukt och kyla under en tid så egentligen var det ett under att den fungerade.

Nu började man protokollföra alla mail, bilder, konversationer mellan mannen och Sofia och de andra. Det var ett omfattande material fast den gamla datorn inte hade så stor kapacitet. Sofia tycktes inte ha raderat efter hand så den var fullmatad. De sorterade all information efter datum. Före den första kontakten med mannen fanns bara barnsligt småprat mellan Sofia och hennes kompisar, ända till augusti i somras.

I augusti hade Sofia kommit i kontakt med en snygg och rar kille i hennes ålder, fjortonårige Robin. Han verkade ha blivit förtjust i henne efter att han följt hennes chatt. Han skriver att hon var den snyggaste tjej han sett och smartast också. Han hade sett hennes bild och konversationer och blivit blixtförälskad i henne och frågade snart om hon ville vara hans flickvän. Han skickade till henne dikter och romantiska texter som sina egna, men Johan och Arvid kunde identifiera flera som kopierade från böcker, sångtexter och filmdialoger.

Robin påstod studera vid en annan skola i Stockholms innerstad där han bodde med sin familj. Hon fick hans bild, en vältränad, snygg kille. Karin får veta att han uppvaktar henne men inte hur det sedan utvecklar sig. Hennes fantasi skenar iväg. Hon skriver dagbok på datorn i en vanlig fil, inte tillgänglig på nätet, att hon "måste våga, måste våga, och måste våga"... Robin skriver att han saknar hennes svar, han har blivit besatt av tanken att hon inte gillar honom och inte vill ha med honom att göra, om det ligger till så ska han försvinna: "... och inte besvära dig mer om du inte visar dig intresserad av mig." Och verkligen, där slutar han skriva till henne.

Sofia skriver i sin dagbok att det var drömkillen som hon hade hoppats att någon dag få träffa, omtänksam, rar, snygg, känslig och klok. Och han tycker om henne. Efter ett par dagar tar hon mod till sig och svarar killen: "Idag är bästa dagen i mitt liv, Robin. Du är den raraste killen i världen, snyggaste och coolaste och du älskar mig, bara mig. Visst vill jag vara din flickvän." Robin svarar i samma ton, nu är han världens lyckligaste. Om han bara fått veta det direkt i förrgår skulle de ha setts i Stockholm men han ska åka till fjällen redan om en timme för att vandra med sin mamma, pappa och lilla syster. Men de ska träffas och kanske gå på bio när han återvänder, och nu ska han ta med sig sin laptop så de kan hålla kontakten när nätet funkar där. "Vi ses när jag kommer tillbaka. Puss. Jag älskar dig."

Nästa dag skriver Robin och bifogar en bild med renar: "Jag är i fjällen bland renarna här. De tittar nyfiket på mig men ger sig iväg om jag kommer för nära. Det är fint här men jag har tappat allt intresse för jag vill att dagarna bara ska gå så jag kommer tillbaka till dig. Sofia, min Sofia, jag tänker på dig hela tiden, vill röra vid dina händer, jag vågade inte säga att jag vill kyssa dig för att inte skrämma dig, förlåt! Men jag har aldrig längtat så som jag längtar efter dig. Kameran på datorn har pajat, annars skulle jag visa dig fjällen bakom mig. Jag ska ta bilder med pappas kamera och visa dig sedan. Mobilen har ingen täckning här. Sofia, låt mig bara veta om jag stör för då ska jag försvinna. Du behöver bara säga försvinn. Då har jag inget att leva för längre. Kanske bara gå ner mig i en fjällsjö? Jag längtar, längtar efter dig, det är som om jag känt dig i evighet. Jag ska drömma om dig. Jag älskar dig Sofia. Kram och puss. Din Robin"

Sofia svarar nästan genast: "Jag älskar dig och jag ska drömma att vi kramar varandra, håller varandras händer, är nära. Och du! Våga bara försvinna ur mitt liv nu när har vi hittat varandra, för då försvinner jag med, jag skulle dö för dig."

Robin: "Älskade Sofia. Mamma ropar, vi ska äta. Hon har lagat renskav på spritköket. Om jag inte hör av mig betyder det att nätet inte når oss. Jag försöker! Men vi är tillbaka nästa vecka. Din för evigt Robin."

Hela veckan höll de två på att överträffa varandra i vem som längtade mest. Robin ville att hon skulle skicka honom en bild på sin hand för han ville kyssa den. Det gjorde hon men i nästa steg ville han att hon skulle visa ett ben och de skrattar när han skickar henne en bild på sin fot med en rejäl raggsocka. Sedan vill han att hon ska kyssa kameran och lämna avtryck av läpparna så han kan kyssa henne tillbaka. Sofia svarar att hon var blyg för det, men kanske när de träffas. Och plötsligt frågar han om hon verkligen är fjorton år eller om hon driver med honom? Alla fjortonåringar vill kyssas. Var hon rädd för honom? Han hade inte väntat sig att hon skulle vara så barnslig. "Är du verkligen fjorton år och vågar inte visa dina läppar? För din pojkvän?" Sofia svarar inte samma dag.

Men hon skriver i sin dagbok: Robin! Robin! Robin! Jag kan säga hans namn hur många gånger som helst utan att tröttna. Jag längtar så efter honom, vill träffa honom, kramas länge." Sofia hör inte från Robin och bestämmer sig för att skicka en bild av sin mun, utan ansikte.

Robin svarar genast: "Förlåt! Jag trodde att du var under fjorton år och att du drev med mig. Din vackra mun får mig att längta till dig så det värker. Jag ville vara nära, kyssa din mun, smeka ditt ansikte med mina händer. Jag dör, jag vill vara i närheten av dig. Ska jag fly från fjällen till dig? Eller måste jag vänta tills vi kom tillbaka? Du bestämmer." Sofia avråder honom från att fly familjen och fjällen för att inte oroa hans familj eller gå vilse. Men hon längtar efter honom och dagarna har blivit för långa utan honom.

Plötsligt skriver Robin att han kommit på sin mamma att snoka bland hans grejer och han räddade sin dator i sista sekunden. Men han har krypterat sina mail så hon bara kunde läsa det han ville visa, men under det fanns alla hans hemligheter. "Jag gav mamma ett lösenord som bara öppnar en del av textfiler och mail men inte mina privatsaker. Hon tror att hon ser allt men hon är lurad och jag är skadeglad för hon har inte rätt att snoka i mina mail." Sofia blev nyfiken. Hon bad om instruktioner så hon också kunde hålla sina föräldrar utanför om de skulle snoka i hennes egna angelägenheter. Robin skriver: "Det vi tänker, känner och gör angår ingen, inte kompisar eller föräldrar. Det är privat. Eller hur?"

Jon, Arvid och Johan läste deras konversationer rad efter rad. De hade snart fått klart för sig vem Robin inte var. Den han visade upp fanns på en sida från USA och han hette inte Robin utan James Flynn Jr, kallad Jim. Med all säkerhet kunde han varken tala eller skriva svenska. Han var arton år och tävlade i judo för sitt college. Det fanns även rörliga videosekvenser där han tränade och idrottade. Man kunde läsa de uppenbara manipulationerna av hans falska identitet som Robin, hur han styrde henne under täckmantel av kärlek och passion.

Det var rörande att läsa hennes dagbok och mail, hur villkorslöst förälskad hon var i en påhittad person. Hon ifrågasatte aldrig att han kunde vara någon annan än han utgav sig för att vara. Han skrev inte på samma sätt som hennes kompisar, stavade rätt och använde inte förkortningar eller referenser som de men hon antog att det kom sig av hans egen innerstadskrets. Rikare och finare, tänk att han fastnat för just henne! Hon var beredd att göra allt för att göra honom glad. Det var den första riktiga kärleken i hennes mycket unga liv. Hon och Robin var överens om att ingen i hela världen fick tränga sig på dem, ingen fick se vad de hade tillsammans. Robin skriver: "Det är jag och du mot hela världen nu." Jon inföll att det lät som Romeo och Julia, och det slutade ju inte bra för dem.

När Robin övertygat Sofia om att ingen annan kunde ta del av deras mellanhavanden ökade han trycket: "Jag kan visa dig hela min kropp, i badbrallor förstås, utan att någon ser det utom du, vi visar inte för andra vad jag skickar till dig. Lova att inte bli arg om du får en del av min kropp. Jag gör det för att lämna ut mig till dig och visa förtroende. Jag har inga bröst att visa… vill du visa ditt bröst? Vad ska jag skicka för att du ska känna dig säker? Säker att jag inte visar andra, menar jag? Inte mer än rättvist att du har en hållhake på mig…"

Sofia tröstar Robin att hon aldrig skulle vilja hämnas på honom, varför skulle hon det? Hon älskar ju honom över allt, över hennes liv och lovar på heder och samvete att inte bli arg. Och han skulle ju aldrig göra henne något ont. Deras kärleksbetygelser var bara deras. Men Robin övertygade: "Men ändå? Du måste ha garanti. Du har säkert sett

snoppar på bild och jag kan skicka en på min, som garanti att jag inte
sviker dig någon dag!" Robin bifogar en närbild på en manshand som
håller en penis. Sofia skriver i sin dagbok att hon blev paff. Men sedan
lättad, glad över hans förtroende att utlämna sig själv. Han skriver att
han mår bra av att ge henne ett vapen mot honom. Hon skriver tillbaka:
"okej, du ska få en bild på mina bröst."

Efter tio dagar i fjällen hade konversationerna kommit in i ett nytt
skede. Sakta men säkert har de börjat utbyta bilder på sina kroppar, bit
för bit med adekvata ursäktande kommentarer från hans sida. Efter två
veckor i den påstådda fjällvandringen meddelar han att familjen
kommit tillbaka från vandringen. Han skriver: "Nu har jag tillgång till
mitt rum, eget rum med dörr och lås. Nu kan jag klä av mig naken och
du kan göra detsamma och vi ska kramas och kramas så mycket vi orkar.
Justera kameravinkeln. Jag älskar dig vansinnigt. Längtar efter dina
bröst, händer, dina mjuka fingrar, din mun, din mage ..."

Kärleksyttringarna triggar Sofias nyväckta hormoner till storm och hon
svarar lika passionerat. Nu får det vara nog med distansmöten, hon vill
träffa honom i verkligheten, omedelbart efter vandringen. "Visst ska vi
det men jag måste förbereda mig inför skolstarten. Först måste jag
ordna allt efter vandringen, tvätta kläder, städa och annat för mina
föräldrar börjar arbeta snart. Annars får jag inga pengar av min galna
farsa. Och du, jag har en idé, tänk om du också skulle skolka den dagen
för att vara ensam hemma när dina föräldrar är på jobbet, och vi skulle
klä av oss nakna och älska med varandra på datorn till att börja med.
Jag ska visa dig hur vi ska göra. Spännande? Och efter det kan vi träffas
vid Gröna Lund till helgen. Vad säger du om det?"

Sofia skriver att hon redan brinner av en eld som bara han kan släcka
och går med på förslaget. Han skickar en videosekvens från någon
porrsajt där han fotoshoppat in Robins ansikte på en annan figur så hon
ser Robin ligga helt naken på sängen och fingra på sin snopp. Han
uppmanar henne att göra detsamma men han måste se henne tydligt

när hon smeker sin klitoris, han förklarar att den känns som en kula och ligger upp till på hennes slidöppning och hon ska röra den häftigt fram och tillbaka som om hennes hand är hans och det blir som om hennes hand rör hans snopp. "Blunda och prova." Hennes hand är hans, skriver han, och hans hand är hennes. Hon gör vad han begär av henne. Hon onanerar ensam framför sin dator, naken i sin säng. Han uppmuntrar henne att visa sig högljutt njuta av akten för hon älskar honom ju, visst gör hon det? Därmed har den så kallade Robin fått en hållhake på henne.

Konversationerna mellan den okände mannen och Sofia visar hur han de kommande dagarna går vidare och utvecklar sina planer. Han får henne till sexuell posering ett par dagar till och har olika förklaringar till att de tyvärr inte kan träffas, från plötslig förkylning till läkarbesök. Så vill han gå vidare, hon ska ta in honom, i form av en gurka som får ersätta hans snopp när nu omständigheterna hindrar dem att mötas för att "smälta samman i själ och kropp" som han skriver.

Sofia vill inte: "Det här känns inte bra." Han skriver att hon måste ta till gurkan och det genast för annars har hon just bevisat vem hon är, hon älskar honom inte, hon litar inte på honom, hon unnar honom inte den glädjefyllda samvaron med henne. Sofia är rädd att stöta bort sin stora kärlek och lovar att hon vill göra allt för att han ska vara lycklig. Hon har ju visst låtsats lite, men hon vill fortfarande inte på riktigt. Han blir arg, han ska bryta kontakten med henne för att hon bara tänker på sig själv, han känner sig snuvad på sin kärlek. Han är djupt olycklig och önskar att han vore död.

Sofia förstår att hon sårat honom och svarar att hon skulle göra det men bara med en liten, liten gurka. "Gå till bevis," svarar han kort. Och för att återfå sin omtänksamme och gullige Robin bevisar hon sin kärlek och gurkan tränger in i hennes slida och det gör ont säger hon till datorkameran och gråter.

Hon behöver dela med sig och chattar med Karin och berättar för första gången ingående om sin romans med drömkillen som hon aldrig träffat men blivit mer intim med än hon egentligen ville, och när hon gått med så långt hon förmådde så ville han genast tvinga på henne en större gurka för att han blivit så tänd. "Jag är rädd, Karin. Han är inte samma fina kille som jag blev kär i. Han vill få mig till äckliga saker. Jag är rädd, jag skäms, jag vet inte vad jag ska göra. Inget av det han sa i början har han menat."

På hans utmaning svarar hon tvekande att hon skulle vilja träffa honom först, men då svarar han chockartat i ett mail att hon måste göra som han ber om: "Och det omedelbart annars kommer jag att visa upp dig naken där du smeker dig själv! Och med gurkan! För dina föräldrar och alla i din skola! Jag är inte den du trodde, jag är över fyrtio och jag ska visa för hela världen vilken hora du är. Du kan slippa undan om du tar till en större gurka och det är bara början, din slampa."

Sofias värld faller samman. Hon vidarebefordrar till Karin hans dödsstöt. Inte bara har hon berövats på sin stora kärlek och dröm, han fanns inte, det var en snuskig gubbe och nu utsätts hon för utpressning. Sofia svarar honom att hon inte ville göra något mer av hans önskemål inför webbkameran. Hon ska ta livet av sig, kasta sig framför tåget om han visar hennes bilder på nätet. Det beveker honom inte: "Vilken lysande idé, världen blir lite bättre utan dig, och när du gör det ska jag filma det. Gör som du lovat, du måste ta livet av dig annars vet du vad jag gör!"

Sofia står inför kameran och riktar sig till Karin: "Jag har inget att leva för längre." Hon snyftar. "Jag är ingen längre, jag är ett skämt. Jag kan inte leva längre, hur ska jag kunna leva? Jag skäms så hemskt. Hur ska jag se mina föräldrar i ögonen? Kanske du kan förstå, kanske ingen i hela världen, o gud hjälp mig, någon." Hon orkar inte längre och stänger av kameran.

Efter det kommer ett mail från gubben med en detaljerad plan hur hon ska ta sitt liv framför tåget. Han ska komma dit och bevaka det. Han skickar hennes videoklipp för att hon inte ska glömma vad han har. Han lovar, han ska inte lägga ut något av det på webben om hon tar livet av sig framför tåget. Datum och klockslag på minuten från tidtabellen. Sofia accepterar, hon svarar kort, hon vill inte ha mer dialog med honom.

Sofia skriver i sin dagbok: "Har pratat med Karin och hon säger att jag måste prata med mina föräldrar. Jag lovade Karin och när jag kom till mamma ser hon att jag är ledsen och så säger hon: "Lilla Sofia varför är du så ledsen?" Då går det upp för mig att jag inte är som hon tror, hennes lilla rara gulliga flicka längre så jag berättade inte. Klarade inte av det. Förlåt Karin för att jag lovade dig nåt som jag inte gjorde, förlåt att jag ljög att jag ska berätta för mina föräldrar, men jag orkar inte säga något om det här mer. Jag ska ta livet av mig men jag lämnar min dator så du kanske hittar den en dag, kanske ska du skriva en bok om mig. Jag vet att du tänker bli författare. Men till dess ska jag kasta datorn i sjön. Du vet var vi brukade sitta och prata. Om du inte hittar den och ingen annan heller så gör det ju inte mej nånting för jag är i alla fall död."

Det blir sista gången Sofia satte sina fingrar på tangentbordet. Karin försöker ringa henne men får inget svar. "Abonnenten kan inte nås." Hon och Elin pratar mycket om det, skickar mail till varandra på nätterna. Vad ska de ta sig till? Elin föreslår Karin att tala med kuratorn i skolan men det är femton dagar tills höstterminen börjar. Elin känner inte Sofia så bra och föreslår Karin att tala med Sofias föräldrar. Karin erkänner att det vore bra men är samtidigt rädd att gå bakom ryggen på sin vän. Hon frågar Elin om hon kan följa med henne dit. Elin och Karin knackar på hos Sofia, men ingen öppnar.

Elin är så orolig för Sofia. Hon vill prata om henne med sin mamma men Karin får henne lova att inte göra det. Agneta vill få med Elin till Umeå och passa på innan skolan börjar, men Elin vägrar. Hon vill vara hemma för att stötta Karin och säger inget till sin mamma om orsaken.

Jon reste sig och sa att han behövde en nypa frisk luft. Utanför porten till polishuset blåste det ordentligt och den kalla vinden slog i hans ansikte. Han frös fast han var en härdad friluftsmänniska. Det berodde inte på minusgraderna utan på de kalla kårar som strök över ryggen. Han undrade över vad för slags värld vi levde i. Att det kunde finnas sådana som den här mannen. Han ilsknade till i takt med att minnet av vad han just sett spelade upp fragment. Då hade han mest bara känt motvilja mot förövaren och medlidande med offret. Nu trängde sig flera tankar på som en väsning: "Vad gör jag om mannen ger sig på mina barn?" Tankarna födde känslor. Vrede! Ursinne! Det skrämde honom. Det enda han kunde göra just nu var att sätta mannen där han hör hemma, i fängelset. Han ska kartlägga varje sekund mannen levt, någonsin, om han alls haft något liv för han var kall och död inombords. Enda trösten för Jon var att han faktiskt hade möjlighet att komma åt odjuret. Han kom in igen, hungrig efter både mat och hämnd, men där fanns bara några bullar. En polis passerade och sa att han var på väg att köpa pizza, ifall ... Jon nickade tillbaka med en tumme i vädret och en min som beställde ett styck vad som helst.

Jon anslöt sig till Arvid och Johan som fortsatt gräva i i mannens kapade hårddisk. Han märkte genast att hans kompisar var nedböjda över bordet, som små elever som höll på med något otillbörligt och ville göra sig osynliga för läraren. Jon hade aldrig hört Johan gnissla med tänderna förut men här satt han knuten i kramp. "Finns det något värre?" "Jo", sa Arvid kort och tillade: "Och det kommer vi att hitta här."

Jon trängde sig mellan kompisarna och följde den videoinspelning som redan rullade. Han stoppade den och började om från början. Det visade en liten flicka, tio eller elva år gammal som mannen uppmanar att hoppa framför ett tåg. Hon springer därifrån gråtande och försvinner bland buskar. Mannen svär och hotar. "Nej, det är inte

Sofia", sa Johan. "Vem kan det vara? Han pratar svenska med henne i alla fall. Hon visar ansiktet i början, kanske det går att identifiera henne men vi hittar inget mer." De beslöt att ta itu med det senare. "Men den där mappen under "Sofia" då?" Johan och Arvid hade sett den medan Jon var borta. De sa inget. Han öppnade mappen och såg en undermapp: 'Sofias ljuvliga död.' Så poetiskt, tänkte Jon. "Är det den som ni inte tycker att jag ska se?" Johan lade en hand på Jons: "Öppna inte den." Något i hans röst fick Jon att rysa och hejda sig. Nej, men han måste se allt, kosta vad det kosta ville. Vad kunde vara värre än han redan sett? Jons fingertopp hängde i luften över Enter medan han dröjde, liksom för att samla mod inför det okända. Så hade han gjort också när han var liten, när han ville forcera sin rädsla inför mörker. Då lyckades han besegra rädslan och det visade sig ju alltid att det inte fanns något farligt i mörkret, bara i hans fantasi. Men i det här mörkret... Jon tryckte ner tangenten.

Där var Sofia. Hon stod invid ett järnvägsspår. Bakom henne ett stålflätat staket av märket Gunnebo som skydd från tågen. Tåget hade passerat. Några buskar bredvid. En mansröst räknar, tre, två, ett, börja! "Han regisserar Sofia!" sa Arvid. Mannen syntes inte men tydligen stod han med kameran några meter från henne. Sofia tittar mot kameran en stund. Sedan kvider hon: "Du dödar mig, du vet det." "Nej, hon spelar inte!" Det stod fasansfullt klart för Jon. "Jag vill inte dö!" viskar hon knappt hörbart.

Mannen hånskrattar och fortsätter: "Du är en liten hora, du förtjänar inte att leva. Sådana som du förpestar världen. Gå till spåret, gör det du lovade. Stå på dig en gång i livet! Gör du det exponerar jag inte dina horbilder och åtminstone slipper dina föräldrar skämmas för dig och hata dig. De skulle tro att din död var en olycka." "Du lovar att inte visa något för någon då?" frågar Sofia nästan utan luft. "Jo, gå, gå bara, gå!". Sofia går till rälsen i väntan på nästa tåg. Ljudet av nalkande tåg ökar för varje sekund och mannen skriker: "Ja, ja, jag lovar! Stanna på spåret. Titta på mig. Jag är här för dig"

Men flickan kastar sig undan en hårsmån från tåget som ses susa förbi hennes skräckslagna ansikte. Medan tågljudet avlägsnar sig faller hon på sina knän och tjuter: "Jag vill inte dö, förlåt. Jag är rädd." Framför datorskärmen rinner Jons tårar ljudlöst. Bilden syns upp och nervänd med en dinglande kamera, mannen bryr sig inte om att stänga av den. Han hörs rasa, en hand skymtar som slår henne i ansiktet, en grov sko sparkar mot hennes ben: "Jävla skit! Nu visar jag allt du har gjort för hela världen, du ser kameran, jag länkar den ut till hela världen nu om du inte går tillbaka till spåret. Vet du vad du har gjort? Nu måste vi vänta i minst tio minuter igen och kanske måste jag byta minnet i kameran. Tror du att jag har all tid i världen på mig? Jävla hora! Jag styckar dig bit för bit värre än tåget, kom och gör som jag säger." Bilden ändras, gungande men fortfarande okontrollerat. Han tycks ha hängt kameran om halsen.

Mannen drar Sofia i håret, in bakom busken. Knuffar ner henne på marken. Hon gråter förtvivlat. Slag eller spark mot kropp: "Håll käften." Arvid trycker paus, orkar inte se mer i repris, har redan sett det, går därifrån. Jon fortsätter uppspelningen. Mannen tycks bereda sig att våldta flickan, kanske döda henne med bara händerna efteråt. Sofia tycks krympa i bilderna från den dinglande kameran. "Ja, jag ska ställa mig på spåret." Mannen lugnar sig, han lyfter upp henne och knuffar henne framåt mot spåret igen: "Gör det, men vänta lite." Kanske han tror att hon tänker ändra sig igen och vill visa att han menar allvar, knuffar ner henne på marken igen, lyfter hennes klänning och trevar med handen under hennes trosor. Han tar tag i kameran och för den dit. Hon försöker värja sig men han har fast grepp. Hon griper hans hand och försöker dra bort den, han vrider undan sin hand och tar upp en pinne och säger att han ska stoppa in den istället. Hon snyftar: "Nej, nej, gör inte det, jag ska stå kvar framför tåget."

Bilden är stadig och man ser Sofia gå ut på spåret och stå där. Tåget hörs långt bortifrån. "Snabbtåg från Västerås", informerar han sakligt.

"Du står kvar!" fortsätter han. Men hon förmår inte, tåget hörs närmare och hon kastar sig undan. Bilden vänds mot marken, mot buskarna, träden, han letar efter något och hittar det, en lång grov gren. Han slår på henne, stöter henne med den och petar mot hennes underliv. "Upp med dej, backa!" Han rycker upp henne, föser henne upp på spåret. Slår med grenen och knuffar henne igen tills hon hamnar mitt på spåret.

Sofias ben bär inte och hon sjunker ner på knä av skräck. De sista orden från henne: "Jag vill inte dö!" Hon blir kvar på spåret orörlig, paralyserad när tåget närmar sig. Hon rör sig inte ur fläcken. I ett öronbedövande tjut sveper den med sig Sofia som en våg och rusar vidare som om inget funnits där.

Ljudet dröjer kvar, försvagas, försvinner. Det blir tyst vid spåret, och likaså runt datorn på polishuset. På hans ostadiga bild syns en förstenad del av ett plågat barnansikte, ett öga vidöppet i skräck, på det har han zoomat han in. I hennes utvidgade svarta pupill har tiden stannat för henne och alla som ser på. Sofia var död inombords av skräck redan innan tåget körde över henne.

Johan och Jon noterade knappt efterföljande kaotiska videosekvenser med ofokuserade svep över sargade kroppsdelar. Ljud av skor över knastrande grenar, tung andhämtning. Efter ett par minuter hörs en belåten röst: "The End." Nedtoning.

Vad gör han med filmen? tänkte alla. Varför ville han filma hennes död till varje pris? Jon följer hans sändningar. Via sajten "Welcome to video" på darknet har han sålt visningar. Han hade redan sina fans. Sajten stod för de svåraste övergrepp på barn. Han hade specialiserat sig på tjejer mellan elva och fjorton år. Det måste vara fler, den där lilla flickan...?

Åsynen av den lilla flickans ofattbara lidande etsade sig in i näthinnorna på de tre. Jon, Arvid och Johan hade horribla bilder som aldrig skulle lämna dem. Ingen sa ett ord. Ingen tänkte. De var paralyserade. Hade de dött inombords, som Sofia just innan tåget slog ner henne?

En polisman kom in till dem med ett brett leende, famnen full av kartonger och omgiven av pizzadoft. Koncentrerad på uppgiften och intet ont anande frågade han om det inte var dags för matrast och kaffet stod på. Men hans leende försvann när han såg de förstenade dataingenjörerna sitta där, bleka och blanka i blicken, tysta. Det var inte en roingivande bringande tystnad utan en hotfull, gnagande, förtärande tystnad som malde ner deras hjärtan i strimlor, små bitar likt den lilla flickans sargade kropp. Hon hade svepts bort som ingenting och med henne all barmhärtighet i världen. Polismannen förstod. Han hade flera gånger befunnit sig i deras ställe. Vad hade de sett? Mer än han kunde ana?

Polisens fråga om pizza var bisarr i den här stunden. Men den enkla frågan återförde de tre männen från tidens ände. Hur kunde någon tänka på mat? Men han såg inte vad de såg, kände inte vad de kände. Han kom från sin vardag. Så funkar man. Så var de tre männen för några minuter sedan. Liksom han i vardagen. Nu längtade de efter det enkla, vardagliga, oskuldsfulla. Man pratar om kaffe, pizza, vädret, kanske för att öppna ett samtal, eller kanske för att undvika djupare frågor, avslöjande frågor, pinsamma frågor om något man inte ville dela med andra.

Det gick inte att förstå vidden av mannens grymma handlande, att en människa var kapabel till sådan ondska. Det fanns inga förmildrande omständigheter för vad han gjort, eller ursäkta med att kalla honom psyksjuk. Han bestod av bara naket hat. Psykopati, avsaknad av medkännande. Ondska i människoform. Utan medkännande och samvete var han tom inombords. En tomhet som han försökte ersätta med något, kanske känslor som han inte har eller vet vad det är. Men han kunde inte fylla en oändlig tomhet förutom med ondska, i varje cell, i hjärna, hjärta, mage. Jon, Arvid och Johan undrade över den lilla flickan som de noterat. Skulle de hitta filerna som visar vad han har gjort henne? Vågar de titta? Hon var före Sofia. Sofia som berövats sitt liv innan det ens riktigt börjat, hon skulle ha blivit vuxen, utbildat sig, kanske fått barn, hade förstås planer och drömmar, kanske var tillfreds med sin tillvaro men hon hade oturen att hamna i klorna på en psykopat.

De tre männen var övertygade om att Sofia var en i raden av flickor som mannen förgripit sig på och dödat och deras död noterats som olycksfall, påkörning, halkolycka, drunkning? Och den lilla flickan de såg före henne? Vilket år var det? Vem vet vad han gjort henne. De måste titta på materialet och identifiera henne. Och de hade inte sett mannens hela lager än. Han har gjort det förr och ska göra det igen, han måste hitta en ersättare för Sofia att plåga, suga livet ur, bara för att få en kick som försvinner lika snabbt och tomheten består. Och han har utsett nästa offer, Elin och Karin som han börjat bearbeta.

Polismannen stod fortfarande villrådig bredvid pizzakartongerna. Arvid bad honom komma och se på det nya materialet. Polisen kallade sina befäl men Arvid och vännerna orkade inte se reprisen. De gick ut i korridoren, ville ta paus eller fly. Jon frågade högt: hur orkar en person arbeta som granskare för olika sajter och rensa bort allt elände? Hur står dessa människor ut med att göra det jobbet? Stå ut med grymheter dag in och dag ut? Vad händer med dem när de ska sova? Möta sina familjer? Sina barn? Sina kära? Är de övermänskliga? Eller kan man vänja sig? Skulle han kunna... distansera sig, som de brukar säga? Johan kommenterade: "Ingen kan väl svara på det förrän man provat på, men jag skulle inte ta ett sånt jobb, städa bort grymheter hela dan, mer och mer grymhet tills man storknar och kanske blir nollställd inuti."

Poliserna hade nästan hunnit igenom videosekvenserna när en nyutexaminerad polis plötsligt ursäktade sig och smet ut på toan men hann inte dit. Han kastade upp, krökte ryggen och fortsatte kräkas av bara reflex, mitt i korridoren. De tre vännerna förstod hur det var fatt och skyndade sig att hjälpa honom upp. Hans äldre kolleger hade sett mycket i sitt yrke men kom nu ut bleka i ansiktet.

Befälet kände att deras utredning inte var värd namnet när den betecknade Sofias död som olycka och hänvisade till att många ungdomar smyger sig över spåret som en genväg. Men de hade ju inte känt till Sofias dilemma. Inte ens hennes föräldrar hade någon aning. Det gjordes inget hörande av hennes vänner och ingen frågade efter hennes dator som mamma sagt var trasig men inte visste var den fanns.

Elin och Karin var tänkta som ersättare för stackars Sofia, men de var inte mogna, inte än. Och de var två som kunnat stötta varandra. Ändå blev de lurade. Han presenterade sig i en annan skepnad. De hade haft tur. Polisen måste omedelbart öppna Sofias fall på nytt och den här gången skulle mannen inte komma undan.

Polisen ringde omedelbart åklagaren och insatte henne i den nya vändning som Sofias ärende tagit. Trots att polisen hade tillräckligt med bevis mot mannen i filmen måste de säkra ytterligare teknisk bevisning från mordplatsen på spåret. Det skulle inte bli lätt efter så lång tid och med mycket snö men de skulle försöka, och undersöka vidare Sofias hem, utfråga föräldrarna, söka nya vittnen. Åklagaren fattade att nu gällde det inte bara Elin och Karin men ännu grövre brott. De måste göra husrannsakan, inte bara i hans lägenhet men även källaren, väggarna, taket, beslagta allt bildmaterial från datorer, kameror och mobiltelefon, helst ta honom på bar gärning vilket vore fullt möjligt som han tror att han fortfarande är uppkopplad. Det var tydligt att han använt sig av samma taktik, steg för steg, mot Karin och Elin som mot Sofia.

Johan kom ihåg när Elin ville prata med honom i augusti. Nu stod det klart att flickorna kände till Sofias relation till mannen. Hon hade varit märkbart orolig över någonting. Han kom inte ihåg varför det inte blev av att de inte pratade vidare den där dagen. Men sedan åkte hon till Umeå. Eller flydde? Stackars Elin. Johan ringde omedelbart sin bror för att höra hur Elin hade det. Jo, Elin och Karin var lättade att allt kom upp i ljuset, till och med överlyckliga för att ingen klandrade dem.

Jakobsbergs polis samordnade med Sundbybergs en snabb insats för att gripa den misstänkte. Då mannen påstått sig ha vapen delades styrkan i två som tog plats på trappavsatserna över och under den aktuella tredje våningen på Vegagatan i Sundbyberg. Två poliser klädda i arbetsoverall och med pärm i handen för att antyda ett ärende knackade på dörren till mannens tvårumslägenhet. "Tallborg" stod det på dörrskylten. Det hördes popmusik från grannlägenheten. Inget svar på påringningen.

De övriga poliserna i trapphuset höll sig utom synhåll för dörrens kikare. De var spända, man visste inte om mannen var hemma, om han var beväpnad eller hade en eller flera medhjälpare där inne. Normalt skulle de ha spanat på den misstänkte länge men här kunde de inte vänta, långdragen spaning kunde få honom att ana oråd och göra sig av med värdefull bevisning. Enlig folkbokföringen var han frånskild och ensamstående. Han förekom inte i brottsregistret.

Polisen dröjde några sekunder och ringde igen. Någon skymtade bakom dörrögat och en mansröst frågade vad saken gällde. "Vi har vattenläcka i trapphuset, hela golvet är fullt av vatten i lägenheten under din. Vi kan inte säga om det har kommit från din lägenhet eller den ovanpå din eller från taket eller från en läcka i vattenledningen. Kan du kolla hos dig om du har vatten på golvet i toan?" sa polismannen och hoppades att mannen skulle nappa.

Jo, det gjorde han. Mannen avlägsnade sig från dörren och försvann för en stund. Sedan öppnade han dörren för att säga att det var torrt på golvet, det fanns inte någon läcka och började dra igen dörren. Polismannen ville försäkra sig om att mannen var ensam i lägenheten innan han ingriper. "Har du känt på väggarna då, om de är fuktiga eller inte? Vattnet kan ha runnit längs väggen på insidan och det skulle medföra stora vattenskador i alla lägenheter i fastigheten, och då betyder det evakuering för alla omedelbart. Kolla om det är fuktigt på väggarna då, eller låt mig ta en titt själv?" Mannen tycktes mycket orolig för att ha en vattenläcka. "Jag måste kolla väggarna på båda sidor", sa polisen. "Vänta där! Jag kollar själv. Med detsamma, jag är väldigt upptagen."

Polisen stod med dörren till lägenheten på glänt och tittade in som om han inspekterade väggarna i hallen. Han lyssnade. Det tycktes inte finns flera personer i lägenheten. Mannen gick ifrån, det hördes vissa ljud från toaletten men inte vattenspolning. Han kom tillbaka: "Nej, ingen läcka, allt torrt." "Har du spolat då? Äsch, jag kan inte stå här medan du springer fram och tillbaka, jag kan inte lita på lekmannautsagor för min rapport. Vattenskador är dyra grejer. Jag måste själv inspektera och känna på väggarna. Låter du mig inte göra det så får jag ringa polisen för att du hindrar mig i arbetet."

Mannen sa nervöst okej, okej och öppnade dörren för de två poliserna. "Men jag är väldigt upptagen", betonade han igen. Poliserna kom in. En av dem slog en signal på sin mobil, " vi är inne". Låtsasrörmokarna överrumplade mannen och grep och handfängslade honom på några sekunder. Datorn i vardagsrummet var fortfarande öppen och man kunde läsa hans påbörjade mail till Karin och Elin: "horor, slynor, fittor…" "På bar gärning, det får teknikern ta skärmdump på," mumlade en av poliserna för sig själv innan han meddelade stationen: "Det är över. Vi har honom!" Datorn var det första beslaget som bevisföremål. Även flera andra datorer och kameror måste undersökas innan de skulle tas ut. Flera poliser eskorterade mannen till Jakobsbergs station medan de övriga spärrade lägenheten och lämnade kriminaltekniker och en dataingenjör att arbeta i fred.

På knappt en timme var allt avklarat. När polisen med den häktade anlände till Jakobsbergs polisstation tog de bakvägen till häktet. Polisen hade redan en kopia av mannens hårddisk som Jon, Arvid och Johan hade hackat hem men nu hade man de faktiska brottsverktygen. Man hade förvissat sig i mannens bostad att inget webbmaterial skulle kunna sändas eller raderas genom förprogrammerade kommandon.

Teknikerna sökte igenom varje vrå i lägenheten. De fann inget kassaskåp eller andra skåp utöver de vanliga i en hyreslägenhet men de beslog saker som kunde vara troféer. I en garderob påträffades några lådor, en del otvättade trosor, hårsnoddar, armband, halsband, ringar, mobiltelefoner. Allt var omsorgsfullt förpackat i plastfickor försedda med etiketter med namn och ålder. I en bokhylla i sovrummet stod hundratals CD-skivor med bild på varje omslag med namn, ålder och adress. Alla föreställde flickor i yngre tonåren. Framför sängen satt en stor väggmonterad TV-skärm. Där måste han ha sett och förevisat sina produktioner. Hela samlingen låg öppen för en var som kom in i lägenheten. Han var tydligen övertygad om att han var smartast av alla och aldrig skulle upptäckas. "Sådant övermod fäller till sist de smartaste, och den här hör inte ens till dem, det är bara en grym, ynklig en", sa en polisman. Första genomgången var avklarad och nu var det dags för en hundförare att söka i gömda utrymmen. Polismannen som först tog kontakt med Tallborg var nyfiken på toan, dit han uppenbarligen inte varit välkommen.

En av väggarna var från golv till tak tapetserad med en stadsvy och det visade sig att den översta delen täckte en skåplucka. Därinne fanns smala hyllor, bara breda nog för att rymma små askar. I de flesta låg ett eller flera USB-minnen och på varje ask fanns en etikett. Där stod namnen på Sofia, Elin, Karin och flera andra. Det mest bisarra som polisen fann var askar med använda kondomer, hopknutna så sperma fanns kvar. Det var ett viktigt fynd som kriminalteknikerna tog hand om. På kondomernas yttre yta måste finnas celler från den som personen haft samlag med.

Johan, Jon och Arvid hade lämnat ifrån sig allt material de funnit på mannens hackade hårddisk och även märkt upp och katalogiserat det så åklagaren skulle kunna gå genom det snabbt och smidigt. Som hon redan sagt skulle filmen på Sofias död vara nog för att fälla mannen, men hon ville vänta med det nya materialet tills hon fått SKB:s analyser. Det var mycket att gå igenom. Så måste kriminaltekniker ta sig en ny titt på brottsplatsen vid tåget, trots att det gått lång tid efter mordet och snön skulle försvåra deras arbete. En ljuspunkt var att Sofia obducerats noggrant, alla skador dokumenterats och prover hunnit analyseras. Åklagaren måste gå igenom det på nytt och tänka grundligt. Hon ville inte lämna några kryphål. Ett mödosamt jobb som skulle ta lång tid att genomföra med utförliga rapporter att strukturera och skriva.

Johan, Arvid och Jon kunde konstatera att de var helt utmattade. Polisen tackade av dem och hoppades på ett fortsatt samarbete. De erbjöds timarvode och på sikt även anställning. De tre svarade samfällt att det var ett fint erbjudande men de hade tagit på sig detta inte för pengarnas skull utan för att hjälpa en vän och sätta dit en vidrig typ. De skulle gärna ställa upp som hjälp till polisen när det behövdes, och med det sa de adjö. På väg ut genom porten påmindes de tre vännerna om sin tystnadsplikt.

Där ute i det fria blåste det ordentligt och snön föll. Vädret var upp och ner hela dagen. Arvid pratade om sina barn, han måste tala mer med dem, se till att de var medvetna om farorna på nätet. Jon var så trött att han inte ens orkade dela sina tankar med vännerna och försvann med sin bil i snöstormen. Även Arvid skyndade hemåt. Johan samlade sig snart men han behövde prata med någon. Hans sambo var inte hemma och trots att klockan var över nio vände han sig mot sin brors bostad. Han ville inte vara ensam. Inte idag.

Så fort Kjell släppt sin bror innanför dörren och innan denne krängt av sig sin snötyngda jacka sa han högt: "karln är häktad." Med det sagt dunsade stöveln i golvet som för att ge mer eftertryck åt hans ord. "Det var raskt marscherat!" svarade Kjell. Agneta hade hört och kom ut i hallen följd av Charlotte. Johan såg sliten och hålögd ut. Han upprepade sin nyhet och försäkrade att mannen inte kommer ut från fängelset på många år, kanske får han livstid och nån dator lär han aldrig komma åt mer. Allt de funnit på hans hårddiskar talade för det. Men han kunde inte gå in på detaljer, han hade tystnadsplikt. "Men vad jag måste göra är att bekräfta för Karin att det tagit mannen som dödade Sofia. Sanningen kommer ut snart men bör inte göra det genom oss", sa han. Det blev tyst av chocken.

"Stackars Sofia och stackars hennes föräldrar", sa Agneta som var den som först kom sig. Hon drog in ett djupt andetag som om hon hade något extra viktigt att säga. "Om Silver inte hade kommit in i Elins rum? Tanken svindlar, jag vågar inte ens föreställa mig vad som kunde ha hänt med Elin?" Agnetas ord blev en katalysator som lossade allas tungor. Man fördömde mannen, beskärmade sig över sociala medier som kunde missbrukas så gravt, beklagade att man hade försummat Elin och inbillat sig att hon kunde klara allt fast hon bara var ett barn, och Charlotte uttryckte sin oro för att Nina skulle hamna i något sådant för att hon försummat sin dotter. Sofia hade inte samma stöd som Elin och Karin hade varit för varandra mot mannen. Men kanske hade han ändå knäckt dem förr eller senare om de inte kommit sig för att berätta?
Det höjdes högljudda röster om varför barn inte berättar för sina föräldrar. Filmvetaren Charlotte hade tagit till sig en scen i en japansk tecknad film från den renommerade Miyazakis studio Ghibli, av regissören Yoshifumi Kondo... Hon blev gärna onödigt detaljerad när hon kom in på sitt specialämne och Kjell bad henne komma till saken.

"Om du lyssnar noga" hette den på svenska måste hon säga först, där satt en tonårsflicka med sina föräldrar i deras trånga kök belamrat av allt från kastruller till böcker. Föräldrarna hade just fått veta från skolan att hon fått dåliga betyg. Hennes äldsta syster bråkade med henne och undrade vad hon skulle få för arbete utan utbildning. Föräldrarna försökte förstå orsaken till hennes plötsliga studieleda. Hon teg om det men sa bara att hon sysslade med annat som var av vikt för att förstå sig själv. Det intressanta var pappans reaktion, med all sin auktoritet sa han i så fall måste hon ta ansvar för sina beslut och om det slår fel skulle hon inte klandra någon annan för det. Han vände sig till sin fru och betonade att alla barn var olika och måste finna sin egen väg.

Agneta förstod inte poängen i Charlottes exempel. "Jo, det handlar om ansvarstagande för oss föräldrar. Pappan väcker frågor: ska verkligen föräldrarna avhända sig ansvaret om det skulle leda till värre saker än dåliga betyg, och då bara säga 'skyll dig själv'? Rädda att ta på sig skulden i framtiden. De skulle kanske ha ställt upp på henne även då. Men hur skapar man det förtroendet mellan barnet och föräldrarna? Sofia delade sina tankar med sin kompis liksom den japanska flickan gjorde, men inte med sina föräldrar. Frågan som filmen ställde var komplex. Var och en måste hitta sitt svar och jag har inte gjort det än. Jag känner att jag misslyckas att kommunicera med Nina. Och Elin, skulle hon ha berättat av sig själv om inte Silver höll till i hennes rum och om inte Daniel var nyfiken? Vem ska klandra Sofia för att hon höll på sina hemligheter och säga att det är hennes eget fel eftersom hon inte berättar? Det finns många bottnar i den vardagligt enkla scenen."

Kjell föll in: problemet är att det finns saker att hantera i samhället, det finns kräk och det kommer alltid att finnas, men det är upp till familjen i slutändan. Att inte släppa taget, att ha ögonen öppna. Diskussion fort for in i sena kvällen och till slut var alla utmattade. Elin var hos Karin och Silver hördes krafsa på hennes dörr, tydligen saknade han henne. Man kunde se spår av hans klor på dörren. Han måste ha försökt flera gånger när ingen öppnade för honom. Kjell klappade Silver och bestämde sig för att gå ut med honom några minuter. Agneta förstod att Kjell behövde en stund för sig själv för att tänka och hämta sig. Även Johan hade lugnat sig och passade på att följa med sin bror ut för att sedan fortsätta hem. Även Charlotte måste hem.

Efter att Kjell gått skyndade sig Agneta till Elins rum, givetvis för att snoka. Hon visste att Elin inte gillade det men ville ändå försäkra sig om att allt redan låg i dagen, inga mer hemligheter fanns som skulle äventyra hennes barns liv som skett med Sofia. Hon undrade varför det var så svårt för tjejerna att prata med sina föräldrar, funderade över Sofias relation till sina föräldrar, om Karins relation till sina föräldrar, och det som låg henne allra närmast och därför var mest obegripligt: att Elin inte kommunicerade med henne och Kjell. Medan Agneta petade i varje låda efter vad än som kunde besanna hennes farhågor var hon rädd att hitta något sådant. Hon blev trött, inte för att letandet var något fysiskt krävande arbete utan av misstänksamhet och skam. Hon skämdes över vad hon tvingades göra så mot sin dotter, gå bakom ryggen och spionera på sin älskade Elin. När hon insett det kände hon en våg av kalla kårar fortplanta sig längs hela ryggraden ut till armarna, till innanmätet, uppifrån och ner. Hon ryckte till och gick snabbt därifrån.

I vardagsrummet blev hon stående under taklampans ljus. Den gav henne känslan att så länge det finns ljus finns det hopp. Hon konstaterade med självironi att ingivelsen inte kom sig av den tända lampan över hennes huvud utan av lättnad över att hon inte funnit något oroväckande hos Elin. Tydligen var datorn det enda föremål som innehöll hennes hemligheter och den fanns hos polisen. Men Agneta grubblade över tanken om hon även i fortsättningen skulle tillåta sig att spionera på sina barn. Hon visste att det var omoraliskt men hon visste inte hur hon annars skulle kunna skydda sina barn om de inte talar med henne om sina problem.

Men även om hon skulle spionera på dem skulle hon inte kunna skydda dem. Alltid tar den yngre generationen egna vägar förbi de vuxna. "Nej!" sa Agneta för sig själv högt nog att höra sin egen röst. "Nej, jag ska prata med barnen, se till att barnen alltid kan lita på att jag står på deras sida och stödjer dem oavsett vad de gjort eller vad de har varit med om. Det handlar om tillit. Och den kan bara föräldrar skapa. Det är de skyldiga att göra."

Faktum var att flickorna hade haft ett helvete. Nu skulle de få vara ifred och Elin skulle sova hos Karin. Karins föräldrar bad dem innerligt att låta Elin stanna, för Karin mådde inte bra och bara Elin kunde trösta henne. Kjell undrade hur det kom sig att inte heller Karins föräldrar anat något, inte det minsta? Men tydligen är det lätt att lita på att ens egna barn klarar sig med sitt förnuft och glömma att förutom vett behövs erfarenhet för att genomskåda illvilja. Att misstänka allt och alla för onda avsikter är ju inte heller vad man önskar sina barn att leva med.

Kjell blev inte länge ute med Silver. Odrägligt blåsigt väder, fnös han i hallen och skakade sin jacka lika många gånger som Silver sin päls. Han gick av vana sin kvällsrunda till Daniels rum fast den lille var hos Nathan och skulle sova över där. Han stod i dörröppningen och blickade över den tomma sängen. Han föreställde sig Daniel sovande, hade sparkat av sig täcket, lite kallt i rummet. Daniel var hans älskade pojke och han skulle skydda honom med sitt liv.

Kjell brukade titta till Daniel, pussa honom och se till att täcket låg rätt. Nu tänkte han att han skulle göra sitt bästa som polis för att göra världen en smula bättre för sina barn och andras barn och haffa alla äckel han kommer åt. Kjell blev lite lugnare av tanken och stängde Daniels dörr bakom sig. När han vände om såg han Agneta stå mitt i vardagsrummet med blicken riktad mot honom. Han väntade inte henne där och ryckte till, "Vad vill du säga, Agneta?" frågade Kjell. "Ingenting", svarade Agneta tyst. "Jag gav Daisy och Silver färskt vatten." Hon ville inte säga mer men hon hade stått och iakttagit den där rynkan mellan Kjells ögonbryn. Det slog henne att den hade visat sig då och då när han var riktigt bekymrad över något, men nu tycktes den ha kommit för att stanna. Ja, så mycket oro för barnens väl som de haft att tas med det sista året måste väl sätta sina spår.

Karins föräldrar var rädda att Karin skulle skada sig själv när de bad Elin sova över. De var förtvivlade och hade fullt klart för sig att hon plågades av skam och skuldkänslor. Skam inför sina föräldrar över vad hon förmåtts till att göra och skuld över att Sofia dödats utan att hon ingripit. Karins känslor förstärktes i nattens mörker, där spelades hennes minnesbilder upp tydligare än på dagen. Under ett par veckor efter att hon utpressats av mannen kunde hon inte slumra till utan att genast få mardrömmar och vakna skrikande. Ännu, fast mannen gripits och hon var lättad över att hon inte gått så långt som Sofia i att kompromettera sig själv var hon rädd.

Elin vaknade flera gånger under natten och måste lugna sin kompis, medan Karins föräldrar stod hjälplösa inför dotterns dörr. Sådana scener hade de upplevt tiden kring Sofias död. Karins föräldrar ville krama om sin dotter men hon hade stängt dem ute, ville inte prata med dem. Varje gång de hörde henne skrika sprang de till hennes rum men tvingades dra sig tillbaka, besvikna. De kände sig misslyckade, de kunde inte återuppbygga förtroendet. De såg inga framsteg, enbart tiden kunde inte läka såren som det sägs, och de behövde stöd. Under natten övervägde pappan att ta flickan till psykakuten men mamman ville vänta och lita till Elin.

Karin var rädd för att somna, för mardrömmar. Både mannen och den döda Sofia hemsökte henne under sömnen. Elin klarade sig bättre för hon hade inte genomgått så grava upplevelser som Karin, åtminstone hade hon inte Sofias död att belasta sig för. Elin låg tätt intill Karin och berättade att Sofia ljugit för henne när hon lovade berätta för sina föräldrar. Kanske skulle Karin ta kontakt med Sofias föräldrar om Sofia fegade ut men fick ingen chans till det. Karin tyckte att hon borde ha ingripit för att hon visste att det skulle ta hemskt mycket emot för Sofia att berätta allt det motbjudande. Hon hade ju själv så stort motstånd mot att berätta för sina föräldrar fast hon inte hade involverat sig med så grova saker som Sofia. Karin och Elin grät tillsammans.

Mitt på natten bröt föräldrarna samman. De hade ändå enats om att det faktum att dottern slutit sig inom sig själv inte berodde på att föräldrarna försummat henne utan enbart på det hon utsatts för av en kall och hänsynslös ogärningsman. Karins upplevelser intensifierades just idag med allt som hände sedan i morse, från försöket att gillra fällan vid kulturhuset fram till mannens gripande. Och Karin vaknade en gång till skrikande klockan tre på natten. Då orkade inte Karins mamma längre. Förtvivlad slog hon numret till Agneta och Kjell. Tove låg i värmen hos pappa så det var Agneta som for upp och grep telefonen i vardagsrummet. Nej, det var ingen fara med Elin men med Karin var det illa ställt.

"Jag ska se vad jag kan göra," sa hon. Agneta var långt ifrån utsövd men tog sig i kragen för att rycka upp sig själv. Kjell nickade "det ordnar du" och tänkte att dagens problem måste ha samlat Agneta till försvar, nu var det hon som kunde stödja andra istället för att vara offer. Agneta gav Kjell en snabb kyss och uppmanade honom att fortsätta sin avbrutna sömn.

Vid våningen ovanför möttes Agneta inte av de båda grannar hon kände. Sant var förstås att hon inte kände dem så nära, inte som Bella och Charlotte men hon hade sett dem som samlade och gladlynta människor. Nu såg hon två hopfallna spöken i hallens svaga ljus. Karins mamma tryckte sitt ansikte mot Agnetas axel och grät. Agneta kramade henne en lång stund tills maken bad kvinnorna komma in i köket. Så snart de tre satt sig vid bordet hördes Karin skrika från sitt rum. Men det var kortvarigt. Tydligen hade hon vaknat och sett Elin hos sig.

Agneta lyssnade tyst medan föräldrarna berättade om Karins tillstånd. Agneta sade bestämt att de inte fick vänta sig något omedelbart resultat. Flickorna måste bearbeta det men de behövde allt stöd och föräldrarnas tålamod och kärlek. De kom överens om att börja med att låta Elin sova hos Karin under några dagar. Agneta skulle prata med båda flickorna nästa dag och gjorde alldeles klart att hon själv totalt tappat närkontakten med sin Elin under det sista året och anklagade sig för att ha försummat henne. Karins mamma lugnade sig, kände att hon hade stöd och att det kunde finnas en plan till bättring. Även pappan lugnade sig, de satt ju i samma båt.

Framåt småtimmarna hade Karins utbrott upphört och Agneta menade att flickorna efter alla naturens lagar blivit utmattade och inte den ondaste dröm skulle kunna väcka dem. Hon kramade Karins föräldrar med värme: "Vi ska klara det här tillsammans."

Agneta fick ingen sovmorgon för Tove och Silver och Daisy vaknade klockan sex. Kjell gick ut för att rasta Silver på ostadiga ben och Agneta tvingade sig gäspande upp för att sköta Tove, laga välling och ge Daisy mat. Hon kände sig yr. Hennes tankar var hos Elin. Hon knäppte på barnkanalen och satte sig framför teven med Tove i knän. Hon somnade nästan genast om medan Tove gick på upptäcktsfärd och fann att Daniels rum var obemannat så hon passade på att gräva i hans saker.

Kjell trampade runt i snön för att få upp värmen. Silver hade inte bråttom hem så Kjell blev tvungen att vakna av den friska kalla morgonluften. Det hade slutat blåsa och snöa. Himlen var en aning rosa vid horisonten. Solen skulle inte gå upp lika tidigt som småbarn och hundar men det var inte alldeles nermörkt längre. Trots att gårdagen varit en så jobbig dag skulle detta bli en bra dag och han andades djupt. Fulgubben satt i finkan och Elin var illa tilltygad men fortfarande vid liv och i säkerhet. Det var bra, det var bra, upprepade han gång på gång tills han hörde sin egen röst. De skulle klara det här också även om det blir jobbigt ett tag. Elin har hans stöd och hans kärlek. Han log. Men stackars Sofia. Stackars hennes föräldrar. Leendet dog på hans läppar. Det kunde ha gått lika illa för Elin och Karin. Kjell hade åkt dalbana mellan hopp och förtvivlan, eufori och uppgivenhet, raseri och försoning, och hämnd och åter hämnd. Han upprepade för sig själv: "Nej! Inte förlåta ondskan, kanske inte hämnas men kanske inkapsla det som hade hänt – men det är annat än att glömma allt, som ingenting hade hänt. Och förlåta? Nej! Aldrig! Jag förlåter inte den mannens ondska, aldrig, aldrig, aldrig! Jag ska aldrig överse med ondskan."

Kjell var klar över sin inställning. Han skulle ge upp alla tankar på personlig hämnd, polis och åklagare fick sköta sitt jobb, psykologen hjälpa till med barnen. Kanske efter det kunde de åka på semester...

Nej, det blir bättre till sommaren, mera tid. Johan hade frågat om han fick bjuda på den resan för honom och familjen. Men nej, han skulle inte ha ro att resa när han borde samla sig inför terminsstart på polishögskolan. Och förresten hade Gran Canaria öppet hus för dem.

Kjell hade redan kvicknat till och kände sig som om han sovit en hel vecka. En morgonpromenad gör susen, tänkte han och ägnade sig åt Silver. Efter någon timme drog han sig hemåt men Silver hade hittat pinnarnas pinne, en jättegren som han absolut ville dra med hem. "Lilla gubben! Agneta släpper inte dig in med den!" Han log vid tanken på att komma hem med fyra meter gren. Tanken föll på att grenen inte skulle komma in i hissen. Inte genom trapporna heller. Kran kanske, genom stora vardagsrumsfönstret. Silver lyssnade intresserat till resonemanget och var tacksam över att husse tänkte igenom alla alternativ. Nu pratar jag med hunden, precis som ungarna gör, och tycker att han förstår allt, tänkte Kjell och skämdes inte ett dugg. Silver lämnade grenen, kanske övertygad om omöjligheten att få hem den, och lufsade med Kjell hemåt.

Daniels välkända ringning väckte Agneta. Hon öppnade och Nathan var också med. Tove var fortfarande i Daniels rum och hade härjat fritt fram bland hans leksaker. Men när Daniel kom in med Nathan hördes inga förtrytsamma ord därifrån, bara skrammel och glada skratt. Daniel hade överseende med Tove. Medan Kjell fyllde Silvers matskål den störtade Daniel ut med Tove: "Vi har byggt ett hus åt musen. Med garage till." Kjell gav Daniel stor kram med extra allt: "duktig pojke!" Tove ville också ha kram och skrek "Plocka! Plocka upp!" Kjell och Agneta log och 'plockade upp' Tove. Från idag började livet på nytt.

En grupp poliser och kriminaltekniker spärrade av platsen vid tågrälsen mellan Jakobsberg och Kallhäll för att söka efter bevisning i fallet Sofia på nytt. Trots att det hade gått några månader sedan Sofia blev påkörd av tåget, trots perioder av snöfall, frost och slask som avlöst varandra sedan dess skulle brottsplatsen ändå finkammas. Man skulle inte nöja sig med det beslagtagna bildmaterialet. Teknikerna hoppades hitta något som kunde binda mannen till platsen. Platsen var undanskymd och låg öde den dagen. Det skulle kunna bero på att deras slutna dräkter kunde skrämma bort folk som anade utsläpp av radioaktiva eller smittsamma ämnen, men det var fullt normalt. Hit brukade sällan någon komma. Det verkade som om platsen var noga utvald av Sofias mördare för att kunna agera ostört. "Men hur har den här öppningen lett till en nedtrampad stig?" tänkte en polisman högt. En tekniker replikerade att mannen måste ha klippt av staketet till spåret dagarna innan Sofie blev påkörd. Efter det var det snart gjort att etablera en passage. Finns det en öppning så finns alltid någon som upptäcker en genväg och fler följer efter.

Teknikerna noterade att staketet var klippt med bultsax, noga på båda sidorna av spåret. Det måste han ha gjort för att förvilla polisen och det hade lyckats, resonerade man. Det inbjöd till en genväg som snart blev nedtrampad av all gångtrafik över spåret. Polisen resonerade så då de avskrev ärendet efter Sofias död: Sofia blev påkörd just för att hon inte hann över spåret i tid och överraskades av tåget. Ett olycksfall. SJ hade lagat staketet men nu var det öppet igen. Varför? Och vem hade gjort det? "Vi får återkomma till det om vi ser någon relevans", sa en polisman. Teknikerna hade en konkret uppgift, att säkra DNA-spår av mannen. De visste av bildmaterialet att han tvingat fingrar i henne och därefter tagit i grenen och kameran. Hennes celler skulle ha funnits på grenen och filmen hade visat att han använt den för att knuffa ut henne på spåret. Även om sannolikheten att hitta något kvar på grenen var minimal måste de hitta den. Han hade slängt den i buskagen såg man på filmen och det borde vara lättare att hitta den där än under all snön. Men det stämde inte, där fanns många brutna pinnar och de fick be utredarna skicka mms på bildrutor från filmen som kunde hjälpa dem att identifiera grenen.

Medan de väntade på bilden uppstod en diskussion om den nyfunna genvägen över spåren. En var irriterad över att SJ lagat staketet efter dödsolyckan istället för att kosta på sig en viadukt. Har folk märkt att det finns en kortare väg så tar de den även om den är obevakad. Hur mycket det än det skulle kosta med en tunnel eller bro är det billigare än ett liv. Nu hade det blivit SJ:s ansvar att söka nya säkrare möjligheter att ta sig över eller under spåren. Den spontana övergången var redan etablerad. Diskussionen kom inte längre men nu hördes en mobilsignal. Bildsekvensen med grenen var framme. Den hade inte bästa skärpa, eftersom kameran hade dinglat fritt under den aktuella tiden. Mannen hade använt sig inte bara av en gren men av två stycken. En dög inte så han övergav den för en grövre.

Det vore lättare att plocka med alla grenar som kunde misstänkas. Man diskuterade alternativet att använda sig av skanningsteknik och låta datorprogram identifiera grenarna. Men plötslig avbröts de av att en tekniker trodde sig ha fått en träff. Hans gren var smutsig men verkade lovande och de skulle undersöka den ner till minsta barkflaga. Upphittaren lovade att han inte skulle gå hem innan han funnit något till utredningen.

En kollega hittade den andra grenen och även den var smutsig. På en av grenarna hade fastnat en putsduk som mannen rengjorde kameralinsen med. Mannen kan ha tappat den i brådskan och nu stoppades den i en plastpåse. Hittar man hans celler på den så binder det honom till platsen. En person som bor i Sundbyberg har inget att göra här om inte med anknytning till Sofias fall. Av kameravinkeln att döma hade mannen ibland kameran hängd om halsen. Det var viktigt att veta att han hade båda händerna fria ibland. Kanske det skulle möjliggöra att identifiera andra föremål som han kommit i kontakt med. Kanske andra grenar som han provat innan han valde den aktuella?

På grenen som han först använt hittade man små fragment som påminde om skinn. En polisman sa att det kunde härröra från mannens kamerafodral. Det skulle vara ytterligare ett bevis som knyter mannen till platsen. Efter det hade en tekniker lagt märke till några pappersservetter i upplösning. En polisman kom ihåg att han hörde något stönande efter att tåget passerat. Kanske mannen blivit upphetsad av mordet till den grad att han fått sexuell utlösning, eller rentav stått och onanerat vid Sofias sargade kropp? Eller hade våldtagit Sofia innan han stötte ut henne på spåret. Det var nästan för mycket att ta in även för kriminalteknikerna.

Innan de drog sig tillbaka ringde befälet för brottsplatsundersökningen till SJ och begärde stängning av passagen, alternativt öppning av en bevakad passage eller uppförande av viadukt eller gångbro. Har platsen en gång kommit i bruk som passage skulle folk inte sluta använda den trots staketet. SJ svarade att de skulle stänga av passagen och utreda vidare åtgärd. En polisman lade sig i samtalet och kommenterade att SJ vet mycket väl att den här sträckan kommer att användas igen, så säger all erfarenhet. Svaret blev en upprepning: ärendet skulle utredas, kostnad, konstruktion, inspektioner, underhåll av den nya öppningen och så vidare. Första åtgärd skulle bli att reparera staketet och sätta upp skyltar att det är förbjudet att beträda spåret. "Som om folk inte visste det", svarade polisen. Han gav upp diskussionen när SJ-rösten påminde honom om att det var en politisk fråga och att ärendet inte var hans jobb. Men som medborgare, inte som polis tänkte han skriva till kommunen om förslag till ett säkrare övergångställe. Han ville inte ha någons död på sitt samvete bara för att det inte var hans jobb. Han hade barn själv och bodde inte långt därifrån.

Två poliser kom tillsammans med en kvinnlig psykolog för att besöka Sofias föräldrar tidigt på morgonen. De hade dessförinnan ringt och förvarnat om att de ville prata med dem angående Sofias olycka. Båda föräldrarna, Alexandra och Bert, mötte de i dörren. De var märkbart tyngda men visade sällskapet in till vardagsrummet. De satt i tystnad innan psykologen inledde samtalet. Hon måste väga sina ord. Här var två människor som trott att deras dotters död var en ren olyckshändelse och nu måste man kasta den grymma sanningen rakt i deras ansikten. Föräldrarna måste upplysas om orsaken till polisens plötsliga besök som inte kunde vänta. Utredningen brådskade och man befarade att bevis kunde gå förlorade ifall Sofias föräldrar skulle göra sig av med hennes tillhörigheter när som helst om de inte redan gjort det. Polisen visste inte om hennes rum var intakt eller hade rensats och tömts men det var bråttom att hitta bevis mot mannen.

Psykologens visste att trots all försiktighet att meddela föräldrarna det egentliga syftet med besöket, att deras flicka inte förolyckats utan mördats, skulle det inte bara öppna såren på nytt utan kunde leda till chock. Först trodde föräldrarna att hon menade att Sofia tog livet av sig och gick till angrepp, de vägrade tro på psykologen och försäkrade att Sofia mådde bra, hon var glad, blommade som bara en flicka i hennes ålder kan. Bert sa att hon börjat planera sin framtid och kunde inte sluta berätta om sina framtida planer att studera till astronom, hon köpte ett teleskop med sina sparpengar, hon ville studera Venus, någon hade sagt att hon var vacker som Venus. Alexandra hade väl aldrig sett sin dotter så glad. Det var klart att hon var förälskad: "Jag gladde mig åt att hon upplevde sin första kärlek. Hon sprudlade av glädje."

Men hon tystnade plötsligt. Betänkt, som om hon slagits av en plötslig tanke. "Men faktiskt, ett par veckor innan hon blev påkörd av tåget vände det. Hon började sitta i sitt rum med dörren stängd om sig. Jag trodde att hon ville vara för sig själv och vi ville inte störa." Pappan nickade, hon brukade aldrig låsa sin dörr men de sista veckorna hade hon dragit sig undan. Men att ta sitt liv? Hade pojken lämnat henne? Mamman klandrade sig själv för att hon inte varit uppmärksam och haft ett ordentligt samtal med Sofia om livet, hon skulle säkert träffa en annan pojke.

Psykologen hade inte tänkt sig att föräldrarna genast skulle dra slutsatsen att dotterns död var självmord, men var hon tvungen att chocka dem en gång till: flickan tog inte sitt liv, hon blev mördad. Hon försökte linda in det men det fick innebörden att gå dem förbi. Sorgen och saknaden efter den älskade lilla flickan borrade sig ännu djupare i deras hjärtan, bokstavligen så att mamman lade handen på bröstet, hade ont och visade tecken på infarkt. Bert sa lågmält att Alexandra fått väldigt högt blodtryck efter Sofias död. Han skyndade sig att hämta ett glas vatten tillsammans med hennes medicin. Hon lugnade sig men lugnet var bedrägligt. Hon började gråta, fortfarande i tron att dottern tagit sitt liv. Föräldrarna hade inte kunnat ta in beskedet att hon mördats.

"Nej, Sofia tog inte sitt liv" upprepade psykologen med hög och bestämd röst den här gången. Båda föräldrarna blev tysta. Inte en olycka? Inte självmord? "Hon blev mördad", upprepade psykologen rakt och kort. "Mördad?" sa pappan medan mamman såg helt frånvarande ut, tomt stirrande. Hon hade hört när psykologen sa det första gången men det bara översteg hennes fattningsförmåga att någon skulle mörda hennes lilla snälla Sofia. Vem och varför? Hon hade aldrig gjort någon förnär, var alltid hjälpsam och glad.

Psykologen måste sätta punkt för att hämta sig en stund. "Jag ska berätta", sa hon men rösten bar inte och föräldrarna kunde tydligen inte förstå vad hon försökte säga, klartext eller ej. Alexandra storgrät och gick ut i köket. Poliserna tog över, den ene var mordutredare och gick direkt på sitt ärende och bad Bert om lov att undersöka Sofias rum. Pappan nickade tyst och ledde vägen. Han sa knappt hörbart att Sofias rum fortfarande var orört sedan den där dagen… De hade inte förmått sig att ändra på något, som om hon skulle dyka upp och stå där i dörren igen. De ville inte rota i hennes saker. De hade inte gjort det medan hon levde och skulle inte göra det efteråt.

De båda poliserna tog sig an Sofias rum medan psykologen som hade lugnat sig gick efter mamman till köket. Hon gick inte att tala med, hon bara tjöt: "Vem har gjort det? Vem?" Att höra att Sofia blivit mördad var att vrida om kniven i hennes blödande sår. Psykologen led med henne men hon måste göra sitt jobb, vara saklig och stänga av egna känslor. Bert kom in och kramade sin fru. Han verkade mera samlad men frågade också oupphörligt om de hade haffat mördaren, vem var det? Varför? Psykologen försäkrade att mördaren var gripen. Han var en medelålders man som låtsades vara en kille i Sofias ålder och utpressade henne. Nu var han gripen även för andra brott och kommer troligen att sitta inne på livstid. Psykologen hade inte rätt att föregripa domslutet men hon måste någonstans övertyga att Sofia ska få upprättelse.

Alexandra bröt samman. Hon var svimfärdig. Psykologen slog armarna om henne. Bert var mer behärskad och samlad och kunde hjälpa henne till stolen vid köksbordet. Bert hämtade en kökshandduk, blötte den och la den på Alexandras panna. Hon kvicknade till men var ändå bortom all kontakt. "Alexandra! Alexandra! Se på mig. Mannen är häktad!" "Som om Sofia skulle komma tillbaka för det", sa Alexandra och återkom till frågan varför. "Varför gjorde han det?" Psykologen drog efter andan och sa: "Han är en ond man. Ingen kan ersätta Sofia, men hennes död har redan hjälpt andra flickor."

Poliserna såg sig om i ett alldeles vanligt flickrum. "Det liknar min dotters rum", sa den ene. Det var tyst förutom ljudet av byrålådor som öppnades och stängdes, pappersprassel, en stol drogs över golvet och det skrek som en katt, böcker drogs ur hyllor och bläddrades igenom i hopp om att hitta ett brev eller något annat av intresse. Poliserna granskade bilderna på väggen men fann ingen koppling till mannen. I för sig skulle materialet på hennes dator och den falske Robins dator och kamera räcka i bevisföringen men det var viktigt att inte missa några trådar. Nej, de kunde inte hitta vad de hoppats på. Hon hade rensat sitt rum när hon visste att allt var slut. Varför hade hon inte följt kompisen Karins råd?

De vände på alla möbler utan resultat. "Vi letar kanske på fel ställen", sa utredaren och lyfte upp hennes stora nalle som fallit på golvet. Precis när han lagt den tillbaka på sängen högg han tag i den igen. "Jag kände jag prassel eller något. En nalle ska vara mjuk", sa han och palperade nallen försiktigt. "Titta, här finns en öppning." Kollegan kom fram och såg honom dra ett mjukt häfte ur nallen. Det visade sig vara en skrivbok. En dagbok. Hon hade inte bara skrivit på datorn! Den måste gås igenom i lugn och ro. Men vid en snabb bläddring i dagboken föll ett par små kuvert på golvet. Det ena var adresserat "till mamma" och det andra "till pappa."

Utredaren tog hand om breven och noterade dem men ville låta föräldrarna läsa dem först. Bert som var med dem i rummet fick sitt kuvert för att ta del av men sedan måste det bifogas utredningen. Allt material kunde behövas för att garantera att den skyldige aldrig kommer undan genom någon lucka i lagen. Bert nickade och drog sig tillbaka till sovrummet för att läsa.

"Pappa, jag älskar dig men jag kan inte leva längre. En man som låtsades vara fjorton år har visat sig vara över fyrtio. Han har gjort så att jag känner mig genompyrd av skam. Han vill skämma ut mig inför hela världen om jag inte går med på allt han vill. Hellre vill jag dö. Jag kan inte sova utan mardrömmar. Jag kan inte leva med oron, jag tänkte gå och dränka mig men han hotade att om jag gör det på mitt vis skulle han döda er. För han vill döda mig på sitt eget sätt."

Pappan läste medan tårarna rann och han måste torka sig i ögonen flera gånger för att kunna fortsätta. "Mannen vill att jag ska stå vid tågspåret för att han ville filma det. Även om han inte lägger ut mina skämmiga bilder på nätet skulle jag inte orka se någon i ögonen efter det han fått mig göra."

Bert ville skrika ut sitt vrede men höll den inne, istället kände han ju längre han läste att han ville hämnas. Mannen hade tagit hans barns liv. På ett utstuderat grymt sätt. Hon hann aldrig bli vuxen, leva sitt eget liv, föda sina egna barn, hans barnbarn. Hämndtankarna växte och skulle aldrig lämna honom. Det var hans barn som skrivit: "Jag kan inte gå som vuxen och bära på de här minnena av det jag tvingats till. Jag skäms för att gå till skolan och har inte varit där på flera dagar. Jag kunde inte berätta för er för det var så skämmigt. Jag ljög att jag var i skolan. Förlåt mig. Det är inte ert fel på något sätt. Jag orkar inte skriva det här till mamma. Förlåt mig! Förlåt mig! Du är den bästa pappan i hela världen. Jag älskar dig över allt, dig och mamma. Sofia."

Bert tänkte på hur han och Alexandra hade tagit budet om hennes död genom en olyckshändelse, de hade ändå kunnat ta itu med sorgen. Olyckor händer och är ingens fel, men detta? Det tog djupare, hårdare, det värsta av alla brott, och ingen tröst skulle lindra deras sorg och ingen tid kan läka deras sår.

Bert försökte resa sig från sängkanten för att lämna brevet till utredaren, men benen bar inte. Sängen hade inga fasta kanter att stöda sig mot. Han satt bara kvar med tom blick. Den pirrande tyngden i bröstet var faktiskt välkommen. Lika bra jag får infarkt och dör, tänkte han. Jag svikit min lilla tös. Jag hade inte lagt märke till att hon inte mådde bra. Vad är jag för slags pappa? Jag vill att det äcklet inte ska skratta mer, inte gråta, inte leva, betala för vad han gjort mot min älskade Sofia.

Utredaren tyckte att Bert tog väl lång tid på sig för att läsa ett brev och förstod att han inte mådde bra. Han knackade försiktigt på sovrummets dörr, hörde ett svagt "kom in" och sköt upp dörren. I en blick avläste han de svarta tankar som malde i faderns huvud och präglade hans ansikte. Han blev rädd att Bert planerade att döda gärningsmannen och sa återigen att de redan satt äcklet inom lås och bom och att han personligen skulle se till att straffet blir maximalt, kanske livstids fängelse.

Utredaren ville avleda Berts uppmärksamhet från hat och hämnd och ge honom utrymme att bearbeta sorgen. "Vi behövde er, tack för att ni orkar hjälpa till att leta bevismaterial så att åklagaren kan få vad som behövs för att fälla mannen." Han tystnade och gav akt, jo, fadern lyssnade, han hörde. Han skulle kunna få sin hämnd genom att hålla sig lugn och bidra till att sätta fast mördaren. Han nickade gång på gång, han kände att han inte var ensam om att ge Sofia upprättelse. Att döda karln vore inget straff men att få honom att sitta i förvar livet ut, att dag efter dag minnas sina fruktansvärda handlingar, det vore mer kännbart. Det har han förtjänat.

Den döda flickans far hade tagit beslut och kände sig starkare. Varför, undrade han för sig själv. Vore det inte på något vis att svika Sofia om han inte skulle hämnas? Döda honom? Nej! Att sitta i fängelse är ett värre straff. En bättre hämnd för honom. Nu kunde han resa sig och ville inte att hans fru skulle läsa sitt brev ensam, utan honom. Han skyndade sig till köket där hans fru satt med psykologen och just hade fått brevet. Han kramade om henne. "Alexandra, älskling! du behöver inte läsa det", sa han och försökte ta brevet ur hennes hand.

Alexandra stötte undan Berts hand. Hon kände sig förnärmad, inte skyddad. När nu hennes dotter genomlidit en fasansfull död så kan hon åtminstone ta del av de känslor som allt hennes älskade barn utstått. Det ville hon. Annars kunde hon varken förstå Sofias lidande eller handlande, inte ge Sofia rättvisa. "Jag är inte rädd för att dela mitt barns tankar. Jag är bara upprörd för att jag inte fått läsa det innan Sofia dog, så låt mig vara", snäste hon. Hon drog sig till badrummet, låste om sig, ville vara ensam med sin dotter för att ta in hennes sista ord. Hon kved i tårar men läste ändå, ord för ord, sakta:

"Mamma, jag älskar dig högst av allt och om du hittade det här brevet betyder det kanske att allt är avslöjat. Annars kan du läsa min dagbok. Jag kastade datorn men inte i soprummet utan vid bryggan i Säbysjön. Jag kom inte på något bättre ställe att gömma den. Gå till polisen. Jag kunde inte det. Jag vågade inte. Jag ville prata med dig om saker och ting, om att den som låtsades vara en kille i min ålder i verkligheten var en hemsk vuxen man som lurade mig, tvingade mig till hemska saker så att han kunde ta bilder och filmer på mig.

Karin sa åt mig att berätta för dig. Jag lovade henne att göra det och hon trodde på det. Jag ljög för henne också. Förlåt Karin! Det kan du säga henne från mig mamma. Vad Karin inte visste var att jag försökte en gång berätta för dig och du var lyhörd, kramade mig, du anade något men när det kom till kritan så kunde jag bara inte utan viftade bort allt. Jag var rädd. Så rädd att jag inte kunde säga något. Rädd att mannen skulle döda er, göra er illa, dig och pappa. Jag kunde aldrig berätta om det som hände för någon vuxen. Karin fick veta när allt var kört.

Jag kunde inte berätta, just för dig hur mycket än jag eller du ville. Och hur berättar man om sådana saker? Visa sig inte vara den som man trodde? Jag ville behålla din kärlek och respekt för mig. Jag tyckte att det var lika bra att dö som mannen ville. Men ingenting är ditt fel, jag vill tacka för all din kärlek som du gav mig, du och pappa. Jag älskar dig mamma. Du är den bästa mamma som finns. Jag vet att du inte skulle döma mig. Förlåt mig! Förlåt mig mamma! Sofia."

Alexandra tittade på badkaret och fick en plötslig impuls att dränka sig. Men hennes vrede över mannens agerande väckte ett oemotståndligt hat. Han måste straffas. Han skulle inte få ta två liv, hennes och hennes dotters. Han hade krossat familjen, hennes och makens liv skulle fortsätta utan glädje. Hon ska inte förlåta, inte förlåta, förlåta kan man göra bara om den skyldige varit ovetande, gjort ett oavsiktligt misstag, men inte en riktad oblandad ondska. Sofia lät honom veta att han gjorde henne illa men ändå fortsatte han, han njöt av att plåga hennes älskade Sofia, ökade sina ansträngningar att förstöra det vackra. En fullkomligt känslokall varelse.

Alexandra samlade sig och kom ut från badrummet, rak i ryggen. Hatet och avskyn hade gett henne styrka. Det förvånade utredarna att de förkrossade föräldrarna tagit sig samman till den grad. Kvinna som kom ut ur badrummet var inte densamma som gråtande låst sig in, utan en annan, lugn, beslutsam, sammanbiten. Hon behövde inte mer tröst. "Nu ska vi sätta dit psykopaten och det ordentligt, jag ska hjälpa dig på alla vis jag kan. Allt för att ge Sofia upprättelse." Mammans röst klingade hård som metall och inom sig tänkte hon att hon ville döda honom ändå, kanske efter rättegången om han skulle få lägre straff än livstid. Har han tagit ett liv så ska han betala för det, inte mindre än med resten av sitt liv i fängelset. Hellre dödsstraff. "Jag var emot dödsstraff, men inte nu mer", sa hon högt.

Alexandra gick till sin man och kramade honom. Han förstod henne utan ord och tyckte att de var överens om saken. Utredarna kunde inte säga något, föräldrarnas beslutsamhet krävde dem på en kraftsamling. De tog upp sitt arbete med att söka alla trådar och behövde inte längre väga sina ord för att ställa frågor. Samhällets inställning till brott och straff var det inte läge att redogöra för just nu. De genomlyste varje vrå i Sofias rum och granskade varje bild och varje ord som Sofia lämnat efter sig. Till sist tackade de för samarbetet och lovade att göra allt för att fastställa skulden och bad föräldrarna att höra av sig om de skulle komma på något som kunde tillföra något till utredningen.

Alexandra hejdade dem vid dörren. Jo, faktiskt, de hade haft besök av en man. En okänd som knackade på och ville intervjua dem om att göra grannsamverkan effektivare. Sofia råkade se mannen och sprang genast till sitt rum, som chockad. Alexandra reagerade inte då. Nu anade hon att det kunde vara mördaren som ville visa Sofia att han kan komma åt henne och hennes föräldrar när han behagar.

Elin vaknade strax före klockan tio på morgonen. Det var tyst i lägenheten. Hon såg Karin vrida sig i sömnen som om hon drömde något obehagligt. Plötsligt öppnade hon ögonen mot Elin som om hon känt hennes blickar. "Har du varit vaken länge?" frågade hon. "Nej, men jag vaknade för att det är så tyst. Hos oss är det jämt något på gång." Karin sa att hennes föräldrar måste ha åkt till jobbet. Hon var lättad över att ha sluppit möta deras blickar och svara på frågor.

Inget hördes och flickorna var på väg till köket när de passerade vardagsrummet och märkte att föräldrarnas sovrumsdörr stod öppen. De sov fortfarande. Karin kände sig obekväm. Det var första gången som hennes föräldrar hade försovit sig. Hon kunde ju inte veta att de inte fått någon sömn förrän klockan fem då de bara slocknade av utmattning. Men flickorna var törstiga och hungriga och tassade till köket och stängde köksdörren efter sig.

Försiktigt för att inte störa ordnade de var sin skål med fil och flingor och drog tillbaka till Karins rum. De var inte beredda än att se föräldrarna i ögonen, de behövde en stund att tänka klart. De låste dörren efter sig och började sin frukost men efter några tuggor slutade Karin att äta. "Mamma och pappa känner ju till allt som hände dig och mig men jag är så rädd. Jag är rädd för att sova. Jag drömmer om Sofia. Hon skriker åt mig. Hon vill knuffa mig under tåget. Ibland ser jag henne kasta sig under tåget, bara blodiga kroppsdelar kvar som flyger i bitar när tåget kör över, några hamnar på mig. Jag kunde ha räddat henne men det gjorde jag inte. Det är mitt fel att hon är död."

Elin slutade äta. Hon mådde illa av att föreställa sig det makabra i drömmen, men tog sig samman och fattade Karins hand: "Det är inte ditt fel. Hon lovade ju berätta för sina föräldrar om gubben. Du trodde på henne. Hur kan det vara ditt fel då?" Karin snyftade: "Du vet hur svårt vi hade för att berätta för våra föräldrar om oss. Och det var inte mer än en liten del av det som Sofia lurades ut på. Jag borde ha förstått att det skulle vara för svårt för henne att berätta. Jag borde ha tänkt på det, att hon inte skulle förmå sig att berätta allt om det hon blev tvingad till."

Elin höll med om att det måste ha varit mycket svårt men Sofia borde inte ha lovat något som hon visste att hon inte kunde klara av. Och då hade inte gubben trängt sig på oss. Vi visste inte på riktigt hur det var fatt. Vi kanske hade kunnat, du, hon och jag tillsammans, lista ut ett sätt att berätta." Karin såg på Elin och allt i hennes hållning och blickar svarade att det var självbedrägeri, de hade inte kunnat hitta på något sätt att bli av med gubben när de själva inte klarade av att rädda sig själva. Elin besvarade det outtalade: "Det är sant! Men jag hade beslutat att berätta för min mamma, anonymt. Jag hann inte göra det för att Silver och Daniel... Vi kunde ha kommit på något, kanske, om Sofia inte ljög för dig."

Karin hade inte tänkt på att det var Sofias fel inte hennes. Ja, annars skulle de tre hittat en utväg, kanske. Tanken slog rot, hon försökte övertyga sig själv att det skulle ha funnits en utväg att hjälpa Sofia, bara om Sofia ville det, inte ljög. Karin bestämde att hon inte behövde lägga all skuld på sig själv. Men efter en stund gav hon upp tanken. Hon tystnade och blicken svävade ut. Då ringde det på ytterdörren. Flickorna stelnade till och ville inte gå ut för att öppna. Karins hörde pappas röst som uppmanade Karin att komma. "Jag är inte klädd", sa Karin. "Elin, vem kan det vara så tidigt?" Elin tittade på sin mobil. "Det är inte så tidigt. Hon är halv elva."

Karins pappa tycktes ha tagit över och bjöd in de som ringt på. Nu hördes även mammas röst. Båda flickorna lade öronen tätt intill dörren för att höra vem som kommit men ingen av rösterna verkade bekant. Efter några minuter knackade det på Karins dörr igen. Båda flickorna ryckte till som av en elektrisk stöt. "Polisen vill prata med dig, Karin."

Flickorna klädde sig snabbt men dröjde det lite till innan Karin samlat mod att öppna för sin pappa. Hon undvek hans och mammas blickar. Elin visste inte om man ville tala med henne också men hon beslöt att följa med i alla fall.

Det stod två poliser i uniform och de frågade först hur Karin mådde. Så berättade en av dem kortfattat att de varit hos Sofias föräldrar där de hittat ett brev som Sofia lämnat efter sig till Karin. Polisen räckte fram ett brev adresserat till henne. Det syntes tydligt att de hade öppnat det. Polisen förklarade att de gör så i en mordutredning och nu gjorde de ett undantag med att låta henne också ta del av det. Sofias föräldrar erbjöd sig att lämna det till henne, men polisen måste ha det i sitt bevismaterial. De skulle vänta medan hon läste det.

Karin lyfte handen för att ta emot brevet. Ett brev från den döda Sofia. Men hon blev stående halvvägs. Hon sänkte blicken med en rysning. Det tog emot, hon var rädd att ta emot brevet. Hennes fingrar vägrade gripa tag i det. Ingen hade väntat en sån reaktion men Elin hade levt nära Karins samvetsförebråelser och förstod. Hon lade sin hand över Karins och tillsammans tog de emot brevet.

Karin kunde känna sina fingrar igen och hålla brevet själv. Mamman kom fram och kramade henne, följd av pappan. För Karin var det inga obetydliga händelser, hon insåg att hon aldrig varit ensam som hon trott, aldrig någonsin, alla här vill vara hennes stöd, de lider med henne. Hon lämnade pappas och mammas famn och skyndade sig med Elin till sitt rum och stängde dörren efter sig. Polisen försäkrade för föräldrarna att brevet var bra för henne, Karin skulle inte behöva anklaga sig själv för Sofias död längre. Föräldrarna var lättade. De visste att Sofias död var det som plågade deras dotter mest, fast hon trodde ju att de inte visste. Poliserna gjorde sig ingen brådska, de tackade nej till kaffe men pratade lugnt med föräldrarna i väntan på att få brevet med sig.

Karin kunde inte se att läsa för alla tårar som samlades i ögonen utan att falla. Elin gav henne en näsduk, men det hjälpte inte stort, tårarna tog inte slut. Elin ville inte veta mer om allt hemskt som Sofia gått igenom, men när Karin var otröstlig och polisen väntade utanför måste hon ta itu med brevet och läsa högt, fast hon också fasade för innehållet.

"Karin förlåt mig. Först ville jag berätta för mina föräldrar, och jag lovade ju dig. Men ändrade mig. Nej! Jag ville inte. Jag ville inte ha längre deras hjälp att bli av med mannen. Jag orkar bara inte leva ett långt liv fullt av hans minne och skam. Samtidigt ville jag ju inte dö. Det var vad gubben krävde av mig till slut, att dö! Kanske gjorde han mig en tjänst genom att ta mitt liv så jag skulle slippa de hemska minnena, hatet mot honom och ångesten som skulle följa med mig resten mitt liv. Det är en sak som jag inte har berättat för någon. Mannen utpressade mig att antingen ställa upp för att ligga med andra män eller ge honom kompensation. Jag tog mormors guldarmband som jag ärvt av henne och gav honom. Jag skäms för det och annat. Jag gav honom mammas diamantring som hon fick av pappa när de firade tioåriga bröllopsdan. Jag sålde grejer tills jag inte kunde hitta mer att sälja utan att bli avslöjad.

Visst, jag borde ha berättat för mina föräldrar men vad är det för mening när jag ändå ska komma ihåg allt vad jag gjorde? Min första förälskelse stulen och utbytt till ett äckligt minne, kärleken som jag trodde att jag hade? Vilken kille ska älska en dumbom som du? Så sa han. Hur ska jag lita på en kille efter det här? Jag kan inte sova på nätterna för allt rullar bara fram som på en film och går inte att stoppa. Jag har tänkt att du någonstans skulle tro att du inte ställt upp för mig. Men du måste veta att du gjorde det. Du lyssnade, du ville rädda mig genom dina råd. Det var mycket. Det var de ljusaste stunderna i mitt elände.

Det som hände har inget med dig att göra, utan det har att göra med mannen, och min skam. Jag berövats på det vackraste jag hade. Det är det värsta. Min kärlek, mannen fick mig känna att jag är i himlen, så kär var jag, kär i ett spöke. Mannen skrev att jag var så vacker, så fin, så smart så jag fick värsta smällen när han avslöjade sig, hela sin lögn för mig. Allt föll till marken, förintades. På en enda sekund blev jag ett stort skämt, en stor lögn, ful, dum, elak, en hora kallade han mig. Han sa att mitt liv var ett misstag av skapelsen "och ingen kan älska nån som du." Det skriver han till mig, påminner mig om det varje dag. Han tog allt från mig. Jag är ett tomt skal med ett krossat hjärta. Jag har inga drömmar kvar, bara mardrömmar, varje sekund sovande eller vaken.

Du får inte tro en minut att jag försökte lura dig när jag sa att jag ska berätta för mina föräldrar. Jag visste att det var min enda räddning och jag måste bara komma mig för. Jag sa det till mannen för att skrämma honom men då hotade han att döda de också. Han knackade på hos oss en gång. Jag trodde att han kom för att döda de men han gav sig iväg, med en menande blick. Jag gick med på att inte berätta för mina föräldrar och dö i stället. Han sa att det skulle göra alla glada. Jag var redan levande död, vandrade runt som en annan zombie. Hur skulle jag kunna leva med att jag orsakat mina föräldrars död? Förlåt mig Karin! Och tro aldrig att du har skuld någonstans i det här. Du är min vän. Kram. Sofia. (Min dator har jag slängt i vid bryggan i Säbysjön. Ta den om du vill)"

Elin läste så fort hon kunde för att hinna färdigt innan hon började gråta. Men det gjorde ont att läsa det. Hon led med både Karin och Sofia. Hon vek ihop brevet så snart hon kommit igenom det. "Vi ska lämna det till polisen, Karin. Vill du läsa det själv?" frågade hon och hoppades att Karin skulle svara nej. Och det gjorde hon, hon var klar över att hon inte kunde ha förhindrat Sofias död. Hotet att döda hennes föräldrar ovanpå allt när han smulat sönder hennes självförtroende... Det var inte svårt för flickorna att förstå Sofia, för de hade ju själva haft en fas när de också tyckte att döden vore bästa lösningen.
Flickorna kände ingen lättnad efter Sofias brev, bara sorg. Karin kunde mota bort sina skuldkänslor men inte sitt hat mot mannen. Hon grät inte mer och de kom ut för att lämna brevet tillbaka till polisen. Polisen sa att mannen inte hunnit sprida deras bilder på webben för Jon, Arvid och Johan hade kapat hans hårddisk. Och även om de hade fått bilder på sig själva spridda idag så, ja, de växer fortfarande och deras ansikten och kroppar skulle förändras och inte bli igenkända som vuxna. De kunde ta det med en klackspark, menade polisen.

Karin och Elin gick inte på det. De visste redan att det inte gällde framtiden. Det gällde dagen. Det gällde skolan. Det gällde mobbningen. Det gällde att de inte skulle kunna ta ett steg utan att ha en stämpel, möta utstötning, fördomar. Det gällde att inte behöva känna sig värdelösa, rädda, utlämnade som Sofia. Och det var förstås superbra att inget skulle komma ut. Men varken Karin eller Elin svarade på polisens rekommendation att "ta det med en klackspark". Ingen kunde förstå vad de går igenom, som Sofia skriver. När allt känns hopplöst, hur mycket välvilja än föräldrarna haft att visa så blev Sofia berövad allt. Mannen gav Sofia varken möjlighet eller tid, inte en stund att tänka utan piska. Karin och Elin förstod att de hade fördel gentemot mannen för att deras föräldrar och vänner ställt upp med kraft, till och med brutit mot lagen för deras skull. Sofia hade inte det.

Och Silver, kom Elin att tänka på, han avslöjade allt utan att veta det. Hon var glad och tacksam och han ska få ett stort ben att gnaga på. Även Daniel, Nina och Nathan hade ställt upp, små som de var kunde de förstå att det de såg var fel, inget som ska tolereras. Och tillsammans var de modiga nog att berätta för föräldrarna. Frågan är om Daniel ska få fri lejd till hennes rum i framtiden? Nja. Elin var inte förtjust i tanken. Någon måtta fick det vara. Han får hålla sig utanför men han ska få en stor kram och så ska hon spara till en fin present åt honom.

Polisen tog med brevet och sa till flickorna att Sofias föräldrar redan kände till Sofias stölder. Och polisen hade funnit armbandet och diamantringen hemma hos mannen. Han ville behålla dem som trofé. Åklagaren skulle åtala mannen för överlagt mord och han skulle inte komma undan. Bara internt polisarbete återstod nu.

Återigen började vännerna samlas runt Agnetas köksbord. Ibland kom de nya vännerna, Karins föräldrar. De hade aldrig hälsat på hos varandra dessförinnan. Efter första mötet kunde man se glädjen hitta tillbaka till flickornas ansikte. Det lyste om dem och deras föräldrar. Inte av januarisolen som blev starkare för var dag, inte för att dagarna började bli längre, inte för att våren var på väg, utan av viljan att överleva och känslan att inget ont kunde besegra dem längre, för de var tillsammans.

De ljusare januaridagarna påminde de vuxna om att deras barn snart skulle börja vårterminen. Men "snart" var fortfarande avlägset för barnen. För Daniel låg den dagen långt in i framtiden, i en obestämd tid. Detta trots att han hade fått en ny ryggväska av sin pappa med motiv från Stjärnornas Krig. Han var så glad över den att han gick med den på ryggen hemma. Agneta försökte övertyga honom att det inte passade sig inomhus men han ville vänja sig vid den, svarade han. Hon tjatade inte, hon ville inte förstöra hans glädje över den nya rymligare och roligare säcken. Ibland lånade han ut den till Nina och Nathan och i gengäld fick han låna deras väskor. Även de hade nya med roliga motiv. Men alla väskor förbleknade när Daniel fått sin egen bärbara dator av farbror Johan. Den nya samlingsplatsen var Daniels rum, inte framför staketet som tidigare. Det var klargjort utan ord att staketet och skolan hörde ihop.

Trots vuxnas dåliga erfarenheter av webben ville inte de utestänga barnen från att använda den. Det skulle vara ett oerhört dumt straff för ingenting de hade gjort. Det var bättre att ge dem allt stöd att utforska de kreativa möjligheter som finns i webben. Johan engagerade sig allt mer i sina brorsbarns webbtillvaro. Han kom nästan varje dag hem till dem för att hjälpa Elin med hennes dator och lära Daniel grundläggande programmering och enkla spelmotorer. Meningen var att intressera Daniel för att skapa sina egna spel. Johan tyckte att Daniel visade fallenhet för datorprogram och han engagerade även Nina och Nathan. Efter att Johan gått hem kunde de tre barnen sitta vid datorn och öva i timmar. De enda uppehållen kom när det var dags att äta och att träna med Silver vid hundklubben.

Elin ville inte kännas vid sin gamla dator längre. Den bar på för hemska minnen. Johan fick kassera datorn efter att polisen tagit vad de behövde för sin utredning. Man trodde att hon inte någonsin mer skulle vilja sätta sig vid en dator. Men Johan var pådrivande och tyckte att det var bättre att inte låta de dåliga erfarenheterna prägla henne för framtiden och sa till både Elin och Karin: "Det är som när man lär sig cykla, man ramlar men tar sig upp igen, se på Tove, hon faller när hon lär sig gå men kommer upp igen." Johan donerade en ny dator till Elin, också bärbar men vackert korallröd. Dessutom var den kraftfullare och utrustad med roligare program.

Elin och Karin hade klart för sig att de måste lära sig att klara sig själva och lyssnade på Johan. Med honom kunde de känna sig säkra. Johan guidade Elin i webbens värld. Han behövde inte längre förklara för Elin något om relationer till andra användare där ute. Hon visste redan att det finns det risker och lurendrejerier bakom oskyldiga fasader, att faror kan ta olika skepnader, som den där kameleonten som först låtsades vara en ung pojke för att lura Sofia och sedan låtsades vara ärbar pappa för att lura henne och Karin. Ingen behövde längre påminna flickorna om att de hade sina föräldrar att vända sig till om något misstänkt skulle inträffa i webben.

Elin kom på idén att starta en webbsajt, bara för barn, där de skulle skriva och rita det de ville säga till vuxna om hur de ville att världen skulle vara, vad de önskade och vad de ville att vuxna skulle göra. Som det där "Plåster" som Samara Braga hade startat och lät skolbarnen rita, skriva måla, sy, skulptera och på alla vis få fram vad de ville säga. Elin och Karin hade donerat sina bilder dit. Tillsammans med KTH startade hon webbmuseet för barn, "New Worlds Gate" som Elin hade särskilt roligt åt: en grupp barn skannade av Moderna Museet och fick en digital version där de bytt ut de utställda etablerade konstnärernas bilder mot sina egna. Sedan hade hon öppnat "Childrens Worlds", en värld i Virtual reality i en unik anläggning på KTH som kallades Kuben. Det liknar Instagram idag, men var bara ett barngalleri riktade till vuxna. Elin och Karin hade själv ritat ett par bilder i lågstadiet när Samara kom till deras klass. De visades på TV i en film som också barn hade skapat. Elin och Karins bilder var med och de handlade om mobbning i skolan. Elins bild mindes hon, det var en flicka som grät.

Johan kunde inte hitta barnmuseet på internet längre. Det hade lagts ner. Vad hände? Dog Samara Braga? undrade Elin. Johan kunde inte svara på frågan. Hon bara försvann med allt hon gjort. Oavsett historiken blev Johan förtjust i idén. Han lovade tänka över förslaget, hur man praktiskt skulle skapa Elins barnsajt, kanske återanvända namnet "Childrens Worlds", med Samaras tillåtelse om han kunde hitta henne. Men det behövdes resurser och tid att göra det, hålla servern och bevaka sajten från webbtroll som kunde dyka upp och låtsas vara små barn. För att gå vidare var den avgörande frågan om Elin var beredd att engagera sig i ett mödosamt och långsiktigt projekt.

Vid närmare eftertanke föreslog Johan att Elin skulle studera till dataingenjör och själv utforska möjligheten, kanske även öppna barnbildmuseet på webben igen, det som Braga startade innan internet fanns tillgänglig för alla. Nu var förutsättningarna annorlunda men grundidén fortfarande aktuell. "Och vägen dit är inte så lång, snart går ni ut högstadiet och måste bestämma er för vilken linje ni ska välja."

Elin var entusiastisk, hon kände att hon började begripa sig på digitalteknik och anade att det låg ett oändligt fält framför henne. Hon ville lära sig mera och bli duktig som Johan, "helst ännu duktigare", retades hon när han stött på ett problem. Karin var inte övertygad om att det var något för henne. Nej, hon ville bli psykolog. "Och det säger du nu?" sa Elin. "Vi kan ha kul tillsammans på Teknis." Men Karin ville inte. De hade visst stött och blött många utbildningsvägar tillsammans under åren, men den sista tidens känslostormar hade visat henne en riktning som hade mognat till beslut: hon ville hjälpa andra som psykologen hade hjälpt henne. "Men det skadar inte att lära sig hantera datorn", log hon.

Vårterminen startade med stora förändringar i familjernas vardag. Elin och Karin återvände lättade och glada till sin sista termin på högstadiet. Både flickorna skulle fylla år. Hela femton. Karin i februari och Elin i mars, "fisk, som Silver", sa Karin. "Nej Silver föddes den sjunde april" sa Elin. "Jag kan inte den där idiotin", skrattade Karin. "Och jag har inte heller koll på astrologi, du vet det." "Så det var april? Vilket stjärntecken var det då, det måste du veta, alla kan väl sina stjärntecken", retades Karin. "Sluta!" svarade Elin och knuffade till henne med armbågen.

Redan första dagen i klassen visade Elin och Karin sina nya kunskaper om webb och mobiltelefoni. De lyckades imponera stort på sina klasskompisar. Och vem säger att flickor inte kan? Ingen kunde spöa Elin i DOOM. Och flickorna skvallrade inte om Sofias öde. Med all säkerhet skulle det komma feta tidningsrubriker om den saken.

Agneta fortsatte arbeta deltid, för det visade sig att Tove inte riktigt klarade omställningen. Och ingen skulle kunna sitta barnvakt för henne den här terminen. Kjell skulle ju börja på polishögskolan om några dagar, den sextonde januari, och det såg han fram mot. Det handlade bara om två års teori och ett halvt år praktik, sa han, och sedan ville han specialisera sig som polishundförare. Han hade flera planer. Studielån kunde han ta, polisaspirantlönen var sedan inget att hurra för men han kunde studera till elektronikingenjör parallellt på kvällstid och ströjobba i byggsektorn som förr innan han bestämt sig för vilken bana han skulle rikta in sig på. Agneta var rädd att hennes man skulle slita ut sig och sa: "Vi får se, vi tar ett steg i taget."

Agnetas första dag på jobbet rullade fint. Det luktade fräscht så fort man kom in. Det var nymålat och städat, lekplatsen välutrustad med leksaker för varierande aktiviteter. Att bråka med kommunen hade hjälpt. Hon hade leendet på hela förmiddagen och kände sig upprymd. Idéer strömmade till och hon ville göra både det ena och det andra anförtrodde hon sin kollega Ulla som blev sporrad och fyllde på med egna förslag. Agneta pratade om hur det var att komma tillbaka till jobbet, hon trivdes med det och ville utbilda sig vidare. Att vara mamma är naturligt men att förstå sig på andras barn kräver andra kunskaper som hon inte besatt trots sin femåriga utbildning. "Titta bara på André, kan du förstå varför han drar sig undan andras lekar trots att många barn vill leka med honom? Ingen mobbar honom, och hans syskon är gladlynta och sociala." Ulla kände detsamma: "Fast alla kan väl inte vara likadana."

Kollegerna var överens om att det vore roligt att börja studera igen, kanske rentav sikta på att doktorera i något ämne. Börja med kvällskurser, ett par dagar i veckan kunde man klara av när barnen sover. Men bara om man orkar sköta sitt jobb bredvid, och ta hand om familjen. Man ska inte komma trött till en arbetsplats med ansvar för barn. Det skulle nog vara tufft till en början. Agneta beslöt att ta upp studier nästa år med universitetskurser i psykologi. Tove blir äldre och inte lika beroende av sin mamma. Ulla kunde göra detsamma och de kunde göra sällskap till psykologiska institutionen. Ulla sa att de säkert blir äldst i klassen.

Kjell började sin polisutbildning som planerat. Varje eftermiddag kom han hem glad och entusiastisk. Han ville berätta allt för Agneta, om sin högskola, hon kunde följa med dit till Helenelund, om sina studiekamrater, studieprogrammet och föreläsningarna. Och Agneta lyssnade nyfiket, och ställde frågor. Många frågor som han inte kunde svara på än. Hon blev förvånad över att utbildningen startade på allvar bara en vecka efter intagningen. Under den fick man beställa uniformer, prova ut vapen och annat, lite av mjukstart, men sen ville tiden inte räcka till. "Det är mycket teori att smälta", sa han. "Problemet ligger inte i att det är mycket teori att läsa men att praktisera det."

Nästa dag skulle de omsätta teori i praktiken, det gäller studier om brottsbalken. De skulle besöka en arbetsplats där två arbetare tryckt en annan mot väggen och hållit ett verktyg mot hans hals. Uppgiften var huruvida det skulle betrakta det som ofredande eller misshandel eller hot, eller annat. "Jag måste läsa på, hur skulle du se på det?" "Misshandel?" sa Agneta osäkert. "Ser du? Inte alldeles självklart."

Kjell hade fortfarande sin uniform på sig. Han tog av den och hängde den ordentligt i sitt plastfodral och uppmanade henne att titta i hans kompendium som han fått. Agneta började men förstod inte mycket. Det var ett ålderdomligt klingande språk med många juridiska och polisiära termer och uttryck. Hon tyckte synd om Kjell som hade detta att ta sig igenom men han vinkade avvärjande och gav henne en annan trycksak. Samma text men på ett modernt vardagligt språk. Man måste inte bara kunna tolka lagen men även omsätta den i verkliga händelser. Och för rapportskrivande och förresten all inbördes kommunikation måste man ha en gemensam terminologi, det har man ju som snickare också, det får inte vara tvivel om vad man menar och vad som ska göras. "Jag visste att vi skulle ställas inför svåra händelser och val men först nu börjar jag fatta vad det innebär. Det gäller att öva och åter öva. Det är en tuff men spännande utbildning. "Och vad skulle du säga om att få pepparspray i ögonen? Det fick jag prova idag." "Nej fy, skulle jag verkligen inte gilla. Du har det inte med dig hem, väl?" frågade Agneta fast hon kände till svaret, men ändå ville hon ha hans bekräftelse, "och inga vapen vill jag ha hemma", la hon till med eftertryck.

Hur som helst var hon stolt över sin man, över att han efter alla år i byggbranschen gärna satte sig i skolbänken för att läsa brottsbalken... Aldrig försent. Han får brottas med teorin tills han besegrar den. Och det var bra att Kjell kände att sammanhållningen i klassen fungerade, han hade inte hunnit bekanta sig med alla närmare, inte än, men de var alla nybörjare och ingen hade något gratis.

Förutom Kjells studier och Agnetas planering för framtidsplaner skedde inga stora förändringar inom familjen. Det viktigaste för Daniel, Nina och Nathan var att de nu hade i uppdrag att ta hand om Silver på lunchrasterna. Mammorna arbetade och Kjell hade sin polisutbildning och kom hem för sent för det. I skolan skulle Gunilla fortsätta som klassföreståndare. Det gjorde det lättare att upprätthålla goda relationer mellan barnen och hon kände ju väl till deras familjehemligheter. Antingen genom att de berättade om sina äventyr eller fantiserade på mer eller mindre faktagrund kring sådana eller genom ohyggliga avslöjanden som i Magnus fall.

Gunilla fungerade som ventil för många som gick med funderingar och hon älskade verkligen sina små elever och hade goda kontakter med de flesta av föräldrarna. Gunilla lyssnade till barnen helhjärtat och tänkte att när hon träffar den rätte skulle hon förstås själv ha barn. Och nu hade hennes förhoppningar tänts. På nyårsaftonen hade hon träffat en man och känslor väcktes hos dem båda i nivå med tolvslagets fyrverkerier. Han uppvaktade henne redan nästa dag då han ringde på och väckte henne redan klockan elva med en frostnupen blombukett i handen. Fast hon varit uppe till klockan fyra var hon ändå glad att höra att han redan längtade efter henne. Men nu var det första dagen på vårterminen och hon hade att ta hand om sina elever. Så mycket hade hunnit hända sedan förra terminen. På väg till skolan tänkte hon på Magnus. Magnus skulle inte vara som förut. Han bodde hos sin mormor. Han hade alltid rastat sin hund vid skolan på lunchrasten. Var höll de till nu?

Även de tre kompisarna hade tänkt på Magnus. De pratade på sedan de återgått till sin marschrutt till ödetomten och återigen stod vid staketet. Nina tänkte att kanske Rocky och Silver kunde bli kompisar i fortsättningen. "Stackars Magnus", sa Nathan, "han kan ju vara med oss på rasterna."

Barnen hade inte varit vid staketet sedan jullovet började. Snön hade täckt allt. Det såg spöklikt ut. "Kolla!" sa Nathan och pekade på konstiga spår i snön nära staketet. Det gav upphov till spekulationer tills Nina påminde att de måste skynda sig för att inte bli försenade till skolan. Och det var på vippen. Klockan ringde precis när de satt fötterna på skolgården. De sprang till sin klass med kamraterna i en brokig svärm av guppande ryggväskor i alla färger. Daniel fick av sig ryggsäcken sist av alla sen han försäkrat sig om att alla sett den. Flera av klassens elever kom för att se närmare på den. Det hände inte ofta att klasskamraterna intresserade sig för Daniels persedlar för de var oftast fjolårsmodeller från andrahandsaffären. Men nu fick han vara stolt över sin nya ryggsäck och visade tålmodigt upp den. Flera fickor och större utrymme. Magnus syntes inte till. Han borde se den nya ryggsäcken.

Efter en stund kom Gunilla in i klassen men inte ensam. Hon hade en ny pojke med sig. Hon välkomnade alla till den nya terminen. Alla i klassen svarade glatt på hennes hälsning. Hon var inte sjuk längre utan skulle vara deras lärare igen och inte någon elak vikarie. "Och vi har en ny elev, Morgan! Ska ni hälsa på Morgan?" Pojken blev röd i ansiktet när han hörde alla i kör ropade "hej Morgan." "Du kan sitta i bänken där borta, bredvid Linus." Morgan tog sig ovant till bänken medan allas nyfikna blickar följde honom dit. Han var smal och nästan lika lång som Daniel, fast bara nästan. Barnen viskade sinsemellan tills Gunilla avbröt alla och sa med ett leende: "Idag ska vi ha en kort dag. Och jag vill att var och en ritar något om det ni har gjort under lovet."

Nina, Daniel och Nathan höll ögonen på dörren där Magnus borde komma in när som helst, men det dröjde. Hans plats stod tom. De viskade till varandra – tänk om han hade bytt skola! Det skulle vara en besvikelse, de hade ju räknat med honom. De var inte ensamma om att viska, för hela klassen surrade som en hel bisvärm tills Gunilla satte stopp och sa att de fick tänka över vad de ville rita eller skriva istället för att prata. "Men vi tänker medan vi pratar", sa en elev. "Får vi rita två och två också, som förra terminen?" Gunilla nickade. "Jo då, det går bra om ni vill arbeta så." Det blev tyst en stund medan alla tänkte skarpt och nu började pennor och kritor sättas till papper och viskandet började igen. Så knackade det på dörren och det var Magnus som kom. "Hej", sa han försynt. "Men hej Magnus, välkommen", svarade Gunilla glatt utan att fråga varför han var försenad. Magnus såg sig om och log när han såg Nina. Hon hade redan ett välkomnande leende på sina läppar, hon var glad att se Magnus och det var rätt klädsamt att han uppträdde blygt, tänkte hon. Magnus gick till sin plats och på vägen gav Daniel honom en välkomnande puff. Magnus lyste upp vid gesten och petade tillbaka, såg åt Nina och Nathan och räckte ut tungan. De fnissade och lipade tillbaka. Nej, direkt blyg var han inte, tänkte Nina. Och det var ju egentligen jättebra, tänk om han hade varit så där gråtfärdig som då när han skulle rymma...

"Vi ska rita något ni hade trevligt av under jullovet, och sen får ni berätta om det", upprepade Gunilla för Magnus skull. Gunilla som kände till dramat i Magnus familj tänkte att kanske inte alla haft en rolig jul och lade till "eller annars kan ni berätta om vad ni vill göra i sommar eller nästa jul."

Många i klassen blev glada över den friare uppgiften och viskandet tilltog, men snart blev det lugnare när arbetet kom igång. Bara Magnus såg osäker och allvarlig ut. Hans fars misshandel av hela familjen hade kulminerat just över julen men det hade ändå medfört att han avslöjats och inte kunde skada dem längre. Nej, det var inget man kunde berätta om, slog han fast. Inte heller om nyåret när han låg ensam och frusen i skogen. Magnus ville inte tänka på det själv, nu var han i säkerhet med mamma och mormor och för första gången hade han riktiga vänner och behövde inte muta sig till deras vänskap. Och mamma mådde bättre och hade just anmält sig till universitetet och mormor fanns alltid till hands och älskar honom högst av allt. Han bestämde sig för att rita en clown som han hade sett på Gröna Lund när han var där i somras med mormor. Det var den enda gången de var ute tillsammans för pappa var bortrest.

Efter en kvart var de flesta redan färdiga med sina motiv. "Vem ska berätta först?" Det var Magnus hand som kom upp före någon annans och han sträckte den så högt han nådde. Gunillas min blev en aning osäker men hon var nyfiken på vad Magnus hittat på och varför han var så ivrig. Kanske är det så att barn klarar av trauma mycket bättre än vuxna. "Kom fram hit Magnus och visa din bild och berätta. Magnus gick raskt till katedern, rättade till sin teckning, höjde den över sitt huvud och visade en färgglad clown med ballonger som täckte hela blocket. Det blev tyst i klassen. En clown? Magnus sänkte sin bild och började berätta, tyst först men hans röst blev högre och mer entusiastisk efter varje mening.

"Det var i somras som jag och mormor gick till Gröna Lund och det var mycket folk där. Mormor behövde inte betala för sin inträdesbiljett för hon var pensionär sa tanten vid porten. Men vi köpte åkband åt mig att åka med allting hur mycket som helst. Mormor ville inte åka för hon var gammal sa hon men jag åkte nyckelpiga och karusellen med elefanten och den åkte upp och ner och runt, runt, samtidigt. Sedan satt vi i en båt som gick genom en tunnel. Det var mörkt men lyste upp då och då och det dök upp allt möjligt. Efter det köpte jag godis. De var smala och jättelånga liksom remmar med olika färger och smaker, sura, söta, beska och med lakrits. De var sega att bita i men jättegoda." Nu var eleverna fångade och de levde in sig i allt godis på Gröna Lund och i hela världen. "Lycko", sa en flicka och det blev som hela klassens omdöme. Gunilla log: "men ska du berätta om clownen också som du ritade?" sa Gunilla uppmuntrande.

"Jo, efter att jag köpte godiset kom den här clownen." Magnus höjde bilden i vädret, "och då delade han ut ballonger till alla barn. Jag fick en röd." "Kunde den flyga?" frågade en pojke. "Nej, men den var stor, så här", svarade Magnus. Det blev uppståndelse i klassen: "Gunilla? Kan vi inte åka till Gröna Lund den här terminen?", frågade eleverna i munnen på varandra, och upprepade: "Snälla Gunilla, snälla! Kan vi inte åka till Gröna Lund." Gunilla försökte lugna klassen genom att vända blickarna från Gröna Lund. "Era föräldrar får ta er till Gröna Lund men vi kan åka till Skansen. Där finns en hel del, jag lovar. Vem av er har varit på Skansen?" Magnus stod fortfarande på sin plats när alla höjde handen. Nej, det var inte lika spännande som Gröna Lund men barnen protesterade inte mer utan ville veta om Magnus och frågade om Magnus hade provat på något annat också.

Magnus förstod att hans framträdande varit framgångsrikt och önskade att han hade mer och tänkte att han kunde hitta på något. "Jo, efter det åkte jag med den långa rutschkanan medans mormor höll i ballongen." Han tystnade när han hörde de flesta oja. Gunilla tyckte att klassen skulle applådera för den fina berättelsen och bilden och alla applåderade entusiastiskt.

En efter en kom eleverna fram och berättade om julgranar och presenter. Nina trädde fram och berättade om Silvers bragd vid sjön där han hade räddat en människa. Nathan och Daniel fyllde på med understöd. Flera i klassen hade hört talas om det och frågorna haglade över de tre kompisarna. Alla hade ju träffat Silver och nu ville de göra det den här terminen också. Daniel och Nathan lovade att komma med Silver någon dag vid lunchen när de skulle rasta honom. Nina förklarade att än så länge kunde de inte gå så långt hemifrån med honom. De måste hinna äta också så det blev knappt med tiden. Nina funderade över hur Magnus hunnit rasta sin hund på lunchrasten, men han bodde ju väldigt nära skolan då, medan hon, Daniel och Nathan bodde långt bort. Hur skulle det lösas?

Jo, kanske Silver kunde vara hos mormor Katarina så hon kunde ta honom på lunchrastning? Hon hade två katter, häxor måste ju ha katter men varför inte en hund också? Förresten var de syskon till Silver. Och

Silver kanske redan var en häxhund, annars hade han inte kunnat överleva trollet, kanske feerna hade kamouflerat honom för trollet. Bara för trollet, annars hade ju inte de sett honom och kunnat rädda honom. Och hon hade styrts till att plocka gräset vid staketet. Feerna ville rädda henne från sjön. Nina vaknade upp ur sina tankar när Gunilla sa att de skulle komma till klassrummet efter lunchen, hämta sina väskor och gå hem för dagen. Föräldrarna hade fått veta att första dagen skulle bli kort.

Nina berättade för Nathan och Daniel om sin plan: de kunde lämna Silver hos Ninas mormor på morgonen och hämta honom efter skolan. Och den där Holger kunde hjälpa mormor att gå ut med Silver. "Vad säger ni om det`?" Daniel blev överväldigad, inte bara för att idén var bra men det var första gången som Nina inte kom med en order utan bad om råd! Vad hade tagit åt henne? Men visst var det en bra lösning och Silver skulle få träffa sina kattsyskon. Återstår bara att övertyga mormor om att det är ett bra beslut.

Första skoldagen tycktes avlöpa väl. Magnus anslöt sig till trion. De blev istället ett de fyras gäng och så hängde Jasmin på och ville följa med att rasta Silver, hon också. Inga problem, Silver blir bara gladare att vara i centrum av ett större sällskap. Nu var de ett gäng på fem. Nina undrade om inte Jasmin borde säga till sina föräldrar och Magnus till sin mormor vart de tog vägen så de inte blev oroliga. "Nej då", svarade Magnus bestämt, "mamma går i sin skola och mormor visste att jag skulle hem till Daniel." "Men kan vi inte ta med din hund också?" Jag ska fråga mormor, sa Magnus. "Och du Jasmin? Var bor du? Vi kan vänta på dig om du ska fråga din mamma", sa Nathan. "Det behövs inte, för mamma är på jobbet och pappa på sitt." "Okej. Vi tar den här vägen hem och hämtar Silver", sa Daniel och nickade till Nina. Hon och Nathan förstod vinken. De skulle inviga Jasmin och Magnus i sin hemlighet. Ödetomten med trollet.

De var snart där och barnen stod uppradade vid staketet medan Nina berättade om det luriga elaka och hemska trollet därinnanför, det med lång svans och stora öron, och hur de planerat att jaga bort det med Silver och deras mormödrar. "Trollen höll på att äta upp Silver när han var så här liten valp men en fe gjorde honom osynlig för trollet", förklarade Daniel. Nathan instämde och pekade ut var de hittat stackars Silver i sin påse. Jasmin och Magnus tittade förskräckt men intresserat på ödetomten. Att de inte sa emot var en sak, men det syntes på de två att inte var helt övertygade om det där trollet och den där fen.

Magnus samlade sig och ville inte verka feg. Han skulle själv skrämma trollen och klättrade över staketet så att snön yrde. Alla skrek nej, gör inte det! Han klev lite mer försiktig när han kommit över och närmade sig det förfallna huset som var övertäckt av snö. Plötsligt fick han se en lång rödaktig svans. Han blev rädd och skrek högt: "Troll! Troll!" och rusade tillbaka så fort han kunde, snubblade och fastnade i något som kändes som långa, långa fingrar med klor. Alla skrek med honom och hoppade jämfota och visste inte om de skulle rycka in till hjälp eller fly därifrån så långt som möjligt. Magnus lyckades slita sig ur klorna och rusade den sista biten till staketet där kompisarna hjälpte honom över. De satte full fart därifrån tills de kommit på behörigt avstånd. Magnus berättade om den långa svansen han sett som rörde sig snabbt som en orm och försvann under marken. Nej, dit skulle de inte komma in med Silver, inte utan mormödrarna. Det var alla överens om. Nu försvann alla tvivel på trollets existens.

De fem barnen fortsatte till Daniel för att hämta Silver men Nina ville mata sin kanin först och då ville Jasmin följa med för att hälsa på den ulliga vita kaninen som Nina ofta berättade om. Jasmin hade ett marsvin och om Nina ville leka med det så fick hon, och hennes marsvin och kaninen kunde leka tillsammans med Silver! ”Nej, det går inte för Silver hoppar så dant utan koppel och då kan kaninen bli rädd och få hjärtinfarkt och dö, det har mamma sagt”, sa Nina bestämt. Jasmin förstod att om Ninas mamma sa det så var det sant. Då ska hon inte heller låta sitt marsvin leka med Silver för det kan också få infarkt. ”Men vad är infarkt för något?” frågade Jasmin. Nina förklarade att när ett hårstrå virar sig runt ens hjärta så kan man dö. Man ska inte ha lösa hår i maten säger mormor. ”Oh, jag som har långt hår”, sa Jasmin, och då måste hon fläta det för att vara säker på att inte tappa hår så marsvinet inte ska dö i infarkt om det råkar äta upp det. ”Men till våren kan vi plocka gräs åt båda för det gillar dom”, sa Nina. Hon verkade kunna mycket och Jasmin måste respektera henne.

Flickorna gick ner till gården efter att Nina matat kaninen. De möttes av Daniel med en svansviftande Silver och beslöt att rasta honom på vägen hem till Magnus. Då får Magnus eskort och kommer säkert hem, och då kan de fråga om de får rasta Rocky tillsammans med Silver, långt från trollet förstås. Silver ville kissa vid vartenda träd för det var en ny väg som han inte kände till. Det var många träd och det tog över en halv timme att gå den korta sträckan till Magnus mormor. Magnus höll kopplet och ville helst inte släppa alls. Det var Silver som räddat hans liv i skogen.

Magnus mormor var redan hemma och såg dem från sitt fönster. Hon blev tårögd av att se sitt barnbarn tillsammans med flera fina vänner. Det betydde säkert att han inte behövde byta skola. Hon kom ut och mötte dem på sin lilla trappavsats och frågade om någon ville ha mellanmål.

Men barnen tackade nej, de hade ätit i skolan. Angående Rocky sa mormor att det nog var bäst att hon rastade hunden själv. Magnus kramade om Silver: "Hej då Silver, vi ses imorgon." Silver viftade glatt på svansen och slickade Magnus i ansiktet. Magnus mormor var rörd och det gav hennes ansikte några extra rynkor ett ögonblick. Den hunden hade räddat hennes barnbarn. Mormor kom ner de få stegen till gården och smekte Silver under hakan. Silver fann sig som alltid till rätta med att stå i centrum för uppmärksamheten. Han sprang i cirklar i snön runt sällskapet och lämnade sina tassavtryck likt spetsen på en kjol. "Silver gör så där och springer runt när han är glad", sa Nina. "Silver, du är en fin hund", sa Magnus mormor. Silver hörde sitt namn av en ny person och stannade upp en stund. Ingen ny order? Då återgick han till att böka i snön. "Nu fryser jag, måste komma in", sa mormor och hon och Magnus försvann bakom dörren vinkande adjö. Nina hade fått en idé: kanske Magnus mormor också var en snäll häxa om kunde följa med för att befria ödetomten. Ju fler mormödrar desto bättre. Men varken Daniel eller Nathan var med på noterna. Nej, hon var ingen häxa för hon hade inte kunnat skydda Magnus och inte hans hund heller. Nina gav med sig för en gångs skull. Man måste böja sig för fakta.

Nu inriktade sig barnen på att följa med Jasmin hem. Hon bodde i en villa inte långt från skolan. "Jag är adopterad från Brasilien", sa hon när hon förklarade vägen dit. Åh, adopterad? Det var ett kort besked, vad det nu betydde. För första gången märkte de tre barnen utöver att hon var söt med sitt långa svarta hår även hennes chokladfärgade hy, men det var väl som Magnus när han kom till skolan efter att ha varit långt borta någonstans med flygplan. "Kanske han också hade varit i Brasilien då", antog Jasmin. De märkte väl att hon var lite annorlunda i utseendet men hade inget med färgen att göra utan för att hon var söt på eget vis. Det där att bli adopterad måste vara viktigt, tänkte Nina men varför? De hade ju adopterat Silver, och katten Daisy hade också adopterat Silver och alla älskar Silver som de älskar sina mammor och pappor och syskon.

"Silver är adopterad också", sa Nathan stolt som om det var ett privilegium. "Och jag trodde en gång att jag var adopterad men det var jag inte." Jasmin såg på Nathan med värme. De jämförde henne med Silver. Han som var älskad av barnen mer än något annat och var som ett syskon till dem. Daniel påpekade att Silver hade räddat flera människor och var en hjälte, som Spiderman. Nathan övergick till att berätta om hur Silver hittade Nina i skogen och även alla andra som ville bli upphittade, och Silver kunde hitta honom och hans pappa på hundklubben och i skogen. Inget om att Silver också hittade Magnus i skogen, det fick förbli deras hemlighet. "Och Silver kan hitta dig om du vill", sa Nina. Det var ett magiskt förslag som gladde Jasmin, och om Silver är adopterad som hon och räddar folk, så är ju hon också adopterad och kan rädda folk och djur, precis som Silver gör. Hon skulle bli brandman. De andra skrattade först och trodde hon skojade men skrattet fastnade i halsen. Nej, hennes ansikte visade att hon menade allvar. "Finns det brandmanstjejer?" frågade Nathan. "Jo, klart det gör", svarade Jasmin irriterad över hans okunnighet. Men snart var han förlåten och hon började berätta om tjejer på brandkåren, och det var precis som med poliser.

På en minut hade Jasmin blivit föremål för pojkarnas hela intresse och Nina kände sig utanför. Allt gällde Jasmin, de pratade bara med Jasmin och avslöjade sina hemligheter för Jasmin. Jasmin och Jasmin. Till och med Silver gick bredvid Jasmin. Det var för mycket för Nina och hon tystnade. Nathan var först att märka det. Det bådar inte gott när Nina tystnar, tänkte han, och som om inte det var nog började hon sakta farten och hamna bakom dem. Nathan gjorde detsamma och väntade in henne. "Nina! är du ledsen för något?" Inget svar. Han frågade om han hade gjort henne något men hon vände sig undan. Nathan petade på henne. Då fattade Nina att han fortfarande brydde sig och drog på munnen. Det funkade, såg Nathan och petade på henne en gång till. Hon petade tillbaka och de skrattade.

Daniel och Jasmin hörde deras skratt och Daniel blev inspirerad och anslöt till de två och puffade på dem båda, nu är det som förr tänkte Nina och såg hur Jasmin blev utanför. Ingen kan komma mellan henne och pojkarna. Då tyckte hon synd om Jasmin och drog med henne i puffandet. Glada skratt och skall hördes från dem tills de närmade sig Jasmins hus. Nina förklarade för Jasmin att Holgers hus låg nära Jasmins, han som gillade deras bullar och frågade vem som bakat dem och sen ringde han dit, det var Katarina, Ninas mormor. "Dom kysstes förra veckan, hon och Holger" sa Nina i förbigående som om det var inte någon särskilt viktig händelse. "Mamma sa att det inte var farligt." Hon och Jasmin och pojkarna kanske också skulle prova. Jasmin ville inte, för hennes mamma sa att hon inte skulle göra det förrän hon var femton år. Daniel hörde det och sa att hans syster skulle fylla femton år i mars eller april, snart i alla fall. Det var han inte så säker på, men han hade sett henne i somras med en pojke vid Görvälnsbadet och de kysstes, fast hon var inte femton. "Vi paddlade där", sa Nathan. "Du kan paddla med oss på sommaren", sa Nina. Hon hade inte riktigt tagit till sig att hennes mamma och Janne hade planer på att flytta med henne till London, för gott, kanske. Jasmin var uppspelt av Ninas förslag och måste genast berätta för sina föräldrar om de nya vännerna som hon skulle paddla med till sommaren. Hon kramade Silver hej då och vinkade glatt åt de tre kompisarna när hon sprang hem genom sin trädgård och försvann.

De tre kompisarna gick glada hem dinglande med sina ryggsäckar där reflexerna glänste i januarisolen. Precis som i våras när de hittade Silver. Och nu igen, på väg från skolan, stannade de vid staketet. Det väckte många tankar. Nu var ju Silver riktigt stor och stark. Om tre månader och ett halvt så är det ett år sedan de hittade honom. Han var bara några veckor gammal då. Birger, han som ägde Silvers mamma, sa att han föddes den sjunde april. Då skulle barnen ordna en stor födelsedagsfest för honom. Och kanske skulle de våga sig in på ödetomten när Silver var så stor. Han skulle skrämma bort trollet. Det skulle de göra efter att all snön smält bort. Och inte bara det. Nu hade de mäktiga häxor som skulle följa med, speciellt Daniels mormor. Ingen kan rå på henne. "Och hon är inte bara min mormor, Nathans också", påminde Daniel. Nathan var glad att Daniel kom ihåg det så han inte måste säga det själv. Mormor och dessutom trollkunnig.

Nina var rätt säker på att även hennes mormor var en mäktig häxa fast hon inte erkände det, kanske fortfarande orolig för den tiden som man brände häxor på bål. "Vad pratar du om? Blir min mormor bränd på bål om de hör att hon är en häxa?" skrek Daniel. "Nej, nej, nej, inte nu dummer. Det gjorde dom för länge sen", svarade Nina. Man fick hellre kalla Daniel dum än bränna hans mormor på bål. "Då så. Mormor lovade följa med oss in på tomten och hitta skatten och jaga bort trollet. Hon sa att hon kommer till Jakobsberg efter att snön har smält."

Nina hade inte träffat Daniels mormor. Och Nathans. Men den fina amulett som hon skickat bar Nina fortfarande på sin arm. Hon måste prata med sin egen mormor om saken. Hon som också var häxa borde komma med och jaga bort trollet. Det blir häxmöte. "Mormor har mycket om sig nu, kanske förbereder hon en häxfest", sa Nina. Nathan frågade om inte Nina också var häxa för han hade sett en film där häxor hade häxdöttrar och kanske Charlotte då också var en häxa. Nina ville inte att hennes mamma skulle vara en häxa. "Nej, inte mamma." "Men barnbarn eller annan nära släkt då? undrade Daniel. "Är du häxa, Nina?" frågade Nathan. Nina nekade, hon kände sig inte som häxa men kanske blir hon det när hon blir femton, fast då måste man väl lära sig häxeri? Det fick i så fall mormor lära henne.

Nina funderade över vad hon lagt märke till om mormor. Hon hade betett sig konstigt sista tiden. Kanske mormor utövar häxeri när Nina inte ser? Det måste hon få klarhet i. Imorgon skulle hon vara hos mormor efter skolan. Men hon var för ivrig för att vänta på mormors förklaring ända till nästa dag, så hon sa till pojkarna att hon måste undersöka mormors häxeri, och då kunde de följa med henne dit och berätta om Daniels häxmormor. "På en gång", sa Nina.

De tre barnen fick bråttom till Ninas mormor, ju fler häxor och feer desto bättre! Utanför mormors lägenhet stannade de till för att hämta andan. Så ringde Nina på dörren med samma energi som när Daniel ringer hos sig. Hon hade aldrig var så uppjagad när hon kom till mormor. Katarina kikade i tittögat och öppnade
förskräckt. "Snälla ni, vad har hänt", undrade hon. "Ingenting, men jag ska fråga dig en sak, mormor", sa Nina. "Åh, kunde du inte ringa lugnare, älskade barn?" Katarina kramade Nina med värme. Då såg barnen en man stå i vardagsrummet vid dörren till hallen. Daniel knuffade på Nathan: "Han, gubben som köpte bullar av oss och ville ringa Ninas mormor." "Där är ni ju alla tre och hjälten med, säljer ni fortfarande bullar?" log mannen. "Nej, dom tog slut." "Men kom in, vill ni ha mellanmål?" frågade Katarina.

Nina svarade inte men pojkarna tackade aldrig nej. Snövit och Tiger hade redan hunnit fram och Silver nosade glatt på dem. Syskonen kom ihåg varandra. Katterna tassade mellan Nathan och Daniels fötter och provade klorna på deras byxor och hoppade på Silver. Katarina tog till köket för att laga pannkakor med sylt och besökarna följde efter.

Nina stod häpen och funderade över varför Holger var hos hennes mormor. Kanske var det inte läge att fråga mormor om häxeri inför honom. Men Nina måste veta och då gällde det att lura ut Holger från köket. Nina viskade till sina kompisar att hitta på något. "Lätt match", sa Nathan och frågade Holger om han inte kunde ta en bok ur hyllan i vardagsrummet och läsa för dem. Jodå, Holger blev smickrad och anade inga biavsikter.

Nina tog tillfället att konfrontera sin mormor, hon visste minsann att mormor var en häxa, stark men snäll precis som Daniels mormor och de måste hjälpas åt att jaga trollet från ödetomten och hitta skatter som han stulit från feerna och där fanns feer tagna till fånga. De måste befrias. Nina fortsatte ösa smicker över häxbranschen och hur häxor och feer hjälpte varandra och hade skyddat henne i alla svårigheter.

Katarina lyssnade häpet på Nina. Att hon var en snäll häxa hade hon inte vetat om tills nu. Egentligen blev hon smickrad och log gott. Nej, hon ville inte förneka att hon var en beskyddande varelse. Hon visade sig förvånad över att Nina var så smart att hon kunde lista ut det, men, garderade hon sig, med tiden upphör allas häxors krafter och de försvinner i feernas land och kommer inte tillbaka. Liksom Ninas pappa kom till himlen. Men häxor förflyttar sig till feernas värld. Men så länge det finns troll, så länge finns det häxor. Utan troll lämnar alla häxor sina krafter till feerna, men de återfår dem om ett troll kommer tillbaka. Men än så länge kunde hon säkert hjälpa till med att jaga bort trollet från tomten. "Att jaga bort ett troll är förstås ingen lätt match, det vet du eller hur? Kanske finns där flera troll. Är du beredd att ge dig in på tomten trots alla faror?" Nina sprang till vardagsrummet och viskade först i Nathans öra och sedan i Daniels: "Vad var det jag sa? Mormor är häxa." Pojkarna var nyfikna så de kunde spricka och visste inte om det var bäst att smita iväg eller sitta kvar hos Holger.

"Maten är färdig", ropade Katarina från köket och Holger och pojkarna kom in. Holger tackade för sig, han måste gå och skyllde på ett ärende som väntade, men egentligen ville han inte trängas med de små vid matbordet och konkurrera om pannkakorna. Han vinkade adjö till barnen. Katarina följde med honom till hallen. Nathan passade på att fråga Nina om hon lyckades övertyga sin mormor att samarbeta med hans mormor. "Jodå", sa Nina belåtet.

Från sin plats kunde Nina se ett hörn av hallen där Holger gjorde sig i ordning och Katarina hjälpte honom med sin dunjacka. Sedan hände något som fick henne att spärra upp ögonen. Mormor och Holger kramades! De märkte inte att Nina kunde se dem från sin plats i köket. Det var inte en vanlig hejdåkram, utan en famnkram, som Janne när han kramar hennes mamma, och som Kjell kramar Agneta, eller Igor kramar Bella. Och till råga på det kysste Holger mormor, och inte på kinden utan på munnen, och det flera gånger. Snuskgubbe! tänkte Nina. Hon var lite oroad, lite skamsen, lite förvånad och annat som hon inte kunde definiera. Hon hade sånär börjat gråta men ville inte att pojkarna skulle märka något. Hon undrade om mormor skulle skaffa barn? Kan gamlingar skaffa barn? Kanske mormor blir ung när man inte ser? Hon var ju en häxa. Kanske ska hon skaffa ett annat barnbarn och glömma Nina.

Nina ville skrika åt dem att sluta. För henne tog det en evighet innan Holger gav sig av. Men när mormor kom tillbaka till köket var hon bara glad. Hon sa: "Holger är väl snäll, eller hur?" Pojkarna som inte sett vad som utspelats höll genast med om att han läste lika bra som mormor, så där så att sagan kom till liv. "Mormor, ska du ha barn med Holger?" sa Nina plötsligt. "Vad? Lilla vän, absolut inte. Det är jag för gammal för, men Holger är en nära och kär vän till mig."

Nina tänkte om vad betyder nära och kära vän, betyder det att hon och Nathan och Daniel kan hångla också? Nina blev röd i ansiktet av tanken. Det var uteslutet. Men varför får hon sådana konstiga tankar i huvudet? Häxor är något för sig, hon måste unna dem att vara lite konstiga. Det är mycket som hon inte vet om häxor. Kanske hon var konstig själv också för hon börjar bli stor och ska förvandlas till häxa. Nina kände för att gå hem snart. Hon ville vänta på sin mamma där för att berätta nyheten så fort hon kommit från jobbet, skvallra på mormor om vad häxan Katarina och Holger hade för sig. kanske ska hon gå hela vägen till Ikea och berätta. Hon jäktade på pojkarna att äta fortare för att komma iväg.

Mormor märkte inte Ninas rastlöshet och om hon gjort det hade hon säkert inte kopplat den till sig själv. Hon svävade i det blå, uppfylld av sin kärlek, nöjd med sin tillvaro som en Ferdinand under sin korkek. Hon ångrade inte att hon lämnade Holger i unga år. Hon hade ju Charlottes pappa och så Charlotte och sen också Nina. Man får inte ångra något. Det kändes som om hon borde önska sig att hon inte brutit med Holger då, men då skulle ju Charlotte och Nina aldrig ha funnits. Så kan man inte tänka. Hon kom tillbaka till jorden och såg sig om. Nu frågade hon Nina varför hon plötsligt fått så bråttom. Nina sa att mamma inte visste att hon skulle komma hit så hon blir kanske orolig. Men hon viskade i mormors öra att om Holger var en häxa så var han nog en snäll en och undrade om hon själv var på väg att bli häxa. Mormor kramade Nina, Holger var en mycket rar man, och ingen häxa. Och att Nina, kanske, men bara kanske, skulle bli häxa om hon önskar sig det riktigt mycket. Nina tänkte då att om Holger inte var en häxa så kanske mormor hade förhäxat honom. Hon skulle i alla fall berätta för mamma.

Katarina tittade på Nina och tyckte att hon måste säga henne sanningen, åtminstone en bit av den. ”Sätt dig här älskling”, sa hon och klappade på platsen bredvid henne i vardagsrummet. Nina visste att mormor gjorde så bara när hon ville berätta en hemlis. Nina var nyfiken och slog sig genast ner. Mormor berättade att hon och Holger känt varandra sedan länge, innan hennes mamma Charlotte föddes. Holger var gudfar för Charlotte och hon kanske skulle flytta ihop med Holger en dag. De var båda gamla och kunde hjälpa varandra. ”Ska du ta med dig Tiger och Snövit då, mormor?” Det var egentligen det enda bekymret för Nina. ”Självklart, hjärtat, ska de följa med och de ska få sin egen koja på Holgers tomt." "Wow! Ska vi bygga en åt Silver och mig också? Och komma in på den förtrollade ödetomten och jaga bort trollet?" "Jo, det ska vi men det får vara våran hemlis", svarade mormor. Hon var nog förvånad över Ninas reaktion. Var katterna och ödetomten viktigare än hon? Mormor log och kramade Nina som hade bråttom iväg för att berätta om uppgörelsen för sina kompisar.

Charlotte kände förstås till att Holger och hennes mamma hade återförenats på gamla dagar och hade framskridna planer på att flytta ihop. Senast de träffades hade Katarina sagt att hon kände sig ensam efter alla år efter pappas bortgång.

Holger och hans fru Ruth hade varit goda vänner med hennes mamma och pappa. De hade inga barn och hade låtit henne förstå att hon var som deras dotter. I hennes tidigaste minnen red hon på Holgers axlar medan han hoppade runt och gnäggade som en häst. Alltid hade han med sig presenter och godsaker och bad henne skriva önskelista till varje jul. Hon lade märke till att hennes mamma och pappa korrläste listan och strök de dyraste önskningarna. Holger försvann ur hennes liv när han flyttade utomlands för några års sedan. Trots alla brev som han skickade lämnade han ett tomrum efter sig, hos alla. Men så slutade breven komma. Och när hennes egen pappa blev sjuk i cancer så var det inte tal om att leta efter Holger.

Katarina berättade för Charlotte att Holger förklarat varför han försvann. Hans Ruth hade också hon insjuknat i bröstcancer samtidigt som Charlottes pappa, och hon fick metastaser i hjärnan och så småningom även i skelettet. Det var slutet men tog några år av lidande, olika behandlingsmetoder avlöste varandra utan resultat tills hennes vilja att leva brutits ner. Holger bodde med henne i Cannes, i ett hus som han ärvt efter sin moster. Huset låg högst upp på det lilla berget, nära klostret med sagolik utsikt över havet och hela staden. Det var Ruths önskan att bo där permanent. Hon ville inte att någon skulle känna till hennes sjukdom så hon bröt kontakten med alla, även sina egna vänner. Hon kunde slappna av där bättre än i Sverige och utan att behöva se medlidande i någons ögon, sa hon till Holger och förbjöd honom att berätta ens för oss om hennes tillstånd. Så gick hon bort, väntat och oundvikligt. Ovanpå sorgen och saknaden efter henne avled även Holgers närmaste franske vän i infarkt bara ett par månader efter Ruth. I ett slag var han ensam som aldrig förr.

Det syntes på Katarina att hon blev medtagen av att prata om Ruth och cancer, alldeles begripligt eftersom det var samma sjukdom som tog hennes make. Charlotte kramade sin mamma och började avleda samtalet. Hon frågade om Katarina hade varit i Cannes och sett huset. Katarina skakade på huvudet, men lyste upp medan hon återgav Holgers beskrivning av området. Det hade gjort Katarina fylld av förväntan när hon nu skulle bo med Holger i Frankrike ett par månader under vintern. Hon skulle besöka alla konstmuseer omkring som han väl kände till, från Picassos museum i Antibes och Vallauris till Matisse och Chagall i Nice. Chagall var hans favoritkonstnär och han tillbringade mycket tid på Musée National Marc Chagall högt över staden. Han älskade de många färgsprakande tavlorna med motiv från gamla testamentet och kärlekens teman, och även den färgglada lilla synagogan i anslutning till museet.

Sedan Katarina väl kommit igång att prata om Holger fick hon fram att de båda varit kära i varandra när de var unga. Men en allvarlig händelse gav till följd att hon istället knöt an till hans gode vän Harald som sedan skulle bli Charlottes pappa. Hon lämnade Holger men trodde inte det tog honom hårt för han visade sig vara en kvinnokarl tills han träffade Ruth. Ungdomens förälskelse gick sen över till vänskap mellan paren, hon och Harald och Holger och sen Ruth. De fyra förblev de nära vänner de alltid varit, betonade hon, trots avståndet och trots att de inte hade hållit kontakt efter hans flytt till Frankrike. "Men mamma! Du behöver väl inte mitt godkännande för att flytta ihop med någon, men du vet att det inte är så lätt att flytta till en annans hem där du inte har satt din prägel alls", sa Charlotte.

Katarina kunde lugna sin dotter med att hon och Holger pratat om saken och att han redan tömt sitt nya hus på allt. Myrorna tackade för möblerna. Och han målade om i de färger hon valt och de höll på att köpa nya möbler och möblera efter hennes smak. Ja, mycket mer hennes än hans, faktiskt. Charlotte var förvånad och tänkte att Holger verkligen måste ha älskat hennes mamma en gång, inte bara som en ungdomsförälskelse. Hennes mamma hade nämnt något allvarligt som särat de två, vad det nu var... Hon ville inte riva upp det förflutna och ställa frågor om inte mamman tog upp det själv. Men hon förklarade att det enda hon önskade av sin mamma var att hon skulle vara säker på sin sak innan hon flyttade ihop med Holger. Så hon måste lova att behålla sin lägenhet ett tag till. Då skulle hon ha en plats att återvända till om hon inte skulle trivas, annars fanns risken att hon stannade bara för att hon inte hade någon annanstans att ta vägen!

Katarina var tyst och förblev så en lång stund. "Vad är det mamma?" "Jo, jag ville inte men han gjorde det ändå." Charlotte lät irriterad: "Har du sagt a får du säga b." Katarina satte upp en urskuldande min: "Jo, han skrev villan i mitt namn för om vi inte skulle trivas att bo ihop så var det han som skulle flytta, sa han. Jag kunde inte göra något åt det." Charlotte var stum ett helt ögonblick. Hade mamma blivit senil eller dement och inbillar sig saker? "Vad säger du mamma? Hur mycket har han älskat dig?" Katarina tonade ner dotterns utbrott. Hon var ju gammal... nåja, gott och väl myndig, men inte gaggig, hon hade naturligtvis tänkt på det och räknat med att behålla lägenheten ett tag till, och om det sen blev så, då skulle hon avstå från villan oavsett hur mycket han än skulle insistera.

Katarina berättade vidare att hon och Holger hade träffats ofta sedan i somras, och flera av hennes saker fanns redan där. "Alltså, hela sanningen var inte den att jag kände mig ensam. Jag flyttar inte till honom för det. Sanningen är, och det var viktigast: vi trivs jättebra ihop. Han är rar och omtänksam, jag är nyförälskad i honom igen, på höstens dagar, som i ungdomen. Han känner detsamma, att jag alltid har stått hans hjärta nära, även när han var gift."

Charlotte funderade. Kände Ruth till Holgers känslor för hennes mamma och det var därför hon ville flytta utomlands? Nej, hon kände till historien och vad Charlotte mindes var att Ruth älskade både henne och hennes mamma. Men sjukdom kan ändra psyket. Charlotte var allt lite sur på mamma. Hennes mamma som hon aldrig trott om att ljuga för henne hade ljugit om ensamheten. Hade hon mer att bekänna? En tröst var att hennes kära mamma ångrade lögnen omedelbart. Kanske var hon bara generad att använda ordet kärlek på höstens dagar. Charlotte var ändå lättad över att mamma inte skulle leva ensam, speciellt som hon själv tänkte flytta till London med sin Janne. Charlotte bestämde sig att hjälpa mamma flytta istället för att predika. Hon hade sett några flyttkartonger i hallen och antog att mamma höll på att rensa men nu visste hon bättre. "I den där kartongen finns Ninas sagoböcker. Holger ska hämta den i eftermiddag", sa Katarina.

"Nina ska också känna sig som hemma där", fortsatte hon. "Jag har berättat för henne om oss." Charlotte var förvånad över att Nina berättat om kyssarna mellan hennes mamma och Holger men inte ett ord om flytten. Det gav henne dåligt samvete, hur mycket visste hon egentligen om sin dotter? Att hon inte visste vad som pågick mellan mamma och Holger visade att hon själv inte hade något vidare kontakt med sin mamma – liksom med Nina? Nej, det var inte samma sak, mamma var ju vuxen. Charlotte grubblade. Hade hon överhuvudtaget bra kommunikation med någon? Hur var det fatt med hennes mentala hälsa. Hur kom det sig att hon inte pratar på djupet ens med sina allra närmaste?

Katarina visste förstås inte vad som tilldrog sig i dotters huvud och började prata om katterna. "Snövit och Tiger har vi flyttat till det nya hemmet och de verkade trivas bra där, skulle bara fattas annat. Nina lovade att inte säga dig något innan jag var riktigt säker på om jag verkligen ville flytta till Holger." Mammas röst återförde Charlotte till verkligheten. Äsch, det var väl inget fel på hennes kommunikationsförmåga, de ville bara hålla saker hemliga för att inte oroa henne. Charlotte tinade upp lite och frågade om katterna inte skulle smita från trädgården men Katarina lugnade henne med att de inte kommer ut utan tillsyn. Och barnen kan ha med sig Silver dit. Holger känner redan Silver och han blir stolt över att få ha stadens hjälte som gäst, säger han.

Ännu hade inte Katarina packat sina personliga saker, foton och annat från pappas tid. Hon ville att Charlotte skulle vara med och kanske överta några av bilderna med sin pappa och även Ninas pappa. "Titta här, det är du med din pappa på Skansen när du var fem år." Charlotte tog emot bilden som fick liv i hennes hand och med minnena kom tårar. "Jo, pappa, kära pappa! Visst vill jag ha den. Nina kan få bekanta sig med sin morfar. Hon fick aldrig träffa honom." Katarina bläddrade i ett av de många album hon hade och visade bild efter bild och Charlotte blev allt mer förvånad. Hon kände inte igen dem, kanske hon sett dem men glömt. "… här är när du och pappa metar. Jag tog kortet själv", sa Katarina mjukt. Charlotte skrattade, nej, hon och pappa fick aldrig någon fisk. Katarina skrattade med och berättade att pappa var den sämsta fiskare man kunde tänka sig så hon hade alltid med sig smörgåsar och korv att grilla vid sjön. Det var många fina minnesstunder som Katarina hade samlat. Så upptäckte Charlotte ett album med bilder från hennes och Ninas pappa Tobias bröllop som hon aldrig sett förr. De tillhör Nina nu, tyckte Katarina som hade bestämt sig för att ge henne albumet. Men Charlotte ville ha det med sig för att kunna prata med Nina om Tobias. Bilderna vore en bra anledning att ta upp det som hon aldrig kunnat göra på riktigt med Nina eftersom hon aldrig själv kunnat komma över förlusten av Tobias.

Charlotte satt i mammas kök och bläddrade tyst fram den ena bilden efter den andra och undrade om hon älskade Janne lika mycket som hon älskat Tobias. Nej, hon får aldrig jämföra de levande med de döda. Det vore makabert, grymt och orättvist. Det var tyst, det enda som hördes var Charlottes bläddrande och kaffesmuttande tills hennes mamma ställde en liten låda med köksredskap på bordet framför henne

med en duns. Katarina hade dubbel uppsättning av dem och frågade
om Charlotte ville ha en.

Nej, tackade Charlotte, inte för att hon inte hade användning för dem
men hon hade ännu inte förmått sig att berätta att hon själv planerade
att flytta ihop med sin Janne, sannolikt till London, men hon var osäker
på hur mormor skulle ta det. Hon tittade mot flyttkartongerna där Ninas
älskade böcker låg packade och kände vemod. "Mamma!"

Katarina hörde allvaret i dotterns röst. Hon såg noga på Charlotte som
skruvade sig på stolen som om den var obekväm, men det var inget fel
på stolen. Hon hade något på hjärtat och Katarina höll blicken stint på
henne och höll andan för att inte avbryta Charlottes tankegång. Till slut
klämde Charlotte fram med vad hon måste medan hon iakttog
mammas reaktion. "Mamma! Jag ska flytta ihop med Janne." Charlotte
blev lugnare när hon såg mamma andas ut, log och önskade lycka till.
"Nina har berättat om Janne, det verkar vara en bra karl och hon gillar
honom också." "Jo, men... inget är definitivt än, för då skulle vi flytta till
London." Charlotte pratade med sin mamma som om hon pratade med
sig själv i en lång monolog. "Och, ifall om att, så skulle flytten till London
bli av efter skolavslutningen i sommar."

"Till London? Så snart?" Katarina väntade tills hela anförandet var över
innan hon gjorde sin kommentar med bekymrad uppsyn. Det allvarliga
var, menade hon, att Nina inte alls kände till planerna. Charlotte
försökte mildra både sin egen och mammas oro och höll med om att
det var ett krux, visst, det skulle det bli en stor omställning för Nina och
hon visste inte hur hon skulle berätta det för henne. "Hon som är så
fäst vid Silver och pojkarna och dig och katterna."

Det skulle bli inledning på ännu en lång monolog med argument för och
emot. Janne orkar inte vara rektor hur länge som helst. Det är ett
slitsamt jobb med tanke på hans infarkt. Han är ekonom och kan få jobb
i London där hans bror redan arbetar och bor, "och jag har kollat med

BBC och de sa att det finns god chans att få jobb för mig där. Jag är ju filmvetare, Master, och ärligt sagt vill jag härifrån för jag står inte ut med alla problem med och runt Nina, till det senaste med nätpedofilen du vet med Daniels storasyster." Katarina förblev tyst och lyssnade. Visste inte vad hon skulle säga eller inte säga. En sak var klar innan Charlotte kommit till punkt: hon befann sig på gränsen och var medveten om det. "Och jag är inte så stark som Agneta. Nina och jag kan kollapsa, mentalt, båda två. Vad säger du, mamma?"

Katarina ville säga att även i London kan ju problem infinna sig men hon ville inte göra beslutet svårare. Katarina tänkte att hon borde vara mer positiv, komma på fördelar och dit hörde ju att Charlotte kunde få jobb baserat på hennes utbildning som hon inte haft tidigare. Det vore ett stort steg från Ikea, och som det ser ut skulle också Janne vinna på att byta inriktning och få ett bra och skonsammare jobb. Hon slogs av tanken att Charlotte hade Janne till stöd liksom Agneta hade Kjell. Katarina ville inte slå ned modet på sin dotter. Charlotte måste klara av den omställningsprocess som flytten skulle innebära för Nina och hjälpa henne mot en framtid som kunde erbjuda fler möjligheter än den hon lämnar.

"Men barn tar det inte så hemskt som vuxna tror", mumlade Katarina osäkert, "och London är inte så långt bort, bara ett par timmar från Stockholm. Det tar ju längre tid att resa till Norrland." Charlotte lugnade sig, mamma hade inte sparkat bakut, och sa att hon tänkt vänta med att berätta det för Nina efter att de varit på Gran Canaria. De var ju bjudna dit och hon skulle föreslå att förlägga resan till sportlovet så alla hinner skaffa pass och förbereda sig. Det skulle bli sista gången som hon festar med dessa fina kämpande familjer, det skulle vara ett minne för livet och ett bra avsked, för vem vet när de kan träffas efter flytten till London. De skulle säkert bo många år där. Nina hinner bli vuxen. "Men vet du vad? Jag ska hälsa på dig så ofta det går och jag ska hjälpa dig flytta också, mamma." Katarina log och kramade sin dotter. De skulle hjälpas åt oavsett vad som sker och var de ska hamna. "Kanske kommer

Holger och jag till London och hälsar på i jul. Men hördu, du måste också förbereda pojkarna på det!"

Charlotte blev ställd. Nog hade hon tänkt på det men visste inte om det var hon som borde meddela dem eller deras föräldrar – eller Nina. Inte ens Bella och Agneta hade fått veta exakt när hon skulle flytta ihop med Janne och inte alls att de tänkte sig utomlands... Så gör man inte mot sina vänner. Det var förstås Charlotte medveten om. Men beskedet kanske frestar på vännernas tillvaro ännu mer och det vill hon inte vara skyldig till. Så hon hade klämt på beskedet, över måttan. Det gjorde hon nu också när hon svarade sin mamma att hon ska hitta ett sätt att gottgöra alla. Försäkra att de skulle förbli vänner livet ut och ska träffas ofta. Blir det inte bara tomma ord? När man flyttar långt bort försvagas kontakten. Inte ens inom samma familj kan man hålla relationen som förr. "Se bara på Holger", sa Katarina. "Vi tappade ju kontakten helt efter en tid och vore det inte för slumpen skulle vi kanske aldrig återförenats."

"Men vänskapen och kärleken består ju ändå, efter lång tid. Som du sa, se på Holger och dig", replikerade Charlotte. Hon visste att hon inte ville förlora dessa fantastiska vänner som kämpat med henne, för Nina, för Åsa, för kvinnan på isen och för Elin. Och Silver inte att förglömma. Klart det var ett svårt avsked att ta. "Kanske ska jag inte flytta alls, mamma?"

Holger hade inte talat med Charlotte efter att han och Katarina beslutat att slå sina påsar ihop, trots att han alltid räknat henne som sitt eget barn. Han kände det svårt att förklara för henne varför han försvann ur hennes liv. Nu fick han veta av Katarina att Charlotte tagit beskedet med glädje och skickade sina lyckönskningar. Han var lättad och ville ordna ett möte med henne och Janne, och förresten även med Charlottes goda vänner.

Nästa gång Charlotte kom för att hälsa på sin mamma tog Katarina genast tillfället i akt och ringde efter Holger som uppenbarade sig efter bara några minuter. Så fort han såg henne, rann tårarna. Han älskade den lilla flickan och hade saknat henne. Han kramade Charlotte varmt och var så rörd att han glömde sitt väl genomtänkta tal och fick improvisera, men det var inga tvivel om att hans känslor för henne var äkta när han berömde Charlottes skönhet och Ninas intelligens och företagsamhet. Katarinas förtjänster glömde han minsann inte heller och hon blev lite överväldigad. Hon ville ge utrymme åt Holger och Charlotte att prata enskilt så hon gjorde sig ärende till närbutiken för att köpa kaffe.

"Jag är din gudfar, Charlotte, du vet det", påminde Holger. Han sa det som om han ville bekräfta samhörigheten med henne. Jo, det visste Charlotte, men strax efter hennes studentexamen hade han ändå försvunnit, spårlöst borta i mer än tio år, han var inte ens på pappas begravning. Det tyckte hon förtjänade påpekas. Holger slog ner blicken. "Jag visste inte att Harald gick bort. Jag visste inte ens att han var sjuk. Jag pratade med honom i telefon om Ruths sjukdom men han sa ingenting om sin, bara att han måste flytta ett tag med er till varmare land. Så det var inte jag som bröt kontakten utan din pappa. Han dolde sin sjukdom. Han ville kanske skona mig, tyckte det skulle bli för mycket för mig med både honom och min fru som dödligt sjuka." Holger hade ringt många gånger efter det utan resultat, även skickat brev utan att få svar, varken från Harald eller från Katarina. Bara ett meddelande på telefonsvararen att de flyttat till USA. Men nu hade han fått veta varför, det var för Haralds behandling.

"Och Ruth ville inte att jag skulle ta kontakt med er längre, hon ville inte visa att hon var döende, till slut ville hon inte prata med någon." Holger hade stannat vid hennes sida, sov ofta på sjukhuset, han avvecklade sina affärer för att vara med henne, bara för att hjälplöst se henne tyna bort dag för dag. Ruth fick kämpa med sin sjukdom och han med sin nedstämdhet. Läkarna tog till alla medel, från cellgifter till operation. Men sjukdomen gick inte att hejda. Cancern spreds till andra organ. Det blev så för att hon hade förträngt alla symtom och sökt sig till läkare försent. "I början märkte jag att hon dolde något men hon avfärdade mig. Alla dessa fördömda metastaser tog på hennes krafter, en efter en gav de sig till känna, i skelettet och hjärnan. Det värsta var i hjärnan. Det var dödsstöten för henne som intelligent och kreativ person. Hon förändrades, fick humörsvängningar, instabilt beteende, minnessvårigheter. På slutet kände hon inte igen mig, mindes inte mitt namn. Det var inte Ruth längre. Hon dog sakta och plågsamt. Strax före hennes bortgång var hon helt bortom kontakt och helt förlamad. Efter nästan fem års lidande dog hon i sömnen, det var fyra år sedan. Hennes hjärta var starkt och ville inte sluta slå, men döden hade inte bråttom."

Charlotte tänkte att hur underligt det än verkade fick hennes pappa prostatacancer samtidigt som Ruth fick sin bröstcancer. Kirurger tog bort pappas prostata och Ruths båda bröst. Charlotte mindes att även pappas personlighet förändrades. Han blev otålig och irriterad för det allra minsta, ibland aggressiv mot hennes mamma och ville inte heller han ta emot besök eller kontakta någon på slutet. Ändå förblev han hennes pappa, inte sluten och senil som Ruth. Det var ändå en välsignelse.

Charlotte fick dåligt samvete för att hon dömt ut Holger utan att veta hela bakgrunden till hans försvinnande. Hennes mamma hade gott kunna spåra honom så det var inte bara att Holger inte hört av sig. Man tänker på de sjuka men glömmer anhöriga, deras lidande, hopplöshet, ångest, och till slut står man där, ensam, som om livet runnit mellan fingrarna, torkat bort utan ett spår. Holger sa henne att med åren som följer försvinner till och med den älskades ansiktsdrag, ett efter ett bleknar, man har foton men det är ju inte detsamma, tills allt som återstår kanske blir kvar ett leende, ett raseriutbrott, en doft, en smekning, ett skratt. Allt blandat med känslor av längtan, vemod eller avsky.

Det syntes att Holgers berättelse tog på hans krafter. Charlotte led med honom. Mannen som nu satt framför henne, han vars tragiska livshistoria hon tvingat fram, var en plågad man. Hon lade sin hand över Holgers. "Min mamma älskar dig, Holger", sa hon. "Men hon dömde mig. Utan att fråga lämnade hon mig när vi var förlovade. Trots det försökte jag inte försvara mig för jag älskade henne. Snarare uppmuntrade jag hennes relation med min bästa vän, din pappa. jag visste ju att Katarina ville ha barn. Vi hade planerat det själva. Men det skulle inte ha blivit så. Jag ville ge henne ett barn men det uppdagades att jag inte kunde få barn, aldrig. Jag ville inte ens att hon skulle komma tillbaka till mig, av kärlek till henne. Harald sa till mig att jag på sätt och vis hade donerat dig till henne, därför är du mitt barn också."

Nej, Charlotte insåg att hon inte haft en aning om vem Holger var. Det lät som ett nästan overkligt öde men det blev till en vacker kärlekshistoria om en man som offrat sina känslor och gett upp sin kärlek för att uppfylla sin kärastes önskan om det värdefullaste som finns, ett nytt liv, det som han inte kunde ge. Charlotte reste sig och kramade Holger tyst. Han ska inte behöva hennes välsignelse att flytta ihop med sin käraste, även om hon redan gett honom den. Och Katarina hade sent omsider fått veta sanningen men kunde ändå inte ångra att hon lämnade honom. Nej, det skulle ju vara som att en mamma skulle förneka sitt barn och sitt barnbarn. Charlotte log när Holger förklarade att Nina var hans barnbarn. Jo, snart blir hon det officiellt när han gifter sig med Katarina — om det blir som han vill. Han ville även stå som hennes gudmorfar. Charlotte log och sa "gudfar känner jag till, men gudmorfar?"

Charlotte var inte troende och hade aldrig varit det. Men hon kunde tänka sig att döpa Nina på nytt, av traditionsskäl, och om Nina så ville för att glädja Holger med hederstiteln gudmorfar. Charlotte log när hon tänkte på att det skulle underlätta hennes beslut att flytta om hennes mamma lever med Holger. Hon skulle känna sig lugn, mamma var inte ensam utan hade stöd av en fin person. Och hennes leende blev bredare när hon kom att tänka på en praktisk tillämpning: när hon lämnar ifrån sig lägenheten i Jakobsberg och Janne också säljer sin villa så skulle det ändå finnas plats att bo när hon skulle hälsa på sin mamma. Tanken lät krass och hon slog sig själv på fingrarna: "Jag är glad men inte av det skälet". Hon unnade av hela sitt hjärta mamma och Holger deras kärlek och utbrast att hon ska komma till bröllopet med glädje.

Holger var lyrisk när han berättade vad han ville göra tillsammans med sin Katarina. Resa och se världen, ge sig glädje de år de hade kvar. Harald och Ruth skulle ha önskat dem det. Charlotte lyssnade med ett leende. Hennes familj blev större nu med Janne och Holger och så kanske en till på väg nästa år — nå, det var ännu bara en förhoppning... Nina blir glad åt ett syskon, det var hon säker på. Det skulle bli ett rejält glapp mellan Nina och det nya barnet, som mellan Daniel och Tove. Charlotte hörde Holgers röst men vad han sa gick henne förbi. Hennes tankar rörde sig kring Nina och hur hon skulle ta alla förändringar som var närmare förestående än ett hypotetiskt litet syskon. Ja, hur berättar man för ett barn att hon ska dras upp med rötterna? Från sina bästisar — oskiljaktiga under mer än tre hela år, från sin hund som hon räddat från en grym död på en magisk ödetomt som deras fantasier kretsat kring dagligen?

Ödetomten, ja. Alla i de tre barnens familjer var medvetna om barnens starka band till den. Nu skulle den ändå bebyggas med bostäder. Redan i slutet av sommaren väntade första spadtaget. För Nina skulle det bli en större och kanske mer dramatisk händelse än att flytta till London. Nå, kanske skulle det rentav göra omställningen till utlandsflytten lättare för henne.

Holger hade tystnat. Det var januari och ändå några månader kvar till sommaren. Charlotte reste sig och kramade Holger. Hon måste hem. Hon måste göra slag i saken och prata med sina vänner om alla förestående projekt och problem.

Daniel, Nina och Nathan hade svårt att få tiden att räcka till under lunchrasten. De måste äta i skolan, hämta Silver, rasta honom, lämna tillbaka honom för att sedan springa till skolan. På morgonen tog Kjell hand om Silver innan han åkte till polisskolan men Silver behövde komma ut flera gånger om dagen, inte minst nu när han var ensam hemma med Daisy. När de kommit för sent till skolan två dagar i rad kom Nina på att hon borde fråga mormor om hon kunde ha Silver på dagen tills de kunde hämta honom efter skolan. Han var ju väl bekant med mormor och dessutom bodde hon nu i Holgers hus med trädgård inte långt från skolan.

Nästa dag vid lunchtiden begav barnen sig till Holgers villa där Ninas mormor just höll på att etablera sig. Holger var hemma och höll på att laga sjömansbiff. Deras visit mitt under skoltid och med Silver i släptåg var oväntad men han visade sig glad att se dem, klappade Silver respektfullt och vänligt och bjöd alla in till lunch. Katarina kom just från badrummet och blev glad att se dem. Hon kramade en efter en, Silver med. "Vill ni ha mat eller bara värma er med en kopp choklad?" undrade hon.

De snötäckta skorna hade de lämnat i hallen, men mat var det inte tal om, de hade inte ens tid att ta av sina jackor. De måste tillbaka till skolan och innan dess måste Silver lämnas hemma hos Daniel. När Holger märkte att Silver visade intresse för hans gryta lade han en rejäl biff på en tallrik åt honom. Biffen försvann i ett nafs och tallriken blev som nydiskad. "Silver har redan ätit lunch men han äter mycket nu", sa Nina ursäktande." "Hjältar behöver det för att bli starka." Holger var bara glad över att hans matlagningskonst uppskattades.

Nu passade Nina på att fråga snällt om inte Silver kunde vara hos mormor på dagen. "Han är så snäll, mormor", vädjade Nina, "och vi rastar honom så mycket han behöver. Det hinner vi på lunchen för här det är så nära till skolan." Innan mormor hann öppna munnen, blandade sig Holger omedelbart i, visst, han skulle genast gå ut med Silver och köpa foder och skålar. Mormor försökte inte mildra Holgers entusiasm, tvärtom, de skulle så gärna ta hand om valpen. "Då kan vi lämna Silver på morgonen och hämta honom efter skolan?" Nina var lättad. Hon såg Silver som sitt ansvar och det skulle hon bära efter bästa förmåga. "Visst, älskade barn", svarade Katarina som tänkt på att hon inte skulle få se Nina så ofta efter flytten till London. Holger röst väckte henne när han instämde: "Absolut, och han kan stanna redan nu!" "Tack snälla Holger, tack mormor" utbrast Nina. Även Daniel och Nathan var lättade och tackade.

Silver befann sig i andra tankar och brydde sig inte om att barnen drog sig mot dörren. Han stod spänt uppmärksam, bara svansen rörde sig men det desto mera. Holger undrade om Silver försökte tigga åt sig en biff till, eller kanske han kände någon osynlig närvaro. Några spöken har vi då inte märkt förut, sa han. Men det var inget spöke som väckt Silvers intresse. Det var hans doftminne som övertrumfat aromen från matgrytan.

Där stod Tiger uppflugen på en hylla och stirrade på Silver med ryggen i krök. Bakom honom gömde sig Snövit som när hon såg sig iakttagen elegant hoppade ner. Silver lade huvudet platt på golvet och låg blickstilla medan Snövit utan brådska promenerade fram och nosade på honom. Silver sköt baken i vädret och började gny och krumbukta medan Tiger försiktigt kom fram och nosade på Silver var han kom åt. Silver rullade över på rygg och lät katterna tassa och nosa. Det var en rörande återförening av syskonen och de sprang om varandra i lek tills Snövit och Tiger tröttnade och hoppade upp på soffan. Silver lade sig framför den på ett självklart sätt, som om han kommit hem. Katterna hoppade ner igen och lade sig på hans varma mage precis som de brukade göra när de var små. Silver gjorde det bekvämt för dem och slöt ögonen. Holger måste springa efter kameran och innan han hunnit tillbaka spann katterna i kapp och Silver andades lugnt som i sömn.

"Vi håller på att bli sena, mormor. Då lämnar vi Silver här och hämtar honom efter skolan", sa Nina. "Hej då Silver." Silver for upp och Snövit och Tiger damp i golvet under förnärmat väsande. Barnen förklarade för honom att han inte skulle följa med nu utan vänta hos Ninas mormor och Holger. "Stanna här Silver! Vi hämtar dig sen".

Silver tog det lugnt och uttryckte inga invändningar. De tre barnen skyndade ut i snön medan mormor vinkade åt dem. De var glada åt den lyckade lösningen, Silver hade sällskap och tillsyn och de skulle kunna rasta honom utan att bli sena till skolan varje dag. Men nu blir ju Daisy ensam... hur ska hon ta det? Fast Daisy sover för det mesta och Silver är ändå ofta hemifrån långa tider på träning och skogspromenader, så hon var van att vara ensam. Och Silver och Daisy kommer ju att träffas efter skolan. Och nu slipper han stressa under rastandet, de hade fått dra honom hem mot hans vilja. Han stretade emot för han var inte färdig under de fem, tio minuter rast som han fick. Nu får han gott om tid och kan gå ut och leka i trädgården också när han vill.

Och nu skulle de inte komma sent till skolan mer, och de fick träffa Snövit och Tiger oftare. De hade blivit nästa lika stora som Daisy och var fortfarande lika gulliga. De tre kompisarna kom precis när det ringde in. Vid klassdörren träffade de på Jasmin och Magnus. Jasmin kunde inte följa med längre och rasta Silver, sa hon, för hennes mamma var rädd att hon skulle komma sent till lektionerna som i går. Egentligen var Nina lite lättad över att hon inte längre behöver känna sig utanför när Jasmin var med eller konkurrera med henne om Daniel och Nathan. Visst tyckte hon om Jasmin men Nathan och Daniel var hennes vänner sedan dagistiden. Som syskon. Nej bättre, för de hade valt varandra själv.

Gunilla kom och alla barn sprang till sina platser. Hon såg Nathan, Nina och Daniel sitta i sina bänkar. "Har ni redan varit ute med Silver?" frågade hon. Nina förklarade att han skulle tillbringa dagarna hos hennes mormor så det skulle inte bli så bråttom mera om dagarna. Gunilla var lättad. Hon åt lunch med sin klass i matsalen och var bekymrad över att de tre stressade så dant med ätandet för att gå ut med hunden. I dag hade de inte ens tagit sig tid att äta lunch och hon hade sparat några bananer åt dem.

Elevernas började bli högljudda. "Hör upp ungar", sa hon och svepte med blicken över klassrummet. Det blev tyst. "Jag har pratat med femmans lärare." Lång paus. Spänningen ökade, som hon ville. Tystnaden varade i några sekunder till. Vad har hänt i femman? Alla vässade öronen. "Och nästa vecka ska vi åka till Skansen. "Ja! Ja! Va bra! Toppen!" Elevernas entusiastiska röster var vad Gunilla hade räknat med och hon visste hur man dämpade dem: "Nu öppnar ni matteboken, sidan 23."

Men hade eleverna hört "Skansen" så var det inte lätt att bara glömma det. Fast alla slamrande och bläddrade öppnade böckerna på sidan 23 var viskandet i full gång, reseplanering, vad väntade där, fanns det björnungar på vintern, var aporna utomhus och gick karusellen? Gunilla var tvungen att klappa i händerna för att föra uppmärksamheten till matematikens värld. Hon borde ha berättat om det strax före rasten. Men ibland är det svårt att hålla inne med nyheterna.

Efter att Charlotte talat med Bella om att förverkliga resan till Gran Canaria under sportlovet blev det fart i huset. Bella hade ringt upp Agneta och fört vidare förslaget som inte mötte motstånd. Det gällde bara att förbereda sig inför resan. Agnetas familj måste skaffa nya pass och placera Silver och Daisy, möjligen hos Johan. Charlotte föreslog att de istället kunde be hennes mamma och Holger ta hand om dem. Dels för att Johan arbetar på dagarna, dels för att Silver har sina syskon Tiger och Snövit där och Holger redan rastar Silver mitt på dagen, och det hördes inga protester från någondera parten. Barnen hade ju själva tagit initiativ till att inackordera Silver hos dem och det hade utfallit utmärkt. Alldeles säkert kunde Ninas kanin följa med på köpet.

Charlotte log för sig själv över att både hennes mamma och djur flyttar till Holger. Förresten skulle ju även hon bo där med Janne och Nina när de besöker Sverige efter flytten till London. Det fanns flera rum i villan som ännu stod tomma och som Katarina tänkt inreda till gästrum. När Charlotte hade pratat med Holger om kaninen blev den erbjuden ett helt rum bara för sig själv.

Bella ringde Agneta igen för att förklara att familjen hade lämnat ifrån sig sitt ryska medborgarskap när de kom till Sverige och var statslösa för närvarande men de skulle få ett blått pass om några dagar. Då skulle de kunna resa utan problem under en begränsad tid. För att få svenskt pass och bli svensk medborgare måste de som flyktingar bo minst tre år i Sverige men nu var det inte långt dit. Normalt skulle det ta fem år att få ett svenskt medborgarskap.

”Det var det! Allt grönt hos alla” sa Agneta till sin Kjell. Han fick uppdraget att kontakta Martin, maken till kvinnan som de hade räddat ur isvaken och fråga om de kunde resa till hans hus i Gran Canaria under sportlovet. Martin blev glad att höra från Kjell och de fick genast klartecken att åka, huset väntar när de så önskar. Hans sekreterare skulle ordna med bokning av biljetter och folk som skulle ta emot familjerna på flygplatsen. De behövde bara lämna datum för resa och återresa. Kjell tackade för sig och skulle återkomma efter samråd.

Samma dag var köket hos Agneta och Kjell fullt av röster. Alla såg fram mot den dag de skulle resa på semester utomlands tillsammans, något som annars hade varit helt uteslutet för ingen hade råd. Sportlovet inföll vecka nio, en angelägenhet lika viktig som jul och midsommar. Kjell föreslog att de kunde flytta en vecka från sommarsemestern och samordna med sportlovet.

Det kunde passa bra att vistas ett par veckor i värme istället för blåst och snöslask, och Martin erbjöd dem att stanna där så länge de ville. Först måste alla kolla med sina arbetsgivare. Kjell hade själv närt idén en tid och hade tagit reda på det för egen del: han kunde klara av de teoretiska ämnena på distans. Spikat och klart. Och alla de övriga lyckades få ledigt. "Våra skolbarn fick dessutom stöd av sin rektor som ska resa tillsammans med dem", sa Charlotte.

De kommande dagarna kretsade samtalsämnet hos barnen bara om resan till Gran Canaria och Skansutflykten med klassen kom i andra hand. Nathan och Daniel hade aldrig flugit förr. Det var bara Nina som rest till London med flyg i somras men den resan tog bara ett par timmar. Nu skulle det ta flera timmar dit och kanske skulle de byta plan i Paris. Barnen var pirriga, glada och pratsamma. Många idéer blossade upp. Under lektionerna sprang de fram och tillbaka mellan sina bänkar mest hela tiden och viskade om alla planer, vad som kunde finnas och hur det såg ut där, och hur varmt det skulle vara där och vattnet, både mera salt och varmt än de varit vana vid. Gunilla måste påminna dem gång på gång att de hade lektion och måste sluta fara omkring i salen som ettagluttare.

Varje dag sprang de till Ninas mormor för att lämna och hämta Silver. Holger och Katarina fick höra de ivriga barnen berätta om kommande äventyret. Holger gladde sig åt att ha dem som barnbarn, inte bara Nina utan Nathan och Daniel på köpet. "Okej, för att inte nämna Silver och katterna och glöm inte kaninen", sa Katarina.

Holger var inte alls van vid så mycket stojande men det gjorde honom inte annat än gott. Ja, han kände att han bara på de här dagarna fått ett annat slags liv, ett rikare liv. "Nu när jag vet vad det innebär att ha barnbarn vill jag inte vara utan. Det är inte besvärligt som man kunde tro och det följer med så mycket glädje och kärlek. Jag skulle gärna adoptera allihop." Holger såg fram emot att vara heltidsansvarig för Silver under utlandsresan. Fast Kjell tänkte lämna Silver åt sin bror. "Jag får fråga pappa", sa Daniel. Barnen hade instruerat Holger i Silvers vanor och behov och de grundläggande kommandon som han ögonblickligen lystrade till.

Holger var utbildad arkitekt innan han gick över till affärsverksamhet. Han hade fått många idéer om vad han skulle göra tillsammans med barnen och Silver. Först ville han bygga en stor hundkoja till Silver och undrade om inte barnen ville vara med att hjälpa till. "Det är snö fortfarande men snart är våren här och vi kan börja bygga kojan i garaget så länge." Barnen tände genast på förslaget och Nina ville börja bygget på en gång: "Nu, nu, nu!" Daniel väckte ännu en tanke: "Ska vi inte bygga en koja åt oss också? Och pappa är ju byggnadssnickare och han kan vara med och hjälpa till!"

Holger blev smickrad över att barnen uppskattade hans idé och en koja åt dem skulle man kunna ordna i samma vända, men han sa att de inte kunde börja bygga genast för de måste skaffa material att bygga med, trävirke, spikar, färg och en del verktyg därför att hans verkstad inte var fullt utrustad än. Men de kunde börja fundera över hur kojan skulle se ut. Planera och göra ritningar. Nina frågade om de fick följa med och köpa material, och visst kunde de göra det, svarade Holger, om deras föräldrar tillät.

Barnen var utom sig av lycka, de skulle bygga en koja till Silver och en åt sig själva. Det hade de aldrig kunnat företa sig på egen hand. Hela vägen hem pratade de om projekten och förklarade för Silver vad en koja skulle betyda, då kunde han vara ute i trädgården hela sommaren och vila i kojan om det blev för varmt eller regnade. Katarina sa inget till Nina att hon ska flytta i början av sommaren till London. Det var absolut Charlottes sak att göra.

De tre barnen sprang till Daniels hem, lämnade Silver i köket och drog sig till Daniels rum för att planera. Nina ville ha en koja i grönt och rosa, det var viktigare än hur den var byggd. Daniel tänkte sig en tvåvånings koja där Daisy skulle disponera översta våningen för hon gillade att vara högt uppe och titta ner. Nathan ville ha en koja till Silver som liknade ett flygplan med vingar. Flygplan? Daniel ställde sig oförstående. Nathan menade att det skulle vara en koja som hängde över marken, alltså ovanför snön. "Men Silver ska inte bo i kojan på vintern", protesterade Nina.

Barnen insåg att det fanns mycket att fundera över och gick till Kjells dator för att söka förslag på kojor. Silvers och deras. Daniel störtade genom hallen för att meddela Kjell om sitt beslut men tvärstannade i vardagsrummet när han insåg att pappa inte var hemma än från polisskolan. Agneta hörde deras röster och uppmanade alla tre att komma till köket för att äta mellanmål. Men om de var jättehungriga så hade hon köttbullar med potatis på gång för Elin skulle komma hem när som helst och Tove måste äta också. Doften av köttbullar trängde inte helt undan mättnadskänslan efter mellanmålet hos Ninas mormor, men Daniel ville inte säga det så han bestämde sig för att äta lite till för att glädja sin mamma och få henne medgörlig. Hon blev glad att se honom äta för att växa och bli stark, och det tjatade hon jämt om.

Tove syntes inte till. Hon var trött efter dagiset och hade somnat. Daniel hörde mamma prata med Silver om hur hans tassar var blöta med rester av snöklumpar. Kanske skulle man köpa hundskor åt honom? När nu våren knackade på dörren skulle det bli mer av sådant, blötsnö och kanske mycket salt på vägarna och leriga stövlar och tassar. Men Agneta lugnade sig när hon fick veta att Silver fick vara hos Holger och Katarina. Då behövde barnen inte längre stressa sig vid lunchtiden.

Agneta hade hört mycket gott om Holger från Charlotte och nu även från barnen. Hon förstod att de snabbt fäst sig vid honom för de kallade honom för morfar Holger, precis som Nina gjorde. Han hade uppmuntrat dem till det, det var en hederstitel sa han och ville gärna se dem som sina bonusbarnbarn. Katarina hade berättat för Charlotte att han satte upp ett stort leende varje gång de kallade honom för morfar.

När Agneta hörde det av Charlotte var det klart att alla tre barnen saknade en morfar och hade funnit den gestalt de önskat sig i honom. Barnen hade lojalt samlats vid köksbordet för att äta fast de inte var hungriga. Agneta var belåten och då passade Daniel på att fråga om han fick följa med till byggvaruhuset när morfar Holger ska dit för att köpa virke till hundkojan. Agneta var inte van att höra Daniel säga morfar så hon blev först lite generad. Hon svarade att visst fick han det och säkert skulle pappa hjälpa till. "Han kan ta bilen att hämta trävirket med." Daniel var glad och dagdrömde om kojan. Agneta beslöt att bjuda hem Katarina och Holger på middag under helgen så att de fick bekanta sig med barnens nye morfar.

Agneta såg Silver lägga sig på golvet vid vardagsrumssoffan för att vila sig och kanske drömma om kojan. Men tänk om han inte skulle gilla den? Nej, så fick man inte tänka, han skulle gilla den och bygget skulle ge barnen möjlighet att samråda och skapa. Det var pedagogen i henne som talade, hon ville inte säga något som kunde grumla deras glädje över kojan. Och mycket lugnare att ha den på Holgers tomt än i skogen.

Efter maten kom Daniel med kompisarna till soffan och gosade med Daisy som latade sig där. Hon gäspade och sträckte på sig så det knakade. Men sen smet hon undan och ville inte leka. Nå, de hade annat att göra idag, de hade en koja att rita och bestämde sig för att gå ner till Nathan. Nathan hade flera ritblock som han fått av sin pappa och var den av dem som var bäst på att rita. "Mamma! Jag ska till Nathan", ropade Daniel med full hals så Tove vaknade. Agneta svarade "ja, ja" och hörde dörren slå igen efter dem medan hon sprang till Toves rum.

Bara minuten efter det hörde hon ytterdörren öppnas. Kjell, redan? Hon gick till hallen med Tove i hälarna. När Tove fick syn på pappa skrek hon "plocka, plocka" som vanligt när hon ville bli buren. Kjell gav Agneta en kyss och log överlycklig som alltid när hans lilla hjärta kom mot honom. "Vänta lite Tove, jag ska klä av mig och tvätta händerna först", sa han. "Jag tar Tove så länge", sa Agneta men Tove drog sig undan för att låta pappa ta upp henne. "En sekund lilla hjärtat", sa han och skyndade sig från badrummet för att lyfta Tove till axlarna.

Det doftade gott från spisen och han var hungrig så han hoppade jämfota till köket med Tove som skrattade och drog honom i håret. Han lyckades slita sig ur greppet och lyfte henne högt mot taket några gånger medan hon kvittrade högt. "Nej nu ska vi äta!" sa han till Tove men hon ville kastas högt i luften om och om igen tills Agneta tog över henne trots protester.

Agneta behövde inte fråga Kjell om hans dag för han började själv berätta, men inte om skolan utan om Holger, "Jo, vet du, Katarinas sambo messade och jag ringde honom på rasten, han ville ha hjälp med bygget av kojan. Barnen hade rekommenderat mig! Han verkade vara en fin person, och gissa vad, han kände min pappa. Först kunde jag inte placera honom men han påminde mig, han brukade hälsa på hos oss när pappa levde. Han kom ihåg mig, han visste ju vad jag hette. Till helgen ska vi åka till Bauhaus och skaffa virke och lite annat. Barnen ville följa med."

Charlotte hade gett sig direkt från jobbet till sin mamma och Holger som hade bjudit hem henne "på en tugga". De hade något viktigt att prata med henne om, förstod Charlotte, det var mammas sätt att meddela allvarliga saker, "över en tugga". Det var en kall januaridag och solen lyste fortfarande. Det gick inte att cykla i snön så hon ledde den mödosamt över den oskottade trottoaren. Hon undrade vad saken gällde. Tänk om även mamma och Holger hade bestämt sig för att flytta utomlands nu. Ingenting skulle förvåna henne längre, inte efter att hennes mamma hemlighållit att hon inte bara träffat en gammal vän utan att de levde som man och kvinna och dessutom stod i begrepp att flytta ihop.

Vid bordet i matsalen dukade Katarina med fintallrikarna och ställde just fram champagneglasen. "Jaså minsann! Mamma står inte i köket som hon brukar", tänkte Charlotte. Det var en imponerande matsal med stora fönster och bred glasvägg mot gården. Hon undrade hur mycket pengar Holger egentligen strödde över hennes mamma. Men skulle hon alls ha synpunkter på det? Han hade ju varit väldigt generös med presenter till henne när hon var liten, och det hade hon funnit helt i sin ordning. Katarina gick från tallrik till tallrik och rättade till dem minutiöst, rättade till servetterna, rättade till glasen, rättade till besticken.

Charlotte betraktade scenen. Mamma var ju inte någon pedant men hon betedde sig så där när hon var nervös – eller kanske som bartendern som alltid har ett glas i handen att torka fast det inte behövs. En sysslolös bartender gör gästerna obekväma, en som iakttar dem och uppmanar till beställningar. Men mammas beteende skänkte inte lugn. Hur som helst var det nu hon som iakttog sin mamma och gjorde henne ännu mer nervös. Hon bestämde sig att säga något – så fint bordet är dukat, kanske? Men hon berömde istället mammas vackra klänning. Katarina stannade upp och såg förvånat på sin dotter. Denna klänning hade hon ju sett i åratal. Men Charlottes manöver hade effekt. Katarinas nervositet försvann och hon svarade att hon inte ville utnyttja Holgers pengar för att köpa privata persedlar. Charlotte fnissade. Vad är det mamma säger? Hon har ju redan en hel villa i sitt namn donerad av Holger. Vad gör då en klänning hit eller dit när de har nu gemensam ekonomi. Holger kom in med en flaska champagne, en av de dyrare. Även han var paketerad i en måttbeställd mörkblå kostym med matchande slips, som om han hade en högtid att fira.

Han lade sin lediga arm över Katarinas axlar. Det låga januariljuset föll över hans eleganta flaska genom glasväggen och den glänste mjukt grön som vårens skira färger. "Hur ser vi ut", frågade han Charlotte. De var vackra ihop men han väntade inte på hennes svar utan meddelade stolt utan omsvep att de hade bestämt att gifta sig och ville ha Charlottes välsignelse. Katarina tittade på sin dotter kärleksfullt, säker på att Charlotte måste ha förstått att hon och Holger skulle gifta sig när de nu hade flyttat ihop. Menade de allvar? I deras ålder? Att flytta ihop är en sak men gifta sig? Skojar de? Tydligen inte. Varför ska man gifta sig om man inte kan ha sex? Eller? Hade de det? Hon hade väl aldrig ens föreställt sig mamma som en vanlig människa med sexuella behov, föräldrar är ju gamla och... Är det bara så att hon är okunnig om äldres liv? Holger ställde ifrån sig flaskan med en gest som antydde att den var för kall att stå och hålla längre så låt oss äntligen skåla.

Charlottes ansikte uttryckte fortfarande inget annat än förvåning och förvirring. Nej, hon visste inte vad hon skulle säga. Nu skruvade hon sig besvärat och mumlade ett pliktskyldigt "grattis". Holger låtsades inte om Charlottes förvirring eller kanske inte ens märkte den när han bara hade ögon för sin älskade. Han krängde vant av korken med ett minimalt plopp och fyllde glasen Katarina ställt fram. Charlotte tog emot sitt porlande glas och insåg att hon inte hade minsta skäl för sin tvekan. Hennes mamma har klart för sig vad hon ger sig in i. Senil är hon inte och det är hennes liv och ansvar. Medan Charlotte höll på att försona sig med deras planer hade hennes gudfader och blivande styvpappa redan hunnit halvvägs i sina anföranden om framtiden och beröm över Katarina, över Charlotte, Nina och hennes vänner och djur. De lyste om dem båda och Charlotte fann sig och klingade sitt glas mot deras och log i kapp med dem.

De tre slog sig till bords och när den andäktiga stämningen hade svalnat något kunde inte Charlotte låta bli att komma in på det praktiska. "Mamma? Jag vet att du tar rätt beslut för dig men tänk efter, du och Holger är inga ungdomar längre och om du nu slår dig definitivt ihop med Holger och något händer honom, vad ska det bli av dig? Det är ju bostadsbrist överallt i Sverige, har ni tänkt på det?" Katarina blev förvånad. Hon hade ju berättat om för Charlotte hur hon tänkte göra, så varför tar Charlotte upp det inför Holger? Tydligen måste hon få bekräftelse på något sätt.

Holger log och sa att han inte tänker dö ifrån Katarina och att de inte är så värst gamla för ingen av dem hade ens fyllt sjuttio. "Många lever länge idag men det finns förstås aldrig några garantier för det. "Men vet du vad? Katarina ville inte att jag skulle prata om det här men jag tror jag måste: Allt jag lämnar efter mig går till Katarina och lilla Nina ifall det händer mig något. Jag har inga släktingar eller barn och Katarina var mitt livs första och djupaste kärlek. Och bestående!" Katarina bleknade samtidigt som Charlottes ansiktsfärg gick upp i rött. Katarina protesterade genast mot Holgers beslut. "Nej, jag gifter mig inte för dina pengar, Holger. Jag älskar dig bara." "Jag vet, jag vet min älskling. Du lämnade mig fast jag var rik även då." Holger reste sig för att ge Katarina en varm kyss. "Jag tror inte du kommer att förgifta mig." Alla skrattade och tömde sina glas.

Och att Holger var väl medveten om att Katarinas kärlek inte kunde köpas, det hade han ju bevis på sedan de var förlovade. Han måste låta Charlotte höra det. "Din mamma har säkert inte berättat vad som hände mellan oss." "Men Holger! Det vill ingen veta. Låt bli." Charlotte tystade sin mamma, hon kunde gå till ett annat rum om hon inte ville höra på. Katarina böjde undan blicken och sa inte mer.

Holger berättade att han hade ärvt miljonvärden, aktier och konst signerade stora mästare och hade fortlöpande riktig hyfsad inkomst, både avkastning av förmögenheten och välavlönat jobb. Flera kvinnor svärmade kring honom. Trots det hade Katarina lämnat honom när en kvinna dök upp med ett litet barn och lögnaktigt påstod att barnet var hans. "Holger var ett ärelöst kräk som inte stod för sitt barn", sa kvinnan. Katarina trodde på den gråtande kvinnan och lämnade tillbaka Holgers förlovningsring. Hon hade älskat honom villkorslöst, det hade hon gjort även om han vore den fattigaste i världen. Detta avslöjande måste ha varit en besvikelse av traumatiska proportioner för henne. Så gifte sig Katarina med Harald med Holgers välsignelse och fick Charlotte. De blev senare vänner på nytt när Katarina kunde förlåta, som hon gjorde efter att Harald berättat att Holger sörjde för den lille pojken trots att det inte var hans. Men det var sent att ångra att Katarina brutit med en oskyldig man. Charlotte fanns nu och det var inte något att ångra. "Men Holger, varför välsignade du föreningen med din vän och mamma? Kunde du inte förneka att det var din pojke?"

"Nej, kära Charlotte. I samband med det fick vi göra blodprov och även andra prov som visade att jag inte kunde få barn, aldrig. Och Katarina ville ha barn. Jag kunde inte beröva henne den rätten. Jag tänkte att jag donerar henne ett barn, mitt barn indirekt. Det kom att bli du."

Det var en tragisk berättelse om uppoffrande kärlek som Charlotte aldrig anat. Hon fick en klump i halsen. Jo, bättre morfar än Holger kunde Nina aldrig önska sig. Styvmorfar eller vad man ska kalla det — gudmorfar? Bonusmorfar? Märkligt uttryck! Som rabatt på en vara. Mervärde kanske? Charlotte reste sig och kramade först Holger och så sin mamma, eftertryckligt och varmt och önskade dem lycka till. Hon återvände till sin stol och halvätna dessert medan hon tänkte hur fäst Nina redan var vid honom. Kunde det glädja honom hade Charlotte inga invändningar. "Vet du Holger, om du och mamma inte förblir lyckliga tillsammans så kan du ändra ditt testamente när du vill. Du är helt fri att gå när du vill, eller hur mamma? Jag och Nina saknar inte försörjning men jag är angelägen om att mamma har det bra och jag vill inte att hon ska bli sårad. Och lova mig en sak: att du inte pratar med Nina om ditt testamente. Inte alls, så länge ni lever. Lova det?"

Nu var det Holger som lämnade sin stol och kramade Charlotte som förr i tiden och som hennes far brukade göra. Hon kände hans kärlek och värme som förr, när hon var liten, Hon kunde lita på honom. Hon lade sin hand över hans. Det var en gammal mans hand fast han inte själv ville erkänna sig gammal. Katarina var rörd till tårar: "Ser du mitt barn? Det är bara kärleken som betyder något i livet."

Charlotte hade väl märkt att hennes mamma och Holger var väldigt kärleksfulla mot varandra. Små saker. Han stryker hennes hand, hon smeker hans korta grå skägg. Hon rör sig, han rör sig, de följer varandra som i dans. Hon vänder blicken mot fönstret, han gör detsamma, följer hennes minsta gest med kärlek. Charlotte, mamma och Holger skålade gång på gång för det ena och för det andra tills Charlotte kände sig vimmelkantig, skrattade och sa att det fick räcka för hennes del.

Charlotte såg noga på Holger. Han var inte lika stilig som hennes pappa och inte var han lika lång heller. Hon smålog för att hon visste att hon var partisk, lojal mot sin pappa, kanske orättvis mot Holger. Nej, men nog är han charmig på sitt sätt, tänkte hon. Visst unnar jag mamma hennes kärlek. Champagnen gav sig till känna och hon gick till toaletten. När hon kom tillbaka såg hon dem hångla. Hon blev småchockad. Vad? Vad håller de på med, gamlingarna? Hon ville skrika att de får skärpa sig men de fick syn på henne och slutade kyssas, utan uppmaning.

Katarina hade genast märkt Charlottes bestörtning och drog Charlotte med sig till ett annat rum under någon förevändning. Hon ville prata ostört med henne och förklara för sin oförstående dotter att gamla människor fortfarande lever och har känslor, deras hud känner, deras kroppar fungerar, de kan ha flera behov utöver att äta och sova, deras sexliv är inte mindre viktigt än ungas trots att det är annorlunda och mindre intensivt, snarare mer avhängigt av ömhet, värme, närhet. Charlotte förstod naturligtvis vad hennes mamma talade om men hennes möte med något så tabubelagt som äldres sexliv hade varit överrumplande. Hon lade sin hand över mammas rynkiga och klappade den ursäktande. "Mamma! Förlåt! Jag fördömer inte dig eller någon annan, jag var bara inte van att se dig kyssas." De kramade varandra tyst och länge. Det var en kram som de båda behövde.

Det var dags att köpa virke till hundkojan. Kjell stod i dörren och frågade om Daniel var klar att åka. Holger väntade redan hos sig. Daniel var redo men Nathan och Nina skulle också med, "de kommer om en liten stund." Men de dröjde, så Daniel knackade på elementet tre gånger. Efter en stund fick han som svar fyra knackningar. Det betydde "jag är på väg". Kjell blev bestört och befallde Daniel att sluta knacka för det hördes ju över hela huset och han påminde honom om att de redan hade pratat om saken, man fick inte använda elementen som kommunikationsmedel.

När Tove hörde deras röster kom hon springande. Hon hade kommit på att pappa existerade och nu ville hon "plockas upp". Bara att se henne och höra hennes glada pladder fick Kjell på gott humör och han log brett, lyfte upp henne och sa "så här plockar vi äpplen" och gungade henne upp tills hon nådde taket. Det gillade hon och skrek "mer" och "igen" och skrattade högt tills Agneta reagerade och kom fram. Hon visste att Kjell hade ärende ut och tog över Tove från honom. Just då ringde det på dörren. Nathan och Nina stod på tröskeln. "Hej då, mm, mm", pussade Kjell dottern och frun adjö. "Snart tillbaka älsklingar." "Kör försiktigt!" sa Agneta och stängde dörren bakom dem.

Holger och Katarina väntade vid villan. Holger kramade sin sambo till avsked och det tog sin tid, som om Holger skulle iväg på en årslång resa. "Man kunde tro att Holger tagit värvning och tar farväl av sin fästmö", log Kjell och började nynna: "hm hm hm men det gör det samma för han är min soldat, någonstans i Sverige." Det var allt han kom ihåg av texten men han skulle haft gott om tid för flera verser. Men Kjells bil blockerade vägen och det tutade bakom den. Avskedstagandet kom av sig och Holger hoppade upp i framsätet så bilen kunde rulla iväg. Efter en stund kom ett samtal igång, lite trevande om tutandet och att det var plus att Ikea och Bauhaus låg så nära, men snart hittade de gemensamma intressen kring barn och byggande.

I baksätet smidde barnen sina egna planer om kojan och kom så småningom fram till att Silver aldrig skulle acceptera att bo ensam i en koja, "inte en minut", avgjorde Nina. "Men varför bygga en koja då?" Nathan som ställde frågan satt mellan Nina och Daniel och hade fått en idé som han framförde viskande ömsom till höger, ömsom till vänster att det vore mycket bättre att bygga en koja åt hela gänget istället för bara stackars Silver. Men hur skulle de stjälpa Holgers planer utan att han blev ledsen eller arg? Hur skulle de säga det nu när de redan var på väg att köpa virke just för en hundkoja som de enats om och ritat och mätt? Det här var inget enkelt problem och de fick tänka skarpt. "Men om Daniel skulle viska det till Kjell", föreslog Nathan. Daniel började tumma på sitt säkerhetsbälte när Nina hejdade honom med en vass viskning: "Inte nu din dummer, när vi kommer fram."

Men Daniel behövde hjälp med hur den här planändringen skulle formuleras för att övertyga Kjell och Holger. Det kunde inte undgå Kjell att de tre var oroliga bakom hans rygg, men han antog att de var exalterade över bygget. Men nu smidde barnen en plan för att ge Holger dåligt samvete så han skulle ändra kojplanerna självmant. Daniel föreslog att de kanske skulle fråga om Holger ville låta Silver frysa ihjäl alldeles ensam i kojan för att han ville bli av med honom? Eller om det vore bättre att säga att Silver blir jätteledsen om han ska vara bunden utanför huset i en kall koja? Eller att Silver skulle rymma om han kände sig bestraffad för något? Mörka tankar lade sig över barnen och grumlade deras entusiasm för byggandet. De hade inte tänkt stort mer än att den skulle vara en vacker koja som på bilder i böcker. De ville inte bygga någon koja längre, inte annat än om det var för dem och Silver, för alla tillsammans. Det blev tyst i baksätet.

Det var ytterst ovanligt att de satt utan att busa eller viska eller driva med honom. "Mår ni bra där bak?" ropade Kjell. Ingen svarade. "Vad är det?" undrade Kjell bekymrad och granskade backspegeln för att se om de mådde bra. Han märkte inte något annat än att de satt tysta. "Okej! Vi får ta det på Bauhaus, vi är snart där", sa Kjell och svängde in vid baksidan av byggvaruhuset och parkerade. I baksätet rådde tystnad.

"Nå, nu får ni klämma fram med det, jag fattar att något har hänt. Daniel?" Pojken lossade bältet och tänkte att det var väl himlasänt att det var hans pappa som frågade och inte Holger. Det förenklade allt. "Pappa, vi vill inte bygga en koja åt Silver. Silver blir ledsen ensam och han kan bli sjuk och dö." Kjell andades ut all luft han hade i sina lungor och ersatte den av ny. Han var lättad över att ingenting allvarligare hade stämt ner barnen och log. De var bara oroliga för att Silver skulle kastas ut i kylan. Han började säga något lugnande men hann inte mer än öppna munnen förrän Nina skrek att de kunde bygga en koja åt dem själva och så kunde Silver stanna där när de hälsade på hos mormor. "Ingen tänker lämna Silver ensam. Kom så går vi in i värmen så får vi prata om saken" sa Holger backad av Kjell. Barnen kunde inte tro sina öron att det hade gått så lätt att vuxna förstått allvaret. "Du är bästa pappan i hela världen", utbrast Daniel. Kjell tog gärna åt sig smicker och småskrattade: "Fjäsk!"

Plötsligt stannade Holger och vände sig mot dem. Han såg allvarlig ut som en lärare som ska tala om att man har gjort något fel. "Oj då!" mumlade Nathan, "går han inte med på det?" Nina lämnade sina kompisar och sprang till Holger. "Morfar Holger! Morfar Holger!" och hon gjorde sig kanske lite mindre än hon var för att man skulle tycka synd om henne. Men Holger sa att han var besviken på alla tre om de hade trott att han tänkte låta Silver bo i kojan. "Det ska bara vara hans lekstuga, om han ville gömma sig från er på sommaren. För visst vore det bättre med en koja som är stor nog åt Silver och er tillsammans. Som gäststuga?" "Ja! Ja! Jag älskar dig morfar." sa Nina helhjärtat, och det hörde Holger gärna.

Nina kramade Holger om midjan, det var hennes morfar. Holger blev rörd och kramade tillbaka. Han hade aldrig upplevt en sådan tillgivenhet från ett barn och lyste av stolthet. Nina tog morfar Holger i hand när de klev in genom den stora entrén. Holger skulle helst aldrig släppa den. Kjell undrade om det inte blev besvärligt att uppgradera skissen från hundkoja till lekstuga? "Titta där, Bauhaus har flera mallar och modeller utställda för sommarstugor. Har du glömt att det är mitt jobb, arkitekt? Jag ser framför mig en finare stuga än de här, för barnen ska bestämma. Men tack för omtanken." Sedan de tre barnen kommit in i Holgers liv hade det blivit lyckligare. De hade redan öppnat en ny dimension i hans tillvaro och han ville inte göra dem besvikna. Utan deras bullförsäljning skulle han inte återfått sin Katarina, och än en gång var det Silvers förtjänst.

Kjell fick uppdraget att vara byggmästare. Kojan skulle vara större än en hundkoja men han skulle minsann inte göra allt jobbet utan vara arbetsledare för Nina, Daniel och Nathan. De ska bestämma ytbehandlingen, grundmåla den i vitt och sedan måla motiv som de själva skapar. Holger visste att de var konstnärligt begåvade för han hade fått höra om deras kroppsmålningar. Han tyckte att det var ohyggliga saker de utsatts för men desto mer glädjande att de klarat sig och var kreativa. Han inspirerades av dem att pryda kojan med en snidade figurer med tomtar, troll och feer. Det skulle de storligen uppskatta. Även Kjell var med på det och tipsade om en snidare som han kände. Han kunde snida fint och snabbt på beställning om det fanns skissar. Det blir fina överraskningar för barnen.

Kjell hade inte väntat sig den nära och givande relation med Holger som snabbt uppstått. Han hade ju inte träffat Holger sedan sin barndom, efter pappas bortgång. Holger och Kjells pappa var nära bekanta. Men nu stod han här igen som om tiden flätats samman. Nå, pappan saknades förstås. Tanken fyllde honom med vemod, men han kunde intala sig själv att pappa levde kvar i hans hjärta, liv ger liv och nu har han tre fina barnbarn och kommer att få fler när brorsan bildar familj. Kjell vaknade ur sina tankar när han märkte att barnen hade försvunnit. Vart? Han såg sig oroligt om men blev lugnare när han såg dem vid skjutdörrsektionen, testande dörrar av hjärtans lust.

Byggavdelningens ansvarige blev ledig och det var deras tur att få hjälp. "Vi ska bygga en gäststuga till barnbarnen", sa Holger med hög röst så alla skulle höra att här kommer en som har barnbarn! Bauhausmannen tog dem till en utställning med olika monteringsfärdiga stugor. "Bara att sätta ihop. Klart på några timmar. Den här modellen finns i olika storlekar och det blir billigare än att köpa virke och börja från ingenting." Holger ville inte snåla men tyckte att stommen skulle duga och kunna modifieras efter barnens idéer.

Sagt och gjort. De valde stuga och med den kom virket tillsågat så det skulle bli minimalt spill. Det behövdes spik, lim, grundplintar, färg och annat men Kjell kunde inte lasta allt i sin bil för paketen blev stora och tunga. Virket skulle levereras redan nästa dag till Holgers tomt. Holger betalade kalaset. Det var hans krav.

Hela vägen hem pratade barnen intensivt om kojan medan Kjell och Holger pratade minnen. Kjell blev överraskad av att han mindes en händelse men inte på samma sätt som Holger. Hans version kunde vara helt annorlunda. Han visste att han alltid varit rädd för mörkret i djupt vatten men nu fick han en annan bild av vad han som litet barn hade råkat för.

Holger berättade att han varit med Kjells pappa och Kjell, som då var fyra år gammal, för att hjälpa Kjells farmor att laga hennes tak. Vid bara en sekunds ouppmärksamhet föll Kjell i brunnen. Farmor hörde plasket. "Hon hade enastående hörsel, den kvinnan", sa Holger. "Hon rusade till brunnen och såg dig kämpa för livet. Din pappa tog sig inte tid att fundera utan slängde sig i. Han fick tag i dig som sprattlade och var svår att hålla för du hostade och hade svalt en hel del vatten. Brunnen var inte så djup men det var ändå mer än två meter vatten. Det fanns ingen möjlighet att klättra upp ur den så jag och farmor fick sätta ner stegen så din pappa hade något att klamra sig fast vid. Jag höll den tills din farmor kom med ett rep. Din pappa gjorde fast dig och vi hissade upp dig. Sen kom an själv upp och jag minns hur ni huttrade. I brunnar brukar vattnet vara kallt."

Kjell hade tyst hört på. Hans minne var helt annorlunda men i fyraårsåldern kan man lägga till eller ta bort saker och uppleva en helt annan historia. "Jag minns inte ett dugg av händelsen utom mörkt kallt vatten." "Jo, du var också helt nedfrusen och var full av vatten. Du var en hårsmån från att dö." Holger log. "Och nu är du här stor och stark och glad och trebarnsfar." Kjell och Holger hade funnit varandra. När Kjell kom hem föreslog han att de borde bjuda Holger och Katarina på middag, gärna nästa dag. Och efter några samtal hit och dit blev det avgjort. Katarina hade varit hos dem flera gånger även efter att hon adopterat katterna och nu ville Kjell träffa Holger igen.

Holger hade öppnat Kjells ögon för bilder som han inte kunde relatera till som minnen, händelser som han förvrängt, saker om pappa som han inte visste. Det konstiga var hur Kjells minne förhöll sig till verkliga händelser, platser och människor – ändrat, blandat ihop, lagt till och dragit ifrån. Vad var riktigt i minnet av hans pappa och mamma? Kan man alls lita på sina minnen? Jo, från sjuårsåldern mindes han allt klart och sammanhängande men tidigare? "Då måste jag lita på det som jag upplevde, inte på det som jag antog verkligen hade hänt mig. Mina känslor blev kvar hos mig och det är bara de som är sanna. Det är viktigt också för att jag ska förstå min egen pappa, sidor som jag varken sett eller upplevt." Kjell undrade hur mycket hans bror Johan kunde minnas, kanske han mindes samma händelser eller upplevelser från ett annat perspektiv.

Bygget av lekstugan var en ren fest för barnen. Det kom folk som forslade snön från platsen bakom villan för att bereda plats åt grunden. Barnen hjälpte till att bära fram virket efter förmåga och de längsta bräderna måste de tre bära samtidigt. Det blev otympligt och när en snubblade föll alla tre och skrattade. Bräderna var inte så tunga, men de var många, fler än barnen hade föreställt sig. Fast de var hyvlade behövdes handskar för att inte få stickor i fingrarna, men det hade Holger sett till att få med från Bauhaus. Han hade räknat med att de skulle hjälpa till. Även Silver gjorde sig nyttig med att hämta kortare bitar som han bar mycket försiktigt fast det var frestande att gnaga i träet.

Det gick inte så snabbt som väntat att bygga eftersom barnen ändrade sina planer under gång. Att modifiera den ursprungliga modellen var svårt så alla nya idéer gick inte att genomföra, men väggarna anpassades till barnens format och dörren delades så Silver skulle kunna öppna nedre delen själv och gå ut och in efter behag. Nathan som tidigt övertygats om att flygplansvingar inte skulle passa på ett hus ville åtminstone ha ett torn, men han blev än mer entusiastisk över Holgers förslag att göra ett periskop som skulle ge lika god överblick över omgivningarna och dessutom göra kojan användbar som ubåt eller rymdskepp. Diskussioner och experiment gjorde att det kom att ta åtskilliga eftermiddagar efter Kjells polisskola att få kojan färdig.

Nu var kojan precis vad barnen kunnat drömma om även om kanske inte Bauhaus skulle känna igen den som en av deras produkter. Sedan blev det dags att måla och det gick undan så länge det rörde sig om grundmålningen, men när det kom till motiven blev det annorlunda. Då blev barnen högljutt oense om utformningen och vem som skulle bestämma.

Holger oroade sig för att det skulle urarta till bråk. Han visste inte att de tre kompisarnas hätska diskussioner och höga röster var deras sätt att resonera med varandra inför nya händelser och det skulle aldrig leda till bestående osämja. Holger lade sig i tumultet och bestämde att de skulle disponera var sin vägg. Först blev barnen förvånade men när de fattade varför Holger agerade så, fnissade de och puffade till varandra. De började driva med honom och Nina frågade vem som skulle få entrén som det bara fanns en av. Då delade han den i tre delar med skarpa linjer. "Och taket då?" frågade Nathan. Det glömde Holger men ville göra på samma sätt med det. Nej, det gick inte för sig. På taket skulle det vara moln och fåglar, sa Nina, och det skulle hon måla tillsammans med Nathan och Daniel. Till slut fattade Holger att de drev med honom och hans ängslan för att de ska bråka.

Barnens högljudda meningsutbyten handlade inte om ytor utan om motiv. De brukade göra samma bild tillsammans, en börjar med en linje och den andra fortsätter eller avstår, precis som när de målade tatueringar på sig. Men nu behövde de Kjells och Holgers hjälp med färgerna för de var trögflytande och svåra att hantera. Då bestämde Kjell att de först fick rita konturer på brädorna så skulle han fylla i färgen sen. Sagt och gjort. De tog god tid på sig och de körde hänsynslöst över Holgers fördelning av ytorna. När Kjell skulle fylla i hade det planerats för fler färger än Holger hade i sin verkstad. Men barnen kunde kompromissa och begränsa koloriten. Och äntligen var lekstugan färdig men färgen måste torka över natten. Det började bli sent och Katarina tyckte att de inte skulle belasta sina föräldrar med matlagning så alla fick äta med henne och Holger. Kjells protester hjälpte inte. Katarina var glad att ha dem hos sig och ville inte släppa iväg dem trötta och hungriga.

Varje dag lämnade barnen Silver hos Holger på morgonen och hämtade efter skolan. Det blev snart till rutin att äta mellanmål hos Ninas mormor och leka i stugan innan de gick hem. Stugan var välisolerad och nu även utrustad med värme. De hade inrett den med alla magiska föremål de hade och de nya som tillverkats av träsnidaren och mottagits med stor uppskattning.

Det undgick ingen att se hur Holger fäst sig vid barnen och Silver. Katarina var som alltid glad att träffa sitt barnbarn och hennes kompisar och nu hade hon tagit sig för att sticka dem varsin varma tröja, även åt Silver. Kjell hade också hållit sig där de senaste dagarna efter sin skola som hjälp till Holger för mindre villarenovering. Han kunde förstås ha lejt ut arbetet till någon annan men Kjell var ju alltid öppen för extraknäck. Agneta började bli irriterad. De kunde visserligen behöva pengarna men Tove behövde också sin pappa och hon själv behövde lite hjälp med hushållet. En morgon snäste hon till att han gott kunde ta Tove med sig. Han svarade att han hade händerna fulla hos Holger men snart skulle jobbet vara klart. Nästa lördag skulle han ta hand om lillan för han planerade att träna Silver vid hundklubben. Barnen och Holger skulle också med. "Holger och Holger, det är allt man hör nu förtiden. Förstå mig rätt, jag gillar Holger men han är pensionär och rik och har hur mycket tid som helst, så tänk på saken, älskling", sa Agneta så vasst att det avslutande "älskling" blev ännu mera uppfordrande.

Kjell förstod vinken och lovade att hjälpa till mera hemma och ursäktade sig med att han fått en vän till hjälp att förstå de gamla minnen som spökade i hans huvud, känslor som han inte fattar varför han bar på, för att förstå sin egen pappa och annat från barndomen – kort sagt en ny dörr mot det förflutna. Kjell sa för att blidka Agneta:

"Inte bara på lördag. På söndag ska jag ansvara för barnen hela dan och göra allt vi har kommit efter med."

Kjell hade redan en plan som han redogjorde för: han skulle ta med sig Silver, Tove och Daniel till Stäket för att titta på ruinerna och se om Silver kunde göra något historiskt intressant fynd. Kjell tyckte om lilla Stäket där borgens ruiner påminde om intressant svensk historia. Han fick veta det när han arbetade med ett projekt i Stäket förra året när det blev problem med Pedofilen. Och poängen var nu att göra något annat än att gå till Holger och Katarina.

Nina och Nathan samlades hos Daniel igen. Det var ett tag sedan sist och det saknade Agneta. Kjell fick veta att de ville hänga med Daniel till Stäket. "Men där fanns stora feta sniglar som folk åt upp. Stackarna. De vill jag inte se", sa Nina. Det hade hon hört hembygdsföreningen berätta om i skolan. Nathan påminde henne diskret att det var ju vinter, och snäckorna gömmer sig då. "Dummer" ville han lägga till för det brukade hon kalla honom om han sa något fel, men han vågade inte säga det högt utan bara mumlade lågt att det inte fanns sniglar ute på vintern. Daniel vågade inte blanda sig i när han såg henne titta snett på Nathan. Klart hon visste det, men hon hade förstås menat sommaren, ursäktade hon sig och hade tillägget "dummer" på tungan men lyckades hålla det inne. Daniel vände blickarna från ett förestående gräl när han kom på något som kunde byta ämne: "Vi lovade Katarina komma på söndag för att prova tröjorna." Nina var på hugget och tog tillfället att hacka på Daniel. Det skulle ju ha blivit en överraskning och den hade han sabbat, "dummer!"

"Tröjorna?" undrade Kjell med ihålig röst som kom långt bort ifrån, frånvarande och oförstående. Och sedan som om han vaknade lade han till snabbt och skarpt: "Vad då för tröjor?" Daniel kände igen den kritiska tonen och blev orolig att pappa skulle förbjuda honom att ta emot den nya fina tröjan. "Det är till Silver" ljög Daniel, men ångrade sig och tillade tyst "och till oss". För tröjan skulle han snart komma att ha på sig och lögnen uppdagas. Nina ingrep och räddade situationen: "Vi gav Katarina en present för att hon ville vakta Silver och då ville hon sticka tröjor åt alla." Kjell hummade, att de ger varandra gåvor och gengåvor kan man ju inte förbjuda. Katarina och Holger är ju vuxna. Men vad ska Agneta säga om att Daniel får presenter utanför julafton och födelsedag?

Efter att barnen försvunnit till Daniels rum tog upp Kjell upp frågan om Daniels present med en smula bävan i rösten. Men det visade sig snart vad Agneta tyckte: så snällt av henne! Katarina hade ringt henne och fått klartecken att sticka tröjorna. Jaså, Kjell var den siste att känna till saken. Han och hans fru hade tappat kontakten, tydligen. Agneta tillade: "Holger har testamenterat allt till Charlotte och Nina och skrivit villan på Katarina och även huset i Cannes. "Kors! Det var generöst!" blev Kjells enda reaktion. Mer kom han inte på, vem kunde veta vad som pågick i huvudet på folk. Agneta fortsatte berätta att Holger även fonderat studiemedel åt alla tre barnen. De skulle kunna studera på högskola eller universitet utan att behöva ta studielån. Kjell var ju redan stum och nu stod det still i huvudet också. Chock! Är det mer som han inte känner till? Varför sa Holger inte något om det till honom utan bara Agneta? "Åh, och jag som tog emot lön för att hjälpa honom med villan. Jag erbjöd förstås mitt jobb gratis men han insisterade på att betala. För barnen, sa han." Agneta log: "Han är en sån som bara finns i sagorna, men nu är han här livslevande. Och kom ihåg. Barnen känner inte till alla hans planer för dem och det är bäst så."

Nina ringde mormor för att säga att de inte kunde komma på söndag för att prova tröjorna. De skulle hälsa på hos Sten Sture den yngre som bodde i Stäket. När Holger hörde om det ville han följa med. Skulle Holger med så ville Katarina också. Ryktet spreds till Bella och hon ville också med, det var intressant svensk-rysk historia. Och när Igor meddelade att han skulle komma till Stockholm på lördagskvällen ville han följa med dem på söndagen. Charlotte hörde Nina bubbla om Sture och blodbad så hon och Janne tyckte att de kunde åka också. Det hade talat om att paddla dit gemensamt till sommaren men nu fick det bli bilkaravan.

Den sista att uttrycka önskan att följa med var Agneta men hon kom förstås inte undan. Till söndagen hade hon att packa för en stor picknick. Den enda som inte ville komma med var Elin. Hon ville absolut inte följa med "barn och gamla", som hon sa, och hon hade redan varit där på skolresa. Agneta försökte locka henne med att det fanns en fin badstrand. "Frusen badstrand, mamma!" "Jo, men med bedårande utsikt", försökte Agneta men insåg att det var hopplöst att argumentera mer. Elin hade sina planer med Karin. Nu hade familjerna inte varit på utflykt sedan dramat vid Översjön där Ingrid gick ner sig. Kanske var det dags att börja picknicka igen trots snö, slask och kyla? De kunde hitta plats att grilla där men måste ta med sig grillkol.

Agneta ropade in barnen från Daniels rum till mellanmål. Medan de satt vid bordet, ringde den fasta telefonen i hallen. Hon svarade och kom tillbaka med ett ansikte som lyste av glädje. Det var Bella som hade fått besked från migrationsverket att familjen kunde få svenskt medborgarskap. Svenska pass! Inte blå! Det gjordes ett undantag och de skulle slippa det blå passet för statslösa. "Det ska vi fira högtidligt", sa Agneta högt. "Hurra för det! Grattis!" utbrast Kjell. "Vi kan fira det på Gran Canaria." Barnen förstod inte alls vad det innebar för dem att få medborgarskap utan trodde att det var något slags lotteri som Bella hade vunnit så de instämde i glädjeyttringarna. Då kunde man börja förbereda även för utlandsresan. De skulle vara där i hela tio dagar. Barnen brydde sig inte vidare om lotteriet men ville höra mer om resan.

Jo, det fanns en del att tala om medan Tove satt i sin stol och placerade mosad frukt i lagom stora högar omkring sig. Kjell tog sig tid för att övertyga barnen att det var bättre för Silver och Daisy att stanna hos Holger och Katarina under resan till Gran Canaria. Han försökte dämpa barnens protester med en dramatisk överdrift av allt krångel med vaccinationer, karantän och rabies i Spanien och att Silver kunde bli sjuk och dö och Daisy smita och springa bort. Daniel krävde förklaring av de svåra orden karantän och rabies och svar på frågan om varför människor inte behövde vaccineras mot rabies när de också kunde dö av det. Nina och Nathan sa ingenting för ovanlighets skull, de tyckte att Daniel var duktig på att föra deras talan. Och så var det ju hans pappa och då behövde han inte vara så hövlig i tonen.

"Kan katter bli sjuka av rabies, Agneta?" frågade Kjell. Elin skrattade, alla kan ju bli smittade av rabies, även människor. Daniels ögon blev som små streck när han stammade att han inte ville åka till Gran Canaria längre för han ville inte bli biten och inte åka nånstans alls utan Silver. Kjell försökte lugna honom med att det inte fanns rabies där. "Pappa är inte klok, ena stunden finns det rabies, andra stunden inte. Vi är inga småungar längre som man kan lura i vad som helst" röt Daniel förtrytsamt. Agneta tog Daniel i handen och sa att Silver inte ska bli biten av någon hund och hundar som är sjuka finns inte på Gran Canaria men Silver måste i alla fall stanna hemma för han kunde bli flygsjuk och det är mycket papper som behövs för några dagars resa och, och, och … Agneta slutade prata när Daniel ilsket anklagade föräldrarna för att bara ljuga om allt och han förstår minsann när man ljuger. "Det är lika bra att Silver bor hos Holger och Katarina i fortsättningen", skrek han. Utan att vänta på svar smet han från matbordet ut till hallen, tog dunjacka och stövlar och smällde igen dörren efter sig. Nathan och Nina tackade för maten i en hast och kom springande efter.

Kjell och Agneta var inte beredda på sådan reaktion. "Han kommer tillbaka för han tog inte Silver med sig", sa Kjell. Silver stod redan vid dörren och gnydde efter Daniel och bakom honom stod Daisy och stretchade efter att ha väckts av lillhusses utbrott. Elin sa att hon skulle prata med Daniel när han kom tillbaka och reste sig från matbordet och sa att hon skulle till Karin. "Vilken dag!" sa Agneta. Tove kände sig lämnad utanför händelsernas centrum och högg tag i Agnetas hår med sina kladdiga händer och skrattade medan mamma befriade sig: "Aj, aj, släpp mitt hår, Tove, släpp!" Agneta lyckades lossa Toves grepp och tog henne till diskbänken för att tvättas ren från mellanmål och hårtestar. Sen tog Kjell över Tove för att låta Agneta tvätta sig själv men hon gav upp efter en blick i spegeln. Hon var kladdig "som en ryttarstaty i en flock duvor" skrattade hon och gick till duschen.

Bella ringde igen för att meddela att Daniel var hos henne och diskuterade Gran Canaria med Nina och Nathan som inte längre ville resa med, men hon lovade förklara det hela för dem. "Tack Bella, du kan rabies och vaccination bättre än vi som har skrämt dem i onödan. Hoppas de lugnar sig nu."

Charlotte satt i köket hos sin mamma. De pratade lågmält om små och stora saker, minnen från pappas tid, hur Holger visat stort hjärta genom att adoptera hela familjen och öppnat stort även för deras vänner. Charlotte var mycket rörd. Nina satt med Holger i vardagsrummet och han läste Oliver Twist för henne. Han hade valt Dickens för han visste att Nina skulle bo i London efter sommaren. "Ja, hur ska jag berätta för Nina om flytten?" sa Charlotte. Katarina lugnade henne med att det var långt till sommaren och hon skulle hitta på ett sätt att göra det.

Nina hade inte läst riktiga vuxenböcker förutom sagorna som mormor hade. Hon satt uppslukad av berättelsen och ville inte ge honom paus i läsningen utom för att ställa frågor ibland. Holger påminde henne om att människor kunde ha det så här för länge sen, det är inte bara en påhittad saga utan den skildrar en tid då det var svårt och tungt för alla fattiga, särskilt föräldralösa barn i storstan. Nina förstod gott, även hennes favoritberättelser om Emil och Bullerbyn handlade ju om gamla tider och allt var minsann inte roligt då. Charlotte hörde då och då Ninas kommentarer och log. Det var fint att Nina fått en morfar, hon har lärt känna sin biologiska morfar bara genom Katarinas bilder. Hon hade saknat en morfar.

Charlotte skakade lite vemodigt på huvudet. Det skulle bli tråkigt för Nina att lämna sina kompisar och sin uppväxtmiljö. Janne hade redan lämnat sin avskedsansökan för att kommunen skulle hinna få en annan rektor till hösten. Katarina frågade Charlotte hur Agnetas och Bellas familjer reagerat på det. Svaret förstummade henne. Charlotte hade inte ens berättat för sina och Ninas vänner om flytten till London till sommaren. "Inte än." Charlotte ursäktade sig. Hon visste inte hur hon skulle lägga fram det skonsamt nog men det ska hon göra, snart, på Gran Canaria. Katarina återfick målföret omgående: "Vad är det du har för dig? Du har inte lyckats kommunicera på djupet med någon, inte med mig, inte ens med Nina. Nina höll på att ta sitt liv och du bara sköt upp allt, till senare och senare. Nu ska du lyssna på mig, noga. Det är dina närmaste vänner vi pratar om. Din familj kan jag säga. De har ställt upp på dig i vått och torrt, kämpat med dig och stöttat dig och nu tackar du genom att bete dig så fegt åt. Tänk om de skulle få veta det genom kommunen, att Jannes jobb annonseras ut? Eller om jag eller Holger råkar prata bredvid mun, vi har förstås trott att du berättat för länge sen. Vad händer då? Vore det inte ett hemskt svek från din sida som avslöjas? Och Daniel och Nathan? Hur ska de ta det? Har du ingen medkänsla alls? Förstår du inte att de behöver tid att smälta allt och vänja sig vid tanken? Och att barn skulle behöva stöd från sina föräldrar? Berätta genast, nu, före Gran Canaria! Eller ska jag lyfta på luren och berätta själv? Ja, förresten jag kan gott göra det om du nu tycker att det är så hemskt och jobbigt för dig."

Charlotte blev ställd och tyst inför sin mammas häftiga reaktion. Hon hade aldrig sett sin mamma så arg på henne. Men visst var det befogat. Hon sviker Nina, hon sviker sina vänner. Hon böjde huvudet och sa tyst att hon ska berätta redan ikväll. Hon ska själv gå till Agneta och berätta och ge föräldrarna möjlighet att förbereda sina barn. Och Nina måste förberedas, och det var hennes uppgift. Nej, hon fick inte förstöra barnens semesterresa med en sån kalldusch. Gran Canaria ska istället bli en sista gemensam upplevelse att glädjas åt.

Charlotte förklarade för sin mamma att beslutet att flytta till London hade hon inte tagit bara för att hon var förälskad i Janne som gärna ville dit, utan också för att hon ville dra Nina från de växande problemen på Sångvägen. Nya hyresgäster med sociala problem hade flyttat in den sista tiden, inte så många än men de förstörde och förpestade tillvaron för alla andra, och det struntade bostadsbolaget i. Flera familjer som hon kände hade redan flyttat ut. Allt förändrades snabbt. Hon kunde inte använda tvättstugan som förr. Några saboterade, tvättade på andras tider, körde skräp och ölburkar i tvättmaskinen. Sist när

Charlotte kom för att tvätta hade något barn bajsat på golvet i tvättstugan, utan att en förälder städat upp. Hon tvättade inte den dagen och ville inte gå dit mer.

Katarina kramade sin dotter varmt. Hon var rörd men svalde sina tårar. "Du kan ju bo här, älskling!" Charlotte skakade på huvudet. Hon hade ju sin familj, hon hade Nina och Janne, så mamma fick inte ens tänka tanken, hon var ju en vuxen kvinna och… "Mamma! London är bara två timmar härifrån. Det sa du själv. Vi kommer hit så ofta vi kan. Jag kommer att arbeta där och doktorera också, men jag ska inte försvinna. Och vet du vad?? Jag ska träffa Agneta och Bella och berätta om flytten i lugn och ro. Kan Nina sova hos dig i natt?"

Katarina blev mest förvånad över att Charlotte frågade om det, hon brukade annars bara kommendera: "Nina sover hos dig idag." Men kanske det berodde på att hon flyttat ihop med Holger som hon ville visa extra hänsyn. Hon svarade bara: "Jo visst, men jag tror inte att hon somnar innan de är klara med boken." Charlotte ringde genast Agneta och Bella och Kjell, hon ville träffa dem efter att barnen hade somnat för att prata om något viktigt. Agneta var lite förvånad över att hon ville komma så sent men hon var välkommen och Daniel brukade somna före åtta. Hon förmodade att Charlotte hade problem med Nina som säkert också protesterade mot att åka till Gran Canaria utan Silver.

Plötsligt ändrade sig Charlotte under samtalet, de fick glömma det och hon skulle berätta om saken imorgon när de skulle till Stäket. Agneta ville inte pressa henne att berätta per telefon. Men i nästa andetag hade Charlotte ändrat sig igen: "Nej, det är lika bra att berätta ikväll. Tänk om Nathan skulle kunna sova hos Daniel så att Bella fick vara närvarande också, om hon kan." Agneta blev ännu mer förbryllad över Charlottes hemlighetsmakeri. När Kjell fick veta om arrangemanget såg han frågande ut, men han var inte mycket för spekulationer utan väntade hellre.

Charlotte ringde på hos Agneta strax efter åtta. Då hade Daniel och Nathan somnat, efter rutinen. Silver, Kjell, Agneta och Bella samlades i hallen för att ta emot. Det här var bestämt inte ett besök vilket som helst. Hon hängde av sig kappan och kramade en efter en men undvek att se någon i ögonen. Agneta hade som vanligt nybryggt kvällskaffe och bullar framme på köksbordet. De slog sig ner och väntade att Charlotte skulle ta till orda. Hon andades ut hörbart, öppnade munnen men sa ingenting. Det var tyst och ytterdörren öppnades. Det var Elin som kom från Karin och hälsade kort på alla och sa att hon hade ätit hos Karin och drog sig till badrummet. Charlotte fördjupade sig bokstavligen i sin kaffekopp och såg inte upp. Bellas tålamod tröt först och hon frågade om det hade hänt Nina något. "Nej då", svarade Charlotte men kom inte längre. Det var tyst och allt som hördes var att Elin drog sig till sitt rum.

Då lyfte Charlotte huvudet från kaffekoppen och sa i ett enda svep och utan att ta in ny luft: "Jag vet inte hur jag ska säga det här men vi ska flytta till London, Nina, Janne och jag." Så var det sagt och hon andades in två gånger innan hon fortsatte i samma takt: "... till sommaren! Janne har lämnat sin avskedsansökan men fortsätter i sin tjänst fram till skolavslutningen. Jag är så orolig för hur barnen ska ta det. De har gått igenom så mycket sedan förra året."

Charlotte såg hur vännerna bleknade. Agneta var den som först hämtade sig och hon tackade Charlotte för att hon förvarnar dem och visst ska det bli bra för Nina att få en pappa. Charlotte var lättad över Agnetas reaktion och hängde på den: att byta miljö för Nina var viktigt, hon hade väl drabbades hårdast av de tre barnen, från mobbning som ledde till självmordstankar och den svåra olyckan, till pedofilhistorien som visade sig väldigt traumatisk, kroppsmålningarna hade ju varit en varningssignal. Nu bad hon dem alla inrikta sig på att underlätta för barnen att skiljas, och först tänka ut hur de bör gå till väga. Nina kände inte till planerna. Hon som var entusiastisk inför sommaren och det där med lekstugan...

Bella önskade Charlotte all lycka och hon visste ju att det var svårt för både barn och vuxna att bryta upp när man rotat sig, men sådant inträffar ju i livet. Hon och Igor skulle också komma att flytta så småningom. Kanske till hösten. De skulle behöva en större lägenhet. "Igor behöver ett arbetsrum. Men här finns det inga lediga fyrarummare så vi kanske siktar på att köpa en lägenhet efter att jag fått fast anställning." Agneta frågade om inte Igor just var i färd med att byta arbetsplats, men den flytten hade försenats i väntan på renoveringen av det nya kontoret i Stockholm. Bella tystnade en stund för att därefter utbrista: "Och ärligt talat blir vår ekonomi bättre efter flytten. Vi betalar nu nästan fyra hyror varenda månad. Där Igor bor i klädkammaren betalar han tio tusen kronor i månaden. När han informerade värdinnan att han skulle flytta ville hon ha betalt för två månader extra, och hänvisade till att han måste följa kontraktet och uppsägningstiden. Trots att Igors uppsägningstid var bara en månad på kontraktet och trots att han informerat henne tre månader i förväg, påstod hon att han måste säga upp sig skriftligt. Och gissa vad, hon beslagtog hans väskor, dator och annat. Och eftersom hon aldrig lämnat honom nyckeln blev han utestängd från skrubben."

Igor hade vänt sig till sin chef som stödde honom, det stod bara en månads uppsägningstid på kontraktet och han ordnade så Igor fick sova på arbetsplatsen. Chefen ringde upp kvinnan och hotade med att polisanmäla henne för bedrägeri i hopp om att hon skulle låta Igor gå efter en månad som kontraktet säger. Men kvinnan vägrade släppa Igor och svarade att om han inte betalar de tre månaderna skulle hon göra motanmälan att han stulit hennes juveler för flera hundra tusen. Kvinnan utnyttjade situationen till utpressning. Igor skulle få juristhjälp från sin arbetsplats och möjligen anmäla kvinnan för utpressning. Bella förklarade upprört hur Igor varit skrämd från att involvera polisen eftersom familjen inte kände sig helt etablerad i Sverige än. Det betydde att Igor måste betala hyran i alla fall. Men det positiva var att arbetsgivaren gick med på att låta Igor arbeta hemifrån den sista tiden. Det enklaste för Igor blev att betala hyran som kvinnan krävde och flytta hem ändå. Det skulle innebära att han kunde flytta när som helst, i varje fall före sportlovet. Han såg fram mot att följa med till Gran Canaria och glömma eländet med blodigeln.

Vännerna var förstås upprörda och lät höra det. När rättvisefrågan började bli hetsig försökte Kjell lugna alla och visa Bella sitt stöd, han gladde sig åt att få sin gode vän Igor till granne. Stämningen lugnades när man kunde se framåt istället, det tråkiga skulle snart vara historia. Bella log tillbaka och avslöjade med lägre röst att deras flytt till en större bostad måste bli av i alla fall, inte bara för Igors arbetsrum utan framför allt för att familjen planerar en utökning, ett barn till! "Det lustiga är att vi pratade med Nathan om att flytta för att då kunde han ha syskon, men det ville han inte ha och inte ville han flytta härifrån heller." Efter Bellas avslöjande tittade vännerna på varandra. Det kom oväntat inte minst för Charlotte att Bella planerar detsamma som hon själv. Bella märkte förvåningen kring kaffebordet och tillade blygt: "Nej men titta inte så där Agneta! Jag är inte med barn, inte än." Alla skrattade med henne.

Charlotte var lättad över att hon äntligen delat med sig om sin flytt till London och att ingen klandrat henne för att hemlighålla det. Bellas och Igors situation hade dragit uppmärksamheten från henne. Kjell och Agneta tog vid, de hade också tänkt sig flytta om ett par år när Kjell gått sin utbildning. Då var det dags för Daniel att börja mellanstadiet. Men de skulle inte lämna Jakobsberg utan köpa en villa nära Kjells bror. Johan menade att området där var utmärkt och han kunde bistå så länge han själv inte hade barn. Sen sa han sig räkna med gentjänster i form av goda råd om barnuppfostran... Familjen hade också tyckt att de behövde byta miljö efter alla tråkigheter och hade diskuterat saken men inte på så stort allvar eftersom det inte var aktuellt på en tid, inte förrän ekonomin var bättre.

"Vi kommer att vara bästa vänner för alltid och ska hälsa på varandra så ofta det går, men just nu... barnen är så fästa vid varandra att blotta tanken på separation kan utgöra ett trauma i sig. Hur gör man?" "Det finns ingen patentlösning", sa Kjell allvarligt. Agneta sa eftertänksamt: "Eftersom ingen av oss ska flytta genast så kan vi så ett frö då och då, vänja barnen vid tanken, påpeka att de flesta människor inte bor för evigt på samma plats, man växer, man flyttar från dagis till skola och från en skola till en annan, man flyttar hemifrån från sina föräldrar, så skaffar man familj och så vidare."

Charlotte fick en idé. Alla visste att barnen var fästa vid ödetomterna även om de inte framställt det så själva. Men nu skulle de rivas och istället byggas flerfamiljshus. Bostadsrätter! Det hade kommunen äntligen tagit beslut på. Första spadtaget var planerat att tas efter sommaren. Kanske barnen borde förberedas på det avskedet också? Agneta kom att tänka på att hennes mamma skulle komma till Stockholm under våren och hon hade visat sig duktig på att känna av barns föreställningar och lirka dem på andra vägar om så behövdes. Det måste hon prata med henne om. Charlotte blev entusiastisk och föreslog att även hennes mamma skulle delta i projektet. Mormödrar var viktiga för barn! De hade deras förtroende och svek aldrig. Och kanske Holger? Hon hoppades att det kunde vara ett sätt för henne att nå Nina på något sätt, för just nu ville Nina inte höra på henne. Hon skulle inte vilja lämna Silver, inte sina kompisar, inte sin kanin, inte mormor och morfar Holger. Det blir svårt att övertyga henne att flytta till en helt ny miljö, nytt land, nytt språk. Bella skakade på huvudet, om någon visste hur det känns att flytta så var det ju hennes familj. Bella lade sin hand på Charlottes. "Men det ordnar sig för er som det ordnade sig för oss, Charlotte!" Hon hade väl rätt men det skulle bli en lång väg dit och Charlotte kunde inte låta bli att oroa sig för alla uppförsbackar som väntade, samtidigt som hon skämdes lite vid jämförelsen – hon flyttade ju inte som Bella utan frivilligt, ingen tvingade dem och de hade väl förspänt med kontakter och språkkunskaper.

De tre familjerna bestämde sig för att njuta av resan till Gran Canaria först, ta det som en fin avskedsfest men vänta med att meddela barnen om Ninas förestående utlandsflytt. Kanske ska alla sen följa med morfar Holger och Katarina till Frankrike. Holger hade redan bjudit alla dit. Det viktigaste var att avdramatisera att någon skulle resa bort för alltid. Tanken tålde att prova. Sedan får kan man ta itu med nästa barn och det blir Nathans flytt. Kjell sa: "Barnen kommer att sakna sina kompisar oerhört. Men barn växer och kan förstå." Bättre kunde inte Kjell formulera det men hans stammande röst avslöjade att han kanske inte var helt övertygad av sina egna ord.

Varje dag efter skolan skyndade sig de tre kompisarna till Ninas mormor för att hämta Silver. Saft och bulle väntade också. Den här dagen var Daniel extra uppspelt för att Silver skulle tävla på eftermiddagen. Det gällde att gripa en tjuv som skulle bråka och sparka mot en polisman. Nina och Nathan skulle förstås följa med. Barnen hade aldrig sett något liknande men det var vad Kjell tränat Silver för den sista tiden. Även Katarina och Holger lovade komma till hundklubben. Om Silver gjorde bra ifrån sig skulle det vara en merit som kunde öppna för honom att bli antagen till polishundutbildning fast han ännu inte fyllt ett år.

Daniel hade berättat om evenemanget för alla han kände. Hela klassen förstås, och ryktet spreds. Magnus drog med sig sin mormor och Jasmin sin pappa. "Inte underligt när Järfällas hjälte ska tävla. Vem vill missa en sådan tilldragelse?" sa Holger. Katarina frågade om han kände Magnus mormor, det gjorde han inte men hade inget emot att göra nya bekantskaper.

Sedan Holger flyttade ihop med Katarina och fått barnbarn och daghund och två katter hade hans liv förändrats, avgjort till det bättre. Han väntade varje dag på barnen för att höra dem berätta om sin dag medan de åt sina bullar. Han var glad över att ha blivit nära vän med Kjell. Han skulle renovera villans tak till sommaren och Kjell skulle anlitas, mot betalning förstås, upplyste han Katarina, han ville hjälpa familjen ekonomiskt men de skulle aldrig ta emot pengar utan motprestation. Holger hade mycket att prata om med Kjell och hade många bilder av sig själv tillsammans med Kjells pappa. Bilder som Kjell aldrig sett förr. För Kjell var det en skattkista, en ny insyn i pappans liv och arbete. Hans bror Johan var lika intresserad och Kjells barn ville också höra om sin farfar.

Nu när Silvers fanklubb fått nya medlemmar i Magnus och Jasmin fick de på vägen hem från Katarina turas om att hålla hans koppel. Silver tycktes glad över att ha kommit i centrum för ännu fler. Magnus konstaterade att Silver hade blivit riktigt stor, lika stor som han. Pappa Kjell hade sagt att Silver var ovanligt stor för sin ålder. "Han väger säkert hundra kilo", sa Nina. Ingen kunde motsäga det för Nina uttalade sig alltid fullständigt övertygande. Men ingen invände heller för att de verkligen ville att Silver skulle vara störst, bäst och starkast av alla hundar. Effekten av Ninas påstående var att alla kramade Silver. De var stolta över den största och klokaste hunden i världen. Och Silver tackade med svansen. Det var alltid roligt att få beröm, även om han inte visste för vad.

Trots att allt verkade bra hade Nina plötsligt blivit allt tystare i pojkarnas och Jasmins sällskap. Daniel märkte det inte ens fast han brukade vara uppmärksam på vännernas sinnesstämning. Nu var det Nathan som gjorde det. Hon var tyst sedan i morse. Först trodde och det berodde på att Jasmin var med, hon sprudlade och pladdrade inte bara i klassen och på rasterna och på lunchen och nu efter skolan och hon tycktes ha trängt undan Nina från uppmärksamhetens centrum.

Nina slutade berätta om spännande saker och nya infall och hade blivit allt mer inbunden de senaste två dagarna. Tankarna malde i Nathans yviga huvud. Han kunde märka att pojkarna knappt riktade sig till henne, han själv också. Det var inte så att han gillade Jasmin mer men det var nytt och spännande när hon pratade om Brasilien. Nathan inriktade sig på Nina i stället. Han puffade på henne, drog i hennes mössa, kastade en snöboll då och då, försökte sätta krokben för henne eller utmana henne att komma in på ödetomten. Han till och med erbjöd sig att bära hennes ryggsäck men ingenting hade effekt, inget fick fart på henne. Nathan höll på så där i ett par dagar tills han började tvivla på att Jasmin var orsaken till Ninas tystnad. Nej, det var tecken på något mer allvarligt. Bara hon inte ville ta livet av sig den här gången.

När de sagt hej då till Jasmin och Magnus och lämnat Silver hos Daniel efter skolan föreslog Nina att de tre skulle gå till gamla kullen från stenåldern, eller om det var järnåldern – det kvittade, men det var något hemligt, sa Nina. Ingen annan skulle höra vad hon hade att berätta. Det var inte lätt att ta sig upp när kullen fortfarande var täckt av snö så Nina nöjde sig med att ta några steg in i skogsdungen. Där såg hon sig om för att förvissa sig om att ingen fanns där och började gråta. Nathan kunde inte låta bli att gråta med utan att förstå varför, det var bara för att Nina var ledsen. Först när Nina torkade tårarna såg hon på honom och frågade: "Varför gråter du?" Nathan var röd i ansiktet av gråten och visste inte vad han skulle göra av sig men drog upp näven ur fickan och öppnade den mot henne. I handflatan satt en liten, liten vit leksakskanin och såg med röda ögon på Nina. "Den är till dig. Jag tänkte ge den till dig men glömde." Han höll upp den närmare hennes ansikte.

Tårarna hade inte torkat än men Nina log när hon tog emot den lilla kaninen. Som om det lossade ett band kring hennes tunga började hon berätta med svag men tydlig röst. Hon kramade kaninen hårt som om hon hämtade styrka till varje ord från den. Jo, hon hade hört mamma prata med Janne i sovrummet. De skulle flytta till London helt och hållet. Med Nina. Utan Silver. Mamma och Janne trodde att Nina sov men hon var på väg till toan och hörde allt. "Och de ska ha ett barn till", pep Nina. "Jag vill inte följa med mamma, jag vill bo hos mormor och Holger då, som Magnus bor hos sin mormor."

Nina hade pratat med mormor om att bo hos henne utan att berätta att hon hört mammas och Jannes planer. Men mormor sa ifrån att det inte skulle gå för sig hur mycket hon än skulle vilja och hur mycket hon än älskade Nina. Det är hennes mamma som har rätt till vårdnaden och ingenting kan ändra det. Nu avbröt Nathan. Han visste att hans föräldrar planerade att flytta och ha en ny bebis. "Och jag vill inte flytta och jag vill inte ha en bebis istället för Silver", skrek han. Nina förstod att de måste göra något på egen hand nu när inte ens mormor kunde ha henne hos sig. Nathan hade ingen aning om vad som fanns att göra, men efter en stund, började Nina stampa på en liten isklump. För varje stamp kom ett ord med väldigt eftertryck och innebörden var att de skulle rymma till hennes farföräldrar. Hon hade luskat ut var de bodde, hon hade aldrig träffat dem men slog fast att de skulle vara glada att träffa henne och Nathan och Daniel och Silver och låta dem bo där. Fast mamma pratar aldrig om dem.

Nathan och Daniel hade inte väntat sig inte att hon satt inne med en så hemsk plan. Att rymma hemifrån! Ninas plan som inbegrep dem också var inte mindre än en chock. Fast Nina flydde ju från läraren och sprang till skogs, och så flydde hon från pedofilen, jo hon var duktig på att fly, men det här var något annat. Ingen av pojkarna var beredd på det, inte i sin vildaste fantasi hade de haft sådana tankar. Att fly från mamma och pappa som de älskar mest av allt? Och dessutom riskerade de inte att flytta ända till London. "Är ni med?" röt Nina och väckte pojkarna till verkligheten. Pojkarna såg på varandra. Nej! Daniel ville inte rymma och Nathan ville inte fly till hennes farföräldrar. Det var säkert.

Daniel hade inte sagt något alls innan han sa nej, på samma gång som Nathan, han hade bara lyssnat med munnen på vid gavel. Ska Nina flytta till London? Aldrig ses mer? Ska Nathan flytta? Aldrig ses mer? Varför hade ingen sagt något förrän nu? Själv hade han just hört av mamma att han också ska flytta fast inte nu och bara en liten bit, nära farbror Johan en gång i framtiden när pappa hade blivit polis. Det skulle ju inte göra så stor skillnad. Samma skola, samma kompisar, samma hund, samma hundklubb.

Daniel sa att Nina måste i alla fall prata med sina farföräldrar först, och hon kände dem ju inte. Men Nina var ändå övertygad om att de skulle vara superglada att träffa henne. "Skulle inte din farmor vara glad att träffa dig?" frågade Nina Daniel. "Men hon är i himlen med farfar och promenerar på ängen med mycket blommor för det var aldrig vinter där, men han ska nog hälsa på någon dag och de skulle visst bli glada att träffa honom och köpa ett spel. Pappa hade visat bilder på farfar som han fått av Holger och pratat en massa. Farfar var jättesnäll. Men jag ville inte rymma från Silver, mamma och pappa och Daisy. Och Tove. Och Elin."

Nina blev besviken och ledsen för nu var hon tvungen att fly på egen hand till sina farföräldrar. Det skulle vara bra att ha en kompis på vägen dit. "Men du då, Nathan?" Om ingen av dem kommer med så måste de lova att för allt i världen inte avslöja hennes planer för någon. Efter att de lovat för allt i världen sprang Nina därifrån. Det var hennes första steg på flykten. Nathan och Daniel såg henne försvinna bakom träden och buskarna. Hennes sista fotavtryck i snön var allt som fanns kvar. Det hade inte gått en hel sekund innan Nathan kände hjärtat bulta och han visste att det var av saknad. Han ville inte vara utan Nina. Han förstod inte vad det var för en ny men ändå gammal känsla som gjorde så ont.

Nathan sprang efter, grät och skrek att hon skulle vänta på honom. Han hann ifatt henne och hon stannade. Inte bara hon. Det var hela världen som stannat när han tyst stod framför henne. Både förstod att något hade förändrats men visste inte vad. Daniel sprang till dem och blev stående, stum och oförstående. Nina bröt tystnaden. Nå, tänkte Nathan följa med? Han ville inte fly men det kunde han inte förmå sig att säga. "Klart jag gör!" blev det i stället. Han hoppades någonstans att hennes planer skulle avslöjas, men inte av honom för han hade lovat att inte säga något. Möjligheten fanns att hon skulle ändra sig, att Daniel skulle berätta, att hennes mormor eller vem som helst skulle få henne på andra tankar. Det enda ursäkt han kunde komma på var att han inte hade pengar längre från bullförsäljning och hoppas att hon skulle inse hur svårt var att rymma utan pengar, men Nina tog det lugnt. Hon hade pengar, upplyste hon. Då försökte han förhala det, man kanske borde göra smörgåsar först. Jovisst, de ska inte rymma förrän i morgon. När alla tror att de gått till skolan. Då hinner ingen hindra dem.

Daniel gillade inte alls utvecklingen. De där båda tänkte lämna honom och Silver. Hur ska han stå ut med det? Kanske ska han också rymma i alla fall fast han inte ville. Han försökte skjuta upp avresan med allt han kom på, snart blir det vår och hans mormor skulle komma och tillsammans med henne skulle de jaga bort trollet och ta de stulna skatterna. Men det var inte tillräckligt lockande för att beveka Nina. Hon svarade att hon kunde ju komma tillbaka med sin farmor och leta efter skatten med hans mormor.

Daniel gav upp. Han hade lovat att inte berätta men lämnade henne och Nathan och gick ensam hem. Aldrig någonsin hade han varit så ledsen. Han började gråta ensam och högt. Nästan hemma mötte han en okänd vuxen som frågade varför han grät. "Jag ramlade", svarade Daniel, "men det går över." "Be mamma sätta på ett plåster", sa mannen och fortsatte sin väg. Daniel slutade gråta. Om han fortsatte med det måste han förklara sig och avslöja Nina och Nathan och bryta sitt löfte. Han måste tänka noga efter om han skulle rymma med dem. Kanske ändrar hon sig tills imorgon. Benen bar Daniel hem fast han inte ville dit och han tryckte håglöst på dörrklockan en enda gång, inte som det vanliga brandlarmet. Agneta trodde det var en försäljare. "Daniel?" sa hon när hon öppnade dörren. Det var oväntat. "Mår du bra lille gubben?" "Jarå", svarade han kort och irriterat medan han krängde av sig sina ytterkläder. Agneta gick till sina sysslor och avskrev det nya fenomenet med att barn förändras. Silver och Tove kom fram för att hälsa och Daniel klappade om dem båda. Det var hans familj.

Nina hade planerat allt noga och förberett sig. Hon hade pengar som hon sparat från bullförsäljningen. Hon och Nathan skulle ta tåg till Katrineholm dit hennes farfar och farmor flyttat innan hennes pappa dog. Hon hade aldrig träffat eller hört av dem för de var bortresta hade mamma sagt men nu måste de väl vara tillbaka igen. Hon kunde inte ringa dit för hennes mamma sa att gamla inte alltid ville ha telefon, men Nina var ändå övertygad om att de ville träffa henne. Hon hade sett bilder på dem hos mormor och de såg snälla ut. Och de ska bli farföräldrar åt Nathan med. Det försäkrade hon för honom men han var inte lika säker. Nathan hade helst backat ur men ville inte se Nina rymma ensam. Vem skulle skydda henne, ensam i hela världen? Han ville skydda henne från pedofiler och mobbiga lärarvikarier. Han visste inte hur långt det var till Katrineholm, kanske ännu längre än till Umeå. Men för säkerhets skulle han fråga mamma något som skulle avgöra saken. Där hemma märkte Bella att något inte var som det skulle med Nathan. Han verkade orolig över något. Precis när hon skulle fråga vad det var med honom kom Nathan med en fråga som överrumplade henne.

Nathan stod ihopsjunken och såg mindre ut än han var. Han ville veta att om hon måste fly från Ryssland av någon anledning, skulle pappa följa med fast han inte ville? Det kunde tyckas vara en underlig fråga, men inte för Bella. Hon tittade på sin son med kärlek: "Var det vad du grubblar över? Vi älskar ju varandra och självklart skulle pappa följa med." Bella kramade sin pojke och log, hela familjen är i säkerhet nu, han behöver inte oroa sig och ingen ska tvinga dem isär. "Aldrig! För vi vill vara tillsammans vad som än händer." Nathan lugnade sig och kramade mamma tillbaka och lade sitt huvud på hennes axel. Då var det bestämt. Då ska han göra som pappa och mamma, rymma med Nina för att hon måste det. Och redan i morgon skulle de ta farväl av Silver och han skulle pussa mamma lite extra och krama Daniel fast han inte brukade göra det. Bella såg på sin son och konstaterade att han borde klippa håret för det hade blivit långlockigt. Hon log men det gjorde inte Nathan som aldrig ville klippa sig och sprang till sitt rum. Förlåt, jag ska inte tvinga dig om du inte vill bli klippt! Åh så känsliga barn kan vara. Att bli så ledsen av bara det. Men han glömmer snart. Hon skakade på huvudet och gick till köket för att ta ett glas te.

Nästa morgon möttes barnen utanför porten. Allt skulle se ut som vanligt, det hade de kommit överens om. Nathan hade tömt sin ryggväska på skolböcker och fyllt den med frysta piroger som han varsamt lagt i en plastpåse. Ett par flaskor vatten också och tandborste, tandkräm och tvål och några kalsonger och bomullströjor. Det visste han att man måste ha med när man reser. Ombyte, hette det. Han glömde inte att ta med sig några servetter som han hade tagit med sig från matsalen en gång. Några stora pengar hade han inte sparat för hans bullpengar hade gått åt till ett par spel som han spelade med Daniel och Nina.

Nina tog med mindre att bära än Nathan, för när hon väl kom till sina farföräldrar skulle där finnas allt hon behövde. Hon såg fram emot att träffa dem. Hennes mamma hade aldrig självmant pratat om dem och ville inte göra det när hon frågade. Det hade hon gjort en gång. Då sa mamma att de var bortresta och kommer aldrig tillbaka. "Vi vet hur mamma hittar på", sa hon till Nathan. Hon ville inte att jag ska träffa dem."

Daniel kom ut med Silver. Kjell hade rastat honom tidigt och nu följde han snällt med för att lämnas hos Holger och Katarina där han alltid blev uppassad. Daniel höll fast vid sitt beslut att inte rymma och nu hoppades han att kompisarna hade ändrat sig. Han kände sig vilsen och hade inte kommit på något sätt som kunde förmå dem därhän. Speciellt Nina var orubblig. Nathan hade nog gått att övertyga om han inte känt sig tvungen att följa med för att skydda henne, som han sa.

De gav sig av och pratade inte mycket. Nina hade gråtit och då och då stannade hon för att krama Silver adjö och ursäkta sig med att han skulle ha det bättre hos mormor istället för att följa med henne på rymmen. Silver gnydde i sympati som om han känt att Nina var ledsen, och höll svansen mellan benen hela vägen.

Nathan gick tyst men ville inte gråta. Hos Ninas mormor svarade Nathan bara kort på hälsning och kramade Silver lite extra. Men Nina kramade Silver som aldrig förr, med tårar i ögonen. Mormor blev förvånad. "Lilla vän, Silver har det bra här, det handlar bara om några timmar och sedan har du honom tillbaka", sa mormor och kramade Nina. Nina kramade sin mormor ordentligt också innan hon sprang iväg med kompisarna. Mormor såg efter dem och undrade vad i all sin dar som stod på.

Utom synhåll från villan stannade Nina och Nathan. Daniel hade väntat sig att Nina och Nathan skulle fly först efter skolans slut men nu hade de blivit stående några meter bakom honom. De såg uppfordrande på honom och han undrade: "Vad?" Nina tog till orda: hon och Nathan skulle inte till skolan. De tänkte rymma redan nu. Hon upprepade att hon inte ville flytta till London och Nathan ville inte flytta från Sångvägen. Det vore bäst om Daniel följde med dem. Nathan föll in med vad han redan sagt: Nina behöver skydd på vägen. Nina blev förnärmad och knuffade till Nathan: om han inte ville fly så behövde han inte göra det, inte bara komma med som skydd för henne. Hon kunde klara sig själv. "Nej, nej, jag vill fly med dig", sa Nathan.

Daniel kände att blodet rann från huvudet och han frös där han stod. Nu kom frågan igen, borde han inte vara solidarisk med sina kompisar och fly med dem? Han hade inte förberett sig för att rymma och ville inte det men samtidigt ville han inte vara utan dem. Tankarna malde i hans huvud tills Nina sa högt och klart att om han inte tänkte följa med så fick han säga det.

Daniel såg på sina kompisar, på vägen, på träden, på byggnaderna. Han såg allting tydligt men ändå overkligt, som i naturprogrammen på teve när molnen drar jättefort fram eller blommor slår ut på sekunder. Han tänkte på mamma och pappa och syskonen och att mamma skulle bli förtvivlad. Han ville inte fly därifrån. Nina röt åt honom igen: hur skulle han ha det? Nathan var tyst. Daniel ryckte till: "Stanna kvar! Jag vill inte fly. Jag ska ta hand om Silver." Nina hade fått svar. Faktiskt var det ju bra att någon stannade för att ta hand om Silver medan de var borta. "Men du skvallrar inte om oss, eller hur? Lova det." Daniel satte nästan löftet i halsen.

Barnen sa enkelt hej och skildes åt. Daniel gick mot skolan och Nina och Nathan mot Jakobsbergs station för att ta pendeltåget till Stockholms central. Plötsligt vände Daniel om och sprang gråtande efter sina kompisar. "Vart tar ni vägen? Kom tillbaka, hör ni." Nina började gråta och Nathan därefter. "Nej, vi vill inte komma tillbaka! Vi ska fly till min farfar och farmor, gå till skolan du! Och ta hand om Silver", svarade Nina bestämt och slutade gråta som om hon bestämt det också. Hon tog tag i Nathans hand och sprang iväg med honom. Daniel visste inte vad han skulle ta sig till, springa efter dem eller gå till skolan. Eller om han skulle bryta mot sitt löfte och berätta allt för sin mamma. Men han kunde inte bestämma sig utan stod där och såg sina kompisar försvinna snabbt bakom krönet. Då vände han mot skolan, ensam, villrådig och rädd. Han gick sakta, såg sig om då och då och hoppades att allt skulle vara ett dåligt skämt och att de skulle dyka upp igen som om inget hade hänt. Vid skolans port ångrade han att han inte följt med. Kanske skulle han springa ifatt dem? Nej, han hade bestämt sig. Han ville inte fly från sin familj.

När barnen samlats i klassen märkte Gunilla genast att Nina och Nathan inte satt på sina platser. Först sa hon ingenting, för ibland kom barnen lite sent och hon hade inte fått föräldrarnas besked om att de inte skulle komma till skolan den dagen. Men Daniel var där. Inte heller till nästa lektion hade de infunnit sig och då frågade hon Daniel om han visste om Nina och Nathan var sjuka. Daniel var bunden av sitt löfte och skakade bara på huvudet. Gunilla tänkte att hon måste ha missat deras föräldrars frånvaroanmälan på morgonen.

Ändå anade hon oråd, Daniel tycktes veta något som han inte ville berätta och han hörde sannerligen inte till de förtegna. Hon gav klassen en räkneuppgift och gick till personalrummet för att kolla om föräldrarna hade meddelat skolan barnens frånvaro. Nej, ingen hade ringt eller lämnat någon uppgift om att barnen inte skulle komma till skolan den dagen. De skolkade alltså, och det hörde inte till vanligheterna på lågstadiet i deras skola! Hon ringde Bella men ingen svarade hemma och hennes mobil var avstängd. Det föreföll klart att hon var på jobbet. Så ringde hon upp Charlotte men fick inget svar. På jobbtelefonen sa man att Charlotte hade gått till tandläkaren och hade också hon stängt sin mobil. Hon försökte med Agneta fast Daniel var i skolan, men även Agnetas och Kjells telefoner var avstängda. Gunilla hade inte de nya numren till Agnetas jobb och Kjells polisutbildning.

Gunilla kom tillbaka till klassen och kallade ut Daniel i korridoren. Han visste ingenting, sa han och började gråta. Hon lät honom vara och gick till rektorn, hon visste ju att han var förlovad med Ninas mamma, men tvekade inför att bekymra honom, kanske alldeles i onödan, han hade ju haft infarkt för knappt ett år sedan. Men rektorn var inte på plats utan på resa för ett par dagar. Ingen visste var man kunde nå honom. Studierektorn var inte heller på sin plats, hade möte på kommunalhuset. Gunilla måste lösa problemet själv. Hon funderade och kom på Agneta var anställd på ett kommunalt dagis. Hon ringde kommunen och fick numret till Agnetas jobb och ringde dit men Agneta var på väg med sin barngrupp och en kollega på utflykt till stallet.

Det var som förgjort och hon återvände till Daniel och tog ut honom igen i korridoren. "Daniel! Jag är säker på att du vet var Nathan och Nina är, jag måste bara veta om de mår bra. Varför kom de inte med till skolan?" Gunilla såg väldigt bekymrad ut och Daniel blev skuldmedveten: "Jo, de mår bra. Men jag har lovat att inte säga något. Det tänker jag inte göra." Daniel började gråta och upprepade att han hade lovat att inte säga vart de tog vägen men mådde bra, det gjorde de. Gunilla släppte in Daniel till klassen igen och tyckte att det fick räcka för henne att veta att de mådde bra, men det var oroväckande att Daniel var så ledsen. Hon måste försöka få tag i någon av föräldrarna senare och funderade en stund hur hon skulle gå vidare. Men hon hade ju en klass att ta hand om och skyndade sig dit. Daniels plats var tom och ryggväskan borta. Hon sprang ut på gården men han var försvunnen. Nu var Gunilla riktigt orolig. Aldrig att ett barn försvunnit från hennes klass. Hade hon pressat Daniel för mycket?

Men Daniel hade inte lämnat skolan för det utan för att han bestämt sig för att gå till Ninas mormor och berätta för henne om Ninas planer. Han sprang allt han orkade. När Katarina öppnade dörren var han andfådd och röd i ansiktet. Han stormade in i hallen utan att ta av sina snötäckta skor. Silver stod redan svansviftande vid dörren. Katterna kom smygande till hallen, nyfikna men avvaktande inför uppståndelsen. Mormor var förstås förvånad, varför var Daniel inte i skolan? Ord för ord kom ur Daniel, hur Nina hade flytt för att hon bråkat med sin mamma och att Nathan inte ville att hon skulle fly ensam och kanske råka illa ut så han följde med henne fast han inte ville fly hemifrån men inte flytta heller, fast han inte skulle flytta som hon, ända utomlands...

Katarina blev blek. Det var väldigt mycket på en gång och kanske inte alldeles klart framställt, hon hade många frågor men behärskade sig, kramade Daniel ordentligt och tröstade honom tills han slutade gråta. Hon tackade för att han kom och berättade, men nu måste hon hitta rymlingarna. Daniel berättade att han bara hört att hon ville till sina farföräldrar i Katrinplommon eller någonting. "Katrineholm? Daniel?" "Ja, det var det nog. Dit skulle hon åka tåg och hon hade bullpengar till biljetten." Mer visste han inte. Mormor tänkte att det var modigt av Nathan att följa med som beskydd men stackars Nina, vilken chock hon ska få när hon inte hittar sina farföräldrar.

Mormor var oroad och visste inte hur hon skulle få tag på Charlotte och Bella. Holger som kommit ut i hallen och stod där hade hört det hela och var lika villrådig. Ringa polisen eller spåra Charlotte först? Katarina kramade Daniel igen. Fast hon inte ville gråta inför Daniel rann tårarna. Holger kramade henne och var säker på att de skulle hitta barnen snart. Holger föreslog att ta bilen till Katrineholm på en gång och på vägen dit kunde de ringa Charlotte och Bella och kanske kontakta polisen. Han tog på sig ytterkläderna medan han talade. Mormor klädde sig i en hast. Men ska vi inte ringa polisen? "Inte än", sa mormor. Daniel borde återvända till skolan men tog istället Silver med och gick hem till sig. Det kom inte för Katarina att fråga om hans lärare visste vart han tagit vägen.

Vid det laget hade Nina och Nathan köpt biljetter kontant och satt på tåget på väg till farföräldrarna. Deras adress stod på ett kort som de hade skickat till hennes pappa för länge sen, med frimärke på. Nina höll kortet som en skatt. Det var enda som hon hade till hjälp att hitta dem. Hon förklarade för Nathan att hennes mamma måste ha bråkat med dem och förbjudit dem att komma eller hälsa på henne. Men nu skulle Nina komma till dem!

Tåget rullade på. I höjd med Huddinge station kollade konduktören deras biljetter och frågade om någon vuxen väntade på dem i Katrineholm. "Vi är på väg till farfar och farmor", svarade Nina med glad uppsyn. "Trevligt!" tyckte konduktören och fortsatte vidare. Nina andades ut. Farföräldrarna väntade förstås inte men hon var övertygad om att de skulle bli glada när hon letat upp dem.

Nathan satte sig vid en fönsterplats och såg hur snabbt träden försvann bakom tåget, passerade klippor och snötäckta ängar, vitt och lantligt. Nina ville inte prata för hon var trött, hon hade knappt sovit på natten och tågets rytmiska ljud fick henne att somna. Nathan fortsatte titta ut och blev lite rädd när tåget passerade en tunnel och det blev alldeles svart. Då kom han att tänka på mamma och pappa och att han kunde ringa upp dem när han kom till Ninas farföräldrar men utan att säga var de befann sig och Ninas farföräldrar måste lova att inte tala om för någon att Nina och han bodde där. Nina hade försäkrat att de skulle hålla tyst så att mamma inte hittar henne och tvingar henne med till London.

Sen igår hade Nina klagat över att hennes mamma inte älskade henne, inte lyssnade på henne, inte brydde sig om henne. Hon var arg, klagade och klagade medan Nathan lyssnade. Det brukade han göra. Han var bra på att lyssna och det gillade Nina. Men nu var det inte läge att tala om för Nina att han var alldeles säker på att hennes mamma älskade henne. För när Nina flydde från elaka läraren och ramlade i en grop i skogen grät hennes mamma och sa att hon själv skulle dö om man inte hittade Nina. Det fick han vänta med att berätta. Nathan såg inte längre landskapet som tåget passerade, han försjönk i sin egen värld, i egna tankar, orolig för vad mamma skulle tro. Han ville gråta men bestämde sig istället för att titta ut igen. Nu svischade träden förbi tåget vid sidan om vägen. Gnesta! sa högtalaren. Nina vaknade. De var inte framme än. Tåget stannade vid stationen, några passagerare klev av, några steg på. Tåget rullade vidare. Nina blundade men sov inte. Hon låtsades sova för att slippa prata. Nathan tänkte väcka henne för att visa henne att det låg en sjö där som såg ut som Översjön men tyckte att det var bättre att hon fick sova vidare. Nina öppnade ögonen i alla fall efter en stund, när tåget stannade vid ytterligare en station men där fanns just ingenting att intressera sig för.

Det hade gått nästan tre timmar sedan de flydde när de anlände till Katrineholms station. Barnen klev av tåget och stod på perrongen till dess tåget åkte iväg mot Vingåker. Nina såg sig om lite osäkert. Det var nog bättre att fråga någon var det låg en gata som hette något med fred. Hon visste att farföräldrarna bodde i närheten av ett sjukhus. Vad hette det nu? Hon hade kortet med adressen i sin ryggsäck och ville läsa det igen. Hon hittade det inte där hon trodde hon hade lagt det så hon tömde väskan på bänken på perrongen som var full av snö. Hon rotade bland kläder, mackor och flaskor och där låg hennes lilla plånbok. Hon rafsade ihop sina grejer huller om buller med snö ovanpå i väskan och sprang mot trappan till utgången med Nathan efter.

På perrongen sopade en städare snö och plockade skräp. Han såg de båda springa och lämna efter sig en plånbok på bänken. Han ropade med hela sin röst och Nina och Nathan tvärstannade. Städaren kom fram med plånboken i handen och frågade vems den var. "Det är min", sa Nina och sträckte ut handen. Han bad henne tala om vad hon hette och vad hon hade i plånboken. När allt stämde gav han henne plånboken och återvände till sin syssla efter att ha läxat upp dem att man måste vara rädd om sina grejer och inte springa i snön för man kunde halka.

Nina var skärrad. Hon kunde ha förlorat inte bara adressen men plånboken också. Alla hennes sparpengar låg där. Men det gjorde inget för hon skulle få pengar av sina farföräldrar, upplyste hon Nathan, hon ville inte erkänna att det var allvarligt att förlora plånboken och bytte genast ämne. Hon hittade kortet med gatans namn, Fredsgatan. Nathan föreslog att de skulle fråga någon var sjukhuset låg. Det visste nog alla fast de inte hittade just Fredsgatan. Det lät vettigt. Nina hejdade en passerande gammal kvinna och undrade åt vilket håll sjukhuset låg. Jo, de kunde passera McDonalds och fortsätta rakt fram så långt det gick och sedan till höger och sedan rakt fram till sjukhuset, Kullbergska hette det.

Nina och Natan tackade artigt och tog sig sakta fram på den oskottade trottoaren efter anvisningen. Nina letade efter kortet för att se vilket husnummer det var men hittade det inte. Nathan tyckte att hon skulle kolla i alla fickorna. Hon grävde och hittade det till sist, andades ut och berömde Nathan. ”Men det står inget telefonnummer. Många gamla har ingen telefon”, förklarade Nina när de passerade McDonalds. Sedan gick de förbi en tandläkarklinik och fortsatte. ”Här är Jägaregatan”, stavade Nathan. ”Jägaregatan”, sa Nina. ”Här finns många jägare. Men min farfar bor inte här fast han är jägare”. Hon visade Nathan adressen. Och här började en ny gata. Det var inte Fredsgatan, det var Trädgårdsgatan nummer fem.

”Och vi ska jaga älg med farfar”, lockade Nina. Men Nathan ville inte jaga älg och tyckte synd om älgen. Han hade träffat en älg på Skansen och den var snäll. ”Nej! Jag vill inte döda älgen.” Nina såg att han var ledsen och tog honom i handen och de gick tillsammans medan hon kommenterade hur alla träd såg ut som paraplyer. Kanske det var ont om paraplyer i Katrineholm så folk måste ta skydd under träd när det regnar och snöar. Men Nathan invände att man inte får stå under träd när det åskar för där kan blixten slå ner. Nina gav med sig, kanske träden ser ut så för att fåglarna ska ha bättre plats att bygga bo i.

Vid en korsning stannade de och visste inte vilket håll som ledde rätt. Men de skulle till en villa nära sjukhuset. Så det måste de hitta. Vad sjukhuset hette kom ingen ihåg, det va något med kull...kullerbytta? En gammal kvinna med rullator närmade sig. Hon hade lite svårt att ta sig fram i snön trots att vägen var plogad där. Nina frågade var sjukhuset låg och kvinnan pekade med huvudet utan att släppa sina handtag och fortsatte sin mödosamma färd. Nina kommenterade att alla i Katrineholm måtte ha rullatorer för de hade redan passerat minst tusen. Nathan nickade. Men kanske hennes farföräldrar hade rullatorer och då kunde de prova själva om det var svårt att dra dem i snön.

Äntligen stod de två barnen framför sjukhuset. Kullbergska stod det minsann. De kände sig frusna och gick in för att värma sig lite innan de skulle fortsätta leta. Vid sjukhusets entré fanns ännu fler gamla människor. Nina hoppades att hennes farföräldrar inte hade rullatorer, för då skulle det bli för tråkigt. Men det spelade egentligen ingen roll. Hon skulle hjälpa dem att handla så de slapp gå i snön. Men då kan de inte jaga älg, tröstade hon Nathan. Han tänkte på Daniels mormor. Hon var pigg och klarade sig utan rullator. "Kanske de är starka som Daniels mormor och jag vill inte jaga i alla fall", sa Nathan. "Okej. Du behöver inte gå med till skogen." Nathan kände sig kissnödig och de sökte efter en toa. "Där i korridoren är en toaskylt och jag är också kissnödig", sa Nina och barnen skyndade dit.

Innan det blev mörkt måste de hitta Ninas farföräldrar, det var ett som var klart. De kom ut från sjukhuset och frågade en av alla gamla, en man den här gången: "Där är Fredsgatan", pekade han: "Och där ligger Trädgårdsgatan." Nathan frågade Nina om huset låg på Fredisgatan eller Trädgårdsgatan? "Bilden är på Fredsgatan men huset ligger på Trädgårdsgatan 5." Barnen gick ditåt mannen pekat och Nathan läste högt och lättat: "Trädgårdsgatan".

Barnen räknade sig fram till nummer fem. Men det var ett flerfamiljshus och ingen villa. "Var bor dom då, var är villan?" sa Nina högt. Det var en obehaglig överraskning för Nina. Hon måste fråga. För en gångs skull kom det en ung kvinna med barnvagn förbi som Nina hejdade. Kvinnan hade aldrig hört talas om en villa på nummer fem där eller överhuvudtaget någon villa på den gatan. Nina måste ha skrivit fel. Eller tänk om villan rivits ner för att ge plats åt andra hus. Nina måste fråga någon äldre person, rådde kvinnan.

Men nu var gatan tom och inte en enda gammal människa fanns inom synhåll. Barnen stod kvar på trottoaren och väntade. De behövde ändå inte vänta mer än några minuter tills en gammal dam kom med sin rullator. Hon måste väl veta vart villan tagit vägen och veta vart hennes farföräldrar flyttat. "Kära nån, det var länge sedan villorna fanns här. De flesta har rivits och jag kommer ihåg den där villan, där bodde Eskil med Gurli och de hade en son. Först dog sonen och det blev för mycket för hans föräldrar och pappan lade sig bara ner och dog i infarkt och därefter dog mamman på sjukhuset.

Nina lyssnade. Det kunde inte vara hennes farföräldrar även om namnen stämde. Nej, de var ju bara bortresta. "Och sonen, vad var det han hette… jo nu kommer jag ihåg, Tomas? Nej nej, Tobias var det,

gamla människor kan bli glömska ibland" sa hon med urskuldande min.
"Jo, Tobias, en duktig pojke." "Tobias?" upprepade Nina och kände
hjärtat falla i en djup grop. "Jo, det hette han. När han var ung hjälpte
han mig att plocka äpplena. Tobias. Han flyttade till Stockholm sen, tror
jag." Nu fick Nina klart för sig att det var hennes pappa som tanten
berättade om och skrek: "Du ljuger! Du ljuger!" "Herregud vad
ungdomen är oförskämd nu för tiden", sa hon högt och knuffade
rullatorn framför sig.

Men varför skulle tanten hitta på en sån grym osanning? Hon hade inget
otalt med Nina, hon kände henne inte alls. Tänk om trollet hade skickat
henne. Och dödat hennes farföräldrar. Nathan kände plötsligt att han
frös. Vad skulle de ta sig till? Om nu trollet följde dem osynligt och hade
dödat hennes farföräldrar var det riktigt illa. De måste bli av med det
där trollet.

Nina grubblade också över vad tanten sagt. Ljög den här gamla tanten
som hon aldrig träffat förut? Inte kunde hennes mamma ha ljugit om
sina föräldrar! Hon sprang ifatt tanten och gråtskrek: "Det är mina
farföräldrar som du säger är döda. Men det är de inte, de är inte döda."
Den gamla blev förtvivlad: "Å förlåt! Jag trodde att ni går i skolan här
och håller med specialarbete om hur världen såg ut innan de rev allt
och byggde de här husen istället. Skolbarnen brukar göra sådant."

Nathan sa ingenting för han var också skakad av att allt var borta.
Kvinnan fortsatte: "Lilla vän, om du vill besöka dina farföräldrars grav så
finns det ingen. De ligger i en minneslund där borta." Det lät som
alldeles sant, det hon sa. Det måste vara mamma som hade ljugit. Sagt
att de var bortresta. Allt blev svart och tomt och Nina slutade gråta. Hon
blev helt lugn, men inte av insikt eller besinning, utan av att all kraft
lämnade henne. När kvinnan såg att Nina slutat gråta ville hon dra sig
undan innan det blev värre. "Hördu, jag måste kila iväg, ska till doktorn,
hälsa din mamma." Hon fortsatte sin mödosamma färd mot sjukhuset
med sin rullator.

Det här var inte okej, tänkte Nathan som varit tyst hela tiden. Han visste inte hur han skulle trösta Nina. Han kände sig lika vilsen själv. De var på rymmen och visste inte vart de skulle ta vägen efter det här. Nina grät. Var det för att hennes farföräldrar inte fanns längre? Eller för att hon inte visste vart hon skulle ta vägen? Eller för att mamma beslagits med lögn? Eller allt på en gång, varje sak för sig var skäl nog. När Nina grät så otröstligt kunde inte Nathan göra än att gråta med. Han visste inget bättre sätt att trösta Nina på. Det bästa var att hålla med och göra likadant när hon var arg eller upprörd. Och han började gråta så högt att Nina såg förvånat upp och frågade: "Och du då? Varför gråter du?"

Nathan hade ingen bra ursäkt men stammade fram att han ville gå hem och att det vore bäst om de inte rymde längre. Nina var besviken men insåg att rymma inte skulle hjälpa när man ingenstans har att ta vägen. "Jo, vi får nog åka hem men först kan vi äta på McDonalds."

Nathan hade piroger ned sig men Nina ville inte ha. Nathan hade inte pengar till mer än en enkel hamburgare men Nina hade mer och beställde två barnmenyer. Det skulle ta några minuter så Nina gick på toan för att tvätta ansiktet rent från gråtspår. Nathan satte sig vid ett bord, ensam och ledsen.

En flicka som torkade av borden efter gästerna lade märke till honom och frågade varför han inte var i skolan. Nathan tittade upp och sa att han ville ringa hem och hon gav honom sin mobiltelefon. Han kunde hemnumret men ingen var hemma utan telefonsvarare. Men det var i alla fall mammas röst och det kändes tryggt: "Det är jag. Vi mår bra och jag ville inte rymma men jag kan inte lämna Nina ensam." Där bröts samtalet. "Ingen täckning ibland", sa flickan och skakade på huvudet, "det händer hela tiden."

Nina kom tillbaka utan att veta att Nathan hade ringt, och han sa ingenting om det. Medan de åt sina hamburgare började de dividera om vad de skulle göra härnäst och vart de skulle åka. Nina ville inte åka tillbaka hem men Nathan hade fått nog, han saknade sin mamma och sitt rum och Silver och Daniel och skolan och till och med ödetomten.

Gunilla hade förgäves försökt nå Bella och Charlotte, men på eftermiddagen när hon släppt hem klassen för dagen hade Bella sin mobiltelefon på. Det blev klart för Gunilla att Bella inte anmält Nathan sjuk och inte visste vart han tagit vägen. Hon försökte lugna Bella, barn kan skolka ibland men sen kommer de hem och låtsas om ingenting. Men det lugnade inte Bella. Det var inte likt hennes pojke och inget som hon kunde acceptera. Men hon hade ju inte varit anträffbar på hela förmiddagen och kanske Nathan var hos Daniel. Det var ändå hans vanligaste tillhåll.

Agneta hade just kommit hem med Tove och hade inte fått av sig ytterkläderna när Bella ringde på dörren och störtade in när hon fann den stå på glänt. Hon sökte med blicken efter spår efter Nathan innan hon upptäckte den förvånade Agneta. Hon frågade efter barnen men ingen var hemma utom Daisy. Bella sa att hon just fått höra att Nathan och Nina inte var i skolan idag och att även Daniel försvunnit från klassen. Plötsligt ringde det frenetiskt på dörren så Bella hoppade högt. Det var Daniel som kom hem med Silver. Agneta gav sig på Daniel, varför lämnade han skolan och vart hade Nathan och Nina blivit av? Daniel blev blek. Han berättade att han gick från skolan för att berätta för Katarina, och så hade hon och Holger åkt till Katrineholm för att söka efter Nathan och Nina. Nina ville till sina farföräldrar som bodde där och Nathan hade följt med. Det blev för mycket för både Bella och Agneta. Bella vacklade till och försökte stödja sig på dörrkarmen men fick istället tag i kläder som hängde vid dörren och föll omkull med kläderna över sig. Agneta hjälpte henne upp och ledde henne till vardagsrummet. Bella började gråta.

Just då ringde hennes mobil. Det var Katarina. Hon försökte förklara för Bella, som avbröt med ideliga frågor, att de var alldeles i närheten av Katrineholm för att leta efter Nathan och Nina. De tänkte söka först vid stationen och sedan i det område där Ninas pappa bodde med sina föräldrar en gång i tiden. Om de inte lyckades genast skulle de vända sig till stadens polis. Holger bröt in för att försäkra Bella att Nathan skulle komma hem oskadd. Bella hade inget annat val än att vänta på nästa besked från Holger.

Efter att Katarina lagt på skällde hon på Holger, hur kunde han garantera Nathans säkerhet så långt hemifrån? Ingen visste vad de kunde ta sig till! Men efter en stund fann hon att det kanske var bäst så. Hon kände sig skyldig för att det var hennes barnbarn som dragit med sig Nathan. De måste hitta rymlingarna. De var i en främmande stad och långt, långt hemifrån.

Och så Charlotte... Katarina försökte nå dottern gång på gång, men utan framgång. Katarina bävade inför samtalet. Hur skulle hon meddela henne att hennes barn hade försvunnit till Katrineholm för att leta efter Tobias föräldrar? Mormor undrade sorgset om det inte hade varit bättre om hon hade ringt polisen i Jakobsberg, eller direkt till polisen i Katrineholm istället. Hon började ångra sig men gjort var gjort. Holger lugnade henne med att det var bäst och skulle gå fortast om de själva började söka. Åtminstone en stund. Polisen i Katrineholm kunde ju inte identifiera barnen och det var knappast troligt att de själva skulle söka sig till en polisstation.

Nu var de framme i Katrineholm och Holger hade stannat vid järnvägsstationen. Den var folktom, ett tåg hade lämnat stationen för någon timme sedan. Holger begav sig till väntrummet. Även det var nästan tomt. Han frågade i expeditionen om två åttaåringar hade synts till, en ljus flicka och en rödhårig pojke. Nej, expediten hade inte sett dem gå av tåget. Holger kom ut på perrongen och fick syn på städaren. Och visst hade städaren sett de två barnen, det kunde man inte glömma när de tappat en plånbok full med pengar, men de hade gått ut på stan. Holger tackade och blev lugnare. De var i alla fall oskadda för inte länge sedan. Han gav städaren sitt visitkort och bad honom ringa upp om de kom tillbaka, och hålla dem kvar där. Han ville ge städaren femhundra kronor för besväret men han vägrade ta emot några pengar. Han hade också barn och hjälpte gärna till.

Holger och Katarina återvände till bilen. Det kändes bra, nu visste de att barnen hade kommit fram och fortfarande var kvar i staden. Katarina pekade på platsen där sjukhuset fanns, och i närheten bodde farföräldrarna. Hon hade besökt dem ett par gånger innan de gick bort. Holger följde hennes anvisningar men Katarina kunde knappt känna igen sig. Det var ju flera år sedan och hela området var ombyggt till oigenkännlighet, och Nina kunde inte veta det. Holger körde sakta, cirkulerade i gatorna runt i området utan resultat.

Inte underligt, barnen satt redan på McDonalds. Där försökte de bestämma vart de skulle ta vägen. Det korta letandet hade gett Nina svart på vitt, att hennes mamma hade ljugit: det var inte bara hennes pappa som var i himlen utan även hennes farföräldrar. Hon ville inte komma tillbaka till mamma och åka till London. Nathan försökte få henne att ändra sig. Han för sin del ville hem till sin mamma. Det var ont om andra alternativ men till slut kom de fram till en kompromiss.

Holgers telefon ringde efter några minuter. Det var städaren från stationen. Han hade hejdat de två barnen när de försökte köpa biljetter till Vingåker. Holger blev överlycklig, han hade inte väntat sig så snabbt resultat. Han hade redan övervägt att engagera polisen. Katarina kunde inte tro sina öron och frågade gång på gång om det verkligen var deras båda barn. Holger lyckades inte lugna henne för han var själv så uppjagad och hade all möda att manövrera bilen. När de nådde stationen parkerade han så slarvigt att en förbipasserande påpekade det för honom. Han brydde sig inte och sprang före Katarina upp till perrongen. Där såg han inte till dem och stormade in i väntsalen. Katarina försökte hänga med. Hon blev långt efter men hann se åt vilket håll han sprang. Hon hade bara Nina i tankarna, hennes enda barnbarn.

Och Nathan, stackars Bella. Hon skulle ge sitt liv för henne och Nathan. Inget ont fick hända de kära barnen.

Där såg Holger två bekanta figurer i väntsalen, Nina och Nathan, de satt hopkrupna på en bänk under städarens vakande ögon. Han hade bestämt sig för att inte släppa dem ur sikte. Barnen såg inte Holger förrän han kastade sig över dem med stora famnen och ett lyckligt skratt. Katarina hann strax ifatt och tog över kramandet. De överrumplade barnen hämtade sig raskt från chocken att se Katarina och Holger i Katrineholm och kramade tillbaka. Nina var outsägligt lättad. Hon kände att hon inte var utan kärlek, och även om hon och mamma var oense som nu så var hon inte ensam. Hon hade alltid mormor. Holger och mormor kom med bara glädje, inga förebråelser. Nina kramade Holger. Han var hennes morfar. Minst lika glad och lättad var Nathan. Nu skulle han komma hem till sin mamma.

För Nina och Nathan var det ett mirakel. Hur kunde mormor och Holger hitta dem? Men det var inte så viktigt, nu var de här och barnen började gråta. Nina pratade om sitt och Nathan babblade om sitt och som vanligt i munnen på varandra. Kanske var de lättade för att äventyret var över, de hade kommit hit utan att finna vad de sökte och då var de ensammast i hela världen. Men Holger visste en sak: aldrig skulle han släppa de här barnen ur sikte, inte så länge han levde. Han kände en så obeskrivlig värme för dem. Nina klagade på sin mamma som alltid ljuger. Katarina blev ännu mer berörd när Ninas förtvivlade gråt inte ville ta slut. Även städaren blev rörd och sprang till kontoret bakom disken och hämtade ett glas vatten till Nina. Det var en tårfylld återförening som inte undgick de väntande resenärerna i hallen. Städaren stod där med vattenglaset, han behövde inte fråga för att förstå. Han tänkte att vore det hans barn skulle han varit precis lika gripen.

Holger noterade städaren med glaset och tog över det. Han var själv torr i munnen men räckte det åt Nina. Hon skakade på huvudet och slutade gråta, mest av förvåning men ville inte dricka. De hade druckit Coca Cola på McDonalds. Katarina fick glaset i stället, hon var svimfärdig av sinnesrörelsen och behövde det. Medan hon drack hann känslorna hos alla svalna något. Holger tömde det sista av vattnet. Han tackade städaren gång på gång tills orden inte räckte och gav honom en kram för att klargöra att han verkligen var tacksam. Han frågade än en gång om han inte kunde bidra med pengar till hans barn som någon liten erkänsla. Men städaren svarade att han redan fått sin belöning, det var en glädje att hitta barnen för tänk om det var hans barn som försvunnit. Även Katarina tackade honom oändligen men kunde inte krama honom för båda hennes händer var upptagna. Hon höll ett barn i var hand, stadigt för att inte förlora dem igen. Nu var allt lugnt och det var bara att köra hem tillsammans. Om ett par timmar skulle de vara hemma men de måste ringa Bella och Charlotte ifall skolan hört av sig. Ho försökte men fick inget svar så han lämnade ett meddelande, han hade barnen med sig och de fick ringa upp honom.

Sällskapet rörde sig mot utgången. På stationen fann de bara en automat med läsk men utanför fanns en pressbyråkiosk och nu ville barnen ha saft efter all gråt. Ingen behövde prata mer och alla var avspända och lättade. Det kom inte en enda invändning mot att återvända hem. Katarina såg barnen obekymrat ägna sig åt att sörpla saft och tänkte att Nina kanske bara ville ha mammas uppmärksamhet, och nu skulle hon nog få så mycket hon behövde.

På bilen satt en böteslapp. "Det var snabbt", sa Holger och märkte att han inte tänkt på att låsa bilen i brådskan. Han var inte ens misslynt över böterna utan bara glad över att barnen kommit till rätta. Nu satt de i baksätet och hade snabbt kommit underfund med säkerhetsbältena och gett klartecken för avfärd. Bakom ratten kunde Holger inte låta bli att fråga: "Men varför ville ni åka till Vingåker, ett litet samhälle där ni inte känner någon?" Nu log Nina och sörplade de sista saftdropparna ur paketet medan Nathan svarade att de ville köpa "outlet-vantar". De hade hört en kvinna berätta för biljettförsäljaren om outletförsäljningen när hon köpte sin biljett dit.

Katarina blev häpen. Vad sker i dessa små huvuden? Vad var det för logik? Hur tänker de egentligen? De sitter ensamma långt hemifrån och vet inte vart de ska ta vägen och då griper de en möjlighet att köpa billiga vantar? De har väl aldrig haft ansvar för sina klädköp förut... Hon sa ingenting men Holger föreslog att ta en vända dit och utan att vänta på svar dirigerade han bilen mot Vingåker. Katarina tänkte att Charlotte nog inte hade så lätt med Nina. Hennes infall, hennes humör, hennes tvärsäkra uppfattning av allt i sin värld och i sagornas värld... Men ändå var Nina den raraste tjejen i världen.

"Katarina? Vi blir försenade hem, kan du nå Charlotte eller Bella?" frågade Holger. Katarina började med Charlotte. Hennes mobil var upptagen så hon ringde Bellas. Bella kände inte igen det uppringande numret men frågade genast: "Nathan och Nina?" "Det är Katarina, barnen är med mig och Holger och de är välbehållna", sa Katarina högt. Bella hann inte svara innan Charlotte nappade åt sig telefonen och stammade något obegripligt som dränktes i en väldig suck av lättnad. Katarina trodde inte hon varit tydlig nog och upprepade det hon just sagt. Charlotte återfick målföret och ville prata med Nina. Det blev tyst en stund tills Katarina återkom: "Nina vill inte prata med dig. Nathan vill prata med sin mamma."

Charlotte var röd i ansiktet när hon räckte tillbaka mobilen åt Bella och hon var tom på alla tankar och känslor utom en: hon var totalt misslyckad som mamma, kunde inte inge förtroende, inte ge skydd och stöd åt sitt barn. Det var som om hon aldrig dög eller hade rätt att kalla sig mamma över huvud taget. Hon grät inte och sa ingenting mer. Agneta förstod hennes självrannsakan och kramade henne men kunde inte trösta. Hur ska man trösta en förälder vars eget barn tar avstånd? Agneta insåg att känslorna måste svalna innan man kunde resonera sig vidare.

Bella pratade med Nathan, på ryska. Inte för att hon ville hålla de andra utanför men det var lättare att utrycka sina känslor på sitt eget språk. Efter en stund räckte hon telefonen åt Charlotte: "Nu vill Nina prata. Hon har ångrat sig och vill säga något till dig." Charlotte tog reflexmässigt emot mobilen och höll den mot örat med en min som visade att inget kunde bli värre än det redan var. "Jag älskar dig, mamma, men du lyssnar inte på mig", började Nina och fortsatte, allt mer upprört, att hon aldrig fått veta något om sina farföräldrar, hurdana de var, eller om morfar älskade henne eller ens brydde sig överhuvudtaget. "Är det någon som bryr sig? Du ljög om farfar och farmor och sa att de var bortresta."

Charlotte var klarvaken. Kunde något räddas så måste hon börja nu och hon sa kort och enkelt med övertygelse: "Nina, jag älskar dig mer än allt i världen och jag ska lyssna, jag lovar, jag ska lyssna bättre och berätta vad jag vet och vad jag känner, jag ska inte undanhålla något för dig mer och nu vet jag att du förstår mycket mer än jag trodde." Nina viskade knappt hörbart som om orden halvt fastnat i halsen: "... och jag älskar dig, mamma." Hon gav telefonen till mormor som tog över och berättade att de skulle ta en omväg till Vingåker som barnen ville.

Nathan höll på att somna i bilen men Nina var upptagen av tankar. Katarina som nu satt i framsätet vände sig mot Nina och tog hennes hand: "Lilla barn, älskade unge, vi älskar dig, alla älskar dig och morfar älskade dig högst av allt. Och jag ska berätta en historia." Nina tvivlade på att mormor hade förstått något men hon älskade sagor och ville gärna höra mormor berätta. Katarina höll fortfarande Ninas hand och det började bli svettigt. Hon bad Holger att sänka värmen. Holger log och sa att det inte berodde på bilvärmen utan på alla varma känslor. Katarina släppte Ninas hand och började sin saga som hon alltid brukade göra.

Det var en gång en liten flicka på två år som var i Barkarby med sin mormor och morfar för att handla kläder och en docka åt henne. De tog bussen tillbaka till Jakobsberg för att vädret började bli ostadigt. Precis när de stigit av bussen och bara hade ett par hundra meter att gå för att komma hem, så överraskades de av en hemsk storm. Det fanns ingenstans att ta skydd undan ovädret. Det ven och ylade i träden, stora som små grenar slets av och for åt alla håll. Regnet piskade, vatten bara forsade från himlen och åskade och donade som vulkanutbrott. Den lilla flickan blev rädd för stormen och åskan, och blixten slog ner med ett dån inte långt därifrån. Morfar tog upp flickan och bar henne och försökte skydda henne i sin famn. En stor gren knäcktes från ett träd och föll över dem men de hade änglavakt så bara de tunnaste grenarna nådde dem. Om hela grenen fallit rakt över dem skulle de inte ha överlevt. Många blixtar lyste starkt framför dem och åskan mullrade precis över deras huvuden och lilla flickan grät hejdlöst. Även hennes morfar och mormor grät fast det inte syntes i allt regn som strömmade över deras ansikten, de kände sig hjälplösa som inte kunde skydda eller lugna sitt barnbarn.

Mormor såg en villa i närheten. Hon och morfar skyndade dit för att söka skydd. De ringde på och en kvinna öppnade. Hon var gravid, långt gången. En liten pojke i samma ålder som den lilla flickan stod bakom henne. Kvinnan rördes av synen, en förtvivlad vitskäggig och genomblöt man som bar på en gråtande liten flicka, uppenbarligen vettskrämd. Han vädjade till henne att låta flickan komma in i skydd för ovädret, bara flickan då, han och hans fru kunde stå kvar utanför.

Kvinnan bjöd in alla och hämtade handdukar och sonens torra kläder åt flickan. Morföräldrarna var tacksamma och ville inte smutsa ner kvinnans hall. De var dyblöta men tog gärna emot torra kläder till barnbarnet. Kvinnan tog på sig regnkläder och skjutsade hem dem i sin bil för det hade kommit så mycket vatten att man inte kunde gå längs vägen.

Och du Nina, du kan gissa vilka de var, den gamle mannen, den gamla kvinnan och det lilla barnet. Säg det, säg vem det var Nina? Du vet. Så säg aldrig mer att ingen älskade dig. Kommer du ihåg det?" Nina vände ner blicken. Holger kände en tår i ögonvrån men det går ju inte an att gråta när man sitter vid ratten. Nina nickade. Hon visste nog vem mormor pratade om. Det var hennes morfar som dog strax därpå men hon kom inte riktigt ihåg, men en sak var klar: nu visste hon varför hon var så rädd för åskan. "Jag ska inte rymma mer. Jag älskar dig mormor, och jag älskar mamma och Holger och Silver och Daisy och Nathan och Daniel och allihop."

"Vingåker" läste Holger högt från en vägskylt och svängde in. Det var en handelsplats intill en ringlande å och den största byggnaden var snarlik Outlet i Barkarby. Nina fick välja en festklänning, "för det ska snart bli fest", sa mormor. "Fest? Vadå för fest, mormor?" Och mormor kunde berätta om festen, fast Nina måste lova att inte säga något hemma för det var en hemlighet än så länge. Nina var glad och förväntansfull inför det som väntade. Hon valde två klänningar, en i rosa och vitt och en i rött. Nathan fick en present för att han följt med och skyddat Nina. Han valde omsorgsfullt ut ett spel att ha med sina kompisar.

Så rullade bilen hemåt. Nathan höll sin present i knä med båda händerna och började spela. Men däckens monotona mullrande mot asfalten började få honom att nicka till. Plötsligt upphov Nina sin röst: "Mormor får jag vara näbb? Och Silver och Nathan och Daniel också?" Mormor log och Holger med: "Det blir inte mycket till hemlighet när Nina inte kan hålla tand för tunga." "Förlåt, mormor, säg inte till någon, Nathan". Men Nathan hade somnat och var inte mottaglig för hemligheter. Katarina hade inte tänkt sig gifta sig i kyrkan med pompa, ståt och brudnäbbar, bara ha en enkel mottagning hemma. Förresten får man inte ha hundnäbbar i kyrkan. Men Holger tyckte att det skulle bli kul, med stora rubriker i tidningen. Det var ju inte vilken hund som helst. Mormor lovade Nina att undersöka möjligheterna att gifta sig i kyrkan då, men Nina fick lova att hålla tyst så länge.

Vid femtiden hade Holger och Katarina kommit till Jakobsberg med både Nathan och Nina välbehållna. Det var redan mörkt. Nina vägrade gå hem. Hon gömde sig undan när Charlotte kom för att hämta henne. Katarina bad sin dotter att ha tålamod. Nina kunde stanna hos henne tills Charlotte rett ut allt groll om flytten till London. Charlotte bad Nina om förlåtelse för att hon tagit beslutet över hennes huvud. De skulle tala igenom saken och hon lovade lyssna.

Nina lugnade sig, hennes mamma skällde inte och försökte inte vifta bort problemet som hon brukade göra. Men att skälla eller inte, det var inte det avgörande utan att det fanns någonting nytt hos mamma. Nina fick en annorlunda känsla som hon inte kunde sätta ord på eller förklara varför hon inte var arg på mamma längre, tills Holger strök henne över håret och gav henne det ordet: "Ser du? Din mamma respekterar dig. Ni kan prata om saken istället för att fly undan." Jo, det var det nog. Den nya känslan hette Respekt.

Nina lyste upp och ville genast smaka på ordet. Det var ett nytt ord, en skatt. "Mamma, förlåt, jag respekterade inte dig när jag flydde", sa Nina och tittade noga på mamma för att se om hon använde ordet rätt. Charlotte log och kramade henne och försäkrade att det inte var Ninas fel, det var Charlotte själv som orsakade problemet och inte respekterat Nina, med betoning på ordet respekt. Nina log när hennes mamma erkände att Holger hade rätt. Hon borde ha respekterat sin dotter. "Okej. Jag kommer hem, jag älskar dig…" och med lite högre röst: "… och jag respekterar dig." Charlotte log och sa att Nina gärna fick stanna hos mormor över natten om hon ville. Och det ville Nina. Hon bestämde själv. Mamma respekterade hennes beslut.

Daniel väntade redan hemma hos Nathan innan Holger kommit med honom. Han var tagen av anspänningen och måste se med egna ögon att Nathan var hemma, oskadd. Han såg Bella krama Nathan och båda grät. Vad hade Bella sagt som fick Nathan att gråta, undrade Daniel. Bella pratade bara ryska. Det påminde Daniel om den där dagen på dagiset när Nathan klamrade sig vid sin mammas kjol och inte ville bli lämnad kvar. Men nu svarade Nathan sin mamma på svenska, och det var bara att han älskar henne också. Det räckte för Daniel. Hans kompis var i säkerhet och hemma hos sig och med ett nytt dataspel. Det får han prova i morgon.

Kjell hade kommit hem senare än vanligt. Han hade varit på en mobilfri utomhusövning och hela dagens rymningsdramatik hade gått honom förbi men Agneta gav en målande uppdatering. Först blev han förskräckt över det inträffade, men var övertygad om att barn alltid kommer tillbaka efter en konflikt om det finns grundlagd kärlek och trygghet i familjen. Det visste han av erfarenhet för han och hans bror Johan hade rymt till skogs efter ett bråk med mamman. De kom självmant tillbaka vid skymningen, rätt sent för det var sommar då. Han fnissade medan han berättade om alla myggbett de fick så fort solen började gå ner. Johan grät och ville gå hem till mamma. Det måste ha varit hemskt för föräldrarna, så mycket hade Kjell förstått redan då. Hemma möttes de av slutkörda föräldrar, socialarbetare, polis och sökande hundar "... och gissa vad, Holger var där och hjälpte till", sa Kjell som inte var det minsta förvånad över att Holger kört ända till Katrineholm för att leta efter barnen. Det bästa som hänt på sistone var ju att återförenas med en gammal pålitlig vän till hans pappa.

Agneta ville inte döma Charlotte, även om hon fann henne lite egen. Lite eljest, som man skulle säga i Norrland. Kanske för att hon hade en tung börda som ensamförälder. Efter vad Daniel berättat hade Nina råkat höra att de skulle flytta till England och det hade inte Charlotte talat med henne om. Det var ju ändå oförlåtligt. Hon och Janne hade ju länge umgåtts med de planerna. Kjell menade att Charlotte ändå förändrats till det bättre, blivit lugnare och mindre självupptagen efter att hon träffat Janne.

Nina somnade tidigt hos mormor. Hon började nicka redan vid matbordet och kunde nätt och jämnt hålla sig vaken medan hon borstade tänderna. Charlotte satt i köket med Katarina och Holger och kaffe på maten. Ingen sa någonting och Holger var först färdig och drog sig tillbaka till vardagsrummet. Han förstod att Katarina och hennes dotter behövde en stund för sig själva.

Katarina skramlade lite extra medan hon dukade av och ordnade tallrikarna för diskning. Hon väntade att Charlotte skulle ta första steget till att prata igenom sitt problem med Nina. Men det blev inte av. Typiskt Charlotte. Katarina kom till bordet och lade Charlottes huvud mot sitt bröst så hon kunde höra mammas hjärta. Det var mamma. Det rörde upp Charlottes känslor. Det var länge sedan hon hört de nära, lugnande jämna slagen och hennes eget hjärta kom att bulta i samma takt. Charlotte kunde inte hålla tårarna tillbaka. Katarina kramade ännu mer. Fast Charlotte var vuxen var hon fortfarande hennes lilla flicka som hon älskade över allt annat. När Charlottes tårar var slut strök Katarina hennes kind och slog sig ner mitt emot.

Till att börja med pratade de om hennes pappa Haralds bortgång, sedan om Tobias, Ninas far. Ensamheten och saknaden efter far och make, den ekonomiska börda som följde och strax därefter svärföräldrarnas bortgång. De lämnade just inget efter sig som kunde ge Nina ett bättre liv. "Men varför har du sagt till Nina att hennes farföräldrar bara rest bort, inte dött? Du flydde till enkla svar utan att tänka på att denna ohyggliga lögn skulle uppdagas en dag som denna? Visst är det svårt att säga till sitt älskade barn något som man vet kan göra henne ledsen så man hellre skjuter upp det, precis som du nu undvek att tala med henne om flytten till London så hon fick reda på det på andra vägar och blev så besviken på dig att hon ville rymma hemifrån!"

Charlotte lyssnade. Gäller frågan nu vad hon, inte Nina, flyr ifrån? Nina hade ju liksom Charlotte förlorat sin far i förtid. Trots svårigheterna som ensamstående mamma överlevde hon, avslutade sina studier och höll Nina och sig själv på fötter. Charlotte sänkte huvudet. Mamma hade rätt. Nina var ensam, inte fysiskt men utan riktig kontakt. Hon kom ihåg när Nina mobbades för sina glasögon och istället för att ta itu med problemet klippte hon hennes hår... Nu hade en ny person kommit i deras liv, Janne. Hur bra han än var tar det tid att acceptera. Och nu ska hon rycka Nina från sina rötter, från Silver, från sina vänner. "Mamma! Jag hade verkligen förträngt, inte att jag förlorade min man men jag förträngde att Nina förlorade sin pappa. Det måste ha varit en enorm saknad för Nina trots att hon var så liten då. Hon var så fäst vid honom, även om hon inte har omfattande minnen av honom. Och jag är illa medveten om att jag inte orkade ta allt på en gång. Jag lovar att prata med Nina rakt och ärligt i fortsättningen."

Där satte Katarina punkt. Ville inte mästra sin dotter mer eller döma henne. Charlotte var en intelligent kvinna, kapabel att ta itu med sitt liv och sitt barns känslor. Hon kallade på Holger för att han inte skulle känna sig utanför. Han var redan en kär familjemedlem. De tre språkade länge om olika alternativ. Man måste också engagera Janne som fortfarande inte visste om Ninas äventyr. Katarina föreslog att Charlotte skulle sova över så att Nina kunde vakna och se att mormors hem också är hennes och mammas. Det skulle bana för framtida besök till Sverige från London. Katarina menade att det skulle ge Nina tryggheten att veta att hon inte helt ryckts från sina rötter. Här fanns gott om plats, för att inte nämna allt hjärterum.

Charlotte tyckte att det lät som ett bra utgångsläge för att prata med Nina i lugn och ro och vädra allt. I morgon. Holger hade deltagit i samtalet som en god och erfaren person utan att ta på sig någon annan roll, men hans närvaro hade alldeles bestämt gjort hennes familj mer komplett. Hon kände sig styrkt.

Tidigt på morgonen, klockan var inte mer än sex, kom Kjell över till Holger. De hade gjort upp kvällen före om att lämna Silver då. Holger mötte Kjell på gården utan att väcka någon. Egentligen var det ju Daniels jobb att ta ut Silver på väg till skolan, men Kjell ville veta hur det var ställt med Charlotte och Nina. Holger såg att Silver inte var nöjd med den korta promenaden dit så han passade på att fortsätta en stund till med Kjell.

Holger funderade över om han inte borde sagt ja till Nina när hon bad att få bo hos honom och Katarina. Att man möjligen kunde reparera något genom att visa Nina att hon var önskad. Helt enkelt visa henne kärlek. Visst vore han glad om hon och Charlotte hade flyttat till dem. "Och Janne då, skulle även han bo hos dig, Holger? Det är generöst men Charlotte och Janne är ju vuxna och ska inte bo hos föräldrarna, och skulle Charlotte tvingas välja mellan Nina och Janne, eller mellan Nina och en yrkeskarriär i London?" "Du har rätt, Kjell, men vad ska jag göra?" Holger förklarade att han i går när de fått tag i barnen gav Nina en kram istället för att läxa upp henne och ge henne dåligt samvete för att hon rymt, att hon fått alla att känna sig oroliga, ledsna, skamsna, otillräckliga och ansvarslösa. "Så kände jag mig i alla fall och det var sannerligen inte Ninas fel." Båda männen var medvetna om att flera, kanske varenda en i bekantskapskretsen, hade dåligt samvete för Ninas rymning. "Men nu var det som det hade blivit och det hjälper inte att vara efterklok.", svarade Kjell.

Holger ansåg att om var och en gjorde sitt bästa för att förstå Nina skulle det hjälpa henne och hennes mamma. "Börja med mig själv istället för att predika vad som vore bäst för dem att göra. Men jag vet inte hur, fast jag älskar Nina, och det kan inte vara lätt för Charlotte heller. Katarina skäller Charlotte för att vara självupptagen. Fast Nina flydde från oss också." "Jo det förstås. Men det är aldrig lätt med barn. Kanske krama mer, ta initiativ till olika projekt, läsa och handla tillsammans. Kvar står att största ansvaret ligger på Charlotte. Jag håller inte med Katarina helt. Charlotte hade verkligen tagit itu med att lyssna på Nina mer, efter att nästan ha förlorat henne i samband med hennes självmordsplaner. Hon delar med sig stort och smått, diskuterar och lyssnar på Nina. Det var olyckligt att Nina fick höra flyttplanerna oavsiktligt. För jag vet att Charlotte planerade prata med Nina men hon visste inte riktigt hur. Nina lägger märke till allt och är väldigt smart." Innan Kjell måste ge sig av till sin polisskola hade Holger lovat att prata med Charlotte igen, även om hon själv lovat att rensa luften med Nina. Nog var det framför allt Charlotte som behövde hjälp!

När Holger kom in med Silver efter ytterligare en tid ute rörde han sig försiktigt för att inte väcka någon. I farstun tog han av sig jacka och stövlar och torkade snön från Silvers tassar. Silver var sugen på frukost och tog ledningen dit näsan pekade. Genast inne i värmen kände Holger kaffedoft och i köket satt alla pigga och vakna kring frukostbordet.

Holger hälsades välkommen som en hemvändande hjälte. Katarina reste sig och mötte honom med kram och puss. Charlotte flyttade sin stol så att han skulle sätta sig bredvid henne. Nina hade en oberörd uppsyn men ett litet leende antydde att hon var glad att se honom. Ingen sa något på en stund. Det enda som hördes var Silvers ljudliga knaprande på sitt torrfoder som Katarina fyllt matskålen med. Katterna strök omkring i köket och slog närgångna lovar kring Silvers mat trots att de hade ätit sin. Situationen påminde om Agnetas kök. Bara att sitta mitt emot varandra i lugn och ro och prata lugnt med varandra utan anklagelser och fördömande. Klarar man att hålla känslorna under kontroll? frågade sig Holger. Han log belåtet som reaktion på deras vänlighet och goda vilja. Visst var det hoppingivande att Nina och hennes mamma satt vid samma bord. De tycktes båda ha funderat över vad som hänt och varför.

Charlotte strök sin dotters hår mjukt och efter en stunds tystnad sa hon:
"Förlåt mig! Jag borde inte ljugit om att dina farföräldrar var bortresta.
Jag ville bara inte göra dig ledsen." Hon kysste Nina på huvudet och sa
enkelt att hon älskar henne av hela sitt hjärta. Hon bad gång på gång
om Ninas förlåtelse för att hon beslutat om flytten utan att höra henne.
Och för att hon har ljugit för henne kring mycket annat för att hålla bort
allt som kunde göra henne ledsen. "Det var dumt! Det var jättedumt!"
erkände Charlotte och förklarade att man inte alls skyddar någon med
lögner även om det är små vita lögner, för sanningen kommer alltid
fram och då sårar lögnerna, det gör ont att se försöken att föra en
bakom ljuset. Hon sänkte blicken.

Holger kände att han måste medla. Han sa vänligt men bestämt:
"Älskade Charlotte! Du pratar inte med Nina, du pratar med dig själv
om dig själv." Charlotte blev häpen och en aning blek. "Och hur menar
du att jag ska prata med Nina?" sa hon irriterat. "Ta upp vad Nina
känner och inte bara vad du känner." "Det är ju vad jag gör!" Charlotte
vände sig mot Nina och började om med annat tonfall. "Jag inser att du
har blivit en ung flicka och har din egen integritet, även om dina åtta år
förefaller lite för oss som är vuxna men jag vet ju att det är hela ditt liv
för dig. Det hjälper mig att du frågar och säger ifrån och från och med
nu lovar jag att lyssna mer, respektera som jag har sagt! Flera gånger
har du försökt på ditt sätt att meddela mig dina tankar och önskningar
men jag har inte varit lyhörd. Inget av det här är ditt fel. Jag borde vetat
bättre. Du var ledsen och jag såg inte det och jag lyssnade inte. Kan vi
börja om?" Holger nickade, det var bättre.

Charlotte räckte handen mot Nina, som verkade omtumlad. Det var inte
vad hon väntat sig men kanske rent av bättre. Inte bara "förlåt, jag har
varit var dum", utan "jag ska ta dig på allvar." Nina var glad att mamma
visat sig kunna se henne och brast i gråt men förstod inte själv varför.
Charlotte lämnade sin stol och Nina sträckte sina armar mot mamman.
"Jag älskar dig mamma!" Nina borrade sitt blonda huvud in mot

mammas varma bröst, drog in doften, försäkrade sig om att det var mamma och ingen annan.

Katarina var rörd och märkte inte att några tårar trängde fram. Holger var också rörd men även av att dela känslan med sin Katarina när han såg hennes tårar glida mjukt och ljudlöst över hennes kinder som morgondaggen på rosens blad. Han tog en pappersnäsduk från bordet och fast handen darrade ansträngde han sig att inte snudda vid hennes hud, utan lät duken omfamna tårarna med ömhet. Katarina log mot honom och leendet belyste hennes ansikte så som solen skapar regnbågen och Holger kramade näsduken med hennes tårar. Men Charlotte bröt magin när hon med handlingskraftig stämma sa till Nina att hon inte behövde gå i skolan idag. Hon skulle ringa läraren och sen till sitt jobb för att ta ledigt själv. De skulle använda dagen till att göra saker tillsamman och prata. Charlotte lovade svara ärligt utan förbehåll även om sanningen var smärtsam.

Charlotte såg på köksklockan. Det var fortfarande tidigt på morgonen och Bella och Agneta kanske redan var på väg till jobbet så hon skyndade sig att ringa. Hon fick tag i båda och berättade att allt höll på att ordna sig, och hon tackade speciellt Nathan för hans solidaritet, att han inte lämnade Nina ensam. När Nathan hörde det var han själv osäker på varför han inte låtit henne ge sig av ensam. Men han visste att det inte enbart var av solidaritet utan också för den där främmande slumrande känslan som gjorde sig så påtaglig när han trodda att han skulle förlora henne. Nathan hade pratat mycket med sin mamma sedan han kom tillbaka från Katrineholm. Han var ledsen för han oroat sin mamma. Hon skällde inte alls på honom men han kände hennes förtvivlan och oron att förlora honom.

Daniel och Nathan kom förbi Holger och Katarina för att ta Nina med till skolan. Men de fick fortsätta ensamma för hon skulle vara med sin mamma hela dagen. Men de kunde komma tillbaka efter skolan! "Okej, hej då Silver, hej då Nina", sa pojkarna och sprang iväg och lämnade spår i snön. Nina tittade på spåren och sa att det verkade som om de sprang efter Nathan och Daniel.

Efter ett par timmar gick Holger ut med Silver. Han ville ge utrymme till Katarina, Charlotte och Nina att vara ostörda. Det var förvisso länge sedan han var barn, men att vara nära barn väckte något hos honom. Känslan att vara i nuet. Barn kunde leva i elände, krig, svält, med missbrukande vuxna, men ändå kunde man se dem till synes bekymmerslöst spela fotboll, rita gubbar, leka tafatt. Holger tittade på Silver som undersökte och iakttog allt. En man som också rastade sin hund hälsade på honom. Holger började redan känna en del hundägare i trakten. Det var en ny social aktivitet som kändes hedrande. Alla kände till Silver och berömde honom. Det gjorde honom stolt och glad att bli sedd med kvarterets hjälte.

Runt klockan fyra kom Janne, Agneta och Bella till Katarina för att hämta Charlotte och Nina. Nu samlades alla som de brukade göra, men inte hos Agneta utan hos Katarina och Holger. Agneta tänkte att det spelar ingen roll var man träffas, hemma är där familj och vänner är.

Stämningen var lättsam och händelsen hade integrerat Holger i gemenskapen som en nära vän och släkting. Det fattades bara att han och Katarina skulle bestämma sig för att följa med till Gran Canaria. Men de hade sina egna planer hemma och de hade Silver att ta hand om. Katarina rådde dem att se till att resan blev till en riktig healingsemester för att läka alla sår. Vännerna hade ingen annan mening: det skulle bli finast tänkbara. Tänk om det fina tillfället skulle grumlas av något oväntat, något obehagligt, sa Bella.

Agneta var tyst tills hon funderat färdig över Bellas farhågor, men hon var inte den som gav efter för vidskepelse. "Vi får inte vara rädda för det som kan komma, för vi är tillsammans och ska njuta av resan tillsammans. Det är meningslöst att flyga flera hundra mil med rädslan i bagaget för att kanske, kanske något obehagligt skulle hända. Det är förstås sant att det har hänt mycket omkring oss men det är ingen naturlag att vi ska drabbas igen. Då vore det lika bra att stanna hemma, inte leva alls, inte se att livet också är vackert. Nej, det finns ingen anledning att vara orolig innan saker händer. Vi ska njuta av havet och solen." Hon log uppmuntrande och lyfte sitt vattenglas och skålade med alla för resan och vänskapen. Det klingade i alla glas och den goda stämningen var tillbaka.

När Charlotte gick igenom dagens post var det ett kuvert som skilde sig från det övriga. Det doftade jasmin och adressen stod i guldtryck. Charlotte log för sig själv och undrade vem av hennes bekanta som stod i begrepp att gifta sig eller fira äktenskapsjubileum. Och det var minsann någon som skulle gifta sig. Hennes egen mamma inbjuder till sitt bröllop med Holger. Vad? Jag var ju där bara igår, tänkte Charlotte och undrade över den oväntade nyheten. Var det därför de inte ville åka med till Gran Canaria? Ville de fira sitt bröllop någon annanstans? Charlotte kallade på Nina som matade kaninen och visade henne inbjudan. Nina log, hon visste om det men hade lovat mormor att inte säga något. "Förrädare!" Charlotte log tillbaka och kramade henne. "Ser du? Ibland håller du saker hemliga för mig!" Nina fattade vinken och log generat.

Charlotte och Nina skrattade åt tanken med ett ståtligt kyrkbröllop med två gamlingar mot altaret i bröllopskläder, tänka sig mormor i lång vit klänning och alla inbjudna som kastar ris och fångar brudbuketten på amerikanskt vis! "Jo, Holger, han hittar på", sa Charlotte, "det måste vara hans idé att gifta sig med stort ståhej och förgyllda inbjudningskort och kalas." Då avslöjade Nina att det var hennes idé att mormor skulle ha vit klänning och att Nina själv skulle vara tärna. Charlotte undrade hur mycket som Nina inte delar med henne. Hon lyssnade tyst när Nina beskrev den maffiga tårtan som Holger hade beställt av en ateljé känd för sina verk.

Charlotte ringde sin mamma och gratulerade, glatt och uppriktigt. Men samtidigt undrade hon varför det inte räckte att leva som sambo med Holger. Katarina menade att det var ett bra tillfälle att knyta ihop familj och vänner efter allt som hänt och berättade med inlevelse om Holgers alla goda sidor. Charlotte lyssnade. Det var ju inte första gången hon hörde om triangeldramat Katarina, Holger och pappa, men däremot väckte mammas bröllopsbeslut en fråga om henne själv. Janne hade nämligen friat till henne för ett tag sedan men hon hade svarat honom att de måste gå försiktigt fram för Ninas skull.

Så fort Charlotte lagt luren ifrån sig upptäckte hon Nina bakom sig. Hon hade en rad frågor i samma andetag – vad sa mormor och skulle inte Charlotte själv gifta sig med Janne för då kunde Nina vara tärna och Silver kunde också vara tärna och Nathan och Daniel med?!

Charlotte blev förvånad över att höra Ninas plötsliga entusiasm över Janne. Hon förstod att problemet inte var Janne utan hennes bristande kommunikation med sin dotter. Det enda Nina var ute efter var mammas uppmärksamhet och kärlek. Och nu när Charlotte visat det blev med ens relationen avslappnad och lättare. Hon log när hon föreställde sig Silver som tärna. "Men har du frågat mormor om hon skulle vilja ha en hund som tärna i kyrkan?" Jo, det hade hon men mormor ville tänka över saken. I alla fall tyckte Charlotte att det var en lysande idé med Silver som tärna, och varför skulle inte djuren få vara med i kyrkan när man påstår att Jesus själv föddes bland djur, på halm som var till för dem. Och säkert fanns då med en stallkatt och en hund förutom åsnor och får som alla bjöd på värme och trygghet för honom och hans mamma. Så det var inte rätt att bannlysa djur och beteckna dem som oskäliga och orena. Det svaret tyckte Nina om. Det gav argument när mormor skulle prata med prästen, ifall han skulle säga att det inte passar sig. "Och du mamma, när ska du gifta dig då?".

Charlotte skruvade på sig och svarade att hon skulle tänka över saken. Det betyder nej eller aldrig, det brukar det göra, bedömde Nina och såg besviken ut. Charlotte kramade henne, hon hade hoppats att det skulle räcka för Nina och då behövde hon inte slingra sig mer... Hon skyllde på att hon bara menat att hon måste tänka över det praktiska. Nina lyste upp och hämtade en katalog med brudklänningar som hennes mormor skaffat för att välja en åt sig själv. Den hade Nina lagt beslag på och nu var det dags att leta klänning till mamma. "Men Nina, borde jag inte först fråga Janne om han fortfarande vill gifta sig?" Nina funderade en mycket kort stund och försäkrade "klart han vill." "Hur kan du vara säker på det, Nina?" Nina tyckte inte hon behövde förklara sig på den punkten: "Men du kan inte gifta dig samma dag som mormor för då kan jag inte vara tärna åt er båda."

Strax därpå kom Janne in. Han bar på en stor matkasse från Hemköp i Gallerian. "Jag köpte mango åt dig", sa han till Nina och lämnade kassen ifrån sig. Nina kastade sig över honom och kramade honom innan han ens fått av sig stövlarna. Hon utbrast med hög röst: "Du ska gifta dig med mamma eller hur?" Charlotte rodnade en aning men Janne svarade utan tvekan att han visst ska gifta sig med Charlotte men först måste han få Ninas samtycke. Charlotte log stort och tyckte att de fick skärpa sig. "Okej då, vi gifter oss om din mamma inte motsätter sig", log han mot Nina som inte tvekade. "Jodå, det vill hon. Jag får välja bröllopsklänning från mormors katalog då, och inte så dyr." Janne viskade något i Ninas öra. Nina log och viskade tillbaka. "Hemligt", sa Janne när Charlotte undrade vad de viskade om. Mer fick hon inte veta. Janne som fortfarande stod klädd vid dörren sa att han glömt något i bilen och försvann. Ingen kram? Är det ett sätt att fria? tänkte Charlotte. Nina log och kramade sin mamma. Hon visste vad Janne planerade, att köpa en bukett blommor och hämta en ring hemma hos sig som han redan köpt i hopp om att hon skulle säga ja någon dag. "Jag älskar dig, mamma och jag ska inte rymma mer."

Nina nappade åt sig sin jacka, sa att hon skulle till Daniel och innan Charlotte hann reagera skuttade hon iväg och vände i dörren för att hämta med sig katalogen med brudklänningar. Hon sprang direkt till Daniel. Nathan behövde hon inte hämta på vägen för han var redan där och skulle vara där i fyra dagar. Bella hade en gäst, det var en tolvårig rysk flicka, Maria, som skulle stanna några dagar för att gå på en engelsk språkkurs i Stockholm. Hennes mamma som var god vän med Bella hade bett om hjälp för de bodde långt från Stockholm och ville inte att dottern skulle bo på hotell när hon bara var tolv år gammal. Det skulle vara tryggare om Maria fick bo hos Bella de här dagarna. Bella var bara glad att hjälpa till. Maria fick Nathans rum, och Nathan flyttade till Daniel.

Nina hade att informera kompisarna att Janne och mamma och mormor och Holger godkände dem och Silver som tärnor även på mammas bröllop, det var bara det att prästen måste acceptera Silver först. Hemma hos Daniel höll familjen på att äta så Nina bjöds med. Men de tre satt vid bordet och viskade mer än de åt så Agneta hutade åt dem, det var inte artigt att viska vid bordet. Utan kommentar skyfflade de i sig maten i ett nafs och bad att få lämna bordet. Innan Agneta kommit igenom hela meningen att det gick för sig hann de tre försvinna till Daniels rum. Kjell undrade vad det kunde röra sig om den här gången.

Agneta hade haft nog av problem och ville inte ha flera obehagliga överraskningar så hon knackade på Daniels dörr och frågade rakt på sak om deras hyschande. Och det var så märkvärdigt att det bubblade ur dem alla på en gång. Agneta hade fått inbjudan till mormors bröllop men gjorde stora ögon när hon hörde att även Charlotte hade bröllop på gång. Hon blev rörd när hon såg brudklänningskatalogen och Daniel frågade om inte hon och pappa Kjell skulle gifta sig också, "en gång till mamma?" "Det skulle vara en kul idé men... nej, det har vi inte tid med, älskling", svarade Agneta.

Elin var hemma och kunde inte undgå att höra vad det rörde sig om. Hon hade aldrig varit på något enda bröllop och nu var det fullt klart att hon kunde gå på två. Vilken lyx. Och hon kunde ta Karin med sig. Hon studerade katalogen med stort intresse tillsammans med de tre små. De hade att välja två brudklänningar, ja föreslå åtminstone för bärarna måste väl ha sista ordet. Men det betydde ändå att Elin kunde ha stort inflytande i frågan. "Kan jag vara tärna också?" frågade Elin sin mamma, "och Karin också?" Men det var Kjell som svarade: "du måste ju fråga Charlotte och Katarina. De har säkert ingenting emot att Karin kommer till bröllopet men att vara tärna, det vete katten."

Barnen tog Kjell på orden: "Å, katten? Vi har ju glömt Daisy och Tiger och Snövit!" De skulle vara tärnor också, med rosa rosetter och kattkjolar och allt. Det var mycket att tänka på och organisera som Nina kände ansvar för. Först välja klänningar åt mamma och mormor. Två klänningar! Det var inte det lättaste. Nina var rent förvirrad och i katalogen fanns inte det som hon drömde om. Men hon var tacksam när Elin erbjöd sig att hjälpa till och även söka på webben efter en klänning, nej, två, och dessutom involvera Karin.

Nina såg upp till Elin och tyckte att det var reko av henne att vilja hjälpa till. Nathan undrade om inte mammas gäst också skulle vara med när hon kommer från kursen efter klockan fyra. Men det ville inte Nina. Hon tyckte att gästen vad hon nu hette var elak. Hon hade kört ut Nathan och henne från Nathans rum när de ville hämta ett ritblock igår. "Och det får inte vara för många som bestämmer för då kommer man aldrig överens", tyckte Elin.

Medan datorn värmde upp frågade Nina varför den där flickan bodde hos Nathan, och han förklarade som han förstått att Maria, som hon hette, var ryskfödd som han, men hennes mamma gifte sig med en svensk man som blev Marias pappa. Han var väldigt sjuk och Marias mamma tog hand om honom. Maria bodde inte i Stockholm utan långt bortifrån. "Men hon vill inte prata med någon av oss och sover med sin Ipod även om mamma säger ifrån. Hon lyder inte mamma, det sa mamma." Nathan kunde knappt tro det. Klart man måste lyda vuxna som låter en bo hos dem.

"Nu är vi på webben. Vi söker på brudklänningar", utbrast Elin. Det dök upp ett hav av adresser på affärer. Det fanns tusentals klänningar att välja bland. Det är mycket bättre än en katalog, konstaterade Elin. Bara att välja och vraka. De gjorde en lista på alla klänningar som de hittade med adresser och priser, och då märkte Elinatt de valt så dyra klänningar att ingen av familjerna skulle gå i land med dem. Det kostade från fem tusen och upp till en miljon. Det visade i alla fall att de hade sinne för kvalitet, sa hon, och frågade Nina hur mycket hon räknade med. Kanske Holger hade råd, han var rik, men "det ska nog inte kosta en miljon i alla fall", svarade Nina osäkert och även oklar över hur mycket en miljon var. Hon ville fråga Janne, men hemma stod telefonsvararen på. "Vi får nog leta efter brudklänningar med olika pris", föreslog Elin.

Det var nytt och spännande för barnen. De småknuffades kring datorn, fnittrade, kom med tokiga idéer som kaktusklänning eller halmklänning.

Ingen hade bråttom att välja i det oändliga utbudet. Ju mer de tittade, desto mer förstod de att det inte bara rörde sig om klänningar utan även allt annat omkring. De måste hitta kostymer till Janne och Holger, och slipsar och blommor i bröstfickorna eller kanske näsdukar som de såg på bilderna, och bruden skulle ha slöja och brudbukett och så ska det vara bord till gästerna och mycket annat. Det skulle nog ta flera dagar att planera två bröllop!

Det var svårt att hitta herrkostym. Daniel vände sig till pappa för hjälp att välja en kostym åt Janne och Holger. Men Kjell betackade sig, Janne och Holger skulle nog klara det på egen hand. De saknade varken ögon eller öron eller händer. "Om de helt saknade vett också kunde jag kanske hjälpa till", erbjöd sig Kjell, övertygad om att ingen skulle argumentera emot. Daniel överlät kostymvalet åt herrarna och återgick till att hjälpa Nina välja klänningar.

Plötsligt slog det Nina att hon riskerade att gå miste om Jannes frieri och drog med sig Nathan och Daniel. Om hon missade föreställningen måste Janne göra den i repris så nu var det bråttom hem till Nina. Kjell hörde dem och blev förvånad, inte bara att höra om Jannes senkomna frieri men tanken att ha alla som publik i ögonblicket när man faller på knä och friar. "Nej hördu Nina, det är väldigt privat, och ni pojkar får inte vara med." Men Nina protesterade. Hon ingår också i mammas privatliv och både mamma och Janne tillåter det. Kjell trodde att Charlotte nog hade skojat, men Nina lät absolut övertygande. "Nej, Nathan och Daniel får i alla fall inte vara med. Nina kan berätta för alla efteråt." Nina var besviken, viskade något till pojkarna och sa till Elin att hon snart kommer tillbaka för att välja bröllopsklänningar och sprang hem.

Telefonen ringde hos Agneta. Det var Bella som med vädjan i rösten bad henne komma över, för hon hade svårt att kommunicera med Maria. Bella hade nämnt henne dagen innan, när hon skickade Nathan att bo hos Daniel några dagar. Hon hade berättat att efter Marias föräldrars skilsmässa i Ryssland hade mamman flyttat till Sverige och gift sig med en svensk man. Det var fyra år sedan. Maria var åtta år gammal då och gick i svensk skola precis som Nathan och nu pratade hon flytande svenska.

Agneta kom ner till Bella och satte sig i köket. Maria var i Nathans rum, på andra sidan vardagsrummet och med dörren stängd om sig. Hon kunde varken höra eller se vad som hände i köket. Bella suckade att Agneta som pedagog kanske förstod sig bättre på flickan och kunde ha några goda råd hur flickan skulle tas. Maria driver med henne, skäller på henne, snäser åt henne, respekterar inte hennes beslut, hon vill somna vid sin Ipod och hålla sig vaken långt efter tolv, allt mot vad föräldrarna bestämt instruerat Bella.

Bella gav exempel på hur Maria pressade henne: flickan ville köpa en bikini. Hon var ju inte hemma i Stockholm så Bella följde med henne på affärsrunda. Men ingenting dög, inget tycktes passa henne så de gick från affär till affär i över fyra timmar. Bella var alldeles slut. Till sist valde Maria äntligen en och sökte i blindo efter provrummet. Bella bad en expedit som passerade förbi visa var provrummet fanns. Då blev Maria rasande och snäste åt Bella; "Sånt frågar man inte. Det är dumt." Hon visste själv var provrummet låg.

Bella blev paff och svarade att Maria kunde väl inte känna till alla affärer och deras provrum när hon knappt varit i Stockholm förut och det gick fortare att fråga än att snurra runt och leta. På vägen hem påpekade

Bella att Maria inte bara snäste åt henne utan åt alla hon pratade med, och det vore bättre att ha en mildare ton. Maria snäste igen åt Bella att hon var dum som inte förstod att hon var sådan och inte tänkte ändra sig. "Nå, även om du nu är en snäsig sort, förstår du inte att det är ouppfostrat att kalla mig för dum? Jag gick med och hjälpte dig. Och som vår gäst, borde du inte vara hövligare än så?" hade Bella sagt, men det var att prata för döva öron.

Bella klagade inte bara över Marias attityd. "Det värsta var när Maria försvarade äldre pojkar i hennes skola. De kallade ofta flickorna för "hora" men hon menade att hora var ett yrke som alla andra yrken och det var lika hedervärt som läkare och lärare. Hon ansåg att om man använder ordet hora i nedsättande syfte så kan man lika gärna använda även "läkare" och "lärare" och alla andra yrkestitlar som skällsord! Det hjälpte inte att förklara att läkare och lärare säljer sitt kunnande och sin arbetskraft, inte sina kroppar som prostituerade gör och det är inte något hedervärt utan slaveri som ingen kan vara stolt över. Det hjälpte inte heller att förklara att de som utövar prostitution är utsatta människor, fattiga för det mesta, missbrukare eller psykiskt störda. De utsätter sig själva och omgivningen för fara, våld och sjukdomar.

Agneta lyssnade förbryllat. Det händer mycket med barn i Marias ålder, mentalt och hormonalt, men att bete sig så som gäst lät väldigt oförskämt. "Ouppfostrad" var hennes spontana diagnos. Men att Maria betraktade prostitution som vilket yrke som helst tydde på annat än ålder och hormoner. Plötsligt kom Maria från sitt rum ut i köket. Agneta hälsade vänligt hej, men Maria svarade hej i så snäsig ton att det snarare betydde "dra åt helsike, vem tror du att du är?" Agneta sa ingenting men blev förvånad, för hon hade antagit att Maria kände agg mot Bella som lagt sig i hennes sena vanor och andra fasoner, men hon själv? Maria hade aldrig träffat henne förr och hade snäst åt henne utan orsak.

Bella frågade om Maria ville äta. Hon hade lagat soppa och ryska piroger, eller skulle hon föredra något annat? Maria snäste ilsket "nej!" istället för ett enkelt nej tack. Då frågade Agneta om hon var arg över något eftersom hon svarade med så vass ton. Hon log och tillade att Maria skulle vinna på att visa mjukare attityd och det skulle göra henne populär i skolan. Det var något som Elin ofta pratade om med Karin. Maria tittade på Agneta, himlade med ögonen och svarade att hon bara var sådan och det gjorde henne inte mindre populär i skolan, många killar springer efter henne, till och med killar i de högre klasserna älskar henne och vill dejta henne.

Agneta svarade att Maria fick akta sig för att ha med äldre killar att göra. De kan säga vad hon vill höra för att få omkull henne och hon kan få rykte om sig som "madrass". "Min dotter berättar att det kan gå så ibland även om det inte ligger något i det, och du vet vad ordet innebär?" frågade Agneta. "Jodå, det vet jag nog" svarade Maria på väg till badrummet.

Efter badrumsbesöket ville Maria laga sin egen mat själv. Hennes mamma hade skickat med ett paket med frysta hamburgare för att "Maria äter vad hon behagar och inte det som finns och erbjuds." Maria ville inte ha Bellas hjälp och tog fram stekpannan. Bella erbjöd sig att laga maten åt henne men Maria sa att hon visste väl hur man gjorde för hon brukade laga sin egen mat hemma. Agneta tyckte att Bella borde låta flickan göra det. Hon fann det imponerande att hon kunde laga mat medan hennes Elin på sin höjd kunde koka ett ägg utan handledning. Bella tog Agnetas råd och hällde lite olja i stekpannan och visade var det fanns salt och peppar. Hon påpekade för säkerhets skull att paketet var försett med instruktioner om att köttet måste stekas ordentligt. Maria snäste att hon kunde läsa bättre än Bella.

De vuxna lämnade köket och gick till vardagsrummet. Agneta försökte trösta Bella med att flickan var i en svår ålder och det kan knappast vara värre än vad Elin och Karin råkat ut för med pedofilen. Men visst måste hon hålla med om att flickan betedde sig oförskämt för att vara gäst i huset och Elin eller Karin skulle aldrig ha burit sig åt som hon när de var i hennes ålder. "Bella, om du inte står ut med den otrevliga attityden så får du be Marias föräldrar hämta sin dotter. Jag tror hon har andra problem, kanske övergrepp eller annat i bakgrunden. Du och jag kan inte reda ut det." Jo, Bella lovade ringa upp Marias mor om det inte blev någon bättring.

Bella lugnade sig och de två väninnorna övergick till att prata om Charlottes bröllop tills de kände ett starkt os från köket. Bella och Agneta rusade dit och fann flickan stå och titta på stekpannan där flammor slog upp. Oljan i pannan hade hettats upp i övermått och fattat eld. Bella gav upp ett rop, kastade sig över stekpannan och lyfte den från spisen. Hon hade sinnesnärvaro nog att inte spola vatten över den utan täckte över med lock. Kvinnorna var skakade. Elden kunde ha fått fäste i flickans långa hår, hon kunde tappa pannan med brinnande olja över golvet, hon, lägenheten, hela huset hade kunnat fatta eld. Många barnfamiljer och gamla bodde i huset. Agneta sprang och slog upp fönstret medan Bella tystade brandlarmet som gått.

Maria påstod omedelbart att Bella hällt för mycket olja i stekpannan åt henne. "Det har jag inte gjort alls", sa Bella i skarp ton, "och nu ska jag laga maten åt dig. Nej, Maria skulle ovillkorligen laga maten själv. Bella gav henne en annan stekpanna och ville övervaka matlagningen. Oljan hettades upp ordentligt och kom till flampunkten igen så Bella blev rädd och drog undan stekpannan. Agneta kom till undsättning och sa bestämt till Maria att hon tog över nu och om inte Maria gillade det så fick hon äta annan mat än stekt.

Maria surade och satte sig i väntan på servering. Hamburgaren stektes fint och alla tre satt vid matbordet, Agneta och Bella vid sitt kaffe. Maria klagade över sveda i ögonen. Agneta sa att hennes ögon också sved lite av oset som inte hunnit vädras ut helt än. Hon förklarade hur fruktansvärt het olja kunde bli och hur snabbt den kunde flamma upp. Maria lyssnade förstrött och började plötsligt skrika med hela sin röst att hon hade ont i magen. Skriket satte skräck i både Bella och Agneta. Bellas akutvårdsreflexer fick henne genast till Marias sida. Nej! Hon viftade avvärjande med händerna. Hon var kräkfärdig, krökte sig och korsade armarna över magen. Agneta och Bella såg skräckslagna på varandra och undrade om det varit något fel på maten. Maria fortsatte skrika och Bella bad henne lugna sig så hon kunde undersöka henne och avgöra om hon fått ont i magen av maten eller fått akut tarmvred eller blindtarmsinflammation. "Snälla du, låt mig titta på din mage", bad Bella. Men Maria sprang till badrummet, och det gjorde Bella misstänksam. Med så svåra smärtor skulle man varken kunna skrika så högt eller springa obehindrat, inte ens stå på knä.

Hon följde efter till badrummet. Där stod Maria lutad över handfatet med fingrarna i munnen för att framkalla kräkning utan att veta att Bella stod bakom. Så snart hon märkte det tog hon handen från munnen, öppnade kranen och blötte ansiktet. Hennes långa hårslingor föll i handfatet. Hon ulkade och ansträngde sig att kräkas men misslyckades.

Bella närmade sig Maria för att hjälpa henne hålla huvudet i rätt position och lätta trycket på magen ifall hon skulle kräkas. Uppkastningar kunde blockera luftstrupen så hon riskerade att kvävas. Maria viftade undan Bella med armarna våldsamt och stötte henne bakåt. Hennes ena arm träffade Bellas mun och underläppen slogs mot hennes tänder och spräcktes så blodet rann. Maria tycktes omedveten om vad hon gjort Bella och hängde kvar över handfatet med armarna viftande.

Bella kom blödande ut från badrummet. Agneta var genast framme med hushållspapper åt henne att torka munnen med. Maria började tjuta inifrån badrummet, hon skrek obegripligt men höll handen mot magen för att visa hur ont hon hade. Som Bella var fullt upptagen med sin blödande läpp ville Agneta kalla på ambulans och ringa föräldrarna, men försökte först få svar från flickan om hon borde göra det. Då styrde hon Maria från badrummet till sängen, nästan bar henne dit. Agneta var stor och stark och Maria fortsatte gny och skrika liggande på sängen. Hennes hår blötte kudden och nu började hon snora.

Bella fick stopp på blodflödet men nu hade hon blivit arg. Hon uppfattade flickans reaktion inte som reella plågor utan skådespel som utpressning och straff för att hon avslöjats som okunnig matlagare. Bella och Agneta var båda övertygade, utan ord, att flickan simulerade för att ge dem dåligt samvete. Var det av elakhet eller var det en omedveten handling av en störd liten flicka? Medan Maria fortsatte gny skrek Bella åt henne att sluta upp med farsen. Men det hjälpte inte. Kvidandet fortsatte och blev bara ljudligare. Då ringde Bella Marias mamma som försökte lugna dottern utan att lyckas. Bella undrade om hon skulle kalla på ambulansen men mamman tyckte inte det, för "Maria gör så ibland". Då fick Bella en idé och bad mamman ringa henne efter några minuter, och om hon inte blivit bättre då kunde hon hämta hem flickan.

Bella sa till Maria att hon skulle ge henne medicin för att motverka hennes magont. Hon gick ut i köket och sa till Agneta att hon skulle ge flickan placebo och låtsas att hon trodde på hennes lidande. Hon rörde ut lite strösocker i en skvätt vatten och gav till Maria som tog en sked och lyste upp genast. Hon hade vunnit. Det var bevis för att Bella trodde på att hon verkligen var sjuk. Det var segrarens leende. Bella och Agneta hade dock fått sina misstankar bekräftade. Man blir inte frisk på ett ögonblick, inte ens med verksam medicin.

Bella lät Maria tro att hon gått på att hon verkligen hade en magåkomma. Maria smygtittade på Bella och nu gnydde hon för att avläsa hennes reaktion. Bella såg bekymrad ut och sa att Maria behövde starkare medicin. Hon skyndade sig till köket och blandade ett par droppar lime med vatten och gav den gnyende Maria att dricka. Maria snörpte på munnen, blää, och Bella beklagade, men all medicin smakar pyton utan sötningsmedel. Men efter att ha fått i sig en klunk satte Maria sig upprätt och log som inget hade hänt. Med segrarens blick igen. Där fick dom, hon vann! Trodde hon, tänkte Bella.

Bella ångrade sina fientliga tankar mot flickan, och tänkte att kanske flickan bara behövde en vänlig hand. Men Bella blev genast arg på sig själv, en vänlig hand? Det hade hon bjudit Maria på det hur mycket som helst men hade bara fått fientlighet tillbaka. Nej, det var inte vänlighet som fått Maria att må bra, det var det att hon besegrat Bella som fått ge med sig. Maktutövning, utpressning. "Gör du inte som jag vill så tar jag till teater och straffar dig, och du får dåligt samvete för evigt. Och nu har jag tagit befäl över dig och ditt hem." Bella blev ledsen över sina slutsatser. Bara ett barn, stackars lilla flicka!

Bella ringde upp Marias mamma och berättade, bakom ryggen på Maria, om vad som hänt. Mamman suckade, försökte inte försvara sin dotter men erbjöd sig att hämta hem henne. Men när saken kom på tal ville Maria inte gå hem, nu när hon hade Bella i sitt grepp. Hon sa till sin mamma att hon absolut ville gå kursen klar och det var inget mer med det och hon försvann till Nathans rum. Agneta undrade om det verkligen var så klokt att ha henne kvar. Hon menade att Maria hade som utstuderad metod att bedriva terror om hon inte fick som hon ville. Oavsett äkta eller spel behövde flickan psykologisk hjälp. Det här var inget normalt beteende. Men Bella tyckte att det vore att straffa Maria genom att skicka henne hem utan att slutföra kursen. Hon hade bestämt sig för att prata med Maria i lugn och ro om händelsen och hoppades att flickan inte skulle flippa ut ifall hon inte gillade vad hon fick höra. Men hon höll med Agneta att flickan behöver psykologhjälp.

Agneta påminde Bella om att hennes Elin hade befunnit sig i samma ålder som Maria för inte länge sedan, men aldrig att hon eller hennes kompis Karin skulle vara så fräcka – komma som gäster till någon och insistera på att laga maten själv! Och aldrig att Karin burit sig åt som Maria när hon var gäst. "Nej Bella! Jag tror inte man kan skylla på psykiska besvär utan mer på bristande uppfostran, och jag misstänker rentav att flickan är insyltad i något obehagligt."

Bella lyssnade. Hon sänkte huvudet och svarade tyst att Marias mamma var en rar person och hon ville hjälpa henne. Varför blev allt bara till obehagligheter? Agneta kramade henne och sa: "Ånej, allt är inte obehagligheter, Bella. Glöm inte vilken fin pojke du har, en fin man med bra jobb, och vi har klarat av alla problem tillsammans. Du har vänner som tycker om dig, glöm inte sådana saker." Bella nickade med ett generat leende. Då kom Maria till vardagsrummet och började knappa på sin Ipod. När Agneta såg att allt lugnat sig, ville hon gå hem. Hon bad Bella höra av sig om det blev mer krångel. Sportlovet skulle snart komma och då kunde man lägga alla besvär bakom sig och se framåt.

När Agneta gått till sitt beslöt Bella att inte skjuta upp nästa steg. Hon var fortfarande skakad och Agneta hade rätt. Det var inte normalt beteende av en tolvåring. Hon samlade sig och slog sig ner bredvid Maria i vardagsrummet och sa att hon ville vädra ut det som hade hänt. Hade det hänt förut att du fick ont i magen? "Jo, det var inte första gången", svarade Maria med list i rösten och blicken. Nu vill hon skryta om hur smart hon är, tänkte Bella, låt höra. Maria berättade med inlevelse om Åsa, hennes gymplärare. "Jag drev henne till vansinne så hon välte en hylla i gymmet." Det var när hon ville träna några övningar med killarna men läraren vägrade och då fick Maria ont i magen och skrek. Den förtvivlade läraren fick inte hjälpa henne och inget kunde få stopp på hennes skrikande och läraren slog i väggen så en hylla ramlade ner. Och då gick läraren ut och grät.

Bella såg mönstret. När Maria inte får som hon vill så startar hon med automatik en låtsasåkomma som tydligen blivit som äkta efter all upprepning. På samma sätt hade det gått till hos Bella. "Mamma skriker mer än Åsa och mer än du" utbrast Maria och granskade Bella för att se om hon lyckats göra avsett intryck, så Bella skulle passa sig för att reta henne i fortsättningen. Bella kunde inte erinra sig att hon skrikit åt

Maria fast hon förstås varit upprörd och skrämd av brandrisken. Men snarare hade hon förklarat hur man ska hantera eld och lyssna på vad man säger, allt av hänsyn till hennes bästa.

Bella frågade Maria om hon har bra relation med sina klasskompisar. Jo, ingen vågar bråka med henne, men en som heter Linn fick vad hon tålde och förtjänade, hela skolan spottade på henne efter inlägg som Maria gjort på webben. Bella undrade vad hon skrivit om flickan.

Maria berättade gärna, rentav entusiastiskt hur klassen lottade, inte valde, tre lucior inför firandet. Den som fått flest röster skulle vara lucia, och den andra fick vara första reserv om ettan skulle bli sjuk. Det var denna Linn. Maria kom på tredje plats. Men Maria ville vinna till vilket pris som helst. Hon hade "pratat" med den första Luciakandidaten, och efter det avstod denna sin plats. Nu stod bara Linn kvar mellan henne och Luciarollen. Maria såg slugt på Bella och nu skulle hon förklara hur hon manövrerade ut Linn.

Tillsammans med en kompis trängde sig Maria inpå Linn under rasten och frågade om hon verkligen ville vara Lucia. De lät henne förstå att det vore bäst för henne att avstå. Maria skulle ta hennes plats. Linn blev rädd och osäker och lovade säga att hon inte vill vara med och det skulle hon säga till läraren. Men den elaka läraren, Kerstin hette hon, sa bestämt ifrån: Linn hade lottats på första plats och hon skulle vara Lucia. Och Linn sa okej till läraren. "Det puckot, hon och hennes mamma fick vad de tålde. Hela skolan vet vem Linn är och spottar på henne. Hon hade lovat och stod inte vid sitt ord. Fick vad hon tålde på webben, hon och hennes dumma mamma som sa att jag var för kort för att vara Lucia." Bella frågade hur Maria visste att hon sagt det och Maria påstod att hon hörde Linns mamma säga det när hon pratade med Linn i mobilen.

Nej, Bella förstod att Maria inte precis var någon snäll flicka, hon manipulerar och mobbar för att styra och ställa, precis som hon gjort här hemma. Nu fortsatte hon prata illa om alla och allting tills Bella fick nog. Hon sa att hon inte kunde förstå varför Maria skulle tränga sig på Linn, dessutom stödd av en kompis, för att tvinga henne om att överlåta luciakronan. Sådant kallas för översitteri och mobbning. Marias mimik visade oförstående, hur dum kunde Bella vara som inte lärt sig sin läxa? Bella noterade blicken och sa ifrån: Hördu Maria, du kan flippa ut och ha ont i magen bäst du vill i fortsättningen men du ska foga dig i mina regler här hemma. Maria spärrade upp ögonen. Det var inte vad hon väntat sig av den lättlurade Bella. "Och jag har spelat in på mobilen när du skrek åt mig." Jadå, det visste Bella och sa att hon gärna skulle skrika ännu mer så hon kunde spela in henne en gång till. "Och faktiskt bryr jag mig inte om ifall du hänger ut mig på webben eller inte."

Bella sa till Maria att sluta sova med sin Ipod i fortsättningen, och ville hon inte lyda så var det inte Bellas uppgift att vara polis. "Hur mycket tid du ägnar åt din Ipod är en sak mellan dig och dina föräldrar och de vill inte att du har den med när du ska sova." Den enda trösten var att Nathan slapp se Marias skådespel. Bella lugnade sig när hon tänkte på att hon inte låtit sig luras av Maria. Hon hade lovat ringa Marias mamma men hon måste samla sina tankar. Hon satte på sin favoritopera, Puccinis Madame Butterfly, lade sig på soffan i vardagsrummet och lyssnade men förmådde inte slappna av som hon brukade göra. Tankarna malde.

Bella stängde av mitt i uvertyren för att ringa upp Marias föräldrar. Hon gjorde klart att det inte var hennes mening att bestraffa flickan, men hon behövde psykologisk hjälp. I Marias ålder gör man inte så om man mår bra. Hon rekommenderade dem att inte avbryta hennes engelska kurs. Att avbryta den skulle utan tvekan utgöra ett straff. Trots att Bella fasade för flickans förmåga att provocera och hennes utpressningsmetoder för att utöva makt och styra och ställa i ett hem som inte var hennes, ville Bella ändå låta Maria bestämma själv om hon ville avbryta kursen eller inte. Maria visste nu att det var lönlöst att försöka påverka Bella. Att Bella nog var snäll men inte svag och hade erfarenhet också. Flickan misstog sig när hon tog snällhet för svaghet. Marias föräldrar höll med Bella och skulle tänka igenom nästa steg.

Maria vaknade tidigt på morgonen för att gå till sin engelska kurs. Men Bella hade vaknat ännu tidigare för att gå till sitt jobb. De kom att gå samtidigt hemifrån. Vid frukosten gjorde Bella klart för Maria, utan omsvep, att hon var gäst och fick lov att inrätta sig därefter. Hon bodde inte på ett hotell utan hos främmande. Hon måste respektera det, visa tacksamhet över gästfriheten och inte tro att hon kunde bestämma över Bella eller något i det här hemmet. "Om du respekterar de här villkoren så går det bra att stanna här, annars är du fri att återvända hem. Och om vill du flippa ut så där som du gjorde igår så är du fri att göra det också." Maria svarade inte, låtsades inte om vad som hänt och vad Bella sagt, utan sa bara att det var dags att gå till kursen.

Bella ville inte ställa flickan mot väggen mer. Hon ringde Marias föräldrar och meddelade om händelseutvecklingen. Det var tre dagar kvar. Bella fasade men var säker på att hon kunde hantera Maria nu. Innan hon hunnit ut ringde Agneta och sa att hon inte fått en blund på hela natten utan funderade över den stackars flickan. Oavsett hur hon betedde sig så stod det klart att hon inte mådde bra. Agneta förstod att Bella var på väg till jobbet liksom hon men de kunde ju fortsätta prata i mobilen. Det var dyrt men det behövdes för att Bella inte skulle bli lämnad av sina vänner med ett problem på halsen. Nathan hade fått nycklarna för att öppna åt Maria, hennes kurs slutade klockan tre. Sen skulle Nathan stanna hemma med Maria tills mamma kom hem klockan fem.

Men Nathan ville inte vara hemma ensam med Maria. Han tog sina kompisar och Silver till hjälp. De satte sig på en bänk vid porten för att inte missa Maria när hon skulle komma. Men hon kom inte i tid. De spelade på Daniels Nintendo och Nathans spel, hoppade omkring med Silver och pratade med honom, brottades, och tiden tickade och ingen Maria var i sikte. Klockan närmade sig fem. "Snart kommer mamma hem", sa Nathan. Men Nina ville inte vänta längre och inte Daniel heller och de gick därifrån för att rasta Silver. Nathan gick upp till sig och väntade. Han behövde inte vänta länge förrän han hörde mammas nyckel i dörren. Där kom de, mamma i sällskap med Maria. De hade mötts vid hissen. Och att Maria var så sen skyllde hon på att kursen hade förlängts med en timme. Bella blev förvånad att kursledarna förlängt kursen utan att informera föräldrarna, men Maria sa att hon hade tappat Bellas telefonnummer. Bella tyckte att det lät konstigt för Maria hade sparat hennes nummer i sin mobil, men nu ville hon inte ställa flickan mot väggen. Det var uppenbart att hon ljög.

Maria hade sagt till Bella att hon var bjuden av en kurskamrat, Sanna, att gå hem till henne i Sundbyberg efter kursen i morgon. Bella ringde upp Marias mamma för att få hennes godkännande, men mamman svarade definitivt nej. Bella sa till Maria att hon kunde ta sin kompis hem till Bella istället. Men Maria fick ett utbrott, det gick inte för hon och Sanna skulle träffa några kompisar i Sundbyberg. Bella tog numret till Sanna och pratade med hennes mamma. "Nej! Och nej igen, de tar droger de där kompisarna", sa Sannas mamma, och hon ville inte att hennes dotter skulle umgås med Maria. Det här var Marias idé helt och hållet.

Maria blev arg på Bella som inte köpt hennes story och började skrika igen. Bella sa inte ett ord, bara gick till Nathans rum och stuvade ner Marias kläder huller om buller i hennes väska och sa att hon omedelbart fick återvända till sin mamma. När Maria såg Bellas beslutsamhet lugnade hon sig omedelbart. Hon ville absolut inte gå hem. Hon ville vara ensam i rummet och Bella lämnade henne där.

Agneta kom till Bella. Vad gör man? Det viktigaste var att inte släppa iväg Maria till Sundbybergs centrum. Bella ville inte ta ansvar för andras barn. Detta var sista gången som hon tar hem flickan till sig, åtminstone inte utan sin mamma. Vill hon gå på kurs igen får hennes mamma följa med. Agneta sa till tröst att hon som förskolelärare tampas med ansvar för barnen varje dag. Ibland struntar föräldrarna fullständigt i sina barn och hon måste ta tag i hela problematiken. Nu tycktes den akuta krisen vara över, och Agneta frågade om de ville komma till henne och äta köttbullar. Men Maria ville inte, svarade hon när Bella knackade på hennes dörr.

Agneta måste hem till familjen. Hon kramade Bella tröstande i dörröppningen på väg ut. "Jag ville göra som du gör mot andra, Agneta, som du tog hand om Nathan. Jag trodde jag kunde klara av det." "Jo men Nathan är Nathan och varje individ har sina egna drag", svarade Agneta tröstande. "Två dagar kvar", suckade Bella. Hon fasade för de två dagarna och hoppades överleva dem.

Efter sportlovet hälsade Gunilla sina elever välkomna åter till klassen och frågade hur de haft det under lovet. Arton röster försökte göra sig hörda och var och en ville berätta om sina äventyr. Gunilla knackade i katedern: "hallå!" och det blev lite lugnare. Hon bad dem tänka ut vad de ville berätta, inte idag men i morgon. Två timmar hade avsatts för det, en på förmiddagen och en på eftermiddagen. "Och det blir lottdragning om turordning för de som ska berätta. Ni kan visa bilder om ni vill, och om ni vill rita går det bra också", sa hon. Klassen blev lite lugnare, som före en storm tänkte Gunilla, och hon bad alla ta fram sina räkneböcker. Endast då blev riktigt tyst. Matte var en allvarlig sak.

Nästa dag hade alla med sig saker och bilder som de ville visa och dela med sig av sina upplevelser. Var och en fick hela fem minuter för det. Några av barnen hade varit i fjällen, några åkte skidor, några varit utomlands som Nina, Nathan och Daniel, några hade varit på Gröna Lund och Skansen, några besökte släktingar. Så när lotten föll på Daniel, ville även Nina och Nathan komma fram och hjälpa till. De hade varit på resa tillsammans och då fick de tid för tre.

Nina beskrev från början hur de flög från Arlanda till Gran Canaria på lördagsmorgonen. Det var ett stort flygplan. "Vi hade platser i Business Class, hette det", kommenterade Nathan. Nina berömde flygvärdinnorna som var "jättesnälla". "Och vi fick presenter av dem", påminde Nathan. "Vi flög många timmar och landade på Gran Canaria på eftermiddagen. Daniel hade varit tyst länge nog så han tog över: "Den heter Las Palmas, och det var så soligt och varmt att alla tog av ytterkläderna." Nina föll in med upplysningen att Gran Canaria liknade en bulle från flygplansfönstret. Alla skrattade. "Men den hade vita långa stränder", sa Nathan och berättade hur de sprang på stränderna och badade och snorklade och samlade snäckor. Nathan grävde i fickan och höll upp en knytnävsstor vitrosa snäcka som han försäkrade att han hittat under vattnet. "Inte köpt! Och om man håller snäckan vid örat och blundar så kan man höra havet." "Det är sant!" sa Daniel och Nina samtidigt. Alla i klassen ville prova snäckan och en efter en häpnade över vad de hörde, någon hörde hur vågorna ylade och en annan att de brummade, och havsbrisen susade, man kunde verkligen tro att man stod vid havet.

Efter att Nathan fick sin snäcka tillbaka berättade han bedrövat att de hittade en hund som inte hade något hem. Fast den var så snäll förbjöd föräldrarna att ta in den eller ens komma i närheten av den eller andra hundar, för de kunde ha rabies. "Men vi matade hunden varje dag och kallade honom 'Pricken' för han var alldeles prickig av fästingar, stackarn! Pappa såg att vi matade Pricken så han tog den till veterinären och Pricken hade inte rabies och de gav honom medel mot fästingar och mask och vaccinerade honom också. Pappa betalade för att vaccinera den och avmaska. Här är Pricken." Nina höjde handen med ett foto och visade hur gullig den var. "Vi ville ta Pricken med oss till Sverige och ha som kompis till Silver men det var krångligt och han måste stanna i karran." "Åh, karantän menar du?" sa Gunilla. Daniel tillfogade: och pappa pratade med hushållerskan i huset där vi bodde och gav henne pengar för att ta hand om hunden efter att vi rest tillbaka till Sverige. Hon lovade att skicka bilder på honom och så skulle våra familjer skicka pengar till henne då och då för hans mat och veterinärkostnader. Vi blev Prickens fadder!"

"Jo, vi var på en vulkan också, eller i en vulkankrater." Nathan sökte i sin ficka efter en bild och läste från baksidan: "Caldera hette den. Den var så stor, härifrån till, till, till…? Och Nathan kom inte på någon lämplig jämförelse, inte Daniel heller men Nina kom ihåg och hojtade:"1000 meter bred och 200 meter djup. Då kan vi säga som härifrån till centrumet och djup som, som till kyrkan, ungefär." Daniel tog över: "Jo det var det. Och vi var på en utsiktsplats och såg nästan hela ön." Gunilla påpekade att Gran Canaria var en väldigt stor ö. Det hade barnen glömt att säga men bekräftade det. "Och på botten av kratern fanns en gård med vindruvor, fast vi såg inga vindruvor", sa Nathan.

Nathan ville berätta om något som hette Jardan någonting men kunde inte komma på namnet så Nina tog över, inte för att hon kom på namnet utan för att fortsätta berätta om vattenspelet där. Och det fanns en annan plats, Jardin botanico." Gunilla nickade: "Jag har varit där en gång. Men var bodde ni?" Alla tre skrek "Tarifa Alta." "Oj då, när jag var på Gran Canaria bodde jag på en bungalow vid stranden men är det inte väldigt dyrt att hyra villa i Tarifa Alta?" Då berättade alla tre barnen i munnen på varandra om kvinnan som de räddade på isen och att de blev bjudna på resan som tack. Gunilla applåderade och alla i klassen med. Men barnen var inte färdiga med sin berättelse efter applåderna för de måste berätta hur de badade hela dagarna, snorklade i det klara varma vattnet, och om krabborna och snäcksamlandet.

Gunilla lyssnade på allt och log som om hon själv återupplevde ett fint äventyr. När ingen hade mer att berätta började de tre barnen knuffas och viska sinsemellan. "Nämen, vad har ni mera på hjärtat, vad viskar ni om?" frågade Gunilla. Nina sa att de kommit överens hemma att de inte skulle berätta men nu hade de ändrat sig och frågade om de kunde berätta om bröllopet. "Vilket bröllop?" undrade Gunilla. Visst fick barnen berätta om bröllopet. Men Gunilla blev stum när hon hörde vems bröllop det gällde, hennes egen rektors! Visst. Rektorn var med på resan de just berättat om. Han var ju särbo med Charlotte. Det kände alla lärarna till.

Nina tog historien från början: mamma skulle ha gift sig i Sverige och de tre barnen och Silver skulle ha varit brudnäbbar. Men på resan var mamma så glad att hon kramade Janne och de tyckte att det skulle vara häftigare att gifta sig i en vulkan än i en vanlig kyrka. "De fnittrade hela tiden", sa Nina.

Nina tog det glatt för inget kunde vara finare än att vara näbb på en vulkan. "Näbbvulkan" sa Nina och alla skrattade, och upprepade näbbvulkan, näbbvulkan, tills Gunilla tystade dem. Nina tyckte synd om Silver som inte var med. "Men Pricken var med och hade blomsterkrans om halsen och Silver ska i alla fall vara med på mormors bröllop i sommar. Innan vi flyttar till London." Nina tystnade en stund. "Fast vi ska hälsa på i Sverige hela tiden", tillade hon lågt när hon hade kommit på att hon skulle sakna även Gunilla och klasskompisarna och det hade hon och mamma inte pratat om.

Gunilla blev överraskad men behärskade sig. Nathan tog över: "Och Charlotte hade köpt en blommig Gran Canaria-klänning att ha på bröllopet. Vi hjälpte henne att välja den, fast före det hade vi valt ut en vit klänning från webben för hon skulle ha gift sig i Sverige men hon blev alldeles till sig när hon såg vulkanen och ändrade alla planer. "Och Janne hade också en blommig skjorta, kortärmad och kortbyxor. Daniel fortsatte att Charlotte hade en blomsterkrans på huvudet och trasiga sandaler. Nina hörde pojkarna prata om hennes mamma och de trasiga skorna och det väckte henne, hon tyckte det var hennes sak att berätta om mamma, inte Daniels eller Nathans. Hon avbröt dem och förklarade det där med skorna. Det var spännande att gå ner i vulkanen men mamma hade snubblat på den branta stigen och hennes ena klack gick sönder. Hon haltade lite för då blev den ena skon högre än den andra och därför kunde de inte gifta sig längst nere i botten av vulkanen så halvvägs vände alla upp igen. Janne ville bära henne men Charlotte sa att Janne måste tänka på sitt hjärta och han svarade: "det är just vad jag gör." Barnen förstod inte varför Gunilla log och sa "det var gulligt!"

Nina fortsatte beskrivningen av bröllopet, hur Charlotte och Janne stod bredvid varandra på kraterns högsta rand och en präst rabblade någonting som ingen av barnen kunde minnas fast det var på svenska "och så pussades de på vulkanen, men Janne ska inte flytta hem till oss och vi ska inte flytta till honom för det blir mycket flytt hit och dit tyckte mamma." Nathan tog över: "Det kom en skåpbil med en jättetårta som Janne beställt som överraskning och musikanter och mat också och de sjöng på spanska och vi sjöng på svenska. Är vår tid slut? För jag vill berätta om utflykten med en båt sen och vi såg delfiner och båten hade glasbotten så vi kunde se under vattnet och så såg vi också fiskar som flög."

"Jo, ni har berättat mycket spännande men er tid är verkligen slut, Nathan." Alla i klassen ville höra mer om delfinerna men Gunilla måste vara rättvis. Det kokade i klassen så Gunilla måste lugna dem. "Ni kan berätta mer för varandra på rasten men nu ska vi höra Louise berätta om vad hon gjorde under lovet, och ni tre ska ha tack för er berättelse och jag gratulerar dig Nina till din mammas spännande bröllop.

Medan Louise berättade om sitt äventyr funderade Gunilla över hur livsförhållanden ändrats hos barnen i hennes klass sedan förra terminen. Nu var Magnus gladare och hade Jasmin som bästis. Saker som verkade omöjliga förra året. Och snart skulle allt förändras till nästa termin. De lämnar lågstadiet för högstadiet och alla splittras redan till sommaren. Hon kommer att sakna sin klass. Hon hade hört av Charlotte om Ninas rymning till sina farföräldrar i desperat försök att hålla samman de tre familjerna kring hunden. Det kan inte ha varit lätt för henne att övertala Nina att flytta till London – vad kunde Charlotte ha lagt för socker i botten för att få Nina att ta den beska medicinen?

Gunilla visste inte att Charlotte inte behövt muta Nina att acceptera flytten. Det avgörande var att Nathan också skulle flytta efter sommaren och även Daniel så småningom. Nina ville inte vara kvar på Sångvägen utan pojkarna. Därför hade hon börjat förbereda sig inför flytten till London och nu övade hon engelska. Varje kväll kom Janne hem till dem och satt med Nina för att lära henne hur språket var uppbyggt och konversera så smått. Nina var språkbegåvad, sa han. Hon kunde komma ihåg allt hon lärt från ena dagen till nästa, både ord och hela fraser och de läste sagoböcker på engelska.

Nina försökte lära Silver nya ord men Silver brydde sig inte mycket fast han såg lite undrande ut så hon tyckte det var bäst att fortsätta med de svenska kommandona som han var så säker på. Nathan och Daniel tog med större intresse åt sig de nya orden. De ville också lära sig engelska tills de skulle hälsa på Nina i London. De till och med stängde av svenska texten på filmer som de såg på DVD och försökte klara sig på engelskan. Fast de just ingenting förstod till en början fortsatte de med det. Och Nathan började läsa om kaniner ifall han skulle få ta över Ninas kanin, fast Ninas mormor hade anmält sig. Och kanske skulle den må bättre hos mormor...

Oklart än var bara om prästen skulle ge med sig angående Silvers och katternas deltagande under bröllopet i kyrkan i maj. Men barnen bestämde sig för att Silver skulle med i alla fall. I värsta fall fick de smussla in honom. De ville att mormor skulle gifta sig på Silvers födelsedag den sjunde april. Nina övertalade henne till det fast det inte behövdes mycket för att få henne dit. Hon älskade Nina och ville gärna glädja henne. Men efterhand måste planerna ändras för mormor kunde inte hinna med alla bestyr runt bröllopet i tid. Nina fann sig i det och frågade vad mormor och Holger skulle göra efter bröllopet. Men det var hemligt.

Ja, må han leva!
Ja, må han leva!
Ja, må han leva uti hund.. rade år!
Javisst ska han leva!
Javisst ska han leva uti hundrade hundår!

Många hade samlats hos Katarina och Holger för att fira Silver den 7 april. De tre barnens familjer med flera vänner, bland dem Martin med sina barn och frun som räddats av Silver, Elin och Karin, Johan med sin flickvän Carla och Magnus med sin mamma Åsa och sin mormor. Sargo kom med sin husse. Även Jasmin med sina föräldrar var bjudna. Och Gunilla med, men hon kunde inte komma. Hon hade ändå lovat att fira Silvers födelsedag med barnen i klassen, för han var ju klassens maskot och Magnus och Jasmin hade fått lov för att representera den.

Det skulle ha blivit trångt i Agnetas kök och vardagsrum men här i villan fanns gott om utrymme. Firandet började med applåder och hurrarop när Silver kom in med alla barnen till vardagsrummet. Silver stod svansviftande i centrum iförd med utsmyckat koppel med blommor och glitter runt halsen och fann sig på ett självklart sätt tillrätta i all uppvaktning.

Silver hade fått flera presenter, tuggbensfavoriten och en tårta med ett ljus som väntade. Barnen skulle hjälpa honom släcka den tillsammans efter att han önskat sig något. Holger log: "han ska önska sig att få i sig tårtan så fort så möjligt." Det var en hundtårta i speciell design av de tre barnen som Holger beställt. Agneta tänkte att Katarinas och Holgers hem även blivit Silvers på dagarna. Ja, vill man eller inte måste man ju arbeta, tänkte hon. Det hade gått an när Kjell var arbetslös och hon var mammaledig. Hon log. Vilken tur att det ordnat sig så väl, Silver fick tryggheten att slippa vara ensam medan de var borta på jobbet. Hon tröstade sig med att han kommer hem på eftermiddagarna och sover hemma. Men barnen såg bara en ny spännande äventyrsplats hos Holger och Katarina, inte ett andra hem att inmuta med egna tillhörigheter. Kojan var en favorit. Och Kjell skulle fortsätta träna Silver till räddningshund.

Efter fyrfaldigt leve var det dags för Silver att önska sig något och blåsa ut ljuset, ett enda skulle han klara av, trodde Kjell. De tre barnen bjöd andra barngäster att hjälpa till och de omringade Silver: "Silver, du måste önska dig något innan du blåser!" Silver stod där med blicken fixerad på tårtan i väntan på tillåtelse att hugga in. Ljuset fladdrade i allas återhållna andning. "Nu har Silver önskat sig något, nu kan vi hjälpa honom att blåsa, på tre!" Hur Nina kom fram till att Silver hade önskat färdigt, ville Daniel veta. Nina ville kalla honom för dum som inte kunde se att Silver börjat närma sig tårtan. Men hon hann inte med det för Silver lade upp ett skall som hade överröstat vem som helst. Istället räknade hon högt till tre, och Silver högg in på tårtan med hjälp av katterna som hade uppenbarats ur ingenstans.

Nathan och Daniel viskade i Ninas öron om hon visste vad Silver önskade sig, för de hade inte hört någonting. Nina var glad att det bara var hon som visste vad Silver ville, "han önskade sig att fånga trollet på ödetomten och hitta skatten åt oss." Pojkarna nickade och svävade ut i drömmar om all rikedom som de skulle ge sina föräldrar, fast Nina behövde inte gå i skolan med trasiga skor längre, och hon hade sin egen dröm.

Nu kom barnen igång att berätta hur Silver var liten och gullig och hjälplös, hur han såg så vädjande på Nina. Födelsedagen höll på att bli sorglig om inte Kjell hade klappat med händerna att han hade en nyhet att meddela. Och det var att i augusti skulle Silver följa med till polishögskolan för att tränas av proffs till att bli polishund om han befanns mogen för det.

Holger reagerade snabbt på Kjells besked. Han sa bedrövat att då skulle han inte ha hand om Silver längre efter sommaren. Kjell hade inte tänkt så långt men han kom genast med ett tröstens ord: Silver kommer ju inte att vara med barnen heller, men han kunde visst ta hand om Silver på helgerna, och ibland på kvällarna. Han såg på barnen, eftertänksamt. Hur skulle de dela på Silver när han var hemma? Det tålde att tänka på. Holger blev strax gladare, ingen fara, han blir inte uträknad och han klappade på den lille hjältehunden. Barnen såg inga problem med att Silver skulle vara borta på dagarna. Då hade de ju sin skola.

Barnen var stolta över Silver som skulle bli polis. När de drog sig bort med Silver från de vuxna var de fulla av fantasier om vad Silver skulle åstadkomma för hjältedåd men först skulle han jaga bort trollet och söka efter skatterna på ödetomten som trollet hade stulit.

Kjell reste sig vid matbordet med ett gratulationsbrev han hade att läsa. Det var inte många som kände till Silvers födelsedag förutom Silvers förre ägare, Birger. Med hans brev fanns även en bild på Silvers bror Zorro, som fortfarande var en kopia av Silver. Han hade ju också vuxit till sig, till strax över trettio kilo. Från en handfull till trettio kilo? Ingen hade väntat sig det. Agneta beklagade att hon glömt att skicka gratulationskort till Silvers tvillingbror men Kjell lugnade henne, han hade redan skickat ett vykort på Silver och ett brev. Kjell viftade med ett kort från Birger. Det följde med de pengar som han brukade skicka till Silver. Agneta blev förvånad att hon inte såg brevet. Skulle inte Birger sluta med det där att skicka pengar. "Jo, jag har pratat med honom men han insisterade att skicka slantarna ändå. Beklagar!". Då undrade hon om Kjell visste vad som hänt med Birger och hans fru. "Vilket tragiskt öde", sa hon. "Ja verkligen. Jag har inte sagt något om det men jag hade bra kontakt med Birger medan han bodde här, ibland gick jag förbi när jag rastade Silver. Han kom ut med Silvers mamma och vi gick tillsammans", sa Kjell.

Kjell berättade att Birger ansåg att han inte kunde stanna i ett på
förhand dömt äktenskap. Ett som börjat med lögner, hon hade förtigit
sin sjukdom. De skildes och sålde villan. Hans fru ville bo hos sina
föräldrar när hon inte vistades på psyket, och ända sedan tonåren hade
hon tillbringat mer tid på psyket än ute i samhället. Och Birger hade
flyttat till Gnesta för ett par månader sedan.

Daniels morbror Johan sa att Silver hade knutit ihop så många, ett
fantastiskt sällskap. De skulle inte ha träffats om inte Silver kommit in i
deras liv. Holger kramade sin Katarina och skrattade: "Nej, det är sant,
jag skulle inte ha hittat tillbaka till Katarina." Katarina log mot honom
och berättade att Agnetas mamma skulle komma i början av maj och
tillsammans skulle Silver och mormödrarna komma till barnens hemliga
plats för att jaga bort trollet. Hon tillade att det var lika bra, för att alla
de förfallna tomterna i området skulle bebyggas med flerfamiljshus. Det
vore en brutal verklighet om detta skulle ske utan att barnen fått ett
avslut för deras sagoplats, speciellt nu när Nina skulle flytta utomlands.

Agneta var glad att hennes mamma skulle få en nära vän i Katarina. Och
Katarina tittade att barnen inte var i närheten när hon berättade att
Holger skulle hjälpa till att planera trolljakten. Alla hade klart för sig att
den hemlighetsfulla tomten hade stor betydelse för barnen. En efter en
började de komma med förslag. Nu blev det som en stimulerande och
spännande lek, som förde dem tillbaka till sin barndoms tro på sagor
med väsen som då var alldeles verkliga. Det var skönt att ge efter för
nostalgin, som om de hade förlorat något viktigt som glömts och gömts
bland vardagens bestyr. Charlotte talade om sagornas betydelse som
metaforer för faktiska händelser och förhållanden, om filmbranschens
fixering vid sagorna på senare år, om serietidningarnas hjältar som gett
gudasagor och fabler modern form.

Samtalen ledde till att alla ville bidra med att skapa trollens gömda skatt
och lovade samla lämpliga klenoder och dyrbarheter till Katarina och
Ylva som skulle se till att barnen skulle hitta dem i tron att det var

trollens. "Uppriktigt sagt", sa Martin, "jag har lust att vara med och leta." Alla log och önskade sig kanske detsamma, att bara en stund få vara barn igen. Martin hade gärna sett sina egna barn delta i äventyret, men det var bara en tanke, detta var ju Ninas, Daniels och Nathans äventyr.

Men på sommaren skulle barnen också leta efter passager till andra världar. Och då kunde dina barn vara med sa Kjell tröstande. Barnen tror att feerna hjälpte till att rädda hans fru när allt hopp tycktes ute. Det var de som gav kommando till Silver att hoppa i vaken och rädda Ingrid. Martin log. Ingrid sa att hon trodde alldeles säkert på barnen, det var ett mirakel som skedde den där dagen. Charlotte ville inte gärna hänvisa till mirakler, sådana fanns inga. Det fanns en förklaring till Silvers beteende och allt slit bakom räddningsaktionen där mobiltelefon och helikopter också ingick... Men hon kunde inte förklara sammanträffandet med att barnen just var där i det ögonblicket och såg Ingrid gå ner sig. "Nej, saker händer bara" och ville inte tänka sig någon förklaring. Katarina förstod att Charlotte ville anklaga slumpen för att ingen fanns där för att rädda hennes Tobias.

När Kjell fann att diskussionen gått i stå klappade han i sina stora händer: det var dags att avtäcka den spektakulära tårta som Holger beställt även för de mänskliga festdeltagarna. Den kröntes av en Silver skulpterad i marsipan och omgiven av blommor. Alla förstummades först, sedan började små kommentarer höras. Så fin, säkert god också som det ser ut, men alldeles för fin att bara ätas upp, det är ett konstverk för evigheten. Men Kjell såg inte verket med så stor andakt utan kallade på alla barnen och skära tårtan i bitar. Varje barn skar upp en bit åt sig själv av den unika tårtan. Men rörde inte Silverfiguren på toppen. Det ena leendet efter det andra visade sig i gästernas ansikten, till och med Charlottes lyste upp.

Elin och Karin fnissade. Elins födelsedag den 19 mars var inte ens i närheten så pampig som Silvers. Men de hade trevligt ändå. Hela femton år. Stora damer, sa Kjell. Nu äter vi upp Silver som hämnd, skrattade Elin. Det hörde Daniel och skrek: "Nähä! Kannibal!" Och när tårtan var serverad så stegade Holger fram för att bjuda på champagne, Coca Cola och vatten efter smak.

Ylva togs emot vid tåget på i Stockholms Central, men bara av Kjell. Agneta var upptagen med att laga välkomstlunch och förbereda sovplats åt sin mamma i Daniels rum. Han skulle i stället sova på soffan i vardagsrummet. Han var glad att mormor hade fått just hans rum, för som alla andra goda häxor skulle hon lämna presenter efter sig. Nej, inte bara för presenterna, vid skamsen eftertanke var det ju för att han älskade sin mormor. Och presenterna – varför förknippade han automatiskt mormor med presenter? Det hade kanske att göra med att eftersom hon sällan kom till dem personligen så glömde hon aldrig att skicka presenter i stället, inte bara till jul och födelsedag. Nu var hon sedan länge efterlängtad som häxan som skulle besegra trollet.

Det ringde på dörren. "Hon är här, hon är här!"skrek Daniel medan han sprang för att öppna. "Nehej. Bara Nina och Nathan." Daniel var ändå inte besviken. De tre skulle planera sin "ödetomtattack."

Klockan halv tolv började alla bli hungriga. Lunchen väntade, men Ylva hade inte infunnit sig. Barnen frågade efter henne varannan minut. Det var viktigare än maten att säkra Ylva på platsen. De höll högsta beredskap. Dörrklockan kunde höras när som helst. Men Kjell var betrodd med nyckel och behövde inte ringa på dörrklockan så plötsligt stod han och Ylva bara i hallen. Daniel och Nathan sprang och kramade henne fast hennes vårkappa var regnblöt: "Mormor, mormor", skrek Daniel och Nathan i korus. Ylva kramade de två barnen, en efter en, överväldigad av mottagandet. Agneta stod redan i hallen med Tove och Elin efter sig i kön. Hon kramade sin mamma, konstaterade att det var värst vad det regnade men väderrapporten på TV lovade sol redan i morgon.

Ylva lämnade ifrån sig kappan, vände sig om och fick syn på Nina och öppnade famnen utan tvekan. "Där ä ju a'Nina, du må ha en kram, pojkan ha prat om dej!" Nina tänkte att Ylva måste vara en mäktig häxa för att känna igen henne på direkten och hon pratar häxspråk. Hon hade känt sig en aning utanför men nu hoppade hon direkt i Ylvas famn. Häxan kände henne och hennes namn också. Elin som stått och väntat på sin tur smög fram och kramade mormor och viskade att hon längtat så efter henne "men Nina förstår inte norrländska så bra". Det var första gången som Elin uttryckt sin kärlek så klart, noterade Ylva med glädje. "Jag älskar dig vännen och ska försöka prata stockholmska här" viskade hon tillbaka och tillade, "fast jag kanske glömmer mig ibland." "Du måste vara hungrig, mamma", hojtade Agneta från köket, "maten väntar". Men Daniel protesterade, han måste först visa henne till sitt rum. "Tack lille vän! Så fint ett rum du har. " Hon kramade Daniel och de gick hand i hand till köket.

"Hur var resan mamma?" frågade Agneta när de kommit på plats kring matbordet. "Jo vars, tåget gick som det skulle men toaletten, dem var smutsig och ingen tvål. Men det ska vi inte nämna vid matbordet. Och nu är jag här och då ska jag prata som ni gör här i storstan och på teve", svarade Ylva. Barnen andades ut. Inga långa utläggningar om resande och allt som hörde till för de ville komma till tals med Ylva om ödetomten. Men Agneta ville höra om sin syster Sanna och hennes tvillingpojkar och om alla där i bygden. Och det fick hon och tiden gick medan barnen höll på att spricka av otålighet. När Daniel såg att mormor äntligen fått i sig sitt kaffe drog han henne från matbordet och ledde henne till sitt rum. Nathan och Nina svansade efter och bildade stängsel för att ingen skulle hindra mormor. Trots Agnetas protester: "Mamma måste vila sig", stängde Daniel dörren bakom dem. Ylva hade genast fattat vad som var så angeläget. En mystisk tomt som hon redan hört så mycket talas om.

Hon tog genast initiativet till trolljaktsupplägget. Det var ju därför hon hade kommit, ända från Norrland. Nina utbrast att hennes mormor också var häxa. Ylva log. Det var angenämt att bli utnämnd till häxa, hon och Katarina. En fin utmärkelse att erhålla i vuxen ålder. Hon och Katarina måste träffas, det fick bli första steget. Man kan inte bedriva magisk praktik bakom ryggen på en annan häxa i hennes trakter. Och det passade perfekt, för hon var inbjuden till Katarina och Holger till middag på kvällen, "Och då får jag ta en tupplur innan. Inte för att jag är trött men för att kommunicera med feerna om vilken strategi ska de ha. Det gör vi när vi slumrar."

Det var viktigt för fortsatt planering och barnen skulle visst göra allt för att underlätta hennes samtal med feerna, fast de inte riktigt förstått vad strategi var för något. De hade hört ordet förut och fått det förklarat flera gånger men de var lite förvirrade för den ena förklaringen liknade inte den andra. Det var bara att låta häxan sova och ta in information från den osynliga sidan så skulle de sedan förhöra henne om vad feerna sagt. De fick ge sig till tåls ett par timmar eller så. Men stenen var i rullning!

Daniel kom på att de ska förbereda Silver för tragedi. Strategi heter det, korrigerade Nina. Hursomhelst måste de gå med Silver till staketet och berätta för honom om vad som var för handen. De tre barnen pladdrade hela vägen dit, mest om Silver, om hur han skulle skrämma trollet tills det var svimfärdigt. Då kunde häxorna binda honom och befria alla feer och ta skatten som han stulit från alla, både människor och feer. Silver måste veta allt för att ta ställning. De kom fram till staketet och Silver, som kände platsen väl och var van vid att man brukade stanna där en stund, slog sig ner och såg ut över tomten. Snön hade förstås smält, körsbären var i fullblom, men det duggade fortfarande efter förmiddagens regn. Silver ville inte vara där i regnet och göra ingenting. Han hade ju inget emot vatten men gillade inte att sitta stilla i det.

Nina tittade rakt i Silvers ögon och frågade om han var reda för invasionen — som Ylva hade sagt dem redan i Norrland att de skulle göra, påminde Nathan. Silver måste ha förstått allvaret, för Nina stirrade inte så där om det inte gällde något viktigt. Han spände sig och voffade med lika stort allvar. Sen la han huvudet på sned och slickade henne i ansiktet. "Hörde ni? Han säger att vi ska tala tyst men inte vara rädda för han ska skydda oss och skrämma trollet, fast det finns många andra medhjälpare som han inte kan se. Dem måste häxorna hjälpa till att jaga bort och förtrolla, och han sa att vi inte skulle glömma kolla våra magiska armband." Nähä, sa han det? tänkte Nathan och förebrådde sig själv för att han inte var lika bra på att tolka Silvers uttalanden. Daniel var så entusiastisk att han inte brydde sig inte om vad Silver sa utan funderade på vad han kunde tänkas göra när de väl kommit in på ödetomten. Duggregnet blev till droppar och ännu större droppar. "Nu måste det ha gått två timmar", sa Nathan och ville återvända till sin mormor. Kanske hade hon vaknat.

När barnen kom hem till Daniel var Ylva borta. Bara Elin var hemma. Daniel ville ringa upp henne men Nina avrådde, man borde inte störa. Det var bättre att vänta. I alla fall måste hon mata sin vita kanin så hon kunde hellre bra gå hem. Kaninen måste känna sig ensam. Avgjort. "Sen går vi till min mormor. Ylva år säkert där", sa Nina.

Ylvas första konstaterande när Agneta, Kjell och Silver hade visat henne till Holgers och Katarinas villa, var att det var en stor tomt. "Nej, mamma, det var inte den här tomten de pratade om." "Nej, inte den här, men den där då?" "Inte den heller, det är tomten som Holger nyligen köpte för att utvidga sin. Som häxa borde du veta bättre", skojade Agneta. Ylva ville se barnens mystiska ödetomt för att verka initierad och inte göra bort sig inför dem. Det var lika bra att gå dit på en gång. De vände om och efter några minuter stod de inför örngrinden. Ylva blev häpen. Så vackert det var! "Om staden nu ska riva ner allt skulle jag vilja köpa staketet", sa Ylva. Agneta sa inget men lade på minnet att överraska mamma med att lägga beslag på grinden och ge henne den som present.

De återvände till Katarina och Holger som hade överrumplats av barnens frågor om vart Ylva tagit vägen. Utan att vänta på svar sprang de ut. Katarina och Holger hade inte hört Ylva komma, men barnen hade det. Nina och Nathan högg stadigt tag i hennes händer och Daniel fick bara en bit av hennes kappa att hålla i men det gick bra ändå. Omgiven av sina fans möttes Ylva av ytterligare välkomnande. Katarina, Holger, Janne, Bella och Igor stod redan där med glada ansikten. Bara Elin saknades, upptagen av annat som hon sagt. Det var första gången Katarina och Ylva träffades och de båda häxorna omfamnade varandra med häxors självklara samhörighet. Nina viskade till Daniel att de hade ändrat färg. "Tror jag inte, de vågar inte avslöja sig inför alla", svarade Daniel. "De stod bara under en gul lampa." Holger tog ordet och sa att de kom just i tid för att få kaffe med tårta. Det var han som stod för matlagning och hade fortfarande ett av Katarinas förkläden på. Det var ett blommigt med spetsar som Daniel hade tyckt var för tjejaktigt att ha när han bakade bullar.

Gästerna droppade in i matsalen följda av Holgers blickar. Han var inte bara stolt över tårtan han lagat men han kände sig privilegierad och innerligt glad att ta emot sina många gäster. Det var hans familj. Han hade inte haft många nära och kära kring sig sedan hans fru Ruth insjuknat och hade inga andra släktingar kvar i livet. Nu hade han en hängiven familj igen, och det, tänkte han, berodde på att han tog rätt beslut att avstå från Katarina den där gången och bokstavligen donerat Charlotte till henne. Uppoffring, inte egoism hade lönat sig till sist.

"Mormor, ska du sitta hos oss? sa Nathan. Ylva log: "Visst, mitt barnbarn", och satte sig bredvid Nathan och lade handen över hans. Daniel reagerade snabbt och slog sig ögonblickligen ner på mormors andra sida, men flyttade sig strax och gav platsen åt Nina. Generöst av Daniel att dela sin mormor med sina kompisar, tänkte Ylva som var stolt över sina barnbarn, alla tre, nej alla fem, nej alla sex, lilla Toves glada skrik påminde henne, och även om Elin inte var med så var Silver där och han kände också igen Ylva.

Men att Nathan kallade Ylva för mormor gick inte obemärkt förbi Bella och Igor. Bella måste dra sig till badrummet en stund för att torka ögonen. Hon saknade sin mamma, som inte fått se sin dotterson växa till en fin pojke. Jo, han var en snäll pojke och har turen att ha fina vänner och, sa Bella till sig själv, en fin mormor i alla fall. Det var generösa, rara människor som hon mött i Sverige. Hon blev ännu mer rörd men avlägsnade alla spår av gråt så snart hon bestämt sig för att njuta av kvällen. När hon återvände till sin plats vid matbordet var den upptagen av Janne som var inbegripen i ett lågmält men livligt samtal med Igor. Hon satte sig bredvid Charlotte och sa att det var fint att barnen kunde samsas om mormödrarna.

Medan sällskapet ägnade sig åt Holgers tårta till kaffet, drog Ylva med sig Katarina för att prata. Barnen svansade efter men Katarina sa att de båda häxorna måste vara ifred att smida sina planer. Barnen var förstås omåttligt nyfikna men insåg att det var häxgöra på gång som inte fick störas. Häxorna måste se till att infria barnens alla förväntningar, innan de skulle flytta isär åt olika håll.

Barnen bestämde sig för att ta ut Silver till kojan på gården och diskutera sina egna planer för att fånga trollet. Alla hemligheter och fakta kring den mystiska tomten skulle avlockas den. Till det krävdes häxkonster och nu hade barnen inte mindre än två kapabla och absolut lojala häxor till förfogande.

Ylva och Katarina gjorde upp en lista på allt som skulle göras. Det krävdes tid att förbereda allt men Holger ställde upp helhjärtat för att snabba på det praktiska. Katarina var tagen av att han visade sig minst lika entusiastisk som hon och Ylva. De hade mycket att ordna för att inte utsätta barnen för faror. Men Ylva hade sparat och laddat upp, och nog visste Katarina hur det var att leva på en liten pension. Hon som inte ens haft råd att köpa nya skor åt Nina, när de hade vandaliserats. "Jag fick avstå från en hel del. Men nu ska Holger stå för alla kostnader av spektaklet och vi står bara för planeringen", lugnade hon Ylva.

"Nja", sa Ylva, "spektakel? Det blir inte bara skådespel", påpekade hon. Om barnen nu verkligen tror på att det finns troll och feer så skulle hon också visa sig tro på det och utföra traditionella ritualer mot ondska, välsigna ödetomten och alla goda varelser där inne för att sätta dem fria och hjälpa dem vidare. Katarina visste inte vad hon skulle tro. Skämtar Ylva eller vill hon spela trollkunnig shaman från ett förhistoriskt Norrland? Men hon försonades med tanken, det var inte fel att se andra tider, andra verkligheter. Men vad Ylva inte berättade för Katarina var att hon hade egna världar att väcka till liv i ödetomten, utan hjälp. Inte för att gå bakom ryggen på Katarina men hon brukade aldrig avslöja sådana hemligheter.

Efter kvinnornas expedition på ödetomten återvände de till övriga nära och kära. De fann barnen sittande vid dörren i väntan på häxornas besked. "Det är klart! Vi går med er in på ödetomten med Silver." "Idag?" "Nej." "Imorgon då?" "Nej, inte imorgon heller. Nästa lördag." "Men det är ju en hel vecka dit!" Ylva förklarade att häxor måste samla sina krafter i flera dagar inför krig och hemska konfrontationer. Som att ladda batteri till mobilen. Barnen förstod det, inte ordet konfrontation förstås, så Katarina måste förklara även det. Jo, nästa lördag blir det av. De hade också att göra: att beväpna sig, förbereda sig på allt, göra situationen klar för Silver.

På vägen till skolan blev de kvar vid staketet lite längre för varje dag och diskuterade med största möjliga tystnad för att inte avslöja för trollet den kommande invasionen. Attacken måste ske blixtsnabbt, utan förvarning, som i Daniels dataspel. Barnen studerade varje synlig vrå och visste sedan länge var det prasslade mest och vad man kunde vänta sig på olika ställen. Några träd blommade, några fjärilar, allt verkade tyst frånsett något humlesurr och fågelkvitter men Nina påminde om hur tyst det varit innan hon plötsligt angreps av getingarna. De var trollens medhjälpare. "Nej förresten, det var trollet själv", bestämde hon.

Nathan ville beväpna sig. Det närmaste han hade var ett plastsvärd och svärd hade man alltid i dataspelen. Nina frågade Nathan irriterat om han inte hört vad hon nyss sagt: att trollet kunde dela sig i tusen bitar som getingar och sedan angripa med alla bitarna tillsammans. Ett svärd skulle inte bita på ett troll som var en hel getingsvärm. Nina hade rätt. Nathan ville inte längre vifta med svärd efter arga getingar. Vapen fick de överlåta åt häxorna att skaffa fram och hantera. Men vad kunde de göra då? De hade sina skyddsamuletter och så Silver förstås. "Han kan bita trollet och äta upp det", sa Daniel. "Fy va äckligt! Allt blod och slask och trollpälshår. Usch", sa Nina. Nathan undrade vad troll har för färg på blodet. Ingen visste, för inga sagor berättade hur ett dött troll såg ut. De försökte erinra sig kända troll och deras sista ögonblick. Om de inte blev sten så kanske de bara upplöses som salt i vatten när de sprack, för sprack gjorde de ju om man lurade dem kvar tills solen gick upp. Kanske har de blått blod? Eller grönt. Eller inget blod alls? Det skulle bli spännande att se ett dött troll. Men det var långt till lördag. Flera dagar.

Dagen därpå gick Nathan, Daniel och Nina till skolans bibliotek på rasten. De ville repetera sina kunskaper om troll, ifall de missat något. Snart kunde de bekräfta att trollen på ödetomten inte liknade trollen i böckerna. Deras troll var annorlunda, det var ärketrollet som basade över alla andra troll. Och han hade blått blod och man ska inte ta blod från honom för det fräter som syra, som rymdmonstret Alien som de sett i serier och fanns i en film som var barnförbjuden fast flera klasskompisar med storasyskon hade berättat. Nathan undrade om inte trollen kom till jorden från andra galaxer. Det kunde förklara en hel del, som att de kunde fånga feer och dela på sig och kidnappa utan att synas och läsa tankar. Ajaj, de fick inte gå till staketet nu för då kan trollet avslöja deras tankar och planer. Då skulle han kunna förbereda sig och besegra häxorna. "Kanske har han redan läst våra tankar!" sa Nathan förskräckt.

Nina trodde inte det var någon fara för att solen hade lyst de här dagarna. Och när solen var framme gömmer sig trollet och därför var han inte ute och spanade och då kunde han inte läsa deras tankar. Men i alla fall skulle de inte gå till staketet förrän på lördag. Och inte glömma saltet. Ylva hade sagt att troll inte tycker om salt och silver. Silver hade de i sina amuletter. Och Silver hette ju Silver och det kunde nog också vara till nytta när det kom till att bekämpa troll.

Lördagen kom och på morgonen väcktes Daniel av Ylva. Han hade somnat fast han försökt hålla sig vaken hela natten. Tur ändå att Ylva inte gått till ödetomten utan honom. Han ville inte slösa tid med att äta frukost men blev tvungen för Ylva hotade att inte gå alls annars. När frukosten var klar och Ylva, Silver och Daniel kom ur lägenheten såg de Nina och Nathan sitta på trappan. Hade de stackarna sovit där? Nej då, de ville bara inte ringa på så tidigt, fick hon veta. Ylva hade förstått hur mycket ödetomten betydde för dem. Hon skulle inte göra dem besvikna.

Kjell erbjöd sig att köra dem alla till Katarina men det var inte där de skulle mötas utan vid staketet. Då ville Kjell följa med dem till trollet men Ylva sa nej. Den här gången var det inte som i Norrland med feerna där. "Det är inte långt att gå till staketet." Med det ville Daniel också avfärda sin pappas erbjudande. De ville inte ha honom med, för sådant här förstod han sig inte på. "Hej då, fort, fort!" drev Nina på för att inte Kjell skulle tvinga sig med. Alla dök in i hissen. "Lycka till då!" hörde barnen honom medan hissen tog dem nedåt.

Katarina väntade redan vid staketet. Barnen och Ylva anslöt och radade upp sig längs det. De blev stående med alla sinnen skärpta. Silver också, han tycktes förstå stundens allvar för hans upphetsade andhämtning hördes över blåsten. Katarina överlät åt Ylva att börja ritualen för att komma in. Själv skulle hon inte klara av det. Hon hade övat men tyckte det lät som prästen i kyrkan och var övertygad om att Ylva skulle ge ett mer trovärdigt intryck av en som har kontakt med mystiken, nästan som en äkta samisk schaman.

Ylva hade inlett med att öppna sin stora väska för att se att hon fått med allt som skulle till för ritualen. Hon tog upp en hopfälld glänsande käpp och vek upp den försiktigt, kontrollerade att den var stabil och välsignade den med en ramsa. Hon hade också en vattenflaska, ett paket salt och en glänsande ringklocka. Och öronskydd åt alla. "De stänger ut hemska oljud så man inte blir döv." Hon gav instruktioner åt alla. Hon hade bett fefolket komma in så fort hon trädde över staketet, de skulle omringa det stora trollet och driva honom till sin dimension. Måhända blir det lite blodspillan men de som dör är bara trollzombier. Silver vet när han ska eliminera dem. Deras invasion skulle företas i fyra etapper, en i taget. Återsamling ska göras efter varje etapp när de lyckas befria och säkra ett bestämt område. Därefter fortskrider invasionen till nästa område för att befria det och slutligen tvinga trollet till reträtt. Ylva använde termer som om hon verkligen ledde en enhet i krig. Ska man kalla henne general, tänkte Katarina, häxgeneral? Vad blir då jag, vice häxgeneral? Nej, ställföreträdande heter det. Katarina log för sig själv.

Ylva stod med huvudet sänkt och ögonen slutna. Efter en stund vände hon sig till barnen och frågade om de var rädda. "Nej. Jo." Barnen konstaterade att solen sken utanför ödetomten men där inne blåste det och rådde dimma. Det var första gången de kunde se två olika världar så tydligt, en utan storm och en med storm. Trollet förberedde sig till krig. Det hördes tjutande och ibland avlägsna ljud, som horn som manar till strid, ibland dovt hotfulla läten som från aboriginernas didgeridoo. Ylva ville göra klart en viktig sak innan de tog sig in: På en viss del av tomten kommer det viktigaste slaget att äga rum. Där kunde kraften vara likvärdig mellan dem och trollet. Han kommer att kämpa för sitt liv och sin tillvaro och utgången är oviss. Där inne kan inga feer komma till deras undsättning, då riskerar de att förlora sina krafter och fängslas. Feerna kan skrämma trollet med sitt ljus och oskadliggöra hans kommandon till sina zombier och armétrupper.

Men trollet har förberett sig. "Som det ser ut här så känner trollet till att vi ska invadera hans värld, att vi går till krig idag. Hur kan han veta det? Har ni sagt något här som han kan ha hört? Han kan också läsa tankar." Barnen sa att de nog pratat lite men inte mycket. "Då hörde han det, men oroa er inte. Vi kan skingra dimman så att solen kommer in. Vill ni återvända hem i säkerhet eller vara med om det stora slaget och jaga trollet till sin egen värld? Han är på sätt och vis en utomjording och hör inte hemma här. Han är från en annan dimension." "Vi vill vara med", svarade barnen med iver och övertygelse.

Ylva gjorde en paus och ropade sedan med högröst: "Jag manar dig att vika undan från min väg..." Hon sänkte rösten: "... och från allas väg i mitt sällskap." Hon knackade tre gånger med sin knutna hand på örnen och uppmanade alla att göra så efter henne. Det blev en stormvirvel i tomten som svar och löven flög överallt som varning. Barnen knackade inte bara på staketet utan slog så att staketet skakade. De var rädda. Katarina kände att hon måste visa sitt stöd också, det kom an på henne som generalens närmaste häxa. Hon upprepade Ylvas ord, knackade försiktigt på staketet tre gånger och hoppades att det inte skulle rasa ihop, inte än.

Ylva gav varje barn en näve magiska karameller att ha "för att muta varelser att vika undan, om ni skulle känna er trängda. Och var och en av er måste äta en, det förstärker amuletterna." Barnen sög på sina karameller och klamrade sig fast vid sina amuletter och höll var sin hand på Silver. De fick klartecken att gå in när Ylva sköt upp örngrinden. Kriget hade börjat. De smög vaksamt in. Silver morrade dovt och Nina förklarade att det var trollet han morrade åt. Hundar märker vad människor inte märker. De hör ljud och känner dofter mycket bättre. Katarina tänkte att Silver nog snarare hade morrat för att han kände barnens oro. Nu blåste det starkt. Löv piskade mot deras ansikten så alla var tvungna att hålla upp händerna till skydd. På den igenvuxna entrégången stelnade Ylva plötsligt till, tog ett spö ur sin väska och sa skarpt: "Låt höras det som inte hörs." Katarina undrade vad det skulle betyda. Hon var inte informerad, men frågade inte. Ylva måste ha improviserat.

Nu gjorde hon några gester i luften och sa något obegripligt, med hög röst som en auktionsutropare. Stormen avtog omedelbart, men inte dimman. Barnen trodde att hon rabblade trollramsor. Det enda de uppfattade var åter: "Låt höras det som inte hörs. Jag frammanar er. Nu." Som svar hördes plötsligt viskande röster över hela tomten. Egendomliga viskningar men riktiga röster, inte lövprassel eller sådant, utan viskningar mellan varelser med märkliga okända språk. Olycksbådande toner ljöd, som från naturfolkens vinande brumsnurror. En varelse svischade förbi barnen. Någon ryckte i Katarina så hon höll på att ramla och skrek till. Ylva sa något och varelsen släppte Katarina och försvann i dimman. Håll i Silver ordentligt, sa Ylva. De tre barnen skälvde som asplöv och höll ordentligt tag i Silver. Han verkade riktigt orolig, men det var ju han som skulle försvara dem och inte tvärtom. Katarina var undrande. Vad är det som händer? Vi kom inte överens om något sådant. Varifrån kom alla oljud och svischande figurer? Hon blev lite rädd. Fanns det magiska varelser på riktigt i tomten?

Klingande toner hördes uppifrån, från träden. Barnen stelnade och märkte hur Katarina också frös till. Vad är det som pågår? tänkte Katarina medan hon kände håret resa sig. Hon sneglade på Silver som också rest ragg men hade slutat morra. "Stanna här allihop, ingen rör sig en tum", viskade Ylva och gick i riktning mot den tydligaste ljudkällan. Barnen visste inte vad en tum var. Kanske skulle de hålla andan? "Försiktigt, mormor", sa Daniel med darrande röst. Ylva fortsatte. Det var mot den förfallna jordkällaren hon var på väg. Katarina hade ingen aning om vad som väntade men sa åt barnen att det var säkrast att de höll sig nära henne tills Ylva kom tillbaka.

Ylva försvann bakom jordkällaren och var borta någon minut. Hon dök upp igen, med jackan trasig som om katter hade rivit sönder den. Hon viftade med armarna upp och ner som om hon flög. Medan hon var på väg tillbaka upphörde de skrämmande viskningarna över hela ödetomten. Katarina var fortfarande oförstående men Ylva log förnöjt. Allt som kunde höras nu var susande trädtoppar. "Jag tog rösten ifrån några av dem, jag menar trollet och hans medhjälpare, så de inte kan kommunicera och förena sina krafter mot oss. Så börjar en invasion, med att slå ut fiendens kommunikation. Nu kan de inte höra varandras röster och nu kan vi fortsätta framåt och befria hela området under etapp ett." Katarina började bli irriterad på Ylva för att hon inte gjort henne införstådd med vad som komma skulle men lugnade sig när hon tänkte efter. Det här var mycket mer spännande än att bara springa in på tomten, hitta skatterna och gå hem. Och det var bra att hon inte behövde låtsas utan hade blivit lika förvånad som barnen. Hon log, hon skulle reagera som de på allt oväntat och bara Ylva visste vad som ska hända härnäst. Ja, hon hade planerat skickligt... Eller tänk om hon verkligen är en häxa, på riktigt?

Alla noterade Ylvas varning för okända fällor. "Kom ihåg att område etapp ett inte är befriat än. Vi rycker fram försiktigt. Pass upp för ekstubben." Daniel utsågs till att ta täten "för du är störst", sa Nina. Daniel tog ett steg framåt och fångades i ett nät och drogs mot eken. Barnen skrek, det var som om någon slet i hela trädet och det skakade kraftigt. Ylva ropade ut fler av sina ramsor och viftade med sitt spö. Feerna i Daniels amulett måste ha sluppit ut för det kom ljus från hans håll och nätet lossnade. Han sprang skrikande tillbaka och Katarina tog emot honom med öppen famn.

Körsbärsträdet skakade sina grenar över allas huvuden. Ingen kunde avgöra om det var blåsten som gjorde det för det var det enda trädet som ruskades på hela tomten. Rosa blad av körsbärsblom föll över dem och röda äpplen. Äpplen som föll från ett blommande körsbärsträd? Några äpplen träffade barnen och Katarina, aj och oj. De sicksackade för att undgå attacken. Katarina sa att barnen fick hålla sig nära henne så hon kunde skydda dem. Silver skällde för allt vad han orkade och morrade dessemellan. Vem kastade äpplen på honom? Han visste förstås vad äpplen var och högg tag i ett och skakade det som ett byte. "Bra Silver, döda det", skrek Daniel. "Nej huvva, stopp! Stå kvar där! Gå inte så långt från trädet", skrek Ylva och fortsatte mumlande:

"Huvaligen så du bär dig åt, så du bär dig åt, sluta med det där." Ingen förstod de osammanhängande orden utan mening och till vem de var riktade. Men de hade effekt. Omedelbart upphörde den intensiva äppelkastningen.

Barnen hade förankrat sig orubbligt fast vid trädstammen, utom räckhåll för grenarnas projektiler. Marken omkring måste vara minerad och äpplena förhäxade varelser. Det var Nina övertygad om men vågade inte säga ett ord. De såg ett sista äpple falla till marken och därefter rådde absolut tystnad, inte en vindpust, inte ett ljud. Hur kom det sig att stormen upphört? Det verkade lika omöjligt som allt annat. Aldrig har man väl hört att körsbärsträd kan bära på äpplen och dessutom mogna. Det var en alldeles besynnerlig tomt. Förtrollad, det hade ju barnen redan klart för sig att den var, men så mycket belägg var ju mer än de väntat sig få.

Katarina var konfunderad. Ylva måste ligga bakom, men hur? Hon kan inte klättra i träd och än mindre skaka ett stort träd till den graden. Hon var ju intill dem hela tiden och någon annan person syntes inte till. Tänk om det verkligen var något övernaturligt som pågick på tomten... Ska hon tro på barnen som säger att ödetomten var täckt av en slöja från en annan värld, som formar sig precis efter den, som gips formas efter en kropp? Men Katarina besinnade sig, Ylva måste ligga bakom, eller Holger? Eller Kjell? Nå, hon hade ju tänkt låtsas att det var sant, att ödetomten var förtrollad av en annan dimension som lagt sig över den. Det var bäst att hänga på Ylva och ta efter henne, rabbla några obegripliga ord i ramsor. Barnen förväntade sig det av henne som häxa. Hon ville inte göra dem besvikna och allt skulle nog få sin förklaring i slutändan.

Katarina tog till att mumla på Ylvas vis men ännu intensivare och högre. Men hon kände sig obekväm och såg sig om ifall någon förbipasserande kunde råka höra henne. De skulle kalla på ambulans och ta henne direkt till psyket, det var hon övertygad om. Men den lilla gatan låg öde. Då så, fritt fram för alla galenskaper. Vad väntar nu när de bara avverkat första etappen? Barnen frågade försiktigt om de kunde få röra på sig nu och visst, Katarina hade glömt att de stod där under hennes order att inte röra sig en tum. Hon ursäktade sig att med att hon måste känna efter och de fick hålla sig bakom henne i fortsättningen. Hon pekade mot eken och de gick vidare.

Stormen slog återigen till och förde med sig dimma den här gången. En underlig slags dimma, den låg bara över den andra sidan av tomten. Katarina var förbluffad men fortsatte mumla sina magiska ramsor. Ylvas mumlande övergick till högre ton: "Rör inte det, ät inte det. Giftigt. Giftigt." Barnen pekade på Silver som tuggade på ett äpple. "Loss!" skrek Nina. Silver släppte lydigt men tittade lite häpet upp, varför? Ylva lugnade barnen. Silver var immun, sa hon, giftet biter inte på honom men om de själva rörde vid äpplena så... ojojoj. Barnen skrek att äpplena hade fallit över dem och rört vid dem. "Inte", sa Katarina, "de bara rörde vid era kläder." "Nej! Jag fick ett i huvudet", klagade Nathan. Han tyckte att han började bli yr. Giftet började verka. Daniel klagade över att ett äpple fallit på hans hand. Nina hade inte fått något äpple på sig, konstigt nog. Kanske var hon häxa i alla fall, tänkte hon. Arv från mormors sida.

Ylva tog pojkarnas händer mellan sina, rabblade ramsor i kör med Katarina och sedan drog hon med en yvig gest bort giftet från deras kroppar och förpassade det till en annan värld, giftvärlden. Barnen lugnade sig, fast Daniel fortfarande hade ont i handen. Nathan piggnade till och sparkade undan ett ondsint äpple. Katarina sa till Ylva att äpplena var fina, det var Ingrid Marie, hur vore det att avlägsna allt gift från dem och samla in dem? Varelserna hade redan lämnat dem. Utan att vänta på svar började hon mumla något, klappade på trädets stam och sa åt barnen att plocka upp dem. Feerna skulle ha dem när de var befriade. "Bra tänkt, Katarina!" sa Ylva. "Och feerna förvandlas till fåglar i den här världen", förklarade Nathan, det visste han säkert fast ingen hade sagt honom det. Ylva kom fram till att område etapp ett nu var befriat. "Och som ni såg: varelserna försöker skada oss. Vad försiktiga med var ni sätter fötterna." Katarina frågade om barnen var rädda, för då fick de avbryta och gå hem. Men med reservationen att om de gör det så återtar trollet det befriade området.

Nej, det ville de inte. De skulle hitta trollet och skrämma bort det till den andra världen varifrån den kom och förvisa den från ödetomten för alltid. Då kunde de komma in när de ville och plocka körsbär och äpple och ta skatterna. Det fanns ju buskar med svarta vinbär också, utbrast Nina. Nathan föredrog hallon. Han brukade titta på dem, stora och fina och det kliade i fingrarna men de hade ju aldrig vågat sig in. Förgiftade, säkert! Det trodde Daniel och påminde alltid om det.

Efter att alla hade hämtat andan efter äppelattacken och försöket att fängsla Daniel med nätet enades de om att ingen återvändo var tänkbar. De skulle gå vidare till nästa etapp. Långsamt, steg för steg, drog de fram tills Ylva skrek "stopp!" Hon stod med ryggen mot barnen och med armarna utbredda framåt, som om hon bevittnade ett mirakel. Barnen stelnade. De kunde inte se någonting men vad var det Ylva såg? En glänsande guldpeng! "En fälla!" skrek hon. "Gå inte i närheten." Barnen rörde inte en muskel. Katarina tog upp sitt obegripliga mumlande. Nina som tyckte sig känna häxkraft inom sig ville hjälpa till och önskade att hon fått lära sig ramsorna.

Ylva drog med sin käpp en cirkel runt barnen och strödde lite salt och något annat, något som glittrade, från en skinnpung. Lappslöjd, kunde Nathan och Daniel avgöra. "Kanske silver eller tenn", viskade Nathan. "Sch!" väste Nina.

Ylva tog Katarinas hand och de båda gick med de lediga armarna öppna mot myntet. En gren föll ner framför dem, två grenar, tre, och fler fortsatte falla runt dem, men ingen av grenarna träffade för Ylva och Katarina viftade undan dem med sina armar och ramsor. Ylva samlade dem till en hög, kanske trettio grenar. "Det är giftiga ormar som vi har förvandlat till pinnar", sa hon. "Men de kan inte skada er så länge ni håller er i cirkeln." Silver sprang plötsligt fram och högg tag i en för att leka med den. "Loss!" skrek Daniel. Silver satte sig häpen och lät grenen vara. Han var konfunderad. Aldrig hade någon hindrat honom från att äta äpplen och leka med pinnar.
Plötsligt tycktes han lystra till något och gav sig iväg. Barnen skrek. Silvers liv var viktigast, de skulle försvara det med sina egna. Nina lämnade cirkeln och omedelbart kom en gren farande efter henne. Katarina tog emot henne. "Ingen fara, Nina. Du är säker hos mig." "Silver! ropade Nina igen, men han kom inte. Ylva var också försvunnen.

"Hon söker efter honom", sa Katarina, "kalla på honom en gång till." Nina gjorde det och plötsligt kom Silver farande med en liten korg i munnen. "Rör den inte, Nina", skrek Katarina.

Vad fanns i korgen? Katarina ledde Nina tillbaka till cirkeln. Hon sa "loss!" och tog korgen och höll den under ett långvarigt mumlande. I korgen fann hon några zombietrollhuvuden som Silver dödade. Han kom med dem för att visa att han gjort vad han skulle. Det var en ohygglig syn. Då dök Ylva upp och fick se korgen. "Nej! Nej! Nej!" Hon ryckte åt sig korgen och sprang in i dimman, långt bort från barnen under obegripligt mumlande. "Vart tog mormor vägen?" undrade Nathan, skrämd och orolig. Barnen satte igång att kalla på Ylva i olika tonarter. Då dök Ylva upp utan brådska och frågade efter sin vattenflaska, inte för att dricka utan för att dra upp en gränslinje av vatten tvärs över tomten. Mellan barnen och det där området rådde krig mellan feerna och trollen och hon måste återvända för att hjälpa till. "Katarina stannar hos er för att skydda er." Ylva försvann i dimman.

"Trollen kan inte överträda vattendropplinjen, aldrig", sa Katarina. Silver hade dödat flera troll och de ska komma och hämnas. Och plötsligt hördes skrik. Det var trollens medhjälpare, för några troll hade fått ett par droppar på sig från vattenlinjen. Alla såg hur marken buktade sig och något under jorden rörde sig liksom på flykt bort från linjen. "Det svider och de vill komma undan", sa Katarina. Plötsligt såg de flera små ludna varelser springa bakom en buske. En av dem stannade och vände sig mot Katarina och barnen och hans ansikte var hiskligt med stora vassa hörntänder och stort tryne med näsborrar stora som tunnlar. Ögonen glänste rött. Alla ryste när den kastade stenar på dem innan den försvann i dimman.

Katarina kunde inte tro sina ögon. Hon blev lika rädd som barnen. Det var inte något troll utan hans medhjälpare, liksom tomtar hade smånissar så måste detta ha varit livslevande småtroll. Och konstiga figurer rörde sig i dimman, det hördes ljud av bataljer, svärd och yxor skramlade mot metall, skrik och ljusa röster på främmande språk, det var inga ljud som Katarina kände till, ett annorlunda språk mellan okända varelser. Är jag vittne till det här eller drömmer jag? tänkte hon.

Nu återvände Ylva och gav klartecken att lämna cirkeln: några varelser hade retirerat och från staketet och ända hit var området befriat. Plötsligt föll några blad ner med obegripliga krumelurer. "Det är trollens språk", sa Katarina men sa att hon kunde tolka det och improviserade: "Varning! Lämna vårt land annars blir ni uppätna." Hon frågade barnen om de ville fortsätta eller gå hem. Visst ville de fortsätta, de var ju rädda men hade ju sina häxor till stöd och hjälp. Örnen vaktade bakom deras ryggar. Men var är trollet själv? Ylva försvann i dimman. I alla fall var det fritt fram till guldpengen. Katarina tog upp den, oskadliggjorde den med sin hemliga formel och höll upp den till påseende. Barnen ansåg att om det fanns en guldpeng måste det betyda att det fanns massor gömda på ödetomten. Bara den tanken sporrade barnen att fortsätta. De var medvetna att när ödetomten befriats från trollet skulle den mystiska världen förvandlas till en vanlig tomt. En som alla andra. Kanske skulle de sakna den men de skulle ju ändå flytta från området.

Nina blev ledsen vid tanken på att säga adjö till en värld full av mysterier, men i den världen fanns ju en dörr som kan öppnas till feernas värld. De måste hitta den också, fast det fanns en sådan dörr även vid Översjön och kanske på flera platser. Ylva måste veta var och hur man hittade dem.

Det var dags för etapp tre. Det var den allra farligaste etappen, som Ylva berättat och upprepade nu igen. Barnen stod redo och höll hårt i sina amuletter. Lite lövprassel i den vinande vinden var allt som hördes. Dimman över det området tätnade alltmer. Ylva förklarade att de hade trängt undan trollnissarna men alla, inklusive trollet själv, hade samlats i dimman. Nina ville ta en gren att slå undan nissarna med om det behövdes. Det kunde hon ta från högen av grenar som hade varit ormar. Men när hon vände sig dit skrek hon att grenarna hade försvunnit och inte en enda fanns kvar. Alla måste se dit och förvissa sig. Märkvärdigt. Vart hade de tagit vägen? Katarina var förundrad, det vore omöjligt att Ylva kunde ha burit undan allt utan att märkas. Inga grenar sågs utspridda runt om, inte ens grenen som Silver ville leka med. Barnen undrade om de hade blivit ormar igen och slingrat sig undan för att undsätta trollet i det avgörande slaget.

Katarina visste inte vad hon skulle tro och måste erkänna att det hände oförklarliga saker här. Hon var en smula orolig men ville inte avkräva Ylva förklaring av alla fenomenen. Hon fick hålla sig i skinnet. Strunt i de försvunna grenarna. Säkert fanns en logisk förklaring. Hon återtog sin roll och började rabbla högre och högre vad helst som föll henne in. Trollformlerna hjälpte henne i alla fall att komma ur sin oro. Hon måste tro på sig själv som häxa för att inte göra Nina besviken.

Dimman tätnade om dem så de inte kunde se längre än sina egna händer. Det hördes dova konstiga ljud. Katarina sa att ljuden var för att skrämma dem. ”Håll er samman och håll Silver i kopplet för han börjar morra. Han får inte rusa iväg i dimman. Hans amulettkraft måste förenas med era. Därför måste han vara på plats för annars kan han bli anfallen av de platta varelserna. Vid det förfallna huset skymtade plötsligt ett virrvarr av lurviga grymtande varelser. Vad var i görningen? Katarina var fullständigt förvirrad. Hon antydde att det kanske var det dags att retirera. Men barnen vägrade. Ingen återvändo. De måste fortsätta och visa mod, annars anfaller ju trollet med ännu mer beslutsamhet. "Nej! Vi ska fortsätta."

Oväntad sträcktes pälsklädda händer ut ur dimman mot Nina. Hon skrek när en hand tog tag i hennes jacka. Men Ylva var framme, hon kom ut ur dimman smutsig och utan jacka. Hennes kjol var trasig. Hon tog tag i armen som höll i Nina och kastade den tillbaka i dimman. Den lämnade efter sig ett äckligt grönt slem och skrik hördes. Ylva tog fram sin ringklocka ur väskan, förtrollad förstås, som tycktes klinga nästan lika starkt som kyrkklockor. Alla de fäktande armarna försvann. De fick en kort glimt av varelsen som såg ut som...? Barnen kunde inte beskriva den enstämmigt. Den hade ett ansikte med glödande ögon, och nosen, var den inte som en råttas?

Ylva lugnade ner barnen och sa att nu befriade hon några feer. Plötsligt föll guldstoft över alla. Feerna hjälper oss, skrek barnen glatt. "De hjälper till i det här slaget men kan inte stanna i vår värld länge", sa Ylva och tillade att hon och Katarina blev starkare av guldstoft. Hon drog med sig den motvilliga Katarina mot den täta dimman, fast hon nu var rädd på riktigt och sa att det kanske vore bäst att vänta tillsammans med barnen, som också var rädda. Hon viskade till Ylva att kanske några kriminella eller hemlösa höll till där.

Ylva uppträdde självsäkert: "Lita på mig." Hon drog en linje med sin käpp, en magisk osynlig gräns mellan det krigshärjade området och barnen med Silver och Katarina. Där fick de hålla sig. Katarina kom på att Holger sagt att det skulle bli spännande att upptäcka ödetomten och hitta skatten... Var han inblandad i en busföreställning? Barnen trodde sig nog vara säkra i Ylvas cirkel men var ändå rädda och Nathan behövde kissa. "Du kan kissa inne i cirkeln", sa Nina. Nej, han krävde enskildhet. "Då får Silver följa med dig, gå bakåt, inte framåt, gå mot örnen", sa hon.

Och vem skulle våga röra sig när de hörde Ylva och Katarina skrika för full hals bland en massa oljud och bråk och såg saker och grenar som flög åt alla håll ut från dimman, och ljus som fladdrade från alla håll och en stor batalj som hördes pågå med rop och skrik och oljud. "Nina! Du kanske också är häxa, så säg några häxramsor för att hjälpa till? Det som bara dyker upp i ditt huvud måste vara rätt", sa Nathan. Nina nickade, värt att prova! Hon började med abrakadabra, sesam öppna dig, hokuspokusfiliokus, oledoledoff, brobrobreja, alla goda renar, ingen slipper här fram, häck väck vällingsäck... Och i ett slag blev det tyst i dimman. Vad hade hänt? Hade trollet besegrat dem? Barnen såg en glimt av en stor varelse som hade samma vildsvinspäls som de sett förut, de skymtade glödande ögon och stora huggtänder. Varelsen såg rakt på dem. Det tog inte mer än bråkdelen av en sekund innan den försvann men det var nog för att försätta dem i dem skräck. Silver skällde som aldrig förr och ville inte sluta.Då kom Ylva och Katarina tillbaka ut ur dimman. Först då tystnade Silver. De såg omtumlade och utmattade ut, fulla av färgfläckar som om de utsatts för beskjutning med paintballkulor. Men de kom ut fullt levande. Och till och med leende. De hade besegrat trollet. Det drog med sig sina döda krigare och lämnade området för gott. Och nu började dimman lätta och fortsatte lätta tills den försvunnit helt. Nu måste mormorshäxorna hämta andan.

Ödetomten var befriad från troll och platta varelser. Färgerna på häxornas kläder kom sig av krutsalvor som redan i luften hade oskadliggjorts av häxkraft och blivit färger. Alla onda varelser var besegrade och hade förpassats till sin egen värld i en annan dimension, och skulle inte kunna komma tillbaka på länge. Portalen till deras värld var sluten.

Katarina satte sig på grunden till det förfallna huset. Hon såg på Ylva och skrattade så tårarna rann. "Du ser ut som en påskkärring", sa hon till Ylva. Ylva skrattade och pekade på Katarina: "Och du själv då?" Nu stämde barnen in i skrattet men det var lättnadens skratt efter all spänning. Silver hade slutat morra och fann alla grenar och löv som de brukade vara.

Ödetomten var nu en tomt som alla andra, utan troll. Nej, inte riktigt än. "Vi måste söka igenom tomten, hitta portalen till feerna och sedan hitta skatterna", sa Ylva. Och för det måste hon synliggöra allt som varit osynligt. "Men det har du ju gjort, mormor", sa Nathan. "Jo, för att kunna se de onda. Nu vill vi göra de goda feerna synliga, och skatterna, och ni ska kanske få blicka in i feernas värld. Vem vet om de tillåter det? Vi får fråga först!

Det slutade blåsa så snart solen kom fram. Det var en stark majsol som belyste ödetomten som såg ut som man kunde vänta sig efter ett fältslag. Barnen och Silver började leta efter hålor. Ylva klev först: "Här! Här är de!" Alla kom springande dit hon lyste med sin ficklampa. Där syntes små lysande varelser, små som Tingeling i sagan om Peter Pan. Men de rörde sig inte. Sov de eller var de redan döda? "Nej då. De är utmattade", sa Ylva. "Nu är de befriade och kan fara till sin värld, osynliga. Då faller glitter från deras vingar." Hon sträckte ner sin hand och tog upp de små och innan någon kunde se dem noga for de ur hennes öppna hand som man släpper fjärilar eller duvor mot himlen. "De syns knappt för de är så späda och blir alldeles genomskinliga i ljuset", sa Ylva. De försvann innan någon hann blinka. I deras spår föll glitter i alla färger. Man kunde höra klingande små ljud som Ylva tolkade som "tack! tack!"

"Hej då alla feer!" sa barnen lite besviket för de hade ju velat se dem ordentligt och prata med dem och få bekräftat att det var de som hade ingripit när det behövdes. Men när Ylva sa att de skulle leta rätt på en portal och se in i feernas värld blev barnen genast pigga. "Titta här barn, ni ser den här stubben? Här fanns en portal för ett troll. Den är stängd nu. Men den här", pekade hon på annan stubbe, "den var portal för feer. Kan ni se skillnaden?" Jo, Nina var först att notera att den första stubben var torr och murken men i den andra växte gröna skott och till och med en liten blomma. Jo det var sant, den hade liv. Barnen granskade noga alla stubbar för att se vilka som kunde varit trollportaler och vilka som hade blommor som i en kruka. En av de senare kunde vara aktuell.

Katarina tyckte att hon måste ingripa, hon kände sig som överflödig häxa, så hon mumlade sina ramsor igen för att göra portalen synlig. "Bra gjort, Katarina!" utbrast Ylva. "Titta, här har vi en som just öppnats av vänner till de befriade feerna för att släppa in dem i sin värld. Vill ni se?" Barnen trängdes framför stubben men kunde inte se någonting. "Nej inte uppifrån, men här finns det ett hål, nertill, nära marken. Ni får kika med ett öga i taget. Portalen är så liten. Vi lottar om vem som ska se först. Jo, Ninas namn kom upp först, sedan Daniel och så Nathan."

Nina kastade sig på marken utsträckt i hela sin längd för att blicka in i feernas värld. Det hon såg var häpnadsväckande, precis som Nathan och Daniel beskrev den efter resan till Norrland. "Åh vad vackert, vilka hus, så fina träd och regnbågar, och feerna vinkade åt mig och höll upp ett stort blad av guld med mitt och Nathan och Daniels namn på och med tack också. Titta mormor, titta mormor!" skrek Nina. Nathan och Daniel låg redan beredda på marken och tiggde om att få titta. Det var Daniels tur, och han var stark nog att knuffa sig förbi. Och han skrek av förtjusning när en fe vinkade åt honom också. Nu samlade Nathan kraft att säga att det var hans tur och knuffa undan Daniel. Genast skrek han att de vinkade åt honom med och såg sitt namn på ett blad av guld. "Titta Nina! Titta!" Barnen turades om att titta och Ylva varnade: snart stängs portalen.

Katarina var förbluffad. Hade barnens förväntningar stegrats till den grad att de hallucinerar?" Får jag titta?" frågade hon dem. Visst, de ville dela med sig sin upplevelse och makade på sig för att lämna plats. Katarina måste lägga sig platt på marken för att se. "Men...vad i alla dar... Katarina lät chockad. "Jag drömmer inte!", sa hon. "En annan värld." Ylva ville också se och tog Katarinas plats: "Oooooh" kom i en lång inandning som avbröts av ett "neeej, allt blev svart. Oj då, portalen stängdes!" Barnen turades om att titta men nu fanns ingenting kvar. De reste sig och borstade av sig och varandra, barr och gräs och löv och myror. Det tog sin tid men var ett billigt pris för vad de alla hade upplevt – och det var inte slut med det. Nu skulle de leta efter skatterna.

Då måste ödetomten finkammas. Ylva visste bestämt att troll brukar gömma sina skatter i stubbar och man måste uttala speciella formler för att göra dem synliga. Det var Katarinas specialitet och hon började rabbla av hjärtans lust en ramsa som hon lärt sig som liten. Varken rim eller reson, tänkte hon, konstigt att hon mindes den.

Till Katarinas mässande röst ledde Ylva barnen till den första stubben, inte en död stubbe utan en som hon berättade att feerna sagt att de skulle använda för att skicka en gåva åt barnen som tack för att de hjälpt dem till frihet. Det var en påse av gyllene papper som hon högtidligt överlämnade åt Nathan. Han öppnade den och barnen tittade andlöst ner i den. Där låg tre armband. Äkta guld med ingraverade namn: Nina, Daniel och Nathan. Katarina och Ylva hjälpte barnen att ta dem på sig. De var överlyckliga.

Ylva påminde dem att feernas stubbar kände man igen för att det växte blommor och grönt på dem, medan trollens stubbar var karga och döda. "När en fe passerar en stubbe till vår värld
har hon med sig något grönt eller en blomma som hon planterar på den, så även på vintern kan man se en sommarblomma eller en grön grodd." Nu visste barnen var de skulle söka, bland helt döda stubbar och levande stubbar. Och de märkte snart att stubbar med presenter viskade som ett eko som upprepar sig hela tiden. "Lyssna!" Barnen lyssnade. Kanske om man hade mikrofon och förstärkare skulle man kunna höra bättre, sa Nathan som funderade på att inrikta sig på en yrkeskarriär som skattsökare.

De passerade en stubbe. "Den måste ha varit trollens", sa Nina. "Ja, ja, skrek Daniel, här finns trollens skatt." En fe hade viskat om just den här döda stubben. "Över trettio guldpengar, en hel förmögenhet", sa Ylva. Katarina tyckte de borde samla alla skatter och sedan dela mellan de tre barnen. Snart fann de en annan liknande stubbe, också död men den största av alla, och en fe viskade: "Kom hit och ta skatten!" Den visade sig innehållsrik. Där fanns silverskedar och andra matbestick och en rund silvertallrik med namn ingraverat, Ninas farfars namn! Trollet måste ha stulit den från Ninas farfar en gång i tiden, sa Katarina. Nina kastade sig över tallriken. "Dumma troll, dumma troll!" "Den behåller du, Nina." Nina höll den med båda händerna.

Och där en annan stubbe, en död en, typiskt trollställe. Där fanns gamla klockor och andra gamla föremål. "Oj, antika!" sa Ylva. "Måste vara värda en hel del och blir ännu värdefullare med tiden. Ni kan spara dem till era barn." De tre barnen fnissade och puttade på varandra. Nathan kom på att han glömt att kissa och sprang bakom enbuske. På vägen tillbaka hittade han en annan trollstubbe som en fe viskade i närheten. Det var en stor, stor påse inuti. Han bara skrek att han hittat en skatt, men han vågade inte ta upp den eller ens kika i den.

Nina rusade fram och högg åt sig påsen utan minsta aktsamhet. "Trollen är ju borta, din du..." och hejdade sig i sista stund från att uttala hela ordet "dummer". Påsen visade sig full av data- och videospel. "Wow! Trollet måste ha stulit dem från videoaffären." "Spelar troll dataspel?" frågade Nathan förvånad. Det hade han då aldrig hört i Katarinas sagostunder. Nu förklarade hon att trollet inte behövde stjäla när han har så mycket pengar, men hans medhjälpare skaffar spel för att locka barn till trollen. "Som pedofilen", insåg Nina. "Härifrån hämtade Kennet sina spel. Rätt åt honom att polisen tog honom."

Stubbe efter stubbe lämnade ifrån sig en hel hög av saker som barnen hade att dela på. Silver hade nosat på allt och gett sitt godkännande. Han måste ha förstått att det var speciella saker. "Vi stjäl inte något från trollet. Det var han som stal från feerna och feerna sa att vi skulle behålla dem, eller hur mormor", sa Nina. "Alldeles riktigt", nickade Katarina och fick bekräftelse av Ylva. Feerna kunde inte ta tillbaka det beslagtagna guldet i alla fall, för när guldet en gång har lämnat deras värld var det inte gångbart längre hos dem. "Kontaminerat — besmittat." Ylva hörde feerna viska i hennes öra att alla skatter var tillvaratagna.

Uppdraget var slutfört. Barnen hade mycket att dela på och guldmynten skulle sparas tills de börjar högre utbildning. De skulle ligga säkert i ett bankfack till dess. "För ni ska studera, eller hur?" Visst skulle de göra det. Nina hade sagt att hon tänkte bli veterinär, eller kanske läkare, och vem skulle bli helikopterpilot? Kanske det eller kanske det. Barnen de stannade upp och såg på varandra och på Ylva och Katarina med förvånad blick. De hade ju ofta tänkt på vad de skulle vilja bli när de blev stora, och det fanns många alternativ, men de hade nog aldrig tänkt på vägen för att komma dit.

Så långt som att spara för studier hade de inte tänkt. Och skatten, den hade de ju aldrig önskat sig hitta för egen del utan för att de ville ge den till sina fattiga föräldrar. Som vände på slantarna och inte ens hade råd att köpa skor åt Nina annat än i secondhandaffären. Det var inte så länge sedan att de hunnit glömma när de var där med sina samlade sextio kronor för att hjälpa Nina som hade trasiga skor och mobbades av läraren så hon ville dö. Och pappa Kjell som var arbetslös och måste låna pengar av farbror Johan för att ta Silver till veterinären. Och mamma Agneta som pratade så fort i sin mobil, för att hon inte hade råd att betala räkningen för det var dyrt och varje minut kostade och ingen förstod vad hon försökte säga så hon måste upprepa... Ja, det var då det. Nu erbjöds mobilabonnemang där kan man tala gratis hur mycket man vill. Och Katarina som inte kunde gå på bingo för att hon sparade slantarna till Ninas skor, och Nathan som gick med en två nummer för liten jacka hela vintern för att Bella inte hade råd med en ny.

"Nej! Vi ska inte behålla något. Verkligen inte", utbrast Nina, "vi ska ge skatten till våra föräldrar för att de var fattiga." Nathan och Daniel stödde sitt språkrör och förklarade att de inte letat efter skatten för att ha den själva. Det räckte för barnen att jaga bort det elaka trollet och få se feerna och deras värld. Det var bättre än allt annat de varit med om, menade Nathan. De hade med egna ögon sett trollen och deras medhjälpare besegras och ge sig av. Nina hoppades att de skulle hitta andra portaler, åtminstone den vid Översjön som feerna kom ifrån för att hjälpa de rädda kvinnan på isen. Och säkert fanns portaler överallt, även i London.

Ylva och Katarina blev rörda till tårar av barnens osjälviskhet. De gick tysta mot staketet. Det hördes lite prassel under deras fötter och något annat som fick Katarina att stanna till. "Lyssna!" utbrast hon och alla stannade. Efter en stunds tystnad sa Nina: "Vad är det vi ska lyssna på? Är trollet tillbaka?" Katarina kramade henne: "Åh nej, nej! Aldrig mer, men det var något vi glömde." Ylva var också undrande. "Men Ylva, hör du inte, det är saker som hänger i träden och ger ifrån sig ljud när vinden rör dem – lyssna! Jag skulle vilja ha några till trädgården. Vad säger ni barn?" Barnen såg vad hon menade och blev entusiastiska. Sakerna fanns inte där nyss. De ställde ifrån sig alla påsar och sprang till den närmaste som gav vackra ljud ifrån sig. Den hängde över deras huvuden i ett gammalt äppelträd.

Barnen hjälpte varandra klättra upp. Det hade inte beskurits på många år och var ett utmärkt klätterträd. Nina nådde upp först och plockade loss den försiktigt, den hängde löst. Den klingade sprött men intensivt. Hon skakade den flera gånger och lyssnade innan hon skickade den vidare till Daniel. Han tog emot den och kunde inte låta bli att prova själv innan han skickade vidare till Nathan. De gillade den.

Det fanns flera instrument men inte lika högt placerade som den här. Katarina och Ylva kunde lätt nå dem själva och de delade dem mellan sig, Ylva ville ha två, en som klingade och ett litet horn som susade i olika tonhöjd när vinden drog igenom det. Hon hade sin lilla trädgård där hemma att ha dem i. Katarina hade större trädgård hos Holger så hon fick tre. De såg sig om men fann inget mer som lämnats av troll och feer. Deras ödetomt hade liksom bleknat och var inte intressant längre. Nu ville de skynda sig därifrån, hem till Daniel för att gå igenom skatten och ge den till sina föräldrar.

När alla var på väg ut från tomten märkte de att de taggiga buskarna som hejdlöst invaderat staketet och präglat hela området nu hade försvunnit. Staketet var fritt från snår och ogräs. Nu syntes örnen och hela staketet längs med gatan alldeles fritt. "Det var väl konstigt!" sa Nathan och vände sig mot vännerna. Men innan någon hann säga något bad Ylva barnen att rada upp sig framför örnen för att ta en bild som minne. När det var klart hörde de en röst viska: "Nina, Daniel, Nathan! Jag och mina vingar vill tacka er för att ni hjälpt mig skydda er värld. Mina vänner! Nu kan jag flyga härifrån. Kanske till Ylva i norr." De hörde ljud av trummor som ingen uppfattade varifrån det kom. En tät dimma svepte in över örnen och dess vingar, trummandet blev starkare och växte till ett dån medan Ylva skyndade sig att dela ut hörselskydd som hon haft med sig i sin väska. "Ta på dem fort, annars kan ni bli döva", skrek Ylva. Alla skyndade sig och det var svårt att urskilja något i dimman. Även Silver fick skydd anpassade för hundöron.

Plötsligt började örnen och hela staketet skaka i försök att dra sig loss från marken. Barnen skrek och Silver skällde, alla skräckslagna och oförstående. "Backa mot gatan", beordrade Ylva. Örnen hade först svårt att ta sig upp med sina vingar men efter ytterligare ett par försök lyfte den majestätiskt långsamt upp mot himlen. Över vingarna drogs vågor av fjädrar i guld och regnbågens färger, fladdrande i vinden. "Magiskt! Vingarna fick fjädrar, fick fjädrar!" skrek Nina, och plötsligt började guldstoft falla över dem alla. "Hej då örnen!" ropade de tre barnen med tårar i ögonen. "Hej då! Hej då! Hej då!" Vit dimma omgav barnen och tätnade tills de inte ens kunde se händerna framför sig och dessvärre inte följa örnens resa. Hela sidan av staketet som vette mot gatan var nu i luften och hela deras ödetomt låg öppen. Och inte bara det, över hela tomten växte blommor, nyplanterade av feerna.

Efter någon minut kunde alla ta bort hörselskydden. Det fanns ingenting kvar, varken trummor eller örnen eller vingarna eller dimman, men på barnen vilade guldstoft kvar Alla stod förstummade, men det blev ändå inte tyst. Trummornas dån hade ersatts av fågelsång och en låg mjuk musik som sakta tonade bort som i en dröm tills den upphörde helt. De tre barnen såg sig om och kramade Silver, alla på en gång. "Det var här vi hittade dig", sa Nina.

Äventyret var slut. Ödetomten hade just blivit som en av alla andra vildvuxna tomtar. Barnen svepte över den med sina blickar och den var inte hemlighetsfull, magisk eller farlig längre. "Hej då ödetomten" sa de en efter en och avlägsnade sig därifrån på Ylvas uppmaning.
Alla var hungriga. Agneta hade sagt att de alla var välkomna att äta hos henne. På vägen dit pratade barnen glatt och stannade till då och då för att överblicka skatterna. "Hallå där! Det är mycket att bära och vi måste skynda oss", sa Ylva, "och jag vill inte stanna på gatan med allt guld vi har. Vi kan bli rånade, det är inte bara troll som vill ha fina saker!"

Katarina stannade för en stund för att berätta för barnen att kommunens byggarbetare inte hade vågat komma in förut, för alla trollen förstås, men nu kan de göra det och då kan de bygga nya hus åt de som inte hade en plats att bo. "Bra eller hur? Tack vare er." "Vad för hus? Små eller stora?" undrade barnen. "Men äppelträden och körsbären då?" "Ni har god tid på er att plocka dem, det är långt innan bygget börjar. Först måste de bestämma om det ska vara små eller stora hus och så rita hur de ska se ut." Barnen var glada att kunna plocka körsbär och äpplen där för första gången, men de borde nog inte gå ensamma dit för det kunde finnas ormar där, vanliga ormar. Jovisst. De skulle bara gå om Katarina följde med, försäkrade Nina.

En mild bris omsvepte bröllopsgästerna som samlats utanför Jakobsbergs kyrka. Det måste vara över hundra inbjudna. Glada och förväntansfulla leenden prydde deras ansikten men deras blickar sökte förgäves efter brudparet. Så öppnades kyrkans port och alla strömmade in. Kyrkan fylldes till sista plats. Katarina hade stor familj nu och många gamla vänner från bingon och andra håll. Musiken hördes långt utifrån kyrkan, inte sakral orgelmusik utan gladjazz från ett band vars medlemmar tågade in genom porten och radade upp sig bakom alla gäster.

Prästen kom in från sakristian. Hans menande blickar ledde gästernas bakåt, där de såg huvudpersonerna på inkommande. Alla väntade sig förstås brudparet först men såg en hund. Det var den berömde Silver som kom mellan två små pojkar som höll varsitt blomprytt band fäst vid hans halsband. Nathan och Daniel var det förstås och de höll banden sträckta så ekipaget täckte hela kyrkogången under passagen fram till altaret. Silver bar en liten korg med blommor i munnen. Det hördes viskningar och flera ögonpar var frågande, hund i kyrkan? Men vacker och väluppfostrad som han var följdes han av enbart glada miner. Silver och de båda pojkarna ställde sig till höger om prästen. Bakom dem följde så Bella och Agneta med Tove som strödde rosenblad med stor entusiasm.

Bandet hade tagit upp Mendelsohns brudmarsch och det lät precis som det skulle trots den okonventionella instrumenteringen. Så kom Holger mitt emellan Kjell och Igor som lämnade av honom vid altarringen där prästen väntade. Gästerna hade aldrig sett en man överlämnas på detta vis men det var barnen som bestämt det. I deras Sverige var allting möjligt, även att modifiera invanda ceremonier som genast blir accepterade. Ja, varför inte? Så måste de flesta ha tänkt när de såg brudparets lycka.

Holger log när han såg sin brud i sin vackra klänning på väg mot honom ledsagad av Janne och Charlotte. Klänningen hade ett långt släp som Nina, Elin och Karin försiktigt bar på olika höjd från marken. Elin var längst och på hennes sida höjdes klänningen nästan opassande högt så mormors underkläder kunde anas. Karin fnissade och tryckte ner Elins hand. Nina var kortast så det var bara bra. Klänningen var en modern brudklänning och mer avpassad för unga. Men även den hade alla fem barnen fått välja, och även Tove uttryckte synpunkter med sitt "ba, ba, ba." Men Katarina lyste glad och vacker i den när hon nådde altaret med blicken på sin käre Holger och deras leenden mot varandra värmde hela kyrkan. Charlotte och Janne gick till vänster om prästen och pojkarna med Silver emellan sig på andra sidan. Kjell och Igor slöt upp bredvid Charlotte. Bra regisserat av barnen, viskade Agneta till Bella.

Katarina hade beställt nästa musikstycke som en överraskning åt Holger och han log igenkännande. "April in Paris" hade varit deras egen låt när de börjat umgås. När den klingat ut tog prästen upp ceremonin. Han välkomnade alla och talade om äktenskap, kärlek och respekt. Sedan kom han till att fråga om ringen. Då puttade Nina fram Silver till honom. Och där i hans korg lyste en majestätisk diamantring, halvannan karat, som vilade värdigt infattad i platina. Den omgavs av rosa blomblad. Prästen sträckte handen för att ta korgen från Silver men Silver morrade i protest och prästen drog snabbt handen tillbaka. Det hördes fniss runtom i församlingen. Nina lugnade Silver så prästen kunde klappa honom under hakan och ta hand om korgen. Det märktes att han fått respekt för Silver, och för Nina också. Tove tog åt sig uppmärksamheten och skrek för att hon såg den gulliga korgen. Den ville hon ha och sträckte ut båda händerna. "Jodå, här får du den", sa prästen efter att han tagit ut ringen. Tove blev genast glad och skakade korgen att de små rosa bladen yrde åt alla håll. Det gjorde henne ännu gladare och hon skakade den tills inget blev kvar. Det såg ut som om hon stänkte över alla välsignade blad istället för vatten.

Prästen fortsatte ceremonin under det att han plockade några blomblad från munnen. Bruden Katarina och brudgummen Holger kysstes ömt under allas applåder. Så tågade de ut i spetsen för församlingen medan bandet återupptog sin oändliga jazzrepertoar. Gästerna var bjudna till fest i kyrkans lokal med en stor konstnärligt utformad bröllopstårta i flera våningar. Efter många skålar för paret och lyckönskningar av gästerna kom de ut till en väntande limousin med tonade rutor. Allmänt antogs att de skulle till Arlanda för vidare befordran till bröllopsresa. Men det blev inte så. Paret ville tillbringa de sista dagarna med Nina och Charlotte och Janne innan de skulle flytta till London. De hade redan börjat sakna Nina.

Skolavslutning! Janne stod som han brukat varje år för att hälsa alla välkomna och presentera elevernas avslutningsaktiviteter, men det här året kändes det annorlunda. Han tackade alla för det stöd han fått och tog farväl med något gråtkvävd stämma innan han presenterade den nya rektorn. Hon var känd av alla föräldrar och hade valts till posten av skolans lärare, hon var en av dem och arbetsgivaren hade godkänt henne.

Janne hade inte väntat sig att hans avsked skulle väcka så starka känslor bland lärare och föräldrar i detta ögonblick. Han fattade att han stod allas hjärtan nära, mer än någonsin. Om han velat ändra sitt beslut vore detta den perfekta stunden. Men han kunde inte ändra på något. Andra beslut var tagna och nu fanns ingen återvändo. När känslorna svalnade medan alla applåderade den nya rektorn kände han att han gjorde rätt.

De tre familjerna promenerade ut från skolgården. Deras barn skulle börja högstadiet och splittras. Charlottes tankar svävade mellan förr och nu och framtiden. Skolavslutningen hade avlöpt fint, och den här dagen var annorlunda mot förra året för de tre familjerna. Nu var de flera och utan sådana problem som de haft med barnens lärare och mycket annat. Katarina och Holger och den avgångne rektorn pratade med Igor och Kjell och alla var på gott humör. Agneta var upptagen med Bella och Tove, barnen var upptagna med varandra och med Holger och Katarina. Bara Ylva var inte med, hon hade rest hem till Umeå för en månad sedan. Barnen måste ha saknat henne, den godhjärtade kvinnan som blivit Nathans mormor.

Vilka underbara människor! Charlotte betraktade alla med ömhet och kände att oavsett var de tre familjerna skulle befinna sig efter denna dag skulle de förbli vänner för livet. Hon och Janne skulle då göra allt för att så skulle ske. Hon skulle tillbringa somrarna hos sin mamma och sin gudfar, nu styvpappa. Hon log för sig själv. Nu var Holger hennes pappa och det var hon glad för. Nina kallade honom redan för morfar.

Det året blev annorlunda även vad gällde firandet efter skolavslutningen. Det skulle inte ske hos Agneta utan hos Katarina och Holger, av utrymmesskäl. Elin och Karin hade annat för sig. Högstadiet var i en annan skola och deras avslutning var redan över. Där var det inte lika mycket ståhej som hos låg- och mellanstadieeleverna. Där rände barnen iväg för sig själva utan att vänta på rektorns avslutningstal. De var ivriga att få känna sig äldre och fira sommaren inför gymnasiet till hösten.

"Och vad vill Elin bli?" Nu tänkte Charlotte högt och riktade sig till Agneta. "Elin har bestämt sig för naturvetenskaplig linje. Till hösten. Hennes farbror Johan håller ögonen på henne och Karin. Johan sa att Elin hade fallenhet för datakunskap och kunde gå till KTH om hennes betyg håller sig, matte var hennes bästa ämne. Men vem vet vad som gäller om tre år? Barnen ändrar sig från dag till dag." Det sista hörde Katarina och kom in i samtalet: det viktigaste var inte vilket yrke de väljer utan att det blir något de skulle trivas med det och kunna gå in för helhjärtat. "Och nu är vi här", sa Katarina framför villans grind.

Silver hade hört dem komma och stormade ut från villans gård med svansen som en propeller, han sprang i cirklar runt sällskapet, glad och välkomnande. Han blev inte besviken. Hans kärleksyttring besvarades genast, klappar och pussar och smekningar. Efter honom dök tre högdragna katter upp med svansarna i vädret och stegade värdigt ut på gården. "Försvinner de inte från trädgården, mamma?" frågade Charlotte förvånat. "Nej då. De kommer så fort hör ordet mat. Förresten räcker det med att man öppnar kylskåpet."

På kvällen bekände Katarina för Holger att deras stora dag något grumlats av tankar på vad som komma skulle. Hon hade fått se Nina växa upp dag för dag under hela hennes liv, och nu skulle hon gå miste om resten av hennes uppväxt när de flyttar till London. Hon kände att därefter blir hennes möten med barnbarnet bara som en trailer, hon skulle bara se snuttar av hennes fortsatta liv, bara då och då när hon kommer för att hälsa på henne och Holger i Sverige.

Holger lugnade henne, livet måste gå vidare. På gott och ont. Det som räknades var den stabila grund av trygghet som de bar med sig oavsett var de befinner sig, bosätter sig eller vilka beslut de än tar. Deras föräldrar har banat för det genom att ge barnen all kärlek som kunde rymmas i deras hjärtan. Den kärleken skulle följa med och bana deras liv. Katarina log: "Vi kommer inte att leva i evighet och jag är glad att se dem trygga." Holger log och gav henne en kram. Som i alla sagor hade allt slutat väl.

Slut

Allan lade ifrån sig det sista manusbladet vid tretiden på morgonen. Det mesta hade tilldragit sig under ett år, Silvers första i livet. Nu var åtminstone Elins liv redan banat. Hon ville få boken färdig för att fira de tio åren sedan Silver hittades, som ett tack till den lilla valpen som då blev deras, och till alla fina kärleksfulla människor omkring henne som älskade och skyddade henne. Han förstod nu vad hon menat när hon sade: "Slumpen ger alternativa valmöjligheter, det finns alternativa realiteter för individen att välja mellan vid varje vägskäl. Det är individen som styr sitt öde. Det sägs att en skillnad på bara 0,0000000...1 skulle ha påverkat vårt universums existens. Eller jordens existens. Eller vår existens."

Allan tänkte att "slumpen" kanske var en ström som vi befinner oss i, där drömmen förvandlas till verklighet, vi kan bestämma om vi vill överleva, om vi ska bygga en båt, om vi vill skapa en opinion som vänder strömmen. Det är våra beslut och förberedelser inför det som kommer. Våra val har konsekvenser. Även att vara passiv, att inte ta ett beslut, är ett beslut i sig.

Ja, det var vad hon ville säga. Framtiden ligger i våra händer. Det är vi som sitter vid ratten och styr oavsett om vi kallar det slumpen eller ödet. Allan visste inte vad som blivit av alla andra i familjerna, bara Elin. Men varför slutar hon där istället för att fortsätta berätta om sommaren? Åtminstone till dess Nina flyttar till London. Vad allt hände inte under denna sommar? Och hur hade mormödrarna burit sig åt för att genomföra spektaklet på ödetomten? Kanske hade de fått hjälp av Johan och hans datakompisar... Holger måste ha finansierat det hela, han hade blivit fäst vid barnen och ville hjälpa dem, utan att fråga efter tack, till deras önskeyrken som krävde studier. Elin hade inte alls gått in på det, barnen skulle läsa hennes bok utan att förlora minnena av ödetomtens mystik inom sig.

Allan var nyfiken och ville fråga henne om händelserna i tomten och den där sommaren. Det skulle vara intressant att få veta mer om dessa människor som hon skriver om, hennes underbara familj, att vara en del av deras liv som Elin var. Han beundrade de tre familjerna, deras mod och beslutsamhet och vänskap. Men alla frågetecken – lever Silver fortfarande? Kanske som pensionär efter en karriär som polis-räddnings-lavinhund? Det var inte bara slumpen som räddade honom. Silver fick leva tack vare ett beslut av små människobarn. De hade att forcera ett staket, en gräns mellan två världar, en farlig och en trygg. Nina, Daniel och Nathan vågade tränga sig in, skräckslagna och medvetna, och överträda det skrämmande för att ett liv tycktes vara i fara. Att ha modet att söka vidare, undersöka, söka sig till okända världar som pionjärer gör är en del av människans bedrift.

Allan längtade efter Elin. Han ville inte släppa henne ur sitt liv, måtte hon tycka om honom, måtte de bli lika lyckliga och kärleksfulla som hennes föräldrar var. En sak var klar: de beslut de tog varje stund var medvetna beslut och de accepterade dess konsekvenser på gott och ont. Vi bär framtiden i våra hjärtan. Vi kan inte ändra på det som har hänt men vi kan styra framåt efter en kompass av medfödd eller förvärvad känsla. Det ska jag säga till Elin. Men kanske är det inte rätt? Nu sitter jag vid ratten, varken slumpen eller ödet bestämmer, bara jag och hon. Vi är två världar på ömse sidor om en gräns som måste forceras. Det är vår framtid som ska planeras. Det är ett beslut som vi förfogar över och har ansvar för.

Klockan åtta på morgonen sms-ade Allan till Elin att han hade läst alla hennes manus. De kom överens om att träffas klockan fyra på samma plats som första gången. Allan åkte till sin institution med manuset i sin väska och med alla tentor, och för en gångs skull var alla hans studenter väl godkända. Det var en bra dag och han föll i egna tankar då och då.

Det kunde inte studenterna undgå att märka, fast de var glada över sina godkända tentor. Han var vänlig och leende men lite frånvarande på något vis, han som för det mesta höll sig koncentrerad. Något har hänt Allan, han är sig inte lik, sa en av studenterna till en kamrat. Och visst hade han rätt.

Allan hade förändrats och log för sig själv, han visste varför. Det skulle vara konstigt om inte kärleken skulle förändra oss till det bättre, göra oss till bättre, medkännande människor! Man säger att kärleken är blind, man vet inte riktigt vem man ska bli förälskad i, men inte blind så att det skapar onda människor, inte svartsjuka, inte viljan att döda, inte viljan att erövra. Om man gör andra människor illa för att få den man vill ha, då är det inte kärlek utan besatthet, ondskan själv.

Allan kom till mötet i god tid. Han tog samma bord som alltid när det var ledigt. Där fanns bästa utsikten över vattnet. Han hade en rad frågor men kunde inte rangordna dem, det fick väl ge sig under samtalet. Varför slutade hennes manus med bröllopet, ville han veta. Vad hände den där sommaren, åtminstone innan Nina flyttade? Han tyckte om boken och hade inte tänkt ut några uppsatskritiska anmärkningar. Det var ju inte heller ett sådant uppdrag han hade fått!

Allans blickar riktades åt ett och samma håll, mot ingången. Klockan var nästan fyra. Över fyra. Ingen Elin. Tio över fyra. Fortfarande ingen Elin. Kvart över fyra satt han på nålar. Han kunde inte längre se svanarna, inte myrorna som kröp på hans bord, inte den gamla eken, inte fåglarna, inte något av omgivningen. Kommer hon inte? Har hon ångrat sig? Tjugo över fyra. Har något hänt henne? Allan lämnade sin väska med alla papper och gick mot stigen intill, han ville se henne komma. Fem i halv. Nej. Hon kommer inte. Kunde hon inte ha ringt för att avbeställa mötet? Ska han ringa upp henne istället? Nej, inte stressa henne. Han får allt vänta lite till. Stigen var folktom. Hans fötter bar honom av sig själva tillbaka till bordet och han dunsade ner på stolen. Plötsligt ringde hans telefon. Elin! Det hördes rassel, ingen mänsklig röst, samtal avbrutet. Sen ingenting. Skojar hon med honom? Ny ringsignal. Elins röst: "Förlåt, jag blev sen. Jag åkte tunnelbana och det blev stopp i tunneln, signalfel, ingen täckning."

Hon sprang medan hon pratade, det kunde han höra och han satte iväg mot hennes T-banestation. Där såg han henne och hon honom och de fortsatte på kollisionskurs som de avbröt i sista stunden. De blev stående intill varandra med hjärtan som bultade mer än motiverat av den korta språngmarschen. De ville kramas men ingen av dem vågade. För nu skulle det inte vara en kompiskram. Det skulle bli en kram som avslöjade hur mycket de längtat — och det fanns så mycket outtalat

Ännu har Elin inte berättat någonting om Ninas avsked från Silver, tänkte Allan. Det fanns ju andra moment som måste ha varit svåra att skriva om, så varför inte om den sista tiden. "Elin, du ville att berättelsen skulle sluta lyckligt, kanske som i alla sagor men det här var ju ingen saga. Vad hände vid avskedet?" Elin verkade inte så pigg på att berätta men hon såg på honom och började ändå.

"Vid slutet av festen gjorde Charlotte och Janne klart att de inte ville att någon skulle följa med till flygplatsen. Det skulle bara dra ut på avskedet och göra det svårare. De hade skickat det mesta i förväg och nu var det bara de tre med några väskor. Allt tycktes vara i sin ordning ända tills Nina plötsligt insåg att det verkligen gällde farväl. Och det var inte när hon sa adjö till Nathan och Daniel, utan när hon tog avsked av Silver."

Nina kramade kompisarna först innan hon tog sig an Silver. De båda pojkarna måste ha fattat att det inte var en vanlig Ninakram. Hon klamrade sig fast vid Silver och grät hejdlöst. Silver stämde in och gnällde, och det steg till ett ylande. Först då insåg Nathan och Daniel att de stod inför ett långvarigt avsked och brast också. Hela sällskapet tystnade och man kunde bara höra barnens gråt och Silvers ylande.

Men Londonflyget skulle inte vänta. Charlotte och Janne försökte förgäves dra isär Nina och Silver. Silver morrade åt dem och slickade Nina i ansiktet, han gnydde som om han inte stod ut med att känna Ninas sorg. Nina ville inte gå men hon måste. Till slut ingrep alla. Kjell höll Silver i kopplet. Nina höll upp sin amulett för Silver och han slickade den. Hon drogs iväg till bilen med sin mamma, gråtande och snörvlande. Det som skulle ha varit ett glädjefyllt och lyckönskande avsked blev motsatsen. Till slut kom äntligen bilen iväg mot Arlanda.

Plötsligt slingrade sig Silver ur sitt halsband, det enda som blev kvar var halsamuletten som han fått i Norrland som hade en egen tunn rem. Han satte iväg efter bilen. Han lyssnade inte på Kjell när Kjell kallade. Silver kunde nog slita sig ur sitt koppel när han ville men hade aldrig gjort det förr. Och aldrig att han negligerat inkallning, inte sedan han tappat mjölktänderna. Det var ett scenario som ingen väntat sig.

Han försvann efter bilen. Nina tittade inte bakåt. Hon bara grät. Kjell, Igor och barnen sprang efter Silver och kallade på honom i olika tonarter men han var försvunnen. Bilen hade hunnit in på E18. Ihärdigt letande i närliggande områden gav inget resultat. Kanske hade han blivit påkörd eller kommit vilse? Ingen ville ringa upp Charlotte och Janne för de kunde inte göra något från sitt håll och Nina skulle bli alldeles förtvivlad.

Man letade förgäves efter Silver i flera dagar. Man annonserade, drog in polisen och drog gata upp och gata ner utan spår. Nathan och Daniel letade oavbrutet på alla ställen som Silver kände till, de gav sig varken tid att äta eller sova men slocknade förstås ändå ibland. Det var ett stort trauma för pojkarna och alla omkring. Det var inte bara Nina som försvunnit men också deras älskade Silver. Liks plötsligt som han kommit i deras liv hade han lämnat dem. Man var övertygad om att Silver måste blivit påkörd. Hur kan man meddela det till barnen?

Holger ville inte ge upp i det längsta, Silver måste hittas, var han död måste han åtminstone begravas med respekt. Han hade räddat människor under sitt korta liv. Holger anlitade personer att leta efter Silver men efter resultatlös vecka måste man ge upp. Silver måste ha dött på motorvägen, påkörd av någon bil, kanske uppäten av djur, vad annars skulle man dra för slutsatser? Det var nedslående men Holger vägrade ge upp sökandet för egen del, han skulle söka efter spår, någonstans i motorvägens sträckning. Från Jakobsberg ända upp till Arlanda. Han och Kjell skulle finkamma motorvägen. Katarinas vädjade till honom att släppa taget, det var inte bra för barnen att inge hopp som inte fanns. Men Holger var inte ensam, ingen ville ge upp. Och ingen berättade något för Nina om det när man pratade med henne på telefon. Man ville inte säga att han var död tills man kunde säga det med säkerhet.

Allan märkte att han rört upp känslor hos Elin och bad om förlåtelse. Han ångrade att han pressat henne, och förstod att hon inte ville att boken skulle sluta i mörker. Han beklagade Silvers död innerligt. Elin blev förvånad över Allans slutsats. "Men jag har inte sagt att han dog." "Vad? Vad hände då? frågade Allan. "Jag vet inte hur det gick till men vad jag förstått hade Silver sprungit efter bilen, han följde Ninas doft ända till Arlanda. Han hade ju enormt luktsinne, tydligen sprang han parallellt med motorvägen och undgick att bli påkörd. Men han hann förstås inte ifatt bilen.

En hund kan inte springa hundratjugo kilometer i timmen. Vad polisen sa var att han fångats upp på kamera i ankomsthallen, han hade tagit sig genom tullen och ända till gaten, men där blev det stopp och han nosade runt länge i området. Han hade ju halsbandet kvar, fast bara med amuletten, och han betedde sig väl som en sökhund som letar efter bomber och narkotika så man antog att han följde en civilklädd polis. Men när Ninas spår hade tagit slut efter gaten gick han vidare." "Och sedan?" frågade Allan när hennes paus drog ut på tiden.

"Han gick ut på landningsbanan och när man försökte fånga honom stack han till skogs. Man antog då att det var en hund som bodde i närheten och kommit lös. Men sen såg man honom så ofta på banan att polisen beslöt att fånga in honom. De hittade honom i närheten av banan. Han måste ha irrat runt där i väntan på Nina. Arlandapolisen tog hand om honom, hittade chipset och ringde Kjell. Det var Daniel som svarade. Vilket liv det blev på oss allihop!"

Nu tog Allan upp frågan igen, varför hade hon inte tagit med det i manuset? "Och en annan sak som jag redan har fantiserat om, får vi se om jag lyckades gissa rätt: det handlar om ödetomten. Hur förklarar man all mystiken där?" Elin log. "Det var meningen att du skulle använda din fantasi." "Nu har jag läst den och har gissat mig fram till en slutsats. Kan du inte berätta mellan fyra ögon så får jag se om jag hade rätt? Jag får fundera på om jag ska berätta eller inte."

Elin förklarade att hon ville lämna något till läsaren att fantisera om. "Jag ville inte skriva efter regelboken, som man får i skrivarskola och följer en mall där alla trådar löper ihop på slutet. Ingen av de stora författarna har ju gått på skrivkurs för att lära sig jobbet... Varken Kafka eller Tjechov – jag jämför mig inte på något vis med dem men jag vill ha händerna fria." "Jo, men i författarkurser får man ett hum om skrivande och det är ju upp till var och en att använda sig av mallen. Jag har lett en sådan kurs, så se inte ner på det." sa Allan.

Elin blev putt, hon hade ju uttryckligen gett honom manuset för att läsa om henne, inte för att få kritik, hon skriver som hon finner det värt att skriva. "Jag skriver en sann berättelse som bygger på egna upplevelser och intervjuer, och jag har ändrat minimalt i dem. De har berättat – barnen pratade ju fortlöpande om vad som hänt så man behövde verkligen inte dra något ur dem – och jag har återgett det utan att lägga in egna tolkningar. Och inte lagt till något som jag inte vet. Inga inre monologer, inga intimiteter. Det är min hyllning till familjerna. Och slutsats, sens moral? Nej, det är inte min sak. Men det är sant att jag passar på att hylla kärlek och solidaritet och fantasi."

Allan berättade hur han tolkat ödetomten: han antog att barnen inte behövde veta hur showen iscensatts utan mera behålla sina minnen ogrumlade av teatermaskineri. Det sympatiserade han förstås med men han kunde inte låta bli att försöka pumpa Elin på mer information om allas öde. Men Elin ville inte berätta mer. "Du får hälsa på oss och se själv. Vad barnen upplevde berättade de och det skrev jag. Hur det kunde se ut för andra ögon ville jag inte spekulera i. Hur kunde man blicka från stubben till andra världar? Enkelt. Men jag säger inte hur.

Tänk själv." Allan skakade på huvudet besviken på sig själv. "Är jag fantasilös? sa han. "Ser du? Inte att du saknar fantasi men man kan förklara samma fenomen med tusen påståenden", sa Elin. "Alla drar sina slutsatser efter eget huvud och ingen är bättre eller sämre."

Allan tystnade men var glad över att Elin ville fortsätta träffa honom. Det ville hon ju, annars skulle han inte fått inbjudan: "Du får hälsa på oss och se själv." Oavsett vad som hänt familjerna så var Elin i alla fall trygg. Han reste sig och tackade Elin för inbjudan. Han lyfte upp henne från stolen och vågade äntligen ge henne en stor varm kram, en sådan kram som förälskade kan ge. Hon svarade med en kyss. Kanske de stod inför ett avgörande beslut i sina liv.